DE ROCHE ET DE SABLE

www.lemasque.com

Bernhard Jaumann

DE ROCHE ET DE SABLE

Traduit de l'allemand
par Céline Maurice

ÉDITIONS DU MASQUE
17, rue Jacob 75006 Paris

Titre original
Steinland
publié par Rowohlt Verlag, Hambourg

Couverture :
Maquette : Design Visuel / Sara Baumgartner
Photographie : © Henk Badenhorst / Gettyimages

ISBN : 978-2-7024-3905-0

1

Les pierres hurlaient dans l'obscurité nocturne. Elles ne soupiraient pas, ne se lamentaient pas, n'émettaient ni murmure, ni chuchotement, ni gémissement. Elles criaient si fort que les oreilles d'Elsa Rodenstein en sifflèrent ; elle sentit vaciller la muraille qu'elle avait bâtie autour d'elle-même et crue si solide. Il lui sembla même que le sol se dérobait sous ses pieds. Dans un instant, elle allait s'enfoncer dans le sable, entre les pierres, jusqu'aux chevilles, jusqu'à la taille, jusqu'au cou, puis elle disparaîtrait.

Elle mit le fusil en travers de sa poitrine, fit deux pas et s'assit sur un rocher bas, sentit l'arrête de la pierre à travers le tissu de son pantalon. C'était déjà mieux.

Le vent était frais en cette claire nuit d'hiver, et la lumière réfléchie par la lune coulait comme de l'eau le long du versant sud-ouest de la colline. Ils avaient tant aimé admirer le coucher de soleil depuis là-haut. Une fois rejoint en *bakkie**[1] le point le plus élevé, on avait une vue dégagée allant presque jusqu'à la limite ouest de la ferme. Et là, surtout après une saison des pluies généreuse, quand l'herbe ondulait et se teintait d'or dans la lumière déclinante du soleil, il était impossible d'imaginer plus bel endroit sur terre. Gregor prenait toujours une Windhoek Lager dans la glacière et préparait un gin tonic pour Elsa. « Pas trop de gin », protestait-elle chaque fois, et Gregor souriait. Puis ils ne disaient plus rien, se contentant de regarder au loin jusqu'à ce que le soleil ait disparu derrière l'horizon.

---

1. Les termes marqués d'un astérisque à leur première occurrence figurent dans le glossaire situé en fin d'ouvrage. *(Toutes les notes sont de la traductrice.)*

Elsa Rodenstein n'était pas certaine de retourner un jour en haut de la colline.

Mais si, bien sûr qu'elle y retournerait! La vie continuait, comme elle avait toujours continué. Demain aussi, le soleil se lèverait pour elle, et après-demain, et toutes les années qui lui restaient encore à vivre. Et quand Elsa ne serait plus là, il le ferait pour les générations qui viendraient après elle. Elle n'avait pas le droit de se laisser aller; elle devait rester dure comme ces pierres qui défiaient depuis une éternité la fournaise de l'été et le gel de l'hiver. Même quand elles se brisaient, elles étaient encore là. Et elles ne criaient pas. Dans le monde qu'Elsa connaissait, elles n'avaient jamais crié; elles ne savaient même pas ce que cela signifiait, de crier. Elsa posa la crosse du fusil à ses pieds et repoussa une mèche de cheveux de son visage.

« Partez, maintenant! dit-elle.

— On ne va pas te laisser toute seule », répondit Schroeder.

Lui et les quatre autres hommes formaient un demi-cercle, presque comme s'ils étaient debout devant une tombe ouverte et attendaient de jeter une pelletée de terre sur le cercueil. Mais au lieu d'une pelle, c'était un fusil que chacun tenait à la main. La pleine lune était si claire que leurs corps projetaient des ombres.

Des ombres dans la nuit, pensa Elsa. N'était-ce pas la preuve qu'il ne faisait jamais entièrement sombre, sur ces terres? Il y avait une raison à tout. Elsa répéta :

« Partez, maintenant!

— Bon sang, répondit Schroeder, lieu du crime ou pas, tout le monde comprendra que tu veuilles ramener Gregor à la ferme, même la police. »

Gregor? Elsa baissa les yeux vers la masse noire, devant elle. Cela aurait pu être un fragment de rocher, ou n'importe quoi d'autre, mais en tout cas, ce n'était pas son mari. Seulement un corps mort qui lui ressemblait à s'y méprendre. Elsa s'imagina que Gregor flottait au-dessus d'eux et observait sa dépouille d'en haut. Il se contenterait d'un bref coup d'œil scrutateur, n'ayant jamais fait grand cas de lui-même. Il examinerait la pompe. C'est lui qui avait installé les capteurs solaires; le puits de forage avait été creusé par son grand-père. Bien vite, Gregor détournerait les yeux, laisserait son regard errer du *kamp** 3, celui où se trouvaient les taureaux, au *kamp* 5, celui des génisses, puis jusqu'aux montagnes du nord, là où il avait trouvé les traces d'un léopard dans le lit asséché du fleuve, pour enfin revenir vers elle. S'il le pouvait, il lui chuchoterait qu'elle devrait l'enterrer là-bas, près des autres tombes. Il hésiterait un instant, puis ajouterait que ça irait, qu'on pourrait en rester là. Évidemment, il saurait aussi bien qu'elle que ce n'était pas vrai. Certaines choses ne peuvent pas en rester là.

Elsa leva la tête. Personne ne flottait au-dessus d'elle. Les étoiles scintillaient froidement dans le ciel noir, ne s'effaçant que dans le gris qui entourait la lune.

« Elsa…, dit Schroeder.

— Ce n'est pas Gregor, c'est seulement son corps mort.

— Gregor n'aurait pas voulu que tu…

— Que je quoi ? » rétorqua Elsa d'un ton tranchant.

Elle savait mieux que personne ce que Gregor aurait voulu, mais là n'était pas la question. Elle ferait ce qu'il y avait à faire. Rien de difficile pour elle. Elle était née en Namibie, elle était femme de fermier, elle avait vécu bien assez longtemps sur cette terre aride pour le savoir. Schroeder se tut, et les autres aussi.

« Merci d'être venus, en tout cas », dit Elsa.

À travers son pantalon, le froid de la pierre remonta le long de son corps. Elle ne tarderait pas à se lever, à remuer, à rejoindre le cimetière de la ferme puis à revenir, aller et revenir, toute la nuit, jusqu'à ce que ses jambes ne la portent plus. Mais tant que les voisins seraient encore là, elle resterait assise, comme si elle ne faisait plus qu'un avec le bloc de pierre. Elsa fixa Haseney du regard. À lui de rentrer le premier. Sa femme, enceinte jusqu'aux yeux, l'attendait à la maison. Les douleurs commencent souvent quand le père n'est pas là, c'est bien connu. On avait besoin de lui ailleurs qu'ici.

« Je voudrais juste être seule, c'est tout », ajouta Elsa.

Seule avec le cadavre, avec l'obscurité, et avec cette terre qui sommeillait sous lui. Seule avec l'herbe maigre, le sable et les pierres qui ne criaient pas, pas du tout, qui resteraient muettes jusqu'à la fin des temps. Haseney hocha la tête lentement, puis il baissa les yeux et fit demi-tour. Les autres le suivirent après un instant d'hésitation. Seul Schroeder n'arrivait toujours pas à se décider.

« Je reste chez toi. S'il y a quoi que ce soit...

— D'accord, dit Elsa.

— Je reviendrai à l'aube.

— C'est bon », conclut-elle.

Elle ne le regarda pas partir. Lorsqu'elle n'entendit plus ses pas, elle se leva et s'étira. Un chacal hurla au loin et un autre lui répondit, plus proche, peut-être en contrebas, dans le lit asséché de la rivière. Elsa vérifia une nouvelle fois que son fusil était chargé. La masse étalée à ses pieds n'avait plus rien de commun avec son mari, mais c'était tout de même un cadavre humain, et elle ne laisserait aucun charognard s'en repaître. Les policiers arriveraient bien à déterminer ce qui s'était passé. Il faudrait qu'ils fouillent tout, qu'ils écrivent leur rapport et qu'ils fassent ce qui devait être fait. C'était leur devoir, après tout.

L'armature des capteurs solaires luisait à la lumière de la lune. Elsa passa la main sur le métal. Il était froid et dur. Elle se retourna, franchit d'un pas lourd la centaine de mètres qui la séparait des tombes, en fit le tour puis revint vers la masse sombre affalée au sol. Le sable crissait sous ses chaussures, et les pierres criaient, criaient vraiment, terriblement fort. Elsa posa son fusil et se pressa les mains contre les oreilles.

La bordure de la tombe de Johann Rodenstein était taillée dans le même marbre gris que celui qu'on trouvait dans les montagnes des environs de la ferme. Le sable rouge contenu par cette bordure n'était pas différent de celui qui l'entourait, mais il ne s'y dressait aucun brin d'herbe desséché; ratissé avec soin, il n'était marqué que de minces lignes horizontales, alors qu'autour de la tombe les traces de pattes des scarabées se croisaient en formant d'étranges hiéroglyphes. Ces lignes ressemblaient un peu à celles, encore vierges, d'un cahier d'écolier, et, de fait, l'histoire de l'homme qui reposait là n'avait jamais été écrite.

Johann Rodenstein était arrivé en octobre 1904 dans le Sud-Ouest africain allemand en tant que sous-officier des troupes coloniales impériales. Même si les Herero avaient déjà été vaincus quand il débarqua à Swakopmund, la paix ne régnait pas pour autant. Pendant presque trois ans, Johann Rodenstein combattit les guerriers des chefs Nama* Hendrik Witbooi et Jacob Morenga. Il survécut et quitta l'armée dès qu'il le put. Lorsque, en 1908, on trouva des diamants près de la baie de Lüderitz, il fut l'un des premiers à comprendre que les richesses ainsi accumulées devaient aussi être dépensées. L'histoire de la famille ne dit pas comment lui vint l'idée d'importer d'Allemagne des gramophones et les disques de cire qui allaient avec. En tout cas, dès 1911, il avait gagné suffisamment d'argent pour s'acheter douze mille hectares de terrain près de Karibib, les entourer d'une clôture et les remplir de bétail. Peut-être par allusion à son nom de famille, peut-être aussi pour ne jamais oublier de quoi était faite la majeure partie de ses terres, il baptisa sa ferme « Steinland[1] ».*

En cette même année 1911, Johann Rodenstein trouva une femme prête à partager son avenir. Par une journée de tempête, alors que les vagues de l'Atlantique s'écrasaient en grondant contre la jetée, il alla lui-même la chercher à Swakopmund, au débarcadère du bateau à vapeur. En guise de bienvenue, il dit ne pas pouvoir lui promettre le paradis sur terre, mais simplement un ciel bien plus vaste au-dessus d'une terre bien plus immense que tout ce qu'elle pourrait jamais trouver en Allemagne. Puis ils montèrent dans le train à destination de Karibib.

Thalita ne se plaignit jamais, ni de leur premier logement, très primitif, dans lequel le gramophone paraissait si déplacé, ni par la suite, mais seul Johann Rodenstein finit par se sentir vraiment chez lui à Steinland. Était-ce malgré ou justement à cause des âpres années de construction, de son internement par les Sud-Africains pendant la Première Guerre mondiale, du nouveau départ qui suivit, deux fois plus pénible encore, des sécheresses et des épidémies ? Malgré ou à cause du fait que deux des cinq enfants que Thalita lui donna ne

1. Littéralement, « pays de pierre ».

dépassèrent pas l'âge de un an et qu'elle-même mourut en accouchant d'un sixième, mort-né ?

Lorsque, dix mille kilomètres plus au nord, les nazis arrivèrent au pouvoir et que ses voisins d'origine allemande, croyant leur chance venue, rentrèrent en masse rejoindre le Grand Reich, il ne s'en préoccupa pas. Cela faisait bien longtemps qu'il était ici chez lui. Les tilleuls de villages et les sapins de Noël chantés sur ses disques de cire n'étaient plus que des mots pour lui. À Noël, il décorait une aubépine. Lorsqu'il sentit venir sa fin, il alla jusqu'aux cyprès qu'il avait plantés près du premier puits de forage et creusa de ses mains la tombe dans laquelle il voulait être enterré. Deux semaines plus tard, ses fils la refermèrent au-dessus de son cercueil. Comme personne ne savait exactement où il était né, ils gravèrent sur sa pierre tombale : Johann Rodenstein, né le 4/11/1878 en Allemagne, mort le 12/4/1936 à Steinland.

Ces mots furent abîmés par le vent et la pluie, mais les descendants de Johann Rodenstein prirent soin de les renouveler régulièrement au fil des années. Et aujourd'hui encore, à la troisième génération, on nettoyait la tombe deux fois par semaine, en balayant la bordure de marbre et ratissant le sable soigneusement. Personne ne pouvait savoir si l'homme qui reposait là aurait approuvé ces égards. Peut-être aurait-il préféré lire des traces de scarabées au-dessus de lui. Peut-être aurait-il voulu que sa tombe ne se distingue plus de la terre qui était devenue son pays.

À Katutura*, au petit matin, une mince couche de glace s'était formée à la surface de la bassine d'eau que *miki** Selma laissait toujours dehors pour les chiens errants. Ici, à l'extérieur de la ville, sur le terrain dégagé de la ferme, il avait sûrement fait encore deux ou trois degrés de moins ; c'est l'impression que donnait jusque-là le vent mordant semblant arriver tout droit du pôle Sud. Malgré le soleil déjà assez haut, l'inspectrice principale Clemencia Garises grelottait. Mme Rodenstein ne paraissait pas remarquer le souffle glacé. Elle affirmait avoir veillé toute la nuit ici, dehors. Est-ce qu'on ne ressentait plus le froid quand son mari avait été abattu et son fils, enlevé ?

« On devrait peut-être rentrer », dit Clemencia en désignant la maison, située à environ cinq cents mètres.

Les cheveux gris de Mme Rodenstein voletèrent et lui tombèrent devant le visage, mais la vieille femme ne fit pas un mouvement. Assise sur une pierre, elle tenait son fusil des deux mains. Elle aurait mieux fait de tout lâcher, son fusil et le reste, de rentrer s'asseoir à la table de sa cuisine, une couverture sur les épaules, et de boire un thé.

« Je dois prendre votre déposition, dit Clemencia. Par écrit. »

Tjikundu, le collègue de Clemencia, prenait les dernières photos du lieu du crime. En apprenant à quelle distance de Windhoek se trouvait la ferme des Rodenstein, les hommes de l'Unité de scène de crime s'étaient soudain découvert toute une série de tâches extrêmement urgentes. C'était donc Tjikundu qui devait rechercher les indices encore éventuellement visibles dans l'herbe maigre et piétinée entourant le corps. Les collègues en uniforme venus de Karibib avaient conduit la voiture jusqu'au réservoir d'eau bâti près de la pompe solaire et se tenaient prêts à y charger le corps. Clemencia demanda :

« Madame Rodenstein ?

— Peut-être que moi, je peux vous aider ? J'étais là, la nuit dernière, dit le fermier qui s'était présenté sous le nom de Gunnar Schroeder.

— Eh bien, venez donc avec nous », répondit Clemencia.

Au loin, le vent faisait voler le fin sable rouge au-dessus du sommet de la colline. Du sable, des pierres, des buissons épineux sans feuilles et de l'herbe sèche aussi loin que porte le regard. Quand on vivait à Windhoek, on oubliait vite que presque tout le reste de la Namibie n'était composé de rien d'autre – infinies étendues désertiques dans lesquelles la mort semblait plus naturelle que la vie. Mais il n'y avait rien de naturel à la mort d'un homme dont on avait fait exploser le crâne d'une balle de fusil. Le cadavre, bizarrement recroquevillé, reposait au sol, sur le côté, les genoux repliés contre la poitrine.

Tjikundu fit un signe à Clemencia et alla discuter avec les policiers en uniforme. Il se mit à gesticuler, fit demi-tour en secouant la tête et revint vers la jeune femme. Les deux policiers le suivirent d'un pas hésitant. Ils n'avaient pas de civière, pas de sac à cadavre, rien. Tjikundu chuchota à Clemencia :

« Et je leur ai pourtant bien demandé s'il fallait qu'on apporte quelque chose de Windhoek ! »

Les policiers se penchèrent sur le corps et le saisirent à mains nues. Mme Rodenstein se leva enfin. Sans un dernier regard pour son mari mort, elle se retourna et partit d'un pas rapide. Clemencia, Tjikundu et Gunnar Schroeder la rattrapèrent sur le chemin de terre menant à la ferme. Le vent soufflait maintenant de l'arrière, leur donnant l'impression de descendre une faible pente, bien que le terrain soit plat. Les arbres entourant la maison grossirent rapidement dans leur champ de vision. Les jacarandas, dans leur nudité hivernale, dépassaient des citrus au feuillage persistant entre lesquels on apercevait les murs chaulés du bâtiment. Le toit de la véranda était soutenu par deux gigantesques colonnes. À l'avant s'étendait une pelouse tondue ras sur laquelle un paon solitaire se pavanait, projetant la tête devant lui à chaque pas comme pour donner des coups de bec. Il finit par s'arrêter, comme figé là.

À la suite d'Elsa Rodenstein, Clemencia se dirigea vers les marches de la véranda tout en essayant de se faire rapidement une vue d'ensemble. Un barbecue de briques, une arrivée d'eau avec un bassin de pierre, des chaises abandonnées un peu partout. Les annexes étaient à l'arrière, plus loin. À gauche, de grandes bâches tendues au-dessus des abris à voitures claquaient au vent. Cinq voitures étaient garées là, des *bakkies* pour la plupart, mais aussi une Golf Citi.

Clemencia comprit qu'elles n'appartenaient pas toutes aux Rodenstein en voyant deux autres fermiers les attendre dans le long couloir d'entrée de la maison. Le premier s'appelait Haseney, l'autre avait aussi un nom allemand. Tout le monde demeura planté là un moment, puis Mme Rodenstein ouvrit la porte menant à l'une des pièces et, d'un geste de la main, les invita tous à prendre place. Tjikundu resta debout près de la porte. Clemencia tira la chaise située en bout de table mais, aux regards que les autres lui lancèrent, comprit juste à temps qu'elle commettait une erreur. Ça avait sans doute été la place du maître des lieux.

Elle s'assit du côté long de la table. Une cheminée soigneusement nettoyée dominait la pièce; une armoire antique, en bois sombre percé de plaques de verre multicolores, se dressait en face. Sur la vitrine assortie trônait un gramophone au pavillon couleur d'ivoire. La radio posée à côté paraissait déplacée, et Clemencia ne vit pas de téléviseur. Elle déposa son bloc-notes sur le bois poli devant elle, et Mme Rodenstein commença aussitôt à parler, comme si elle venait d'en recevoir l'ordre.

« On était assis ici, on venait juste d'allumer le feu dans la cheminée et on écoutait la radio quand le téléphone a sonné. Il devait être un peu plus de 19 heures, parce que les informations en allemand avaient déjà commencé. Gregor a décroché, il a parlé en anglais et a demandé deux fois qui était à l'appareil. Ensuite, il a écouté pendant un moment, et quand il a demandé comment celui qui appelait pouvait savoir tout ça, l'autre a apparemment raccroché. Gregor s'est rassis tranquillement et nous a dit qu'on venait de l'avertir d'une attaque, qu'un groupe de bandits était censé venir pendant la nuit pour voler les capteurs solaires des pompes des puits de forage. Ça paraissait plutôt crédible; il s'est passé pas mal de choses dans les environs, ces derniers temps. Thomas, mon fils, a absolument voulu appeler la police; on savait tous que si on leur signalait un avertissement anonyme, ils ne lèveraient pas le petit doigt, sans même parler de faire le déplacement jusqu'à la ferme. Mais on ne voulait pas que quelqu'un puisse ensuite nous reprocher de n'avoir pas au moins essayé. »

Clemencia aurait dû prendre la défense de ses collègues. Les nouvelles réglementations imposaient que chaque kilomètre effectué avec un véhicule de patrouille soit justifié – à condition encore qu'on trouve une voiture en état de marche. Et puis le personnel disponible était limité. Ces fermiers n'avaient aucune idée de ce qui se passait dans les townships de Windhoek! Deux cent mille personnes y vivaient les unes sur les autres, dont beaucoup dans des conditions que les Blancs d'ici n'auraient même pas qualifiées de « vie ». Évidemment, cette misère ne justifiait aucun crime, mais il s'en commettait, c'était comme ça. À Katutura, il ne se passait pas une nuit sans vols, attaques, bagarres au couteau, maltraitance et viols. Quelques policiers y patrouillant faisaient dix fois plus pour la sécurité de leur pays que ce qu'on pouvait s'imaginer quand on vivait ici, à l'extérieur.

Pourtant, Clemencia ne dit rien, hochant simplement la tête pour inviter Mme Rodenstein à poursuivre.

« Gregor a téléphoné au voisin. Les hommes ont laissé tomber tout ce qu'ils étaient en train de faire, ont embarqué leurs fusils et sont arrivés ici à peine une heure plus tard. Alors… »

Mme Rodenstein s'interrompit sans raison apparente et Schroeder prit le relais.

« C'est comme une loi tacite, chez nous. Si quelqu'un a besoin de toi, tu es là, parce que tu sais qu'à la prochaine occasion, c'est toi qui pourrais avoir besoin de son aide, que ce soit pour un feu de savane, une morsure de vipère quand tu es en manque de sérum ou bien justement en cas d'attaque. Donc, on est venus, on a décidé de la marche à suivre et on s'est postés aux endroits où les éventuels voleurs passeraient pour accéder à la ferme. À 23 heures, Thomas nous a signalé par radio qu'une voiture venait de quitter la D 1953 et que le conducteur avait éteint les phares. Ça ne pouvait être qu'eux. C'est Haseney qui était posté le plus à l'ouest, alors il a continué la surveillance à partir de là. On a vite compris qu'ils se dirigeaient vers le puits de forage situé près de la ferme. Gregor a demandé à Elsa, enfin, à Mme Rodenstein, d'éteindre toutes les lampes de la maison, pour que ces *tsotsis** se croient en sécurité. Elsa a absolument voulu nous accompagner au puits de forage. Elle sait se servir d'un fusil aussi bien que n'importe lequel d'entre nous.

— Est-ce que vos employés de ferme étaient là aussi, madame Rodenstein ? » demanda Tjikundu depuis la porte.

Elle secoua la tête en silence.

« Pourquoi est-ce que vous n'avez pas tout simplement arrêté la voiture des *tsotsis* ? demanda Clemencia.

— Pour qu'ils nous racontent qu'ils avaient seulement quitté la route par erreur ? Pour qu'on les trimballe jusqu'au commissariat et qu'ils en sortent sans autre forme de procès et viennent recommencer la nuit suivante ou celle d'après ? Non, si tu ne surprends pas ces salauds sur le coup, le problème n'est jamais réglé. »

Schroeder appuya les coudes sur la table. Il avait en guise de mains d'énormes battoirs rompus aux tâches les plus rudes. Chaque callosité annonçait la couleur : les problèmes étaient faits pour être résolus. Si une clôture était abîmée, on la réparait; si le fourrage manquait dans les prés à cause de la sécheresse, on donnait de la luzerne au bétail; si un léopard posait des problèmes, on l'abattait. Et si des *tsotsis* décidaient d'attaquer une ferme, on leur faisait face exactement de la même manière, l'arme à la main. Même au risque que quelqu'un y laisse sa vie. C'était ainsi.

« Par radio, on s'est mis d'accord pour les encercler, mais d'abord en restant à bonne distance, par sécurité, poursuivit Schroeder. On comptait les prendre sur le fait dès qu'ils auraient démonté les panneaux solaires et on s'est approchés du puits de forage sans faire de bruit, en venant de directions différentes. Mais là, quelque chose est allé de travers. Peut-être que cette fichue lune renvoyait trop de lumière, ou qu'ils nous avaient déjà vus et qu'ils nous attendaient. Une fois à environ cinquante mètres d'eux, je me suis accroupi derrière les abreuvoirs, mais en ne voyant qu'un seul type en train d'escalader l'armature du collecteur, j'ai eu un mauvais pressentiment. Je ne savais pas combien ils étaient, mais il ne pouvait pas être venu tout seul. Ils viennent jamais seuls, ils n'auraient jamais les tripes pour ça. Je me suis concentré sur leur voiture; ils avaient eu le culot de l'amener jusqu'au puits de forage. Les portes étaient ouvertes, mais rien ne bougeait. Où est-ce qu'ils pouvaient bien être? »

Sans savoir si cela venait de son ton ou du vocabulaire qu'il employait, Clemencia s'aperçut que Schroeder se laissait complètement emporter par son propre récit des événements de la nuit passée. Il les revoyait se dérouler devant ses yeux, trouvant en même temps des mots qui s'incrusteraient dans son esprit et qu'il utiliserait encore dans vingt ans, quand, tard le soir, il serait d'humeur à raconter des histoires.

« Du coin de l'œil, j'ai perçu un mouvement, à bien trente ou quarante pas de la voiture. Une ombre qui s'élevait du sol. Elle avait une drôle d'allure, comme si… Enfin, il m'a fallu un moment pour comprendre que c'étaient deux hommes qui se battaient, et puis j'ai entendu Gregor pousser un cri…

— C'était pas un cri, intervint Haseney, qui était assis à côté de Schroeder. C'était plutôt un appel, ou une exclamation, pas du tout comme de la peur.

— Ça n'a aucune importance.

— Mais si, c'est important, répliqua Haseney. Gregor n'a pas crié, il a appelé. Il n'avait pas un ton paniqué, plutôt surpris et un peu en colère.

— Mais qu'est-ce qu'il a dit ? demanda Clemencia.

— Le silence s'est fait d'un coup, reprit Schroeder comme s'il n'avait pas entendu sa question. C'était le genre de silence qui te fait instinctivement retenir ton souffle. Ça n'a pas pu durer plus de quelques dixièmes de seconde, mais à ce moment précis, j'ai tout ressenti avec beaucoup plus d'intensité que d'habitude : le ciel, la terre et moi-même. Tout était uni, tout ne faisait qu'un, avec une telle évidence que j'ai su que ça ne pouvait pas durer. Je n'oublierai jamais cette impression. Et je n'oublierai pas non plus comment le chaos a explosé juste après. Haseney a allumé sa lampe de poche, Müller aussi, et les faisceaux de lumière se sont baladés sur le veld. Thomas s'est précipité vers son père en hurlant, j'ai entendu un choc métallique, tintant, et le type qui était en haut de l'armature s'est laissé tomber au sol. Il y a encore eu des bruits de pas je ne sais où ; j'ai bondi hors de ma cachette, j'ai crié quelque chose, je ne sais plus quoi, et Gregor s'est retrouvé dans le faisceau des lampes. Le *tsotsi*, qui était plus petit que lui d'une demi-tête, se tenait debout derrière lui et lui braquait son fusil sur la tempe. Il a crié : "Je le descends si vous…" Il n'a même pas fini sa phrase, non ?

— Non, dit Haseney.

— Non, confirma le troisième fermier.

— Je ne sais pas si Thomas a compris ce qu'il a dit, ajouta Haseney.

— Il courait comme un fou, il n'aurait pas pu s'arrêter si vite, précisa l'autre.

— C'était son père qui était menacé, après tout, dit encore Haseney.

— Ce n'est pas nous qui avons tiré les premiers, aucun d'entre nous, reprit l'autre fermier.

— Le *tsotsi* a tiré, tout simplement, dit Schroeder.

— Tout simplement ? » répéta Tjikundu.

Clemencia jeta un regard furtif à Mme Rodenstein. Elle était assise le dos bien droit, sans s'appuyer au dossier. Impossible de lire sur son visage si elle souffrait de revivre ainsi la mort de son mari, ni même si elle avait saisi un seul mot de ce qui venait d'être raconté.

« Écoutez, reprit Schroeder, vous n'espérez quand même pas qu'on va se mettre à inventer je ne sais quelles excuses au meurtrier ? Le type a tiré avant qu'aucun de nous n'ait la moindre chance de réagir. Le canon était à moins de dix centimètres de la tête de Gregor, tout le monde se doutait bien de ce que ça donnerait. C'était un meurtre avec préméditation et rien d'autre. Comment un être humain peut faire une chose pareille, c'est un vrai mystère pour moi. »

Clemencia le fixa, pensive. Non pas parce qu'un Blanc venait de dénier à un Noir la qualité d'être humain, ravivant le souvenir des temps révolus de l'apartheid ; la couleur de la peau ne jouait ici aucun rôle. Simplement, avant de se faire une opinion, Clemencia aurait bien voulu entendre la version adverse. Elle dit :

« Continuez !

— Le coup de feu a retenti, et, à la lumière des lampes de poche, j'ai vu Gregor s'effondrer. Il est d'abord tombé à genoux, est resté comme ça un moment, puis il s'est affaissé sur le côté. J'ai épaulé mon fusil très calmement. J'avais une seule pensée en tête, toucher ce salaud, et c'est ce que j'ai fait, je l'ai eu du premier coup. La balle l'a fait vaciller, son fusil lui a glissé des mains, mais il est quand même resté debout, seulement plié en deux. J'aurais bien tiré encore une fois, je le dis comme je le pense, mais je n'ai pas pu parce que Thomas a couru en plein dans ma ligne de mire. Il hurlait “Non, non”, comme s'il n'était pas déjà trop tard, et quand il a enfin atteint son père, il s'est jeté sur lui, lui a redressé la tête et a cherché son pouls.

« On entendait les chiens aboyer, à la ferme. J'ai vu Elsa, pétrifiée, plantée là en plein veld, et je me suis dit qu'elle aurait mieux fait de rester à la maison. Ensuite, j'ai de nouveau levé mon fusil, mais l'un des deux autres *tsotsis* a surgi de nulle part et a ramassé le fusil que le premier avait lâché. Il a visé vers le bas, vers Thomas, et a crié : "Vous voulez que celui-là y passe aussi ? C'est ça que vous voulez ?" Je me suis lentement approché de lui en le gardant en joue ; les autres ont fait la même chose, pendant que Haseney surveillait celui qui avait sauté de l'armature. Je n'avais aucune idée de ce qui allait suivre, mais j'étais content d'avoir tiré. Les deux autres avaient forcément compris qu'ils ne s'en sortiraient pas vivants s'ils faisaient quoi que ce soit à Thomas. D'un autre côté, on ne pouvait pas tirer les premiers. On sait tous très bien manier une arme, vous pouvez me croire, mais ça aurait été impossible de toucher le gars avant qu'il appuie sur la détente.

« Alors on est restés comme ça, face à face, à quelques mètres les uns des autres. Les lampes de poche étaient éteintes, comme on avait tous épaulé nos fusils, mais la nuit était bien assez claire pour qu'on puisse voir que Gregor était dans un état épouvantable. Thomas avait abandonné ; il était assis dans le sable, apathique, et tenait la main de son père. L'assassin a poussé un râle bruyant, comme si de l'air s'échappait de sa blessure au ventre. Un oiseau qui devait avoir été effrayé par les coups de feu a voleté devant nous. Dans les maisons des employés de la ferme, les lumières ont commencé à s'allumer. Elsa ne bougeait pas. Son mari était étendu là, mort, dans le sable, et maintenant son fils aussi allait être tué sous ses yeux ? J'ai quand même dit au type qui tenait Thomas en joue qu'il ferait mieux de le laisser partir, que sinon, j'allais tirer. Il a juste ri, d'un rire nerveux, complètement fou. Ce type ne se rendrait pas ; soit il partait, libre, soit il mourait sur place en emportant le plus de monde possible avec lui : il n'y avait pas d'autre option pour lui. Alors j'ai baissé mon arme et je lui ai dit : "Si tu le laisses partir, on vous laisse partir." Il a secoué la tête. Le blessé a montré Thomas du doigt et a balbutié : "On l'emmène." Alors moi aussi, j'ai secoué la tête. C'était comme de devoir conclure une putain de négociation sans pouvoir décider qui ferait la dernière concession. Le troisième, celui que Haseney tenait en joue, a dit : "On le laissera repartir dès qu'on sera certains que personne nous suit." Il a laissé retomber ses mains et s'est rapproché. Haseney ne l'en a pas empêché.

— Et qu'est-ce que j'aurais pu faire, à ton avis, hein? lança Haseney.

— Le gars a mis Thomas debout, l'autre lui a appuyé le canon de son fusil dans le dos et l'a poussé vers leur voiture. Le blessé a clopiné derrière eux. J'espérais que lui au moins allait crever sous mes yeux, mais il a été assez costaud pour atteindre la voiture. On n'a rien pu faire d'autre que de les regarder partir, impuissants. Depuis, on n'a plus aucune nouvelle de Thomas.

— Ils avaient une Ford Escort bleue immatriculée N212-346W, dit Haseney.

— Vous avez donné cette immatriculation quand vous avez appelé le numéro d'urgence?

— Dès qu'on est arrivés à la ferme. La police a promis de donner l'alerte aux barrages routiers et aux forces d'intervention spécialisées. Évidemment, on ne sait pas si ça a vraiment été fait. »

Clemencia n'avait entendu parler d'aucun avis de recherche. Quand on l'avait informée de cette affaire, le matin même, personne n'avait mentionné de numéro de plaque minéralogique. Il aurait suffi d'un coup de fil pour identifier le propriétaire de la voiture et d'à peine plus d'efforts pour déterminer s'il avait des antécédents judiciaires graves. On avait perdu des heures précieuses, et quand Clemencia tâcherait de reconstituer le fil des événements, elle constaterait certainement que tout cela était dû à un mélange d'étourderie et de trivialité horripilante. Peut-être qu'à la centrale d'appels d'urgence quelqu'un avait raflé tous les stylos pour procurer du matériel scolaire aux enfants de sa famille, ou bien qu'on avait tout simplement oublié de commander des fournitures : l'agent de service aurait certainement une excellente raison d'avoir été incapable de noter le numéro d'immatriculation. Ensuite, quand il avait voulu le répéter de mémoire, il avait oublié deux chiffres; alors, plutôt que de se ridiculiser en l'avouant ou en rappelant le témoin pour le lui redemander, il avait tout simplement escamoté l'information. Il pourrait toujours prétendre ne l'avoir jamais reçue, ce qu'il finirait d'ailleurs sûrement par croire lui-même au bout de quelques heures.

« Vous étiez assez proche pour déchiffrer avec certitude le numéro d'immatriculation ? demanda Clemencia.

— J'en suis absolument certain, répondit Schroeder.

— La lune brillait tellement qu'on aurait pu lire le journal, ajouta Haseney.

— Bien, reprit Clemencia en se levant et se tournant vers Mme Rodenstein. Il me faudrait une photo.

— Une photo ? »

Mme Rodenstein parut avoir du mal à émerger des pensées dans lesquelles elle s'était enfoncée.

« De votre fils. »

Clemencia allait évidemment tout faire pour ramener Thomas Rodenstein indemne chez lui. Mais ses chances étaient minces. Si les agresseurs l'avaient vraiment relâché quelque part pendant leur fuite, il aurait déjà donné signe de vie depuis longtemps. La région était certes peu peuplée, mais en quelques heures de marche on finissait toujours par atteindre une ferme. Il ne restait donc que deux possibilités. Dans le meilleur des cas, les *tsotsis* détenaient toujours le jeune Rodenstein. Mais dans quel but ? Et à quel endroit ? Dans les townships de Windhoek, où ils se terraient probablement, il était pratiquement impossible de cacher quelque chose ou quelqu'un à ses voisins ; Clemencia avait eu bien assez souvent l'occasion de le constater elle-même. S'il leur avait semblé trop risqué de libérer Thomas Rodenstein, continuer à le traîner partout avec eux devait leur paraître encore plus dangereux. Dans le pire des cas, et malheureusement aussi le plus vraisemblable, ils avaient résolu le problème à la manière dont les fermiers blancs auraient aimé le faire. Avec une arme à feu.

Lorsque Mme Rodenstein lui tendit une photo d'identité de son fils, Clemencia crut devoir ajouter une parole de réconfort.

« Je voudrais vous…

— Oui ? »

Clemencia regarda la photo. C'était celle d'un homme d'une trentaine d'années, aux cheveux bouclés blond clair et au nez pointu. Il ne souriait pas. C'était normal : sur une photo d'identité, on ne sourit pas. Clemencia ignorait comment terminer sa phrase. Elle dit finalement :

« Je vous tiens au courant. »

Elsa Rodenstein les raccompagna, elle et Tjikundu, jusqu'à la porte. Le vent soufflait maintenant par rafales. À cinq cents mètres de là, il faisait voler le sable autour de la pompe et du réservoir d'eau. La voiture venue enlever le corps de Gregor Rodenstein avait disparu et il n'y avait là plus rien à voir, rien d'autre que l'herbe sèche, les pierres et le sable rouge, soulevé par le vent, qui finirait par recouvrir le sang imprégnant le sol. Tjikundu fit un signe de tête à Mme Rodenstein et se dirigea vers la voiture garée près de l'annexe, à l'abri des bourrasques.

« Quand est-ce que vous nous autoriserez à récupérer le corps ? » demanda Mme Rodenstein.

Le *corps* ? Elle parlait de son mari, de l'homme qu'elle avait épousé une éternité plus tôt ! Un homme avec un nom ! Sans doute Elsa Rodenstein était-elle sous le choc, sans doute sa tristesse avait-elle gelé durant sa nuit de veille glaciale, peut-être même avait-elle décidé de ne montrer de signe de faiblesse à personne, et surtout pas à une inspectrice de police noire, mais malgré tout Clemencia ne la comprenait pas. Cette distance, cette froideur. Peut-être le malaise de Clemencia était-il visible, car Mme Rodenstein ajouta à la hâte :

« Pour l'enterrement. Il y a des choses à régler, la cérémonie, le pasteur, l'annonce dans le journal, et si je connaissais la date…

— Ça risque de durer plusieurs jours, répondit Clemencia.

— J'aimerais bien en finir.

— Bien sûr. »

À côté de l'abri à voitures, le vent formait un tourbillon. Une mince colonne de poussière s'éleva et se déplaça de quelques mètres en direction de la maison avant de retomber. À voix basse, Clemencia ajouta encore :

« Mes condoléances ! »

Mme Rodenstein ne hocha même pas la tête.

Clemencia se détourna. Tjikundu était déjà assis dans la voiture. Quand ils repartirent en cahotant sur le chemin de terre de la ferme, elle observa les maigres buissons d'épines qui bordaient la piste, fouettés par le vent. Chacun d'eux aurait pu dissimuler un mort, un second cadavre dont Mme Rodenstein ne prononcerait plus le nom. Clemencia appuya le front contre la fenêtre latérale et leva les yeux vers le ciel d'un bleu d'acier. Y avait-il ici des vautours qui trahiraient de leurs cercles planants l'endroit où la mort s'était posée ? Mais non, aussi loin qu'elle le scrutât, le ciel était vide, comme balayé.

C'est seulement une fois sur la route principale que Clemencia se demanda si, à la place de Mme Rodenstein, elle enterrerait son mari alors que leur fils était encore porté disparu. Puis elle prit conscience qu'Elsa Rodenstein n'avait plus du tout évoqué son fils, à la fin. L'incertitude de son sort la touchait-elle donc si peu ? Et comment pouvait-elle parler de l'enterrement de son mari comme s'il s'agissait seulement d'un problème d'organisation ?

Tjikundu resta taciturne pendant presque tout le trajet. Il dit simplement :

« Tu ne trouves pas ça bizarre que les Rodenstein n'aient pas emmené leurs employés noirs quand ils sont partis à la chasse aux *tsotsis* ?

— Pourquoi ? Tu penses qu'ils seraient des témoins plus fiables ?

— Non, pas forcément, mais d'habitude, quand il y a un sale boulot à faire ou que ça pourrait devenir dangereux, les Blancs commencent toujours par envoyer leur personnel. »

Clemencia haussa les épaules. Sans trop savoir pourquoi, elle poussa un soupir de soulagement quand ils approchèrent de la ville et croisèrent les premiers vendeurs de petit bois, assis au bord de la route avec leurs fagots. Le trafic s'intensifia ; les cheminées de la centrale électrique Van-Eck crachaient de la fumée. Sur les sentiers qui, depuis les lotissements de cabanes blottis derrière les coteaux dénudés, menaient à la B1 et, plus au nord, au secteur industriel, elle aperçut des gens qui avançaient, presque comme s'ils avaient un but.

Le titre de propriété de la Ford Escort bleue immatriculée N212-346W avait été transféré tout juste trois mois plus tôt à un certain Tobias Kausiku. Celui-ci vivait à Big Bend Extensions, un quartier de baraquements à l'origine illégaux que la ville de Windhoek avait progressivement équipé d'infrastructures de base. Il n'y avait pas encore l'électricité, mais des arrivées d'eau publiques étaient disposées tous les deux cents mètres ; on pouvait venir y remplir ses seaux contre un forfait mensuel de cent dollars namibiens. Ce n'était donc pas un quartier dans lequel qui que ce soit pouvait se payer une voiture, et les seuls véhicules en vue étaient un taxi solitaire garé devant un bar clandestin et un bus Volkswagen désossé.

Clemencia Garises et son collègue Bill Robinson roulaient lentement vers l'ouest. La route poussiéreuse était bordée de cabanons de toilettes ; à quelques mètres en retrait s'élevaient des baraques en tôle, apparemment guère plus solides ni plus confortables, et qui semblaient à peine plus grandes. Rares étaient les numéros de parcelle indiqués lisiblement, et Clemencia faisait régulièrement arrêter la voiture pour demander où vivait Tobias Kausiku. Heureusement, ici, tout le monde se connaissait. Ils atteignirent leur destination au détour d'une grande tente qui tenait lieu d'église à une quelconque secte évangélique.

Kausiku semblait effectivement avoir récemment gagné de l'argent. Son terrain était en tout cas le seul qui soit entouré d'un mur, apparemment bâti de fraîche date ; le crépi de la bordure supérieure, dans lequel on avait enfoncé verticalement des éclats de verre, ne paraissait même pas tout à fait sec. Le portail grillagé à double battant n'avait pas encore été enchâssé dans l'ouverture du mur, mais il était déjà prêt, posé au sol. Avec ses dorures, ses ornements entrelacés et les piques torsadées qui le couronnaient, il n'aurait pas paru déplacé dans une riche résidence européenne.

« *My home is my castle*[1] », commenta Robinson d'un ton moqueur.

La cabane elle-même ne se distinguait pas de celles des voisins : des pierres et de vieux pneus de voiture maintenaient en place les bâches en plastique servant de toit, et les murs étaient faits d'un assemblage bariolé de tôle ondulée, de planches, de plaques de plastique et de jerrycans découpés et martelés pour former une surface

1. « Ma maison est mon château. »

plane. Près de la porte, on avait inscrit « Emmy's Hair Salon » à la peinture blanche ; avec beaucoup de bonne volonté, on pouvait reconnaître dans le « y » de « Emmy » le dessin stylisé d'une paire de ciseaux. La femme qui, assise à gauche de la porte sur une chaise de plastique, allaitait un nourrisson était nettement plus jeune que Clemencia. À ses pieds, une fillette d'environ quatre ans berçait dans ses bras maigres un bidon de lessive comme si c'était une poupée. Ce qui restait de l'étiquette déjà presque entièrement élimée révélait la marque Ship.

Robinson pointa le doigt vers des traces de pneus dans le sable. Clemencia hocha la tête. Une voiture avait été garée ici peu de temps avant. Elle salua la femme et lui demanda si elle savait où trouver Tobias Kausiku.

« C'est à cause de la voiture ? »

Clemencia et Robinson échangèrent un regard. Ils n'avaient encore rien révélé des raisons de leur visite. La femme montra du doigt le trou dans le mur et dit :

« Ils ont profité de ce qu'on n'avait pas encore terminé le portail. On avait garé la voiture ici hier après-midi, et ce matin elle avait disparu. Ils doivent l'avoir volée pendant la nuit. Tobias est justement chez vous, à la police, pour porter plainte.

— Volée pendant la nuit ? » répéta Clemencia.

Précisément la nuit pendant laquelle cette voiture avait servi à perpétrer une attaque qui s'était soldée par un meurtre et un enlèvement ?

« Ou même hier soir. Tobias et moi, on est allés se coucher tôt. »

Voilà qui ressemblait beaucoup à un alibi spontané pour Tobias Kausiku. Les soupçons de Clemencia n'en furent pas diminués. Elle demanda :

« Et vous n'avez rien entendu ?

— Non. »

Clemencia observa la cabane. La seule ouverture tenant lieu de fenêtre n'était obturée que par des lambeaux de plastique. Il fallait avoir le sommeil vraiment profond pour ne pas être réveillé par quelqu'un en train de court-circuiter une voiture quelques mètres plus loin, surtout quand c'était la seule voiture de tout le quartier. Elle regarda l'heure : presque trois heures et demie. Elle poursuivit :

« Et pourquoi votre mari n'est-il pas allé voir la police dès ce matin ?

— C'est pas mon mari.

— Bon, reprit Clemencia, alors pourquoi Tobias…

— C'est le père de mon deuxième enfant, mais il s'occupe aussi de mon aînée. C'est un homme bien.

— Je voudrais seulement savoir pourquoi il n'est pas allé voir la police tout de suite.

— Personne n'aime aller voir la police, non ? » répliqua la femme en haussant les épaules.

Il y avait du vrai là-dedans. Bien des gens, et pas uniquement dans ce coin de la ville, étaient convaincus que la police intervenait uniquement aux moments où on aurait très bien pu se passer d'elle, par exemple quand on ouvrait un bar sans avoir de licence ou qu'on ne pouvait pas prouver d'où venaient les téléphones portables qu'on essayait de vendre à la sauvette. En revanche, jamais un uniforme en vue lorsqu'on était soi-même victime d'une agression, et quand des voisins parvenaient à attraper un type qui avait violé une gamine, les policiers les empêchaient même de l'arroser d'essence pour le brûler. Le contenu des livres de loi n'avait pas grand-chose en commun avec le sens de la justice des habitants des townships ; ici, certaines choses ne se faisaient jamais, par exemple dénoncer un homme bien, un homme qui s'occupait même des enfants d'un autre.

« C'est un beau portail que vous avez là, dit Robinson. Il a dû coûter un paquet, non ?

— Pas tant que ça, répondit la femme.

— Et la voiture ?

— Mon salon de coiffure marche bien. »

Robinson se mit à rire comme s'il venait d'entendre une bonne blague. Aurait-il ri face à une femme ayant la même couleur de peau que lui ? Non, il ne lui aurait même pas posé la question. Le pire, c'était que la réaction de Robinson ne trahissait pas seulement son racisme mal camouflé. Dans ce cas précis, il avait raison : il ne faisait pratiquement aucun doute que le foyer Kausiku n'était pas arrivé à cette prospérité soudaine par des moyens légaux.

Clemencia envoya Robinson interroger les voisins, puis elle s'assit sur le sol sablonneux et s'adossa à la paroi de tôle ondulée. La petite fille disparut derrière la cabane avec sa poupée-bouteille. Clemencia désigna le nourrisson et demanda son nom.

« Elle n'en a pas encore, répondit la mère.

— Mais elle a quel âge ?

— Six semaines. »

Six semaines et toujours pas de nom ? *Miki* Matilda avait dit un jour qu'au début, c'était tout à fait sensé. La mère souffrait moins si un bébé sans nom mourait. Et puis les mauvais esprits avaient plus de mal à attraper un enfant lorsqu'ils ignoraient par quel nom l'appeler. Mais c'était aussi valable pour la mère. Comment s'adressait-elle à son enfant ?

Emmy rabaissa son chemisier sur sa poitrine et dit :

« Je ne sais pas quand Tobias rentrera. »

Clemencia hocha la tête.

« Ça pourrait durer un moment.

— Vous savez ce qui s'est passé, la nuit dernière ? » demanda Clemencia.

Emmy haussa les épaules en signe d'indifférence. Son propre petit monde était bien assez grand pour elle. Elle ne tenait pas à savoir ce qui se passait au-dehors, surtout si on finissait par lui prendre son Tobias. Et pourtant, elle savait parfaitement que c'était ce qui se produirait. On l'arrêterait et on l'enfermerait, et le portail doré resterait par terre jusqu'à ce que quelqu'un le vole, ou jusqu'à ce qu'elle trouve un autre homme qui promettrait de s'occuper de ses deux enfants à condition de lui en faire lui-même un troisième. Voilà ce qui allait se passer ; Clemencia le savait, Emmy le savait aussi, et pourtant elle secoua la tête et dit :

« Tobias était ici, avec moi, toute la nuit. »

Clemencia ne dit plus rien jusqu'au retour de Robinson. La veille, un voisin avait vu Tobias Kausiku partir en voiture avec deux autres hommes. Il ne se souvenait plus de l'heure, mais il savait qu'il faisait déjà sombre.

« Tobias est rentré à 19 heures et il est resté à... », dit Emmy.

Mais Robinson l'ignora et poursuivit son compte rendu. D'autres voisins affirmaient avoir vu la Ford Escort dans la cour le matin même ; Tobias Kausiku serait reparti avec seulement vers 11 heures.

« Ils mentent », dit Emmy.

Et elle n'en démordrait pas, quel que soit le nombre de témoins qui la contrediraient.

« J'aimerais bien jeter un coup d'œil », dit Clemencia.

Elle se leva et poussa la porte. La cabane était constituée d'une unique pièce rectangulaire dans laquelle trônait un canapé flambant neuf en peluche blanche. En face, sur une caisse de bière retournée, un téléviseur à écran plat. Volé et pas encore refourgué, pensa Clemencia. Deux matelas étaient debout dans un coin. Lorsqu'on les étendait sur le sol de terre battue pour la nuit, il ne devait plus rester la place de faire un pas. Près de la porte, sous quelques planches fixées au mur et chargées de vaisselle et de provisions, se trouvait un réchaud à gaz à deux feux. Plus à gauche, des vêtements étaient empilés dans une petite armoire sans portes. Le sac-poubelle posé à côté devait servir de panier à linge. Un miroir fendu était appuyé contre l'armoire ; c'était le seul objet évoquant un salon de coiffure. Une table bancale, une chaise en plastique et quelques bidons d'eau complétaient l'ameublement. Un coup d'œil dans la pièce suffisait à constater qu'aucun fermier kidnappé n'y était dissimulé. Il était même très peu probable qu'un Blanc y soit jamais entré.

Des particules de poussière tournoyaient dans la lumière du soleil tombant par l'ouverture de la porte, redevenant invisibles dès qu'elles plongeaient dans l'ombre. Clemencia fit quelques pas, passa la main entre les tee-shirts et les pantalons entassés dans la petite armoire, contrôla le canapé et les rares autres endroits auxquels on aurait pu cacher une arme. Rien. Pas non plus de traces de sang qui auraient pu trahir la présence d'un homme blessé par balle.

Elle se tenait encore près des matelas quand elle entendit Robinson l'appeler d'un cri bref, chargé d'excitation, qui l'alarma instantanément. Lorsqu'elle atteignit la porte, Robinson franchissait déjà en courant l'ouverture du mur en direction de leur voiture. Clemencia se précipita à sa suite et ouvrit à toute volée la portière passager alors qu'il mettait le contact. Elle entendit Emmy hurler que Tobias avait été avec elle toute la nuit. Quand Robinson démarra, le sable crissa sous les pneus. Clemencia claqua sa portière et son collègue siffla entre ses dents :

« Une Ford Escort bleue. »

La voiture avait au moins deux cents mètres d'avance sur eux. Elle semblait de couleur foncée, mais, à travers l'épais nuage de poussière qu'elle soulevait, Clemencia ne pouvait pas voir si elle était vraiment bleue. Elle demanda :

« Tobias Kausiku ? »

Robinson, les yeux fixés vers l'avant, mit les gaz et fit hurler le moteur avant d'enfin passer la deuxième vitesse.

« Il a freiné, clignoté, puis il a redémarré aussitôt, sûrement parce qu'il a vu notre immatriculation de la police.

— Mais enfin, il ne peut pas rentrer chez lui dans la voiture dont il vient de déclarer le vol !

— Putain de bagnole », jura Robinson.

Sa main gauche se crispa sur le levier de vitesses. Un caillou projeté par l'un des pneus contre le plancher de tôle de la voiture retentit presque comme un coup de feu. À tâtons, Clemencia sortit son arme de son holster, par simple précaution. Elle n'avait pas l'intention de se pencher par la fenêtre pour tirer sur une voiture dont elle ne savait même pas qui la conduisait. Ils essaieraient de lui coller au train aussi longtemps que possible ; cela deviendrait de plus en plus difficile à mesure qu'ils se rapprocheraient du centre de Katutura, mais pour le moment ils avaient encore de bonnes chances. La rue en terre battue était large ; dès qu'ils voyaient arriver la Ford Escort en fuite, les piétons et les rares cyclistes se jetaient sur le côté pour se mettre à l'abri derrière le talus. Robinson, tout en maintenant la voiture au milieu de la chaussée, accéléra encore. Soixante kilomètres à l'heure, soixante-dix, soixante-quinze, quatre-vingts. La poussière, épaisse et blanche, tourbillonnait désormais devant le pare-brise, et l'écart se réduisait. Les roues heurtaient rudement le sol accidenté.

« Arrête-toi, enfoiré ! » siffla Robinson comme si l'homme qui s'engageait maintenant sur la gauche, dans le virage menant au bas de la colline, pouvait l'entendre.

La poussière vola sur le côté, vers les cabanes de tôle ondulée. C'était bien une Ford Escort bleue qui fuyait devant eux, immatriculée N212-…

Quand Robinson vira à gauche à son tour, ils se retrouvèrent dans le nuage de poussière et leur voiture dérapa. Sur ce terrain glissant, les roues semblaient incapables de choisir la direction à prendre. Robinson, haletant, leva le pied, contrebraqua, et Clemencia vit le talus se rapprocher, exactement à l'endroit où se trouvaient une petite voiture en fil de fer et un jeune garçon qui les regardait fixement, figé sur place. Une croûte de morve séchée était collée sous son nez et ses yeux s'agrandissaient de plus en plus, tels deux tourbillons noirs dans la blancheur, qui semblaient savoir que la mort n'était jamais bien loin.

« Attention ! » hurla Clemencia.

Robinson reprit enfin le contrôle de la voiture. Les roues cessèrent de patiner, le gravier crépita et l'aile arrière racla le talus dans un affreux crissement. Lorsqu'elle tourna la tête, Clemencia ne vit plus que le nuage de poussière dans lequel le petit garçon avait disparu. C'était moins une. Bon sang, Robinson, ça n'en vaut pas la peine. Rien au monde ne justifie de prendre un risque pareil.

« Tu as failli tuer un enfant ! » dit-elle en se forçant à conserver un ton calme.

Robinson repassa la seconde et mit le pied au plancher, poursuivant sa course sans un regard à droite ni à gauche. Devant eux, la Ford Escort s'approchait du carrefour avec Matshitshi Street, là où commençait la route goudronnée.

« Tu as entendu, Robinson ?

— On va l'avoir, dit-il en passant la troisième. Je te jure qu'on va l'avoir. »

Clemencia ne répliqua pas, se contentant de remettre son pistolet dans son holster. C'était vraiment incongru, mais elle se sentait déplacée – elle, l'inspectrice principale de la police criminelle, se sentait déplacée en pleine poursuite d'un meurtrier et ravisseur présumé. Elle avait déjà éprouvé cela en d'autres circonstances, à l'enterrement d'Angula[1], par exemple, ou encore pendant certaines réunions, quand un simple mot suffisait à lui faire comprendre que ses collègues avaient un but tout différent du sien, même si en apparence, ils poursuivaient tous le même objectif.

Mais que voulait-elle réellement ? La vérité, le droit et la justice ? Maintenir l'ordre à tout prix, un ordre qui, malgré tous ses défauts, était toujours préférable au chaos ? Avoir le sentiment d'être du bon côté en attrapant les méchants pour les enfermer ? Ou cherchait-elle juste à gravir rapidement les échelons de la hiérarchie policière rien que pour pouvoir jeter quelques centaines de dollars de plus dans le gosier de son insatiable famille ?

Robinson, lui, ne se posait pas ce genre de question. Il se plaignait de temps en temps du prétendu traitement de faveur dont bénéficiaient les Noirs, mais à part cela, il faisait son travail et semblait même y prendre plaisir. Surtout maintenant, tandis que, sur la route goudronnée, le trafic s'intensifiait. Monte Christo Road, puis Cesarea Street sur la droite. Comme leur voiture n'avait pas de sirène, Robinson klaxonnait continuellement, ne s'interrompant que pour changer de vitesse. Dégagez le passage, on est les gentils ! Robinson freina, remit les gaz, déboîta derrière un *bakkie* sur lequel étaient entassés des ouvriers en bleu de travail, frôla un taxi venant en sens inverse et contourna dans un crissement de pneus un homme qui traversait la rue en vacillant sur un vélo chargé de balais. Une cohorte d'employés de maison et de jardiniers, tout juste descendus du bus qui les ramenait à Katutura depuis les quartiers blancs, commencèrent eux aussi à traverser, mais le vacarme continu du klaxon les dispersa.

Lorsque Robinson bifurqua dans Independence Avenue, la Ford Escort n'était plus qu'à une trentaine de mètres devant eux. Le chauffeur était seul à bord. Clemencia vit alors qu'il portait un bonnet de laine noire, l'accessoire indispensable des apprentis *tsotsis* des townships – les vrais criminels, eux, s'habillaient généralement de manière plus discrète. Sans doute Tobias Kausiku, si c'était bien lui,

1. Voir *L'Heure du chacal*, du même auteur, (Le Masque, 2013).

n'était-il qu'un pauvre diable, qui se prenait pour un grand parce qu'il avait eu deux ou trois fois de la chance dans des combines douteuses. Mais à la ferme des Rodenstein, ça avait mal tourné. Complètement dépassé par la situation, il avait paniqué et abattu un homme, pensant que c'était ce qu'un vrai dur aurait fait.

Les feux stop de la Ford Escort s'allumèrent. Au carrefour d'Independence Avenue avec Mashego Street, quelques voitures attendaient à un feu rouge. Robinson lança, railleur :

« Eh ben, voilà, gamin ! »

Clemencia avança la main vers la poignée de la portière, mais devant eux, le conducteur de l'Escort tourna brusquement à droite, traversa en cahotant le terre-plein central, s'engagea sur la voie opposée et dépassa les voitures à l'arrêt. Robinson se lança à sa poursuite en jurant, et le fugitif accéléra pour passer avant le camion Coca-Cola d'un rouge éclatant qui s'avançait dans Mashego Street. Il y parvint presque – presque. Les freins crissèrent, les caisses empilées sur la plateforme s'entrechoquèrent dans un bruit de ferraille, et l'avant du camion percuta la Ford Escort au niveau de la roue arrière droite. La voiture fut projetée de côté à travers le carrefour, dissimulée par le camion à la vue des deux policiers ; les caisses de boisson les plus haut perchées se renversèrent et dégringolèrent. Un autre choc violent provint de l'endroit où avait atterri la Ford Escort, suivi du grincement de la tôle qui se froisse et de l'éclat du verre qui se brise.

Robinson pila juste devant le feu qui venait de passer au vert, signalant que la voie était libre malgré le camion qui bloquait le carrefour. Pas une voiture n'avança, pas un passant ne fit un mouvement, tout resta immobile, à part les bouteilles en plastique qui venaient d'être éjectées de leurs caisses. Des dizaines, des centaines de bouteilles d'un demi-litre de Coca-Cola, de Fanta et de Sprite Zero tournoyaient sur place, décrivant des courbes irrégulières sur l'asphalte, se percutant entre elles ou allant se perdre sous les voitures à l'arrêt.

Clemencia et Robinson bondirent presque en même temps de leurs sièges. Ils traversèrent le plus vite qu'ils le purent la mer de bouteilles en plastique et passèrent devant le pare-brise du camion de livraison. À travers la fenêtre ouverte, ils entendirent le chauffeur dire :

« C'était rouge pour lui, j'en suis sûr, et en plus il arrivait du mauvais côté, et...

— Silence ! » intima Clemencia.

Elle jeta un œil au-delà de l'aile du camion. La Ford Escort bleue était arrêtée de l'autre côté du carrefour, devant la vitrine grillagée de la boutique Yong-An-China. Elle avait embouti de toute sa longueur un muret de distribution électrique de NamPower. La portière conducteur était enfoncée et le choc avait ouvert le capot.

« J'ai rien pu faire, dit le chauffeur du camion. J'ai juste eu le temps de freiner, mais...

— On réglera ça plus tard », répliqua Clemencia.

La Ford Escort était vide, la portière passager béante.

« Là ! » hurla Robinson.

Il tendait le doigt vers le Soweto Market. Le jeune homme au bonnet noir avait presque entièrement traversé le parking et passait en clopinant entre deux acacias, se dirigeant vers l'entrée est du marché. Il ne paraissait pas sérieusement blessé mais traînait la jambe droite. Il ne pourrait pas aller bien loin comme ça, mais ils risquaient de vite le perdre de vue dans la foule qui se pressait entre les étals du marché. Clemencia enregistra son allure et ses vêtements : le bonnet de laine, une veste noire, un large pantalon de skate porté très bas et des baskets Nike blanches qui paraissaient flambant neuves.

« Halte ! » hurla Robinson en courant.

Clemencia s'élança à son tour. Ils étaient nettement plus rapides que lui, mais pas assez pour l'atteindre avant la grille d'entrée. À l'intérieur du marché, la cohue attendue régnait entre les stands. Robinson et Clemencia ralentirent. Le fugitif semblait lui aussi avoir été assez malin pour adopter le rythme flâneur des clients du marché : Clemencia ne vit aucun des remous caractéristiques provoqués par quelqu'un se frayant à la hâte un chemin dans une foule.

« Tu prends à droite, moi à gauche », chuchota-t-elle à Robinson.

Il hocha la tête, mit le cap sur la halle du marché et disparut à grandes enjambées dans les allées étroites, entre des pyramides d'oignons et de vieilles boîtes de conserve pleines de vers mopane[1], des

1. Vers mopane : vers d'un papillon de nuit qui se nourrissent des feuilles de l'arbre mopane. Grillés ou séchés, ils sont très appréciés en Namibie.

bottes d'épinards et des bouquets de piments. Clemencia, à l'extérieur, longea les boutiques en briques. Elle passa devant de minuscules cavernes bourrées de pièces détachées pour téléphones portables et d'objets de cuir, devant des serrureries et des ateliers de tailleurs dans lesquels des femmes herero confectionnaient leurs coiffes traditionnelles en utilisant des journaux roulés en guise d'armature. Vint ensuite une série d'échoppes de coiffeurs, mais seules des femmes y étaient installées, pour se faire tresser des extensions capillaires ou appliquer des colorations. Peut-être près des tables de billard ?

Un touriste blanc venu s'égarer là par étourderie observait les joueurs de la deuxième table. Un groupe de petits voyous s'était amassé autour de lui ; l'un d'eux lui tendit un billet de vingt dollars en lui demandant s'il pouvait lui en faire la monnaie. Dès que le touriste sortirait son portefeuille, celui-ci s'envolerait avant qu'il n'ait le temps de dire ouf. Peu importe. Ça lui ferait une histoire à raconter chez lui, en Europe. Clemencia avait bien plus important à régler.

Plus loin, Robinson réapparut en secouant la tête. Le type au bonnet de laine leur avait-il échappé ? Clemencia n'arrivait pas à croire qu'il soit parvenu, avec sa jambe blessée, à traverser tout le marché pour fuir ensuite dans les ruelles de Katutura. Il était forcément encore ici et se faisait le plus discret possible, comme s'il était venu faire ses courses du jour. Peut-être qu'il passait nonchalamment d'un stand à l'autre comme s'il voulait acheter quelque chose ? Non, s'il voulait dissimuler sa blessure, il devait plutôt essayer de ne pas bouger. Il s'était peut-être assis dans le fauteuil d'un coiffeur, ou bien…

Clemencia se tourna vers le secteur de la viande, guidée par l'odeur de graisse et de sang caillé. Des moutons écorchés et des moitiés de bœufs pendaient à de lourds crochets. Des mouches tourbillonnaient autour des morceaux de viande répartis dans des bassines de plastique ; les bouchers les en chassaient d'un coup de torchon ensanglanté lorsqu'un client faisait mine de s'intéresser à leur marchandise. L'un des étals ne vendait que des têtes de chèvres, qui grimaçaient de toutes leurs dents en direction de Clemencia.

Durant son stage de six mois à Helsinki, elle avait un jour raconté à la cantine du commissariat que, chez elle, les yeux de chèvres étaient considérés comme la partie la plus exquise de l'animal. Ses collègues finlandais l'avaient regardée comme si elle venait d'un autre monde – ce qui était effectivement le cas. Seul Jurmela lui avait demandé quel goût ça avait. « C'est bon », avait-elle répondu, mais en fait, elle n'en avait aucune idée. Quand elle était enfant, les adultes, et tout particulièrement *miki* Selma, lui chipaient toujours ces friandises, et plus tard elle n'avait plus ressenti le besoin d'y goûter.

Clemencia tourna à droite. Le long de la halle ouverte, entre les étals de viande et les marchands de petit bois installés le long de la clôture extérieure, s'étirait une rangée de stands de *kapana**. Leurs propriétaires n'avaient ainsi que quelques mètres à faire pour se procurer le matériel et les ingrédients nécessaires à leurs grillades. Et il était là, debout devant le deuxième gril. Il avait ôté son bonnet de laine, mais sa veste sombre, son pantalon de skate et ses Nike d'un blanc éclatant ne laissaient place à aucun doute. Clemencia chercha Robinson des yeux et lui fit un signe. Ils le tenaient, à condition qu'il ne pète pas les plombs, qu'il ne sorte pas une arme pour prendre un otage ou se mettre à tirer dans tous les sens pour provoquer la panique.

Le vendeur de *kapana* trancha en petits dés la viande grillée et en remplit un cornet de papier journal qu'il tendit à son client par-dessus le gril. Le suspect le prit de la main gauche, saisit de la droite un morceau de viande et le trempa dans une assiette en plastique pleine de piment en poudre avant de l'enfourner dans sa bouche. Il mastiquait toujours quand Clemencia arriva près de lui et demanda :

« C'est bon ? »

L'homme hocha la tête. Il était jeune, âgé d'à peine plus de vingt ans, vingt-cinq tout au plus. Ses cheveux étaient coupés court, et rien dans son visage ne sortait de l'ordinaire, excepté les veines saillantes de ses tempes. Pourtant, il parut étrangement familier à Clemencia. Elle était certaine de l'avoir déjà vu quelque part, mais où, et en quelles circonstances ? Du bout des doigts, le jeune homme attrapa un lambeau de couenne, puis le laissa retomber pour saisir un morceau de viande. La graisse crépitait sur le gril.

« Vous avez quand même du cran d'abandonner votre voiture pour venir manger ici après un accident pareil », dit Clemencia.

Robinson venait de la rejoindre ; il se plaça de l'autre côté du suspect et observa la scène d'un air détaché.

« Un accident ? rétorqua le jeune homme en prenant le morceau de viande entre ses dents.

— Avec votre Ford Escort.

— Quelle Ford Escort ?

— D'accord, dit Clemencia. Vos papiers, s'il vous plaît !

— Ma sœur, je suis en train de manger, là, et si t'as un problème…

— Vos papiers ! répéta Clemencia en lui mettant sa plaque sous le nez.

— J'ai pas de papiers. J'en ai pas besoin pour manger, quand même ? répliqua le jeune homme en se léchant les doigts.

— Mais vous savez au moins comment vous vous appelez, non ? »

Il ne répondit rien, semblant hésiter entre lancer une autre repartie cinglante, prendre la fuite ou bien laisser tomber, mais avant qu'il n'ait eu le temps de se décider, Robinson s'écria :

« Bon, maintenant ça suffit, connard !

— Eh, mec… », protesta le suspect, mais Robinson braquait déjà son arme sur lui des deux mains.

Visant à peu près l'endroit où s'arrêtait la fermeture Éclair de la veste, il siffla :

« Allonge-toi par terre, les jambes écartées ! »

Le marchand de *kapana* plongea derrière son barbecue. Le suspect baissa les yeux vers l'arme, les releva vers l'expression menaçante de cow-boy en plein duel affichée par Robinson, puis tourna de nouveau les yeux en direction de Clemencia, l'air presque implorant. Il lui fit soudain l'effet d'un gamin de cinq ans qui venait de perdre sa mère dans la foule, et brusquement, elle se rappela où elle l'avait déjà vu. C'était un ami de son frère, un de ceux avec lesquels Melvin écumait les *shebeens** quand il parvenait à grappiller quelques dollars pour se saouler. Non que Melvin lui présente ses amis ni que ceux-ci tiennent particulièrement à faire la connaissance d'une inspectrice de police, mais lui, elle l'avait déjà vu une ou deux fois. Et d'ailleurs, est-ce que quelqu'un n'était pas récemment venu chercher Melvin dans une Ford Escort bleue ?

« Alors, ça vient ? » cracha Robinson.

Bon sang, pensa Clemencia. Elle était consciente que, dans le milieu que fréquentait Melvin, on n'avait rien contre un petit vol occasionnel et que, quand on avait trop bu, on se battait volontiers, en sortant parfois même un couteau. Elle essayait régulièrement de tirer son frère de là, mais savait pertinemment que ses efforts resteraient vains aussi longtemps qu'il n'aurait aucun espoir de trouver un travail honnête lui permettant de gagner sa vie, aussi longtemps qu'il n'aurait aucun but, aucune tâche à accomplir, aucune perspective. Clemencia comprenait même jusqu'à un certain point que Melvin et ses amis fassent aussi peu de cas de la différence entre légal et illégal. Mais ici, il n'y avait rien de justifiable – il s'agissait d'un enlèvement et d'un meurtre.

Melvin était incapable de commettre de tels crimes, elle en était persuadée, mais il était aussi bien trop crédule et irréfléchi. Qui sait ce que ses copains pouvaient lui avoir raconté ? Une petite balade en voiture, on dévisse juste un panneau solaire et on disparaît dans la nuit. Clemencia ne pouvait exclure qu'il se soit laissé entraîner dans une telle histoire. Et même s'il n'avait pas tiré lui-même, la règle était claire : s'il avait participé, il serait puni comme les autres.

N'importe quoi ! pensa Clemencia. Je n'ai vu Melvin que deux fois avec ce type. Ça ne veut rien dire du tout. Et puis…

« Tu crois que je suis là pour rigoler ? » hurla Robinson.

Il leva son arme vers le plafond et tira. Clemencia rentra instinctivement la tête dans les épaules. La détonation résonna sous le toit de la halle.

« Robinson, ça va pas, non ? » s'exclama-t-elle.

Des pigeons s'envolèrent, des enfants se mirent à crier, et les clients du marché commencèrent à courir dans tous les sens, cherchant un abri, fuyant et se bousculant ; certains s'effondrèrent en criant, d'autres leur marchèrent dessus. Le suspect attrapa des deux mains le gril posé au-dessus des braises incandescentes, le souleva en faisant dégringoler la viande et tournoya sur lui-même pour venir heurter Robinson en pleine poitrine. Clemencia plongea et frappa violemment le jeune homme au creux des genoux. Il chancela en poussant un cri de douleur, la grille du barbecue tomba au sol et l'homme s'effondra.

En un éclair, Clemencia s'agenouilla sur son dos et lui tordit le bras droit vers l'arrière, lui arrachant un gémissement. En jurant, Robinson ramassa son pistolet qui lui avait échappé des mains, le remit dans son étui et sortit des menottes qu'il referma autour des poignets de l'homme étalé au sol.

Clemencia fouilla les poches de sa veste et de son pantalon de skate, dont elle sortit le bonnet de laine noir. Elle ne trouva rien d'autre, aucune arme à feu, pas même un couteau. Elle se releva et demanda :

« Mais qu'est-ce qui t'a pris, Robinson ? »

Celui-ci observa les brûlures et les traces de graisse maculant sa veste, puis il donna un léger coup de la pointe de sa chaussure dans la hanche du suspect et dit :

« Je t'avais bien dit qu'on finirait par l'avoir. »

« Service des homicides, commissariat principal, Bahnhofstrasse, Windhoek.

« Compte rendu d'interrogatoire :

« Le mardi 9 août 2011, de 18 à 21 heures, est entendu pour la première fois Tobias Kausiku, arrêté peu avant, dans le cadre de l'enquête sur le meurtre de Gregor Rodenstein et la disparition de Thomas Rodenstein, numéro de dossier 32… – bon, ça, on s'en fiche.

« En présence de : Inspectrice principale Garises, inspecteur Robinson.

« Rédaction du compte rendu : inspecteur Robinson.

« Suspect : Tobias Kausiku, né le 12/09/1986 à Katutura, célibataire, sans emploi, domicilié à Erf 5759, Big Bend Extensions, Windhoek, informé de ses droits, témoigne de son plein gré.

« Description des faits : Je reconnais être allé en voiture à la ferme Steinland le 8 août 2011 vers 21 heures avec deux amis. Je ne souhaite pas indiquer les noms de mes amis ni l'endroit où ils se trouvent. À la ferme, un groupe de Blancs nous a attaqués et un de mes amis s'est fait tirer dessus. Je conteste le fait que nous ayons eu des armes sur nous ou que nous en ayons volé une à un fermier. Je conteste aussi que nous ayons abattu l'un d'eux. De plus, je nie avoir forcé un autre fermier, sous menace de mort, à monter avec nous dans ma voiture pour l'enlever contre son gré. J'ignore où se trouve cet homme à présent. J'avoue avoir menti en déclarant le vol de ma voiture, une Ford Escort immatriculée N212-346W. J'ai aussi essayé d'échapper à mon arrestation et me suis à cette occasion livré à des voies de fait sur un fonctionnaire de police. J'ai fait tout cela parce que je craignais que mes amis et moi ne soyons faussement accusés d'un crime. Je ne suis pas en mesure de donner une explication concrète à cette crainte. »

Robinson débita le texte sur un ton signifiant clairement qu'il ne croyait pas un mot des déclarations de Tobias Kausiku. Pour lui, elles ne valaient même pas le papier sur lequel Clemencia avait insisté pour qu'il les note ; il en avait pourtant fait une économie qu'elle aurait qualifiée d'insolente si elle n'avait pas refusé d'embarrasser un subordonné en présence d'un accusé – l'interrogatoire avait tout de même duré trois heures.

Clemencia avait été tentée de parler de son frère, Melvin, à Kausiku, mais s'en était finalement abstenue. Lorsqu'elle avait demandé au suspect, comme incidemment, s'ils ne s'étaient pas déjà vus quelque part, celui-ci lui avait seulement lancé un regard surpris. En voyant Robinson dresser l'oreille, Clemencia avait soudain trouvé sa propre méfiance complètement exagérée. Si Melvin découvrait ce que sa sœur pensait de lui, il aurait toutes les raisons de se plaindre de ses soupçons. Elle-même serait furieuse qu'on la tienne pour responsable des méfaits de tous ceux à qui elle avait parlé deux fois dans sa vie. Tout cela n'était qu'une affaire comme les autres ; elle était inspectrice de police et interrogeait un suspect dans le cadre de ses fonctions, point final. Le fait qu'elle croie connaître Kausiku n'entrait pas en ligne de compte, et qu'il refuse de donner les noms de ses complices n'avait, dans son milieu, rien d'inhabituel.

Clemencia était cependant un peu étonnée qu'il ait tout de suite avoué l'histoire de la fausse déclaration de vol de sa voiture, sans qu'ils aient à lui en démontrer point par point l'absurdité. Ce qu'il leur avait raconté à la place n'était certainement pas non plus l'entière vérité, mais ça ne dispensait en rien son collègue d'en faire un compte rendu précis ; a fortiori parce que Robinson était Blanc et s'était de toute évidence déjà forgé une opinion de l'affaire avant même que Kausiku n'ait ouvert la bouche.

Robinson fit pivoter le mini-compte rendu, le glissa vers l'autre bout de la table et tapota de l'index le bas de la page.

« On signe ici !

— Mais c'est des conneries, ce qui est écrit là, répliqua Kausiku en croisant les bras.

— Ah oui ? Alors tu veux avouer que vous avez bien descendu M. Rodenstein, maintenant ? »

Robinson fit un large sourire et jeta un stylo bille sur la table. Même si Kausiku avait voulu signer, il aurait été bien en peine de le faire. Ses mains étaient enveloppées d'un bandage d'un blanc immaculé. Avant qu'on ne le soigne, Clemencia avait vu sur ses paumes et ses doigts le quadrillage imprimé par le gril brûlant du barbecue.

« D'abord, ce coin s'appelle Okongava, et pas Steinland, dit Kausiku. Steinland, c'est seulement le nom que les Blancs lui ont donné. Ils ont traversé la mer pour venir ici, ils ont quasiment exterminé mon peuple, ont volé les terres, se les sont partagées et ont inventé des papiers pour prouver qu'elles leur appartenaient. Mais elles leur appartiennent pas. C'est toujours nos terres, et ça s'appelle Okongava.

— Tout ça s'est passé il y a plus de cent ans, et ça ne te donne pas le droit de descendre qui que ce soit, rétorqua Robinson.

— Mais ça me donne le droit d'aller sur la tombe de mes ancêtres qui sont enterrés là, et c'est exactement ce qu'on voulait faire. C'est seulement pour ça qu'on est allés à Okongava. Pour mettre de la terre des tombes dans notre bouche et la recracher, par une nuit de pleine lune, comme c'est la tradition. Et pour chanter les chansons qui parlent de nos ancêtres. Pour le souvenir, mec ! »

Clemencia, un peu en retrait, observait le suspect de côté. Il était semblable à des centaines d'autres dans son genre qui n'étaient jamais sortis de Katutura, ne connaissaient en fait de musique que le *kwaito** et le *gangsta rap*, et n'avaient guère d'autre tradition que de ne laisser personne les prendre pour des imbéciles. Exactement comme Melvin. Elle aurait été tout aussi surprise de voir son frère se lancer soudainement dans un prêche sur ses ancêtres. Ça sonnait faux, tout simplement. De plus, Clemencia n'avait encore jamais entendu parler d'une quelconque tradition d'hommage aux ancêtres les soirs de pleine lune. Elle ne savait même pas si, à l'époque précoloniale, les Herero avaient réellement traversé le territoire de l'actuelle ferme Steinland.

Robinson lança, ironique :

« Dommage qu'un capteur solaire ait été bâti pile au-dessus de ce lieu du souvenir ; vous avez été obligés de le démonter avant de pouvoir…

— On n'est même pas arrivés jusqu'aux tombes. J'ai pourtant déjà expliqué que les fermiers nous attendaient ; on s'était à peine éloignés de trente pas de la voiture que des lampes de poche se sont allumées d'un coup, de tous les côtés à la fois. On était éblouis, on ne savait pas combien ils étaient ; on les a seulement entendus crier, dans le noir : "Putain de bougnoules" et "On va tous vous avoir". Puis il y a eu un coup de fusil dans la nuit, et un deuxième tout de suite après. Ils voulaient nous descendre, bordel ! Maintenant, je crois que les tirs étaient peut-être censés servir d'avertissement, ou alors ça les amusait de nous faire peur, en tout cas, aucun de nous n'a été touché. Je voulais leur crier d'arrêter leurs conneries, qu'on n'était là que pour venir voir les tombes, mais j'ai pas réussi à sortir un seul putain de mot. On a levé les mains bien haut, en tout cas, moi et un de mes amis, mais le troisième a paniqué et s'est mis à courir vers la voiture, dans le noir. Je l'ai entendu trébucher et tomber. La lumière d'une des lampes l'a retrouvé quand il se relevait, mais il n'est pas resté debout bien longtemps. Juste avant qu'il n'atteigne la voiture, il y a eu encore un coup de feu, et cette fois le tireur avait visé. Mon ami a été touché au ventre. Il a chancelé, s'est effondré et a continué à ramper vers la voiture ; il appelait à l'aide en haletant. Arrivé à la voiture, il s'est hissé en s'appuyant sur la porte, mais il a glissé et est retombé en gémissant. Alors j'ai dit "Merde" et on s'est mis à courir aussi, tous les deux. Je m'attendais à entendre un coup de feu claquer, à sentir des balles me déchirer le dos, mais ils n'ont plus tiré jusqu'à ce qu'on soit partis. D'abord ils tirent sur celui qui essaie de s'enfuir, et après ils nous laissent dégager tous les trois, vous y comprenez quelque chose ? Ils auraient largement eu le temps de nous descendre tous les trois pendant qu'on hissait le blessé sur la banquette arrière. Il pissait le sang comme un *bokkie*[1] égorgé. Allez voir l'état de la banquette de ma voiture, vous verrez. »

Clemencia pensa qu'ils devraient vérifier les services d'urgence de tous les hôpitaux. Kausiku et ses amis étaient rentrés à Katutura en pleine nuit, ils n'avaient pas pu trouver si facilement un médecin pour soigner une blessure par balle. Elle demanda :

« Et pourquoi vous n'êtes pas allés voir la police, si vous n'étiez que des victimes innocentes ?

— La manière dont ils nous ont laissés filer, c'était pas normal, répondit Kausiku. Il y avait quelque chose de pas clair. Le matin, j'ai allumé la radio, et aux infos de midi ils ont raconté qu'un fermier avait été tué par balle pendant une attaque. Ils voulaient nous coller ça sur le dos, et je savais bien que personne ne nous croirait. C'est pour ça que je suis allé au poste de Wanaheda* et que j'ai déclaré le vol de ma voiture.

— Donc, reprit Robinson, tu restes sur ta version : vous n'avez tué personne ni enlevé personne ?

— Merde, mec, enfin, ça sert à quoi que je raconte tout ça ?

— Oui ou non ?

— Non.

— Non, ça veut dire que tu le contestes, et c'est exactement ce qui écrit là-dedans. Alors tu signes, maintenant !

— Non, je signe pas tant que "ferme Steinland" est écrit là, répliqua Kausiku en se renfonçant dans sa chaise. Cette terre s'appelle Okongava, et c'est le pays de mes ancêtres.

— Pour tes ancêtres, j'aurais aussi bien pu taper une recette de cuisine, ils auraient gribouillé trois croix au-dessous et basta ! » siffla Robinson.

1. Littéralement, « petite chèvre ». Terme employé pour désigner moutons et chèvres mâles et femelles.

Un troupeau de koudous effrayés, des femelles et des jeunes, traversait au petit trot les buissons asséchés. Ils se dirigeaient droit vers la montagne de la Jungfrau[1]*, à quelques kilomètres de là. Le fort vent avait balayé tous les nuages du ciel et la silhouette de la montagne se dessinait très nettement sur le fond bleu. Elle devait son nom à la forme de son sommet, qui évoquait un sein dressé vers le haut.*

Les Herero avaient évidemment eu leurs propres noms pour les reliefs caractéristiques du paysage de la ferme, tout comme les Nama et les Damara qui avaient traversé ces terres avant eux. La bru de Johann Rodenstein s'était même donné la peine de noter toutes ces appellations accompagnées de leurs traductions, mais personne ne les utilisait jamais. Pendant des générations, la crête arrondie de la montagne située après la frontière est de la ferme s'était appelée la Schildkröte*[2]*; à côté se trouvait la Jungfrau, et le plateau aux escarpements très marqués fut baptisé Sargdeckel*[3]*.*

Johann Rodenstein n'avait pas fait preuve de beaucoup de fantaisie en baptisant le paysage, choisissant simplement la première idée qui lui venait à l'esprit lorsqu'il observait les contours des sommets. Cependant, ce baptême était pour lui aussi important que celui de ses propres enfants : il conférait aux montagnes leur individualité, les rendait uniques, et en faisait du même coup sa propriété personnelle. Certes, il ne les avait pas bâties, mais, en leur donnant des noms, il en avait pour ainsi dire fait ses créatures, s'attribuant l'autorité de les doter d'une identité dont elles ne pourraient jamais se défaire – pas plus que ses enfants ne pourraient se débarrasser de la leur.

Difficile de déterminer à partir de quand Johann Rodenstein s'était mis à considérer Steinland comme sa terre. Le moment auquel il avait signé l'acte d'achat ? La première nuit qu'il avait passée dans la cabane en briques d'argile construite de ses mains, ou bien le jour où il avait amené là sa femme Thalita ? Lors de la naissance du premier veau sur ses terres, ou bien quand, un jour de repos, il avait regardé autour de lui et vu que toute la création portait un nom choisi par lui ? Peut-

---

1. « Vierge ».
2. « Tortue ».
3. « Couvercle de cercueil ».

être s'était-il alors senti l'égal de celui qui, séparant la lumière de l'obscurité, avait donné au monde la forme qu'il garderait pour l'éternité. Aurait-il pu savoir qu'il se trompait ?

La vague de froid était solidement installée sur les hauts plateaux namibiens. Dès le coucher du soleil, les températures extérieures tombaient brutalement, et, lorsque Clemencia sortit du bureau, il devait déjà faire près de zéro. Par chance, elle trouva aussitôt un taxi en partance pour Katutura qui avait encore une place. Le chauffeur avait tiré la capuche de son sweat-shirt bas sur son front. Lui et la femme ovambo* assise sur le siège passager confirmèrent qu'il faisait sacrément froid, et la conversation s'arrêta là.

Lorsque Clemencia descendit de voiture dans Frans Hoesemab Straat, les lampadaires étaient une fois de plus en panne. Au moins la lune était-elle très claire, et presque ronde, avec juste une petite irrégularité qui semblait vouloir signaler à Clemencia que quelque chose clochait. Peut-être cette étrange impression venait-elle aussi du fait que le juke-box du bar Mshasho* était silencieux ; normalement, à cette heure-ci (comme toute la journée et presque toute la nuit, en fait), il inondait le quartier de musique *kwaito*, jusqu'à l'église.

La rue était vide. À part le taxi du voisin, garé tout contre sa clôture en grillage, aucune voiture n'était en vue. Clemencia fit quelques dizaines de pas, traversa la rue et se dirigea lentement vers l'arrière du taxi. Au clair de lune, le numéro de sa plaque d'immatriculation était parfaitement lisible à plus d'une vingtaine de mètres. Les fermiers n'auraient pas eu de mal à s'approcher à cette distance de la Ford Escort. Mais qui pensait à retenir un numéro minéralogique quand un voisin et ami gisait mort devant soi ? D'un autre côté, l'histoire d'hommage aux ancêtres servie par Kausiku paraissait encore plus invraisemblable. Clemencia demanderait aux ouvriers de la ferme s'ils étaient au courant de la présence de tombes herero à cet endroit.

Elle ouvrit le portail du jardin. Cette appellation s'était ancrée dans le langage quotidien bien qu'on ne puisse vraiment pas parler de jardin sur la parcelle où vivait sa famille. Les cabanes branlantes construites autour de l'espace ouvert devant la maison le rendaient encore plus étroit ; elles abritaient normalement des squelettes de vélos et des appareils électriques défectueux récoltés par Melvin, mais servaient parfois de logis pendant des mois à des parents éloignés venus du Damaraland pour tenter leur chance à Windhoek. Le banc sur lequel le père de Clemencia passait ses journées à somnoler était posé contre le mur de l'appentis de droite. Il ne poussait plus un seul brin d'herbe sur le sol piétiné, et l'arrière de la maison offrait le même spectacle. Les quelques mètres carrés qui n'étaient pas occupés par des cahutes destinées aux membres de la famille servaient à étendre les cordes à linge et à passer d'un abri à l'autre ; on y avait aussi aménagé un recoin protégé du vent qui accueillait un foyer extérieur.

Le feu qui y brûlait ce soir-là était très entouré. Si la coupure de courant expliquait pourquoi la famille de Clemencia n'était pas, comme à l'accoutumée, réunie devant la télévision pour commenter bruyamment les événements tragiques d'une série sud-africaine, elle ne justifiait pas que tout le monde soit assis dehors dans le froid à se disputer.

« On va demander à Clemencia, dit *miki* Matilda. Elle a fait des études, elle doit savoir ça.

— Parce que moi je ne le sais pas, peut-être ? » lâcha *miki* Selma d'un ton tranchant.

Les enfants de Constancia, Timothy et Jessica, étaient accroupis entre les deux tantes, et Claus Tiedtke était assis en tailleur à côté, une couverture en lambeaux sur les épaules. Ses boucles blondes étaient cachées sous un bonnet de laine. Même s'il dépassait tous les autres d'au moins une tête, il avait l'air d'un petit garçon. Clemencia sourit.

« Qu'est-ce que tu fais là ? demanda-t-elle.

— Du pain au bâton, répondit Claus en brandissant un vieux rayon de vélo qu'il tenait comme les autres au-dessus du feu, avant de lui envoyer un baiser.

— Et des saucisses grillées ! piailla Timothy.

— C'est une vieille tradition allemande », énonça Jessica comme si elle avait passé chacune des quatorze longues années de sa vie à recenser les coutumes européennes.

Pourtant, on pouvait certainement compter sur les doigts d'une main le nombre de fois où elle avait parlé à un Blanc, du moins jusqu'à ce que Claus devienne un invité régulier.

« Bon, d'accord, on demande à Clemencia ! dit *miki* Selma.

— Viens donc t'asseoir près de moi ! lui proposa Claus.

— Écoute ! dit *miki* Selma avant de se racler la gorge. Le Coca-Cola, ça ne gèle pas quand il fait un peu au-dessous de zéro, non ?

— Il va faire jusqu'à moins sept, ils ont dit, intervint Matilda.

— Il y a beaucoup de sucre, dans le Coca. Le sucre, ça empêche bien de...

— On a aussi du Coca Light. Et du Coca Zero, il n'y a pas de sucre du tout, là-dedans.

— Mais c'est plein de trucs chimiques qui ont exactement le même effet que le sucre.

— Moi, je ne prendrais pas le risque. Qu'est-ce que tu en penses, Clemencia ? demanda *miki* Matilda.

— Mais comment veux-tu que je le sache ?

— Tu as fait des études, oui ou non ?

— De criminologie, répondit Clemencia. J'ai étudié la criminologie. On y apprend à...

— Et de toute façon, l'interrompit Selma, même si le Coca gelait un petit peu, ce que je ne crois pas, mais même si ça arrivait, ça ne suffirait jamais à faire exploser les bouteilles. Les bouteilles en plastique, c'est flexible. Demain, au soleil, le truc fondrait de nouveau, et on pourrait le vendre pendant qu'il serait encore bien frais. Donc, il n'y a pas de problème, non ?

— Mais quelles bouteilles ? » demanda Clemencia.

Selma désigna le mur de la maison. Ce qui aurait pu, dans la pénombre, passer pour du bois de chauffage soigneusement empilé, se révéla être un amoncellement de bouteilles d'un demi-litre. Des dizaines, peut-être des centaines, en tout cas bien plus que ce que sa famille pouvait s'offrir.

« La criminologie, reprit Clemencia, concerne entre autres le vol et le recel. On parle de recel quand quelqu'un revend des biens volés.

— Volés ? Ces trucs traînaient partout par terre ! affirma Selma d'un ton outré.

— Et les bouteilles représentaient un vrai danger pour la circulation », ajouta Matilda en hochant vigoureusement la tête.

Elle et Selma étaient soudain de nouveau unies comme les doigts de la main. Clemencia devina d'où venait leur butin.

« Vous êtes allées au Soweto Market ?

— On voulait juste acheter des herbes et des racines, répondit Matilda, et Selma ajouta presque en même temps :

— Il y a eu un sacré carton, au carrefour. Un camion de livraison a...

— Je sais », la coupa Clemencia.

Elle savait aussi que réciter des articles de loi ou même faire appel au sens moral de ses tantes ne servirait strictement à rien. Seule la peur d'une sanction pourrait éventuellement avoir de l'effet. Elle mentit donc sans vergogne :

« Le chauffeur du camion a déposé une plainte et les recherches sont en cours. Votre seule chance de vous en sortir, c'est d'aller tout rendre, et ce dès demain matin.

— Mais pourquoi nous ? »

La voix de *miki* Selma atteignit les trémolos dont elle usait habituellement face à des injustices éhontées ou pour se disputer avec ses ennemies préférées de la chorale de l'église.

« Tu crois vraiment que les autres iront rendre ne serait-ce qu'une seule bouteille ? Tous ceux qui passaient par là se sont servis, et autant que nous.

— Enfin, peut-être un peu moins que nous, admit Matilda.

— Oui, mais uniquement parce qu'ils n'ont pas été aussi malins, rétorqua Selma.

— C'est vrai ; Selma a aussitôt réservé le seul taxi libre du carrefour, pour le double du prix, et on a balancé dans la voiture toutes les bouteilles sur lesquelles on a pu mettre la main.

— Moi aussi, je les ai aidées ! s'écria Timothy avant de mordre dans une saucisse, une bouteille de Coca à moitié vide entre les genoux.

— Demain matin à la première heure, répéta Clemencia. Et vous payerez ce que vous avez déjà bu.

— Allez, ne sois pas comme ça ! intervint Claus.

— Comme quoi ? »

Pour Clemencia, ce n'était pas une question de principe. Que les bouteilles soient retournées à leur propriétaire ne l'intéressait qu'à titre secondaire ; elle savait qu'elle ne parviendrait jamais à convaincre ses tantes de les rendre, même en faisant venir toute une unité de policiers équipés de menottes. Les deux vieilles ne changeraient pas, mais il fallait au moins montrer aux enfants qu'il existait aussi d'autres valeurs, qu'il y avait des gens à Katutura pour qui les notions de justice et d'injustice avaient une signification. Peut-être que c'était vraiment une question de principe, après tout.

« Coca-Cola ne va pas faire faillite pour ces quelques bouteilles », reprit Claus.

Extérieurement, il avait toujours l'apparence d'un Blanc, mais il vivait à Katutura depuis quinze jours et cela semblait avoir suffi à faire déteindre sur lui la mentalité des *tsotsis* du township. Clemencia se demanda si elle voyait vraiment les choses de manière trop rigide. Claus lui tendit une tranche de pain grillée.

« Prends ça ! Je l'ai acheté honnêtement.

— J'espère bien », dit-elle en s'asseyant près de lui.

Elle ne protesta pas quand il étendit la couverture sur ses épaules. Le pain frotté d'ail était délicieux, et Clemencia s'aperçut seulement alors à quel point elle avait faim. Elle accepta aussi une saucisse grillée.

Pendant qu'elle mangeait, Claus essaya de détendre l'atmosphère en changeant de sujet.

« Hier, je me suis fait de nouveaux amis, au bar Mshasho : deux jeunes Ovambo et un type venu d'Afrique du Sud. Ils m'ont payé des bières toute la soirée, jusqu'à ce qu'ils n'aient plus un cent en poche ! J'ai protesté, mais en vain. Ils ont dit que ce soir-là j'étais simplement leur invité ; tant qu'ils auraient de l'argent, ils le partageraient avec leurs amis, et leurs amis feraient exactement la même chose avec eux. Ils appellent ça *ubuntu*, amabilité, aide réciproque et engagement – *ubuntu*. C'est pas chez les Blancs qu'on trouverait ça, hein ? Et quand je leur ai demandé ce qui se passait quand personne n'avait plus d'argent, vous savez ce qu'ils ont répondu ? – Claus fit une pause théâtrale avant de lâcher la chute de son histoire. – Ils m'ont dit qu'alors on restait à jeun tous ensemble ! C'est génial, non ?

— L'alcool les rend agressifs, de toute façon », commenta *miki* Matilda.

Apparemment, elle n'avait pas saisi la morale de l'histoire, ou bien elle refusait de la comprendre. Mais Claus ne s'avoua pas vaincu si facilement ; il se remit à expliquer ce que signifiait *ubuntu* et pourquoi, selon lui, ce concept pourrait servir de fondement à une vie en communauté harmonieuse, toutes ethnies confondues. Clemencia ne l'écoutait que d'une oreille. L'histoire de la beuverie au bar Mshasho l'avait ramenée à Melvin. Le soir, son frère traînait souvent n'importe où, mais aujourd'hui, elle aurait bien aimé le savoir à la maison. Profitant d'une pause pendant laquelle Claus reprenait son souffle, elle demanda :

« Quelqu'un sait où est Melvin ? »

Sa sœur, Constancia, haussa les épaules.

« Il était avec vous pendant votre razzia du Coca ? »

Miki Matilda secoua la tête sans rien dire.

« Mais vous l'avez vu quand pour la dernière fois ?`

— Hier, je crois, répondit Constancia.

— Ou avant-hier », ajouta Matilda.

Apparemment, il n'était plus réapparu depuis les événements à la ferme Steinland ; depuis la fusillade qui avait tué un fermier et fait un blessé grave, un copain encore non identifié de Tobias Kausiku. Clemencia resserra la couverture sur ses épaules et demanda :

« Est-ce que Melvin a dit ce qu'il allait faire ? Il était avec des amis, quand il est parti ? »

Le feu craqua. Tous regardaient Clemencia, intrigués par son soudain accès d'intérêt pour son frère. Personne ne répondit. Enfin, *miki* Selma, restée silencieuse pendant ce qui était pour elle une éternité, lança :

« Si Dieu n'avait pas voulu qu'on prenne les bouteilles de Coca pour les revendre, il ne les aurait pas fait tomber du camion de livraison, non ? »

2

Pendant son stage en Finlande, Clemencia avait appris qu'il était pratiquement impossible de transporter quelqu'un dans une voiture sans y laisser de traces. Personne ne pouvait nettoyer un véhicule avec une minutie telle que chaque cheveu, chaque particule de peau, chaque microscopique fibre de tissu disparaisse entièrement. Et l'intérieur de la Ford Escort de Tobias Kausiku n'était de toute façon pas d'une propreté clinique.

D'un autre côté, Clemencia savait que les hommes du service des homicides de Windhoek n'avaient ni la formation ni les moyens techniques pour trouver ou même interpréter de telles microtraces dans les règles de l'art. Les prélèvements d'ADN, par exemple, ne pouvaient être analysés qu'en Afrique du Sud, et les résultats n'arrivaient jamais avant une dizaine de jours, au mieux. S'ajoutaient à cela des coûts non négligeables. Si Clemencia voulait faire examiner les taches de sang maculant la banquette arrière de la Ford, son chef refuserait en arguant qu'une telle analyse n'avait de sens que si on pouvait en comparer les résultats à quelque chose. Pour cela, il faudrait commencer par mettre la main sur le complice blessé de Kausiku. Donc, si on ne le retrouvait pas, on aurait fait les analyses pour rien. En revanche, si on le retrouvait et qu'on l'interrogeait habilement, il finirait bien par avouer avoir été assis dans cette voiture. Inutile donc d'alourdir les dépenses de l'État namibien.

Mais, de toute façon, ces traces de sang n'intéressaient pas Clemencia. Elle aurait juste aimé savoir qui, des fermiers ou de

Tobias Kausiku, lui avait menti. Voilà pourquoi, la veille au soir, elle avait fait remorquer la Ford Escort sur le parking situé à l'arrière du commissariat ; voilà pourquoi elle était allée ce matin-là en personne chez ses collègues de l'Unité de scène de crime et ne les avait pas lâchés avant qu'ils ne consentent à procéder à un examen immédiat. Un simple cheveu blond clair aurait constitué pour elle un indice suffisant. Kausiku aurait été forcé d'expliquer qui il avait transporté dans sa voiture, si ce n'était pas le jeune Rodenstein.

« Et il n'y avait rien non plus sur la banquette arrière ? demanda Clemencia.

— Une pièce de 5 cents, de la cendre de cigarette, un mégot de Camel, des capsules de bouteilles et une tonne de sable et de saleté.

— Pas de cheveux, pas de fragments de tissu ?

— Non, répondit l'employé chargé du relevé des empreintes.

— Eh bien, cherchez aussi sur le siège passager ! »

Clemencia n'avait pas pensé à demander aux témoins si on avait fait monter Thomas Rodenstein à l'avant ou à l'arrière de la voiture. Probablement pas directement à côté du blessé ; et puis, à l'avant, il aurait été plus facile de le tenir en respect avec le fusil.

« Il n'y avait rien là non plus. »

Le spécialiste des empreintes claqua ostensiblement la portière passager ; le capot déboîté bascula vers le bas et vint heurter le châssis de la Ford.

Il n'existait donc aucune trace indiquant que Thomas Rodenstein avait été enlevé dans cette voiture. Clemencia ne pouvait pas pour autant éliminer cette éventualité – elle faisait pour cela trop peu confiance à ses collègues du relevé des empreintes. Elle appela au bureau et tomba sur Robinson, qui lui assura que les recherches du disparu battaient leur plein.

« Enfin, jusqu'ici, on n'a reçu qu'un renseignement, et c'était une fausse piste. Un touriste blanc qui s'était risqué à Katutura s'est fait tabasser et détrousser en sortant du Soweto Market. Comme ses papiers d'identité avaient disparu et qu'il était trop choqué pour donner son nom, les policiers qui l'ont récupéré ont d'abord pensé que ça pouvait être Rodenstein, mais ce n'était pas lui ; ça n'a donc rien à voir avec notre affaire, juste une agression tout ce qu'il y a de plus normale. »

Au téléphone, Clemencia donna ses instructions à son équipe : il fallait ratisser les hôpitaux pour trouver le ravisseur blessé, relancer les collègues de la médecine légale pour obtenir les résultats des analyses. Clemencia décida quant à elle de retourner à Steinland ; comme elle avait eu bien assez des talents de conducteur de Robinson, elle demanda à l'inspecteur Tjikundu de prendre une voiture et de venir la chercher.

Ils arrivèrent à la ferme des Rodenstein deux bonnes heures plus tard. Le vent était tombé, les nuages de poussière des jours précédents avaient disparu. Les montagnes aux contours découpés avec précision sur le bleu du ciel semblaient si proches qu'elles paraissaient à portée de main. Au soleil, il faisait presque trop chaud, mais dès qu'on entrait dans l'ombre, on sentait que le froid de l'hiver ne s'était retiré que provisoirement, attendant avec impatience de resurgir de sa tanière.

La porte de la véranda était ouverte. Dans la cuisine, l'employée de maison lavait la vaisselle du déjeuner.

« Vous savez s'il y a des tombes herero quelque part dans le coin ? lui demanda Clemencia.

— Oh ! je n'en sais rien, je suis damara, mais ça m'étonnerait, parce que… »

Elle s'interrompit ; Clemencia dut longuement insister pour qu'elle finisse par lui raconter avoir voulu enterrer son père, mort onze ans auparavant, sur le territoire de la ferme. Après tout, il avait travaillé là presque toute sa vie. Mais *Meneer** Rodenstein avait refusé, arguant qu'un jour ou l'autre un arrière-petit-fils viendrait clamer que Steinland était le territoire traditionnel d'un clan damara sous prétexte que l'un d'eux y reposait. De là à ce qu'ils exigent un droit d'occupation, voire le transfert des titres de propriété, il n'y aurait qu'un pas, et Rodenstein ne voulait pas ouvrir la voie à de telles complications.

« Alors on a enterré mon père près de Khorixas, là où vit mon frère. »

Elle sortit une assiette de l'eau savonneuse et la frotta en décrivant des cercles lents.

« Tant que tu vis, tu as le droit de travailler pour eux, et après ça ils te refusent une tombe ? demanda Tjikundu.

— Non, non, les Rodenstein sont des gens bien ! Ils ont laissé mon père vivre ici et l'ont nourri même quand il n'a plus été capable de travailler. C'est seulement quand il est mort que…

— Quand même, répliqua Tjikundu.

— Je n'aurais pas dû vous raconter ça », conclut-elle.

Elle posa l'assiette sur l'égouttoir et pointa le doigt vers la fenêtre.

« *Mevrou** Rodenstein est dehors, dans le jardin. »

Mme Rodenstein, vêtue d'habits de travail, avec des chaussures de brousse en cuir de koudou aux pieds, taillait des buissons dénudés. Lorsqu'elle s'aperçut de la présence de Clemencia et Tjikundu, elle abaissa son sécateur et dit :

« Il faut faire ça en hiver. Avant que la sève ne remonte dans les branches.

— Il y a un temps pour tout », répondit Clemencia.

L'hiver était loin d'être terminé, mais même si, par miracle, tout devait se mettre à pousser et à fleurir le lendemain, Mme Rodenstein n'avait-elle rien de plus important à faire ?

Comme si elle avait deviné les pensées de Clemencia, elle dit :

« Laisser le travail attendre, ça ne fait de bien à personne. Au contraire, je trouve que je dois bien ça à ma famille, de continuer à tout faire tourner. C'est chez nous, ici. »

Elle coupa une fine branche et ajouta :

« Pour le moment.

— Vous voulez déménager ?

— Est-ce qu'on *veut* déménager ? rétorqua-t-elle avec un rire amer. Le gouvernement nous a notifié un ordre de vente. Avec la réforme agraire, notre ferme a été désignée pour être transférée à des personnes anciennement défavorisées – parce qu'elle est "adaptée", c'est l'explication officielle. Tout ce qui appartient à des Blancs et qui prospère un tant soit peu est "adaptée", voilà tout. On n'est pas les seuls, dans la région, qu'ils prévoient d'exproprier.

— Mais vous recevrez une compensation, non ? demanda Tjikundu.

— Si vous appelez ça une compensation, quelques dollars par mètre carré, alors oui. Mais qu'est-ce qu'on recevra pour la sueur qu'on a mise à bâtir la ferme ? Et tout ce qu'on a planté dans ce jardin, soigné et fait pousser ? Les couchers de soleil qu'on ne pourra plus regarder depuis la véranda ? Les joies et les peines de plusieurs générations ? Les souvenirs qui nous accompagnent ici dans tout ce que nous faisons ? »

Et ceux qui, eux aussi, vivaient et travaillaient ici, mais n'obtenaient même pas le droit d'y creuser leur tombe ? Clemencia, sentant que Tjikundu brûlait de poser la question, mit doucement la main sur son bras – pas maintenant. Ils n'étaient pas là pour discuter de la réforme agraire, mais pour enquêter sur une affaire criminelle.

« Nous n'avons malheureusement pas encore de traces de votre fils, mais il y a des progrès. Est-ce que vous avez déjà vu cet homme ? » demanda Clemencia en sortant le portrait anthropométrique de Tobias Kausiku fait au commissariat.

Mme Rodenstein posa le sécateur au sol, prit la photo des deux mains et l'étudia attentivement, puis elle dit :

« Oui, c'est l'un des trois.

— Lequel ? »

Clemencia avait déjà rencontré des Blancs incapables de faire la différence entre un visage noir et un autre, et elle souhaitait savoir si c'était le cas de Mme Rodenstein ; bien des choses en dépendaient.

« Comment ça, lequel ? Qu'est-ce que vous voulez dire ?

— Le blessé, celui qui a pris le volant quand ils se sont enfuis, ou celui qui a menacé votre fils avec le fusil ? précisa Clemencia.

— Pas le blessé, non.

— Et lequel des deux autres ?

— Je ne sais pas. Quand ils sont montés dans la voiture… (Mme Rodenstein secoua la tête.) Je ne regardais que mon fils. Vous pouvez comprendre ça, quand même ?

— Bien sûr, répondit Clemencia. Et où est-ce qu'ils ont fait monter votre fils ?

— C'est important ? Pourquoi ?

— À l'avant ou à l'arrière ? »

Mme Rodenstein ferma les yeux un instant, comme si elle pouvait ainsi se rejouer mentalement la scène, puis dit :

« À l'avant. Sur le siège passager. »

Elle paraissait sûre d'elle, mais évidemment, c'était la version la plus plausible. Clemencia n'était pas certaine de savoir à quel point elle pouvait se fier aux souvenirs de Mme Rodenstein, mais elle devait maintenant en venir au fait. Inutile de laisser encore traîner la question qui la préoccupait depuis vingt-quatre heures. Que craignait-elle ? Elle serait soulagée d'un poids quand Mme Rodenstein lui confirmerait que Melvin n'avait pas participé à l'attaque, et cet affreux sentiment qui la rongeait disparaîtrait enfin.

Le moment était venu ; elle devait juste se débarrasser de Tjikundu. Il n'avait pas besoin de savoir quel soupçon insensé Clemencia nourrissait contre son propre frère. Elle demanda à Mme Rodenstein l'autorisation d'utiliser son téléphone, entraîna son collègue à l'écart et le chargea de faire venir les fermiers voisins. Il fallait vérifier les déclarations de Mme Rodenstein, mais il devrait s'abstenir de révéler au téléphone de quoi il s'agissait, afin que les fermiers ne puissent pas se mettre d'accord entre eux.

Tjikundu retourna lentement vers la maison. Mme Rodenstein lança à Clemencia un regard plein d'espoir.

« Le type, sur la photo, vous l'avez arrêté, c'est ça ?

— Oui, mais il prétend que lui et ses complices n'ont pas tiré de coup de feu ni enlevé qui que ce soit. »

Mme Rodenstein eut un geste dédaigneux de la main.

« Vous vous attendez à ce qu'il réclame la prison à vie ?

— Il ne dit absolument rien à propos de ses complices », ajouta Clemencia.

Elle sortit la seconde photo, celle de Melvin, son frère. Elle avait été prise quelques années auparavant, lors du mariage d'une cousine au Damaraland. On y voyait un Melvin souriant, l'index et le majeur dressés en un V victorieux. Il semblait un peu plus jeune qu'aujourd'hui, mais Clemencia n'avait pas trouvé de photo plus récente. Elle dit :

« Cette photo a été saisie chez le suspect, mais nous n'avons aucun indice prouvant que cet homme ait été impliqué aussi. Ça pourrait être n'importe qui. Pouvez-vous le regarder très attentivement ? »

Cette fois-ci, Clemencia ne lâcha pas la photo. Mme Rodenstein prit son temps. Pourquoi cela durait-il tellement ? On voyait pourtant d'un coup d'œil que… Elle hocha enfin la tête.

« C'est le deuxième. »

Ses lèvres étaient minces et pâles, de profondes rides creusaient son visage. Elle avait les yeux fatigués et l'air mauvais. Elsa Rodenstein était une vieille femme aigrie qui ne savait pas ce qu'elle disait.

« Si vous accusez quelqu'un à tort… »

Clemencia s'interrompit.

« C'est celui sur qui Schroeder a tiré. C'est lui qui a tué mon mari. »

C'était impossible ! Pas Melvin ! Cette femme mentait, elle mentait forcément. Elle avait menti depuis le début. Elle n'avait sans doute pas non plus reconnu Kausiku mais s'était seulement dit que, Clemencia n'ayant aucune raison de vouloir la tromper, la photo montrait nécessairement quelqu'un qui était soupçonné, pour une bonne raison, d'avoir participé à l'attaque. Pour elle, c'était suffisant ; seule la vengeance importait à Elsa Rodenstein, rien d'autre. Les coupables allaient devoir payer, peu importait qu'elle soit ou non capable de les identifier avec certitude. Elle aurait dit oui même si on lui avait montré une photo de Sam Nujoma*, ou de n'importe qui, pourvu qu'il soit Noir. Non, elle n'avait reconnu personne, et certainement pas Melvin.

« Et celui-là, vous ne l'avez pas encore attrapé ?

— Non », répondit Clemencia.

Elle essaya de ne pas laisser sa voix trahir son trouble, mais sans y parvenir vraiment.

« Vous savez, reprit Mme Rodenstein, quand la Namibie a aboli la peine de mort, à l'indépendance, j'ai trouvé ça bien. Pour moi, c'était le signe qu'on voulait créer une société civilisée. Je ne crois pas à l'effet dissuasif, et pendre un meurtrier n'a jamais ramené personne à la vie. Mais quand j'ai vu mon mari allongé là, dans le veld, avec le crâne à moitié en bouillie… »

Clemencia pensait à son frère. Elle revit Melvin apprendre à Timothy et Jessica quelques mouvements d'autodéfense, selon lui bien utiles quand on vivait à Katutura. Il avait répété inlassablement ces mouvements avec les enfants, jusqu'à ce qu'ils soient capables de les reproduire les yeux fermés. Puis il leur avait demandé de crier ; pas comme quand on joue et qu'on est surexcité, non, de crier pour de vrai, de toutes ses forces, pour que tout le monde comprenne aussitôt qu'il se passait quelque chose de grave. Crier à en faire tomber les oreilles des malfaiteurs ! Ces cris-là, Melvin les entendrait de partout, même de l'autre bout de Katutura ; il volerait alors au secours des enfants et réduirait les méchants en charpie. Timothy et Jessica étaient pendus à ses lèvres. Que leur tante Clemencia travaille à la police criminelle, c'était déjà bien, mais si les choses devenaient vraiment sérieuses, ils compteraient plutôt sur leur oncle Melvin.

« … quand j'ai vu Gregor là, étendu par terre, et que je l'ai à peine reconnu, quand j'ai pensé que c'était seulement un tas de chair et d'os qui n'avait plus rien à voir avec l'homme que j'avais aimé, alors je me suis dit… »

Ou alors ces moments tranquilles, banals : Melvin dans son tee-shirt vert et jaune préféré, assis par terre en train de démonter un vieux poste de radio. Il alignait soigneusement les pièces détachées sur le banc, devant la cabane, en fredonnant d'un air absent. Clemencia ne connaissait pas cette chanson, ce n'était même probablement pas une vraie chanson, simplement une mélodie qu'il inventait au fur et à mesure. Elle avait toujours eu l'impression que Melvin essayait d'envoûter les vieilles radios de son chant, de les inciter ainsi à retrouver leur timbre et leur son. Parfois, il réussissait même vraiment à les réparer.

« … ce que des hommes sont capables de se faire les uns aux autres, c'est tellement abominable, j'ai pensé cette nuit-là, que le dieu qui est là-haut devrait arrêter le monde tout de suite. Il devrait faire tomber la lune et les étoiles du ciel, et interdire au soleil de se lever de nouveau.

— Madame Rodenstein, je comprends que…

— Partez, maintenant ! » dit Mme Rodenstein.

Elle se pencha, ramassa son sécateur, puis se retourna vers le buisson pelé. Elle referma les lames trop violemment et la branche coupée sauta pour tomber aux pieds de Clemencia. Sans interrompre son travail, Elsa Rodenstein répéta :

« Partez ! Disparaissez de ma vue ! »

Clemencia se retourna sans un mot. Elle laissa la véranda à sa gauche et suivit le sentier jusqu'au veld. Son petit frère est censé avoir tué quelqu'un ? Avoir tiré dans la tête d'un homme à quelques centimètres de distance ? Elle accéléra, se mit à courir. Peut-être que ça l'aiderait. Elle s'arrêta à plusieurs centaines de mètres de la ferme, près d'un réservoir d'eau cylindrique dont sortait une conduite aboutissant à un tuyau de béton entouré d'une clôture. Le portail menant à l'un des *kamps* voisins était ouvert. Les bœufs qui s'étaient réunis là pour boire regardèrent Clemencia d'un air méfiant.

C'est là-bas, de l'autre côté, qu'on avait retrouvé le mort, à côté de la pompe à capteur solaire. L'armature était solide ; avec un peu d'habileté, on pouvait y grimper facilement. D'en haut, par-dessus le réservoir, Clemencia observa le désert. Des buissons d'épines, des pierres et du sable à perte de vue. Étrange, pensa-t-elle, que l'immensité et le vide puissent eux aussi lui nouer la gorge, lui comprimer la poitrine comme un étau d'acier. Étonnamment, elle réussit malgré tout à respirer – douloureusement, mais elle y parvint. Elle reprit progressivement ses esprits. Il lui fallait aborder l'affaire avec logique. Une seule chose était absolument certaine : Melvin n'était pas un meurtrier. Donc, Mme Rodenstein mentait, et Clemencia devrait le prouver, dévoiler ses mensonges les uns après les autres jusqu'à ce que même le plus acharné des accusateurs admette l'évidence : Melvin n'était pas un meurtrier.

Elle examina le panneau solaire. Il manquait deux des vis censées le maintenir, une troisième dépassait d'un tiers. On aurait réellement pu croire que quelqu'un avait été surpris en train d'essayer de démonter le capteur. Ce n'était pas ce que Clemencia avait espéré trouver, mais elle refusa de considérer cela comme une preuve de la culpabilité de Kausiku et ses amis. Quelqu'un qui mentait comme

Mme Rodenstein pouvait parfaitement avoir pensé à préparer la scène du crime de manière à soutenir sa version des faits.

Clemencia redescendit de l'échafaudage et mesura la distance le séparant de l'endroit où on avait trouvé le corps. Moins de cinq mètres ! Voilà qui l'intéressait davantage. C'est là, si près de la pompe, que Gregor Rodenstein aurait été surpris par un des *tsotsis*, se serait battu avec lui et aurait été abattu ? Mais pourquoi se serait-il aventuré si loin ? Par une nuit de lune claire, même un San* n'aurait pas pu avancer sans se faire remarquer, et à plus forte raison un fermier blanc. De plus, cela aurait été complètement inutile : avec son fusil, Rodenstein aurait pu tenir les voleurs en respect tout en restant à bonne distance d'eux. En admettant qu'il s'était vraiment agi de voleurs, et pas de quelques hommes venus de Katutura pour chercher les tombes de leurs ancêtres.

L'existence du cadavre, elle, était toutefois incontestable. Kausiku et ses amis étaient bien venus cette nuit-là, quelqu'un avait tiré, et Gregor Rodenstein avait fini mort, étendu sur le sable. Si Melvin n'était pas coupable, alors qui ? L'un des voisins aurait-il pu avoir une raison de se débarrasser de Rodenstein ? Il suffisait parfois d'une broutille. Récemment, dans un *shebeen* de Katutura, un homme avait tué trois personnes et en avait blessé trois autres parce que son portable avait disparu et que les clients du bar avaient refusé d'ôter leurs vêtements pour qu'il les contrôle. Pourquoi un fermier blanc ne pourrait-il pas, lui aussi, perdre la boule ? Les motifs auraient pu paraître insignifiants : une dispute interminable à propos d'une clôture, une injure jamais oubliée, l'impression d'avoir été trompé lors d'une affaire quelconque – qui pouvait connaître les ressentiments qui rongeaient certaines personnes ? L'occasion s'était présentée quand tout le monde était parti à la chasse aux *tsotsis* et que la fusillade avait commencé. Il aurait alors suffi pour tuer de modifier son angle de tir de quelques degrés, de viser Rodenstein et d'appuyer sur la détente. Dans la nuit, personne n'aurait…

Ça n'avait aucun sens ! Clemencia ne voulait pas extrapoler à partir des résultats du médecin légiste, mais il semblait bien que le coup mortel ait été tiré de très près. Cela ne collait pas avec l'idée d'une prétendue balle perdue. Quant à imaginer qu'un voisin ait posé le canon de son arme sur la tempe de Rodenstein, c'était ridicule. Les autres fermiers auraient forcément tout vu ! Et puis Mme Rodenstein était là, elle aussi, et Clemencia ne la croyait tout de même pas capable de couvrir le meurtrier de son mari.

De retour sur le sentier menant à la maison, Clemencia vit un *bakkie* blanc s'approcher à l'horizon en soulevant derrière lui un nuage de poussière. Sans doute l'un des voisins. Mais elle prit tout de même son temps. Elle s'assit près de la pompe, observa le ciel, et lorsque le bleu éclatant lui fit trop mal aux yeux, baissa la tête vers le sable. Il n'était pas lisse mais couvert de petites ondulations, comme le souvenir d'une mer asséchée depuis longtemps. Des traces qui ne signifiaient rien.

Une mouche tournait autour de sa tête en bourdonnant nerveusement, essayant obstinément de pénétrer dans son oreille. Un mouvement sec de la main suffit à la chasser, mais elle revint un instant plus tard. Clemencia continua à agiter la main vers elle sans chercher à l'attraper ni à l'écraser. On verra bien qui tiendra le coup le plus longtemps, pensa-t-elle, une mouche ou moi. C'est Clemencia qui l'emporta. L'insecte finit par disparaître, peut-être pour aller rejoindre les vaches regroupées autour de l'abreuvoir. La jeune femme revint lentement vers la ferme.

Lorsqu'elle atteignit la maison, elle avait repris une contenance. Sa conviction de l'innocence de Melvin n'avait pas faibli, mais elle se sentait à présent plus calme, plus froide, plus déterminée. Elle allait rester professionnelle et découvrir ce qui s'était réellement passé ici deux nuits plus tôt, qui avait menti, et dans quel but. Inutile de se rendre folle d'inquiétude à propos de son frère. Dès qu'elle découvrirait la vérité, Melvin serait automatiquement innocenté.

Sur la véranda se tenait une discussion animée, sans doute déclenchée par Tjikundu, au sujet des expropriations imminentes. Membre de la SWAPO*, même sans être très actif politiquement, il était fermement convaincu qu'il était grand temps de redistribuer les richesses. À quoi bon, sinon, avoir gagné l'indépendance au prix de tant de vies humaines, avoir remporté toutes les élections depuis vingt ans, si rien ne changeait pour autant, si les riches restaient riches et les pauvres, pauvres ?

« N'allez pas croire qu'un seul de nos employés soit en faveur des expropriations, dit Schroeder, celui qui avait déjà mené la conversation lors de la première visite de Clemencia. Ils savent parfaitement ce qui leur pend au nez : ils devront fiche le camp et perdront leur moyen de subsistance, peu importe que nos fermes soient bradées à des *Fat Cats** du gouvernement et à leurs clans ou partagées entre je ne sais combien de démunis des townships.

— À tellement de démunis que le terrain ne suffira jamais à les nourrir, intervint Haseney, et encore moins s'ils ne connaissent rien à l'élevage. Ils ne savent pas quand il faut vendre et acheter, qu'il faut faire des vaccins, que les points d'eau ne s'entretiennent pas tout seuls et qu'on doit changer les bêtes de *kamp* tous les quinze jours pour laisser au fourrage le temps de repousser. Ils abattent même leurs taureaux reproducteurs quand ils n'ont plus rien à manger.

— Ça s'apprend, tout ça », répliqua Tjikundu.

Son ton mordant laissait bien entendre ce qu'il voulait dire : ils ne sont pas plus idiots que vous, les Blancs. Schroeder rit, et Tjikundu reprit :

« Mais là n'est pas la question ! Vous et vos voisins, vous ne leur laisseriez pas vos fermes même si vous aviez la garantie qu'ils s'en sortiraient, n'est-ce pas ?

— Mais ils ne s'en sortent pas, ils ne s'en sont jamais sortis, répliqua Schroeder. Ils détruisent en un rien de temps toute une ferme et tout le travail de générations, et après ça le gouvernement doit les aider, les aider et encore les aider, parce que c'est le seul moyen de ne pas les laisser mourir de faim. »

Tjikundu lança un bref regard à Clemencia et elle hocha la tête. Qu'il en rajoute une couche ; provoquer un peu les fermiers ne pourrait pas faire de mal. S'ils avaient quelque chose à cacher, ils commettraient plus facilement une erreur. Tjikundu reprit :

« Peut-être que les nouveaux fermiers crèveraient autant de faim qu'à Katutura, mais il n'y a pas que ça. Ils auraient au moins un endroit où ils seraient chez eux, un endroit qui leur appartiendrait et où ils pourraient enterrer leurs morts.

— La ferme de Steinland appartient aux Rodenstein, siffla Schroeder entre ses dents, et ma ferme m'appartient à moi. On se battra pour que ça ne change pas, on ira au tribunal, en passant par toutes les instances.

— C'est votre droit, dit Clemencia.

— On ne se laissera pas intimider par toutes ces attaques! »

Schroeder avait crié. Il sauta de son siège, se servit un gobelet d'eau à la cruche en terre posée sur la balustrade et l'avala d'un trait.

« Pourquoi, qu'est-ce qui s'est passé d'autre? »

Schroeder eut un geste de dénégation, mais les autres prirent la parole. Ils firent leur récit d'un ton pragmatique, sec, comme pour bien montrer qu'ils savaient faire face aux difficultés, mais leur émotion était visible. Chez Haseney, on avait abattu des bœufs à deux reprises en l'espace de quelques jours, trois la première fois, puis carrément quatorze la seconde. C'était bien trop pour pouvoir les dépecer et les emporter tous; quelques bêtes avaient simplement été abandonnées là, les autres juste délestées de leurs meilleurs morceaux. Chaque animal représentait une perte d'environ sept mille dollars.

Sur le terrain de la ferme de chasse adjacente, quelqu'un avait braconné au collet, tuant des koudous, des springboks, et même une superbe antilope mâle, retrouvée en grande partie dévorée par les chacals; elle avait apparemment passé des jours entiers prise au piège du nœud coulant, en une longue agonie. Sur les emplacements de camping aménagés par Müller dans les montagnes, les armatures des installations sanitaires avaient été littéralement arrachées, et le générateur électrique avait disparu. À la ferme de Hildesheim, on avait volé une grande quantité d'outils après avoir pénétré par effraction dans un abri. Chez Schroeder, la clôture avait été cisaillée et dix bœufs s'étaient évanouis dans la nature. Mais c'est la ferme Steinland qui avait subi le plus de dommages. L'attaque qui venait de finir de manière si sanglante était la cinquième en l'espace de quelques mois.

Les policiers du poste de Kamanjab n'étaient pas venus chaque fois. Chez Haseney, ils avaient suivi des traces de pas jusqu'à un point du sentier où une voiture semblait avoir été garée, mais à part cela, leurs activités avaient essentiellement consisté à établir des comptes rendus détaillés. Aucun malfaiteur n'avait jamais été arrêté.

« Avant, des choses comme ça arrivaient de temps en temps, dit Müller, mais maintenant, c'est devenu intolérable. Et surtout, c'est généralement des actes complètement gratuits, comme s'ils voulaient uniquement provoquer le plus de dégâts possibles.

— Aucun de nous ne croit plus à un hasard, ajouta Haseney.

— Ils veulent nous dégoûter de notre métier d'éleveurs, dit Schroeder, ou bien ils espèrent qu'on abandonnera le jour où ça ne vaudra plus le coup financièrement.

— Ils ? Qui ça, ils ? » demanda Clemencia.

Schroeder plongea une nouvelle fois la louche en bois dans la cruche et remplit son gobelet avec soin, mais le reposa ensuite sur la balustrade. Il répondit :

« Premièrement, le ministère des Affaires foncières et de la Relocalisation veut nous expulser de nos fermes, mais nous nous défendons par tous les moyens judiciaires possibles. Deuxièmement : au même moment, une bande de gangsters se démène pour nous faire passer le goût de l'élevage. Maintenant, tirez-en vous-même une conclusion !

— Vous croyez que le ministère a commandité ces attaques ? demanda Tjikundu, indigné.

— Et si je croyais ça, vous m'arrêteriez moi, plutôt que ces criminels qui veulent notre peau ? »

Clemencia entendit percer un grand désespoir sous le ton amer de Schroeder. Il faisait une proie idéale pour les théories du complot en tout genre ; quand on est dans un tel état, on se crée des fantasmes qui submergent tout ce qui paraît inhabituel. Même avec toute la neutralité de rigueur, elle voyait là une raison de plus de procéder par la suite à un interrogatoire critique des fermiers.

« Il n'affirme rien du tout, poursuivit Haseney. Vous ne comprenez donc pas que pour nous, tout semble indiquer que…

— Que quoi ? » interrompit Tjikundu abruptement.

Haseney pinça les lèvres et Schroeder siffla :

« Mais cette fois, ils sont allés trop loin. Quand j'ai vu Gregor comme ça, étendu mort, là dehors, je me suis juré que la prochaine fois je tirerais d'abord et je poserais des questions après.

— Monsieur Schroeder…, commença Clemencia.

— Peut-être qu'ils me tueront aussi, ça se peut bien, mais j'en emmènerai autant que je pourrai avec moi. En tout cas, on n'abandonnera pas. Ils n'auront nos terres qu'en nous passant sur le corps. »

Schroeder s'approcha de la table de la véranda, y appuya les mains et jeta un regard à la ronde. Haseney et Müller hochèrent la tête, les autres aussi.

Clemencia comprit que ce n'étaient pas des paroles en l'air. Si une personne à la peau noire venait s'égarer sur leurs terres, le sang risquait de couler de nouveau au moindre incident. Pourtant, cette mentalité de cow-boys affichée par les fermiers semblait un peu ridicule. La Namibie avait certes bien des problèmes, mais la guerre civile était finie depuis plus de vingt ans, et avec elle l'époque où certains traitaient de terroristes ceux que d'autres considéraient comme des combattants de la liberté. Après l'arrivée au pouvoir de la SWAPO, les Blancs n'avaient été ni massacrés ni chassés, et les descendants de colons allemands, justement, étaient restés les plus aisés du pays. On ne pouvait vraiment pas comparer la Namibie au Zimbabwe ; ici, l'État de droit fonctionnait à peu près, la Cour suprême avait même déjà annulé quelques décrets d'expropriation décidés par le gouvernement. Il n'y avait aucune raison de se retrancher derrière une telle attitude à la « c'est eux ou nous » ; ce n'était pas une question de vie ou de mort.

Quant au meurtre de Gregor Rodenstein, il restait à l'éclaircir ; Clemencia allait du moins tenter de le faire, en s'en tenant strictement aux faits. Elle dit :

« J'aimerais vous interroger une nouvelle fois, individuellement. Peut-être est-ce que je peux commencer avec vous, monsieur Schroeder ? »

En rentrant à Windhoek, deux heures plus tard, elle passa en revue avec Tjikundu les résultats obtenus. Les quatre fermiers avaient identifié Tobias Kausiku comme l'un des assaillants. À part Haseney, qui ne pouvait pas en jurer, ils avaient également reconnu en lui le conducteur de la Ford Escort. Bizarrement, ils étaient en revanche beaucoup moins assurés en ce qui concernait Thomas Rodenstein. Seul Schroeder confirma que le jeune homme avait été forcé à s'asseoir sur le siège passager. Les autres ne voulaient rien affirmer. L'un prétendait avoir été trop mal placé pour bien voir, un autre s'était baissé vers le mort juste à ce moment-là, Haseney enfin disait ne se souvenir que par fragments de ce qui s'était passé : certaines images lui apparaissaient encore très nettement, d'autres avaient complètement disparu.

« Elle cloche, cette histoire », dit Tjikundu.

Il se traînait derrière un camion alors que la route fraîchement goudronnée menant à Okahandja lui aurait permis de doubler facilement.

« Peut-être que Kausiku a vraiment dit la vérité ? demanda Clemencia.

— Alors le jeune Rodenstein n'a carrément pas été enlevé. »

Mais pourquoi les fermiers inventeraient-ils une histoire pareille ? Et dans ce cas, pourquoi Thomas Rodenstein avait-il disparu ? Clemencia, pensant à Melvin, reprit :

« Il ne faut pas qu'on se fasse d'opinion trop vite. Les témoins oculaires ne sont pas fiables ; dans une situation si extrême, on ne peut jamais savoir ce qu'ils ont réellement vu, ce qu'ils s'imaginent et ce qu'ils ont manqué.

— C'est vrai, répondit Tjikundu, mais ils ont tous reconnu Kausiku.

— Oui », dit Clemencia.

Et Schroeder aussi avait reconnu Melvin. Elle n'avait ensuite plus osé montrer sa photo aux autres fermiers.

« Ça cloche, tout ça », répéta Tjikundu.

Clemencia prit conscience que malgré toutes ses bonnes résolutions, elle s'était comportée de manière ni professionnelle ni impartiale. En interrogeant Mme Rodenstein et ses voisins, elle n'avait pas le moins du monde cherché à découvrir la vérité mais s'était uniquement efforcée de faire vaciller la crédibilité des témoins et de les pousser à se contredire. Il était inacceptable qu'elle n'ait pas montré la photo de Melvin aux autres fermiers. Si son frère avait commis un crime, ce comportement frisait la dissimulation, voire la complicité. Et même s'il n'était pas coupable, cela nuisait à l'enquête. Dès qu'ils arriveraient à Windhoek, Clemencia devrait en informer son chef et demander à être dessaisie de l'affaire pour cause de partialité. Elle dit :

« Tjikundu, tu ne peux pas aller un peu plus vite ?

— Et il y a encore autre chose qui me paraît vraiment louche, répliqua celui-ci. Ce coup de fil qui a prétendument averti les Rodenstein de l'attaque, tu peux me dire qui l'a passé ? »

Claus Tiedtke savait bien qu'à Katutura mieux valait prendre quelques précautions. Il avait laissé son ordinateur à la rédaction, emporté seulement des meubles sans valeur, et s'était trouvé un portable juste assez bon pour téléphoner ; quant à la maisonnette de deux pièces qu'il avait réussi à louer grâce à l'intervention des tantes de Clemencia, il l'avait clôturée avec plusieurs rouleaux de fil de fer barbelé. Malgré tout, ses collègues du journal germanophone *Allgemeine Zeitung* l'avaient purement et simplement traité de fou lorsque, quelques semaines auparavant, il avait emménagé à Katutura.

Personne ne connaissait un seul Blanc à qui serait venue une telle idée, pas seulement à cause de la criminalité et de la qualité de vie très limitée qui y régnaient, mais surtout parce les townships étaient un autre monde. Quiconque avait grandi dans les quartiers aisés de Windhoek était complètement coupé de Katutura. Seule la jeune stagiaire fraîchement débarquée d'Allemagne avait lancé dans un soupir, à l'hilarité générale : « C'est beau, l'amour ! »

La compréhension qu'elle témoignait ainsi à Claus n'arrangeait rien, car, comme tous les *Jerries** bien-pensants, elle n'avait par définition aucune idée de ce qui se passait réellement en Afrique, et particulièrement en Namibie. Les Blancs locaux en savaient d'ailleurs à peine davantage, du moins en ce qui concernait la vie dans les townships. Avant de rencontrer Clemencia, Claus avait dû se rendre à peine une dizaine de fois à Katutura, et uniquement pour des raisons professionnelles, par exemple pour des meetings électoraux tenus sur l'UN Plaza ou lors de l'inauguration du Habitat Centre. Jamais il n'avait pénétré dans un logement privé ni dans un *shebeen*.

Désormais, plusieurs barmen le surnommaient « Big Man Claus » et l'accueillaient à bras ouverts. Au Mshasho, tout près de chez Clemencia, on lui offrait même une bière sur trois. Au début, ce traitement de faveur l'avait troublé, puis il avait compris que cette bière gratuite constituait un bon investissement pour le patron. En effet, la nouvelle de la présence de Claus se répandait toujours comme une traînée de poudre dans le voisinage, et même s'il était simplement assis là comme n'importe quel client, tout le monde venait voir ce que le Blanc fabriquait. Là où Claus prenait un verre, les affaires fleurissaient.

Il s'y faisait de nouveaux amis, bien trop pour retenir tous leurs noms aussi vite, qui trouvaient tous très louable qu'il souhaite vivre à Katutura. Certains l'en remerciaient même, considérant que grâce à lui, le journaliste, les Blancs allaient enfin apprendre tout ce qui clochait ici. Cependant, malgré cette approbation générale, ils ne saisissaient pas davantage que les collègues de Claus ce qui l'avait incité à venir s'installer ici. Ce jour-là, c'était un habitué du Mshasho, un Damara mince et musclé répondant au surnom de Razor, qui tâchait de comprendre.

« Alors comme ça, t'es tombé amoureux de Clemencia Garises ? Bon, je te comprends, hein, c'est une sacré belle fille, mais bon, tu pourrais aussi bien la culbuter à Olympia, ou à Klein Windhoek, enfin, là où tu vivais avant !

— C'est pas seulement une question de culbuter, répondit Claus.

— C'est quoi, alors ?

— Disons que j'aime être près d'elle, c'est tout.

— Écoute-moi, mon pote, répliqua Razor, un truc comme ça, ça peut fonctionner si t'en culbutes qu'une seule. Moi, en ce moment, j'en ai quatre, et je me débrouille pour qu'elles habitent le plus loin possible – de chez moi, et les unes des autres. Sinon, ça fait toujours des histoires.

— Mais moi, j'en ai qu'une », répondit Claus.

Une fois qu'il s'était senti suffisamment certain de ne pas complètement indifférer Clemencia, il lui avait proposé d'emménager ensemble, supposant tout naturellement qu'elle viendrait s'installer chez lui. Son appartement d'alors était calme et assez grand pour deux, et elle y aurait trouvé bien plus d'intimité que dans la maisonnette de son immense famille. Mais même si elle avait plusieurs fois passé la nuit chez lui, elle avait catégoriquement refusé d'y emménager. Prenant d'abord cela pour de la fierté, ou tout au moins de l'obstination à conserver une indépendance si âprement gagnée, il avait vainement tenté de lui faire comprendre qu'il ne remettait nullement en question sa liberté, que c'était même une chose qu'il appréciait énormément chez elle. Mais il ne s'agissait pas de cela, avait-elle répondu : elle ne se sentait tout simplement pas à son aise dans les quartiers blancs. Point final.

Claus avait réfléchi. Pour que leur relation puisse fonctionner, il ne suffisait pas de se trouver mutuellement intéressant, charmant et sexy. Chacun devait se rapprocher de l'autre, s'ouvrir à son monde. Et Clemencia avait en la matière une très nette avance. Elle avait fait preuve d'une immense volonté en suivant une formation de qualité, allant même pour cela en Afrique du Sud et jusqu'à la glaciale Finlande, s'imposait dans un métier masculin, était aussi efficace que digne de confiance, et affichait en bien des domaines une mentalité nettement plus moderne que la plupart des Blancs que Claus connaissait.

Lui, en revanche, avait toujours vécu en Afrique comme si c'était la Forêt-Noire, une Forêt-Noire au climat désertique. Ses amis étaient Blancs, il allait dans des restaurants presque uniquement fréquentés par des Blancs, achetait de la charcuterie bavaroise chez Superspar, et avait longtemps été persuadé, comme la plupart des Namibiens d'origine allemande, que tout irait beaucoup mieux dans le pays si on leur en laissait les commandes. Certes, Claus ne voulait pas se teindre la peau en noir. Il y avait bien des choses de son propre univers auxquelles il ne comptait pas renoncer, pas plus qu'il n'attendait de Clemencia qu'elle renie ses origines. La différence, c'est que jusqu'ici lui n'avait pas bougé d'un centimètre. Mais il pouvait y remédier.

Il avait pris seul la décision d'emménager à Katutura, sans en discuter avec Clemencia ; jusqu'à présent, il ne l'avait pas regretté un instant. Il ne voyait pas son amie beaucoup plus souvent qu'auparavant – tous deux avaient un emploi du temps irrégulier –, mais elle s'était tout de suite rendu compte de l'ampleur de ce qu'il faisait là pour elle, et avait paru apprécier cet acte à sa juste valeur. C'est en tout cas ainsi qu'il avait interprété le commentaire de la jeune femme : « Tu es vraiment l'homme le plus fou que je connaisse ! »

Mais même indépendamment de Clemencia, Claus se sentait formidable – un peu comme les Livingstone[1] ou Nachtigal[2] des temps jadis, pour qui chaque pas en terre inconnue représentait une aventure, chaque nouvelle observation, une découverte. Il en avait déjà tiré deux articles d'une page pour le supplément week-end de l'*Allgemeine Zeitung*. L'un évoquait sa première nuit à Katutura, pendant laquelle il avait à peine fermé l'œil, moins par excitation qu'à cause du fond sonore inaccoutumé provenant de la rue et des bicoques voisines ; l'autre relatait la tentative de *miki* Matilda d'annuler à l'aide de formules magiques (et d'un art consommé de la diplomatie) le mauvais sort dont deux voisines s'accusaient mutuellement.

Dans les rues de Katutura, il semblait à Claus n'avoir qu'à se baisser pour ramasser de nouveaux sujets de reportages. Il suffisait de laisser parler les gens. Voilà pourquoi il n'avait pas la moindre mauvaise conscience à passer autant de temps dans les *shebeens*. On disait bien « à Rome, fais comme les Romains », et quelques canettes de Windhoek Lager ou de *tombo,* la bière de mil brassée maison, déliaient efficacement les langues.

Razor leva sa bière à sa santé, en avala le reste d'une gorgée et posa la bouteille vide sur le sol, en l'absence d'une table. Puis il tendit les deux mains vers Claus, doigts écartés.

« Tu sais ce que c'est ?

— Dix doigts.

— Exactement, mon frère, dix. Et tu peux avoir le même nombre de copines, si tu le veux vraiment.

— En même temps ? demanda Claus.

— Jusqu'à dix, confirma Razor en hochant la tête.

— Parce que j'ai dix doigts ?

— T'as tout compris, mec.

— Et qu'est-ce qui se passe si quelqu'un a un accident avec une scie sauteuse et qu'il ne lui reste plus que sept ou huit doigts ? Est-ce qu'il peut alors… »

1. David Livingstone (1813-1873), explorateur écossais.
2. Gustav Nachtigal (1834-1885), explorateur allemand.

Le portable de Claus se mit à sonner. Il le sortit de sa poche et regarda l'écran – numéro inconnu. Pendant que Razor vérifiait que sa bouteille était vraiment vide avant de la reposer, Claus décrocha.

« Claus Tiedtke, allô ?

— Je vais nous en rechercher deux », annonça Razor.

Il se dirigea en chancelant vers l'ouverture grillagée à travers laquelle on servait les boissons. Claus n'en était pas non plus à sa première bière, mais lorsqu'il comprit ce que la voix, au téléphone, était en train de lui raconter, il sentit ses idées s'éclaircir d'un seul coup. Concentré, presque incrédule, il écouta avec attention, s'imprégnant de chaque détail, demandant ici et là une précision. Puis il pria son interlocuteur de lui faire suivre l'e-mail en question, et voulut savoir si la police avait été prévenue.

« Oui, répondit son correspondant, mais ils ne veulent pas que l'affaire soit rendue publique. Soi-disant pour les besoins de l'enquête. Mais nous, on pense qu'il faut que les gens sachent. »

Il le fallait vraiment, aucun doute là-dessus. C'était une histoire énorme, une histoire que n'importe quel journaliste de Namibie pourvu d'un minimum d'éthique professionnelle ferait tout pour couvrir.

« Est-ce que je peux citer votre nom, monsieur Schroeder ? demanda enfin Claus.

— S'il le faut absolument, oui.

— Je vous rappelle. »

Claus s'aperçut seulement à cet instant qu'on lui tendait une bouteille de bière. Razor sourit et dit :

« Ta question sur la scie sauteuse : tant que c'est seulement tes doigts que tu perds là-dedans et rien de plus important, tout va bien, mec ! Dix, c'est le nombre magique ! »

Claus ne répondit rien et regarda sa montre. Il avait encore un peu de temps, et, s'il le fallait, ils imprimeraient plus tard ce soir-là. Il appela la rédaction et annonça qu'il tenait un scoop monumental, qu'il serait là dans un quart d'heure, et qu'ils devaient lui réserver la première page – oui, l'article d'ouverture sur l'agrandissement du corridor trans-Kalahari, il dégage !

« Qu'est-ce qui se passe ? demanda Razor.

— Oh ! juste le travail », répondit Claus en repoussant la bouteille offerte.

Razor plongea sa main libre dans la poche de son pantalon ; avec un cliquètement, il ouvrit d'un seul mouvement du poignet une lame de couteau étincelante de dix centimètres de long.

« Si t'as besoin d'aide, mec...

— À bientôt », répondit Claus avant de se précipiter hors du Mshasho.

Il sprinta sur les cinquante mètres le séparant de sa petite maison, devant laquelle était garée sa Golf Citi. Le blocage antivol du volant resta d'abord coincé, mais le moteur de la vieille guimbarde démarra du premier coup. Sur le chemin de la rédaction, qui était située sur General Murtala Muhammed Avenue, il tâcha de joindre Clemencia, mais son portable était éteint.

La police namibienne ne disposait pas de spécialiste informatique attitré, mais Robinson connaissait quelqu'un chez le fournisseur d'accès Internet iway qui avait promis de s'occuper de leur affaire. L'homme les avait cependant avertis de ne avoir trop d'espoir. Créer une adresse e-mail ne prenait pas longtemps, et si les criminels étaient un tant soit peu malins, ils avaient fait faire à leur message quelques détours par l'étranger, ou l'avaient du moins écrit sur un ordinateur en libre accès, dans un café Internet ou dans un centre communautaire de Katutura. Robinson s'épongea le front.

Il faisait une chaleur étouffante dans le bureau du chef. Le système d'air climatisé pouvait aussi être utilisé en mode chauffage, et le commissaire divisionnaire Ndangi Oshivelo avait apparemment réglé la température sur trente degrés. Pourtant, il gardait les bras croisés sur la poitrine comme s'il avait froid. Il se tourna vers sa fenêtre du deuxième étage pour observer la Bahnhofstrasse, certainement déserte à cette heure-ci.

Une grande carte des fermes de tout le pays était étalée sur son bureau. Elle datait de 1994, mais il n'en existait pas de plus récente. Une lampe de bureau en maintenait l'un des bords, et, à l'autre extrémité, l'inspecteur van Wyk empêchait la frontière constituée par le fleuve Oranje de rouler vers l'intérieur du pays. Clemencia était assise près de Robinson, Tjikundu adossé au mur, près de la porte. Tous tenaient en main une sortie papier de l'e-mail.

Le texte proclamait que Thomas Rodenstein serait relâché dès le transfert à l'État namibien des terrains énumérés au-dessous, pour redistribution à des citoyens démunis. Si cela n'était pas mis en œuvre dans les quinze prochains jours, l'otage serait exécuté. Suivait une liste de vingt fermes, avec noms et numéros de parcelle. Steinland venait en tête, et les dix-neuf autres avaient toutes au moins deux points communs avec elle : elles se trouvaient dans le triangle Windhoek-Okahandja-Karibib et appartenaient exclusivement à des Blancs – on avait déjà vérifié ce fait.

« Est-ce que quelqu'un a une idée ? » demanda Oshivelo.

Il évitait de regarder Clemencia en face, mais elle savait qu'il attendait une réponse d'elle. L'attitude d'Oshivelo envers la jeune femme avait pris une étrange tournure après la série de meurtres d'anciens agents du CCB, deux ans plus tôt[1]. D'un côté, il avait clairement pris ses distances, et pas uniquement en matière de petites conversations personnelles – ça, elle aurait pu l'accepter facilement. Alors que par le passé il lui demandait souvent son avis sur des questions de politique, de stratégie ou d'organisation, aujourd'hui, si Clemencia émettait des idées de réforme ou même de simples suggestions, il les acceptait avec un remerciement poli pour ensuite les faire disparaître dans un tiroir, sans les commenter ni les appliquer.

D'un autre côté, Oshivelo avait fermement coupé court à plusieurs tentatives de Robinson de prendre la place de Clemencia, déclarant devant l'équipe au grand complet qu'il n'avait jamais eu de collaborateur aussi compétent qu'elle au service des homicides. Peut-être s'était-elle seulement imaginé l'intonation particulière qu'il avait donnée au terme « collaborateur », mais, même ainsi, le message était clair. Oshivelo la soutenait entièrement aussi longtemps qu'elle se contentait d'accomplir le travail qu'il lui confiait, mais elle ne devait pas rêver de s'élever dans la hiérarchie. Chaque

---

1. Voir *L'Heure du chacal*, du même auteur (Le Masque, 2013).

initiative de sa part, si judicieuse soit-elle sur le plan professionnel, était donc indésirable.

Les choses étaient ainsi, voilà tout. Pour l'heure, Clemencia avait de toute façon bien d'autres soucis. Son frère Melvin, par exemple. Elle avait envisagé demander à son chef d'être dessaisie de l'affaire Rodenstein, mais le moment semblait vraiment mal choisi.

Tjikundu ôta sa veste. La chaleur était à peine supportable. Clemencia tapota du doigt la feuille de papier posée sur ses genoux et dit :

« Pas de justification politique, pas de plainte contre qui que ce soit, pas de slogan de propagande agressif. Pas même une signature, alors que ces gens semblent avoir des objectifs sociaux et révolutionnaires. Ils devraient pourtant s'appeler Armée du peuple ou Front de libération de je-ne-sais-quoi, ne serait-ce que pour s'assurer eux-mêmes de leur propre identité. Je me demande…

— Il n'y a pas de groupement extrémiste de ce genre en Namibie, intervint Robinson. C'est juste une bande d'amateurs fêlés qui croient que…

— On ne sait pas qui ils sont, on ne sait pas s'ils sont sérieux, et on ne sait même pas si Thomas Rodenstein est réellement entre leurs mains, répliqua Clemencia. Pour pouvoir réagir de façon constructive, il nous faut plus d'informations, et donc plus de temps.

— C'est complètement idiot de vouloir forcer vingt fermiers à la vente par le chantage, reprit Robinson. N'importe quel tribunal annulerait aussitôt une vente pareille. Alors qu'est-ce qu'on risque en demandant aux fermiers de faire semblant d'accepter ?

— Je propose d'exiger d'abord un signe de vie de Thomas Rodenstein, de demander à ses ravisseurs de le laisser appeler la ferme pour prouver qu'il va bien. On pourrait diffuser cette requête à la radio. »

Chaque contact apporterait quelques éclaircissements supplémentaires sur les ravisseurs. Et puis, il était relativement simple de remonter à l'origine d'un coup de téléphone. Si les ravisseurs consentaient à cet arrangement, on obtiendrait au moins un point de départ, une direction dans laquelle chercher.

« Vous comprenez à quel point cette exigence est explosive, politiquement ? On devrait tout faire pour que ça ne s'ébruite pas, dit Oshivelo.

— J'ai bien dit à Mme Rodenstein de se taire, parce que ce serait plus sûr pour son fils. Mais elle en avait déjà parlé à son voisin, et lui l'a sûrement raconté autour de lui. Les fermiers ne vont certainement pas rester tranquillement dans leur coin, ils en ont jusque-là (Robinson fit un geste horizontal de la main sur son front couvert de sueur.) Et franchement, on peut les comprendre, conclut-il à voix basse.

— Si cette histoire devient publique, on va avoir aussi le ministère des Affaires foncières et de la Relocalisation aux fesses, dit Tjikundu.

— Il faut quand même qu'on les avertisse, reprit Oshivelo. Demain matin à la première heure, madame Garises ? »

Clemencia hocha la tête. Elle allait donc cuisiner Tobias Kausiku la nuit même. Il représentait sa seule piste concrète, elle devait le pousser à avouer enfin la vérité sur la fusillade à la ferme Steinland, sur ses complices et leurs commanditaires. Clemencia comptait lui parler des nouveaux développements de l'affaire et lui expliquer que tout ça le dépassait complètement ; peut-être finirait-il par comprendre que continuer à se taire ne pourrait que lui nuire.

Oshivelo revint à son bureau et repoussa la lampe. Il attrapa la télécommande du système d'air climatisé qui avait glissé sous la carte et en enfonça quelques touches, puis il se tourna vers Clemencia :

« On cherche partout dans le pays tous ceux qui se seraient déjà fait remarquer avec des exigences radicales en matière d'expropriations. Je vais mettre le personnel nécessaire à votre disposition. À part ça, on fait ce que vous avez suggéré : on exige un signe de vie. »

Clemencia proposa que Robinson aille à la ferme Steinland attendre le coup de fil des ravisseurs ; il pourrait en profiter pour s'assurer que les fermiers restent calmes. Elle ne voyait pas de raison de taire le fait qu'étant Blanc, c'était lui qui aurait les meilleures chances d'y parvenir.

« Bon, ce sera tout pour cette fois. (Oshivelo remit les mains sous ses aisselles.) Vous ne trouvez pas qu'il fait un froid de canard, ici ? »

Armin Rodenstein, né le 02/01/1913, mort le 14/04/1945. Le nom du fils aîné de Johann Rodenstein était bien gravé sur une plaque de marbre, mais ses restes ne reposaient pas dans le petit cimetière de la ferme. Il avait été enterré quelque part dans l'ancien camp d'internement d'Andalusia, en Afrique du Sud. « Pneumonie », indiquait la notification officielle qui fut délivrée à Steinland deux jours après la capitulation sans conditions du grand Reich allemand, le 12 mai 1945 exactement. La famille mit brièvement en doute la cause du décès, puis, au regard de l'autre possibilité, décida finalement de l'accepter. En effet, ses codétenus rentrés au pays, interrogés à ce sujet, laissèrent entendre qu'Armin s'était donné la mort le jour où même lui n'avait plus réussi à croire à la victoire des nazis.

Tout cela, c'était la faute d'un empoisonnement du sang et d'un poste de radio. Le premier, Armin l'avait contracté à seize ans en travaillant dans la brousse. Personne, et lui encore moins que les autres, n'avait pris au sérieux l'égratignure qu'il s'était faite à l'avant-bras gauche, et quand ils se décidèrent enfin, bien trop tard, à aller voir un médecin à Windhoek, il ne restait plus d'autre solution que l'amputation. Il devint alors évident qu'Armin Rodenstein ne pourrait jamais reprendre la ferme, lui qui n'était même plus capable de tenir un fusil. Cependant, personne ne comprit pourquoi il se retira complètement de l'exploitation, cessa de donner des instructions aux employés et de faire à cheval ses longues tournées de vérification des clôtures. Il se mit à passer le plus clair de ses journées enfermé dans la maison. Le domaine familial semblait s'être changé pour lui en un ennemi surpuissant qu'il devait éviter.

Au lieu de cela, il consacra son temps à son poste de radio. Patiemment, il tournait des doigts de sa main droite le bouton du régulateur de fréquence jusqu'à obtenir la meilleure réception possible, puis il restait assis, immobile, devant l'appareil. Parfois, il posait la main sur le tissu légèrement vibrant qui recouvrait le haut-parleur. Pendant que dehors, à la ferme, des veaux naissaient et des springboks étaient abattus, pendant que sa famille tremblait de froid autour du feu de camp ou priait pour que la pluie arrive enfin, Armin Rodenstein écoutait les nouvelles de la lointaine Europe.

Il suivit la prise du pouvoir par Hitler, la renaissance économique de l'Allemagne, le plébiscite de la Sarre, l'établissement du service militaire obligatoire, les Jeux olympiques de Berlin et l'annexion de l'Autriche. Il racontait les succès des nazis avec fierté, comme s'il y avait lui-même contribué. Lorsque les troupes de Hitler envahirent les Sudètes, il se félicita ouvertement d'avoir encore son bras droit pour pouvoir faire le salut nazi. Selon lui, cela ne pourrait plus durer bien longtemps.

« Quoi ? demanda son frère Hermann.

— Avant que le Sud-Ouest[1] *n'entre lui aussi dans le Reich », répondit Armin.*

Son frère secoua la tête. Tout ça ne rendrait pas les pâturages plus verts.

Lorsque la guerre commença, les postes de radio des Namibiens d'origine allemande furent confisqués. Armin monta alors le sien sur un chariot à ridelles qu'il camoufla soigneusement et alla cacher à quelques centaines de mètres de la maison. Après la tombée de la nuit, quand aucun contrôle n'était plus à craindre, il tirait son chariot jusqu'à la maison et dressait l'antenne. Avant l'aube, il le déplaçait de nouveau vers sa cachette, non sans prendre soin d'effacer les traces laissées par les roues.

La Wehrmacht envahit la Pologne, vainquit la France, bombarda les villes anglaises, et Armin criait : « Sieg Heil ! » *Son frère cadet Hermann subit le même sort que leur père pendant la guerre précédente : il fut interné dès 1939. Dans sa ferme comme dans toutes celles des alentours, les femmes et les enfants durent alors se débrouiller seuls. Peu à peu, on vint chercher tous les hommes d'origine allemande, et seul Armin, l'estropié au bras en moins, fut épargné. Il ne vit aucune raison de s'en réjouir. Il était convaincu que seules quelques semaines les séparaient encore de la capitulation de l'Angleterre et de la victoire définitive de Hitler, qui récupérerait alors pour l'Allemagne les anciennes colonies. Et quand on*

1. La Namibie, lorsqu'elle était une colonie allemande (1884-1915), portait le nom officiel de « Sud-Ouest africain ». Les descendants des colons allemands continuèrent longtemps à l'appeler ainsi – certains le font même encore de nos jours.

en arriverait là, Armin Rodenstein ne voulait pas qu'on puisse lui demander pourquoi il n'avait rien fait – sa place était parmi ses camarades et compatriotes.

C'est ainsi qu'un jour, il monta en selle (pour la première fois depuis la perte de son bras) et partit pour Windhoek, qu'il atteignit au bout de quatorze heures de chevauchée. Une fois là, il déploya un drap de lit sur lequel il avait peint une croix gammée. Lorsque les policiers sud-africains lui confisquèrent sa banderole et lui recommandèrent vivement de reprendre au plus vite le chemin de sa ferme, il se mit à arpenter la Kaiserstrasse en criant « Heil Hitler ! » *et* « Ein Volk, ein Reich, ein Führer[1] » *jusqu'à obtenir ce qu'il était venu chercher. Les Sud-Africains l'arrêtèrent et l'envoyèrent quelques jours plus tard au camp d'internement d'Andalusia.*

On ne le revit jamais à Steinland, mais malgré l'animosité qu'il lui avait témoignée, la ferme se montra assez généreuse pour lui attribuer, à l'ombre, une pierre tombale à sa mémoire.

La prison centrale de Windhoek était bâtie dans le no man's land situé entre le centre-ville et Katutura, environ aux trois quarts des sept kilomètres de distance que les lois du régime de l'apartheid avaient imposés entre quartiers blancs et quartiers noirs. Lorsqu'en 1959 les Sud-Africains avaient commencé à raser l'Alte Werft, à l'ouest du centre-ville, et forcé ses habitants à s'installer dans des townships érigés à la hâte, ils avaient appliqué cette loi à la lettre. En 2011, cependant, tout cela était de l'histoire ancienne : l'apartheid était terminé depuis longtemps et la majorité des habitants actuels de Katutura y étaient nés et s'y sentaient chez eux.

Cependant, si la ville elle-même s'était étendue en direction du township, l'inverse n'était pas vrai. Certes, l'exode rural en provenance du nord ne faiblissait pas ; tous venaient tenter leur chance ici. Chaque jour se bâtissaient des dizaines de baraques illégales, et des quartiers entiers, tels que Hakahama ou Okuryangawa, sortaient de terre à une telle vitesse que chaque nouveau plan de la ville était obsolète dès sa parution. Mais les nouveaux arrivants s'installaient

1. « Un peuple, un empire, un chef », devise du régime nazi.

uniquement sur les austères collines du nord et de l'ouest, loin du centre-ville, presque comme s'ils voulaient laisser visible la séparation imposée par l'administration de l'apartheid. Dans les zones en friche proches de Katutura ne se dressaient que quelques institutions publiques, comme le Katutura Hospital et la centrale d'intervention des pompiers. Deux énormes réservoirs d'eau dominaient une butte dénudée, et à l'ouest d'Independence Avenue, le chemin de fer namibien disposait de zones d'exploitation étendues, mais presque personne ne vivait ici – sauf les plus de mille cents détenus de la prison centrale, mais eux, bien sûr, n'avaient pas choisi d'habiter là.

La prison centrale de Windhoek était la plus grande du pays ; elle avait aussi la réputation d'en être la plus sûre depuis que l'État l'avait rééquipée avec le soutien financier de Namdeb, une multinationale du diamant. Bien qu'elle soit en permanence surpeuplée, on y enfermait donc aussi les accusés en détention provisoire. Parfois, on y mettait même les prisonniers attendant encore d'être présentés au juge d'instruction : si on les soupçonnait de faits vraiment graves, on craignait qu'ils ne tentent de s'évader des cellules mal gardées des commissariats. C'était le cas de Tobias Kausiku. L'inconvénient de cette situation était qu'avant chaque interrogatoire il fallait aller chercher le suspect à la prison, ce qui prenait un temps fou – et à près de 23 heures, cela n'irait certainement pas plus vite que pendant la journée.

Tjikundu bifurqua dans Ernest Oppenheimer Street. Sur Independence Avenue déjà, le trafic était quasi inexistant, et la route d'accès à la prison paraissait quant à elle carrément abandonnée. Il avança tout de même lentement, guidé par la lumière des projecteurs qui découpait les contours du bâtiment des gardiens dans l'obscurité. Il s'arrêta devant le premier portail grillagé, donna deux coups de Klaxon longs, puis deux courts, et attendit. Rien ne bougea. Même après que Clemencia fut descendue de voiture pour actionner la sonnette de l'interphone, une éternité s'écoula avant que le gardien de service ne réponde d'une voix ensommeillée.

Tjikundu avait pris soin d'appeler du commissariat pour signaler qu'il s'agissait d'une affaire particulièrement urgente, mais apparemment l'information n'avait pas été relayée ; Clemencia dut user de tout son pouvoir de persuasion pour convaincre le garde d'au moins se renseigner auprès de son supérieur. Alors seulement, il les laissa entrer dans le sas de sécurité, contrôla leur identité et remplit méticuleusement les formulaires nécessaires. Enfin, ils purent rejoindre la zone centrale, protégée par un autre mur. Là, il fallut remplir de nouveaux papiers – et attendre. Au bout d'environ vingt minutes, on leur amena le prisonnier.

Contrairement à ce que Clemencia avait craint, le premier essai fut le bon : c'était bien Tobias Kausiku. Il portait toujours les vêtements qu'il avait sur lui lors de son arrestation. Les bandages recouvrant ses mains étaient raides de crasse, mais lorsque Clemencia demanda si on pouvait les changer, le gardien se contenta de hausser les épaules. Kausiku se plaignit bruyamment :

« Venir me chercher comme ça, au milieu de la nuit, pour m'interroger, c'est de la torture ! Ça aura des conséquences, je vous le garantis ! »

Tjikundu lui passa les menottes et lui fit courber la tête d'une main tout en le poussant dans la voiture.

« Enlève ta main de là ! » geignit Kausiku.

Il se lamentait encore lorsqu'ils rejoignirent le sas de sécurité de la barrière extérieure.

« J'ai déjà dit tout ce que je savais, je sais rien de plus, et de toute façon, je dirai rien sans un avocat, et…

— Tu vois un avocat quelque part ? demanda Tjikundu, agacé.

— Ici ?

— Justement ! Alors ferme-la, maintenant ! »

Tjikundu fit un signe de tête au gardien, franchit le portail et passa la deuxième vitesse.

« Monsieur Kausiku, tout ça ne nous amuse pas non plus, dit Clemencia, mais il y a du nouveau. Je suis maintenant certaine que vous avez attaqué la ferme avec quelques autres, mais je suis tout aussi convaincue que vous avez agi sur commande, pour des gens qui ont des intérêts complètement différents. Si vous nous aidez à retrouver l'otage, cela pourra jouer comme circonstance atténuante.

— Quel otage ? » demanda Kausiku.

Au même instant, Tjikundu enfonça si brutalement la pédale de frein que Clemencia fut projetée vers l'avant. La voiture resta à l'arrêt, le faisceau de ses phares inondant l'asphalte noir. Dix mètres plus loin, la rue débouchait dans Independence Avenue. La lueur des réverbères du terre-plein central suffisait tout juste à distinguer l'herbe grise qui bordait la rue, ébouriffée par le vent nocturne.

« Et merde, geignit Kausiku, je me suis ouvert la lèvre, et c'est à cause de vous deux, bande de…

— La ferme ! hurla Tjikundu.

— Qu'est-ce qui se passe ? demanda Clemencia.

— Il y avait quelque chose, par terre, au milieu de la route. Je crois que c'était quelqu'un. »

La rue était vide. Clemencia dit :

« Je ne vois personne.

— Si je l'avais renversé, on aurait entendu le choc. »

Tjikundu serra les doigts autour du volant mais ne fit pas mine d'entreprendre quoi que ce soit.

« Bon, je vais voir, dit Clemencia, puis, se tournant vers Kausiku : On reste assis bien sagement ! »

Elle ouvrit la portière et descendit. La lune qui venait de se lever, gigantesque disque bosselé d'un rouge pâle, n'avait pas encore tout à fait atteint le sommet des monts Eros, à l'est. Le vent était glacé ; une moto descendit Independence Avenue en direction de Katutura à au moins cent kilomètres à l'heure. Clemencia longea l'aile de la voiture vers l'avant.

L'homme était étendu au sol, à tout juste cinquante centimètres du pare-chocs, et ne bougeait pas. Il était vêtu de noir ; pas étonnant que Tjikundu ait failli ne pas le voir ! Clemencia demanda :

« Monsieur, est-ce que ça va ? »

L'homme était couché sur le ventre, la jambe droite légèrement pliée. Il avait la tête enfouie dans le creux du coude ; ses cheveux crépus étaient coupés court, mais son visage restait invisible. Il semblait dormir – en plein milieu de la chaussée, dans une rue qui menait uniquement à la prison centrale de Windhoek. Quelque chose clochait. À mi-voix, Clemencia appela :

« Tjikundu… »

Celui-ci abaissa sa fenêtre.

« Je l'ai vraiment touché, alors ? »

Kausiku, sur la banquette arrière, se tenait tranquille. On entendait uniquement le moteur de la voiture tourner doucement, au point mort. Du pied, Clemencia toucha une des semelles de l'homme étendu là. Aucune réaction. Peut-être était-il inconscient, ou mort. Peut-être quelqu'un l'avait-il débarqué ici, quelqu'un qui aurait tourné depuis Independence Avenue et avancé juste assez loin dans la rue latérale pour se dissimuler dans l'obscurité, ouvrir une portière et jeter un corps sans vie hors de sa voiture.

Pourtant, ça n'en avait pas l'apparence. L'homme semblait vraiment s'être tranquillement allongé là pour dormir.

« Ça va durer encore longtemps ? râla Kausiku depuis la voiture.

— Recule un peu, Tjikundu ! » demanda Clemencia.

Elle attendit que la lueur des phares éclaire le corps, se pencha vers l'avant et le secoua légèrement par l'épaule. Aucune résistance. Son bras droit était caché sous son buste. Peut-être est-ce cela qui poussa Clemencia à interrompre son geste, ou peut-être seulement son instinct, mais elle crut soudain deviner ce qui arriverait si elle le retournait : il aurait les yeux grands ouverts et, de sa main droite, celle qui était encore invisible pour l'instant, il projetterait un couteau vers le haut. La lame s'enfoncerait dans le ventre de Clemencia ou se poserait sur sa gorge avant même qu'elle n'ait terminé de le mettre sur le dos. Il n'était ni mort ni évanoui ; tout cela était un piège, quel que soit son dessein. Cela ne pouvait pas être autre chose.

Le plus sûr serait maintenant qu'elle recule de quelques pas et sorte son arme. Une fois à une distance raisonnable, elle pourrait ordonner à l'homme de rester au sol et de lever lentement les deux mains. Mais que ferait-elle s'il ne réagissait pas, s'il continuait à faire le mort ? Ou, pire encore, s'il décidait de l'attaquer dès qu'il remarquerait qu'elle s'éloignait de lui ?

Elle leva les yeux. Les phares de la voiture l'aveuglaient et elle ne distinguait rien, pas même Tjikundu derrière le volant. Elle ne pouvait pas l'appeler, pour ne pas alarmer l'homme, mais Tjikundu, lui, la voyait forcément clairement. Elle désigna brièvement le corps de l'index puis refermer les doigts en un poing serré pour signifier qu'elle allait passer à l'action. Tjikundu travaillait depuis longtemps au service des homicides et n'était pas idiot, il comprendrait qu'elle avait besoin de son aide.

Un papillon de nuit voleta devant les phares. Le moteur ronronnait. Pourquoi la porte ne s'ouvrait-elle pas ? Pourquoi Tjikundu ne se décidait-il pas à descendre de voiture ?

Quelque chose poussa Clemencia à regarder de nouveau vers le bas. Elle n'aurait pas pu dire si l'homme avait bougé. Même si elle ne le touchait pas, il lui parut sentir son corps se tendre – comme quelqu'un qui s'apprêtait à bondir pour, de son couteau… Clemencia cessa de réfléchir et obéit à son instinct. Elle enfonça son genou dans l'épaule droite de l'homme et attrapa son bras des deux mains, le tira violemment vers le côté et le replia dans son dos en le tordant vers le haut. L'homme poussa un cri et Clemencia appuya encore plus fort, jusqu'à ce qu'il ouvre les doigts. Quelque chose de noir et mat glissa par-dessus son épaule et échoua sur l'asphalte.

Ce n'était pas un couteau, c'était un pistolet. Et merde, j'avais raison, pensa Clemencia. Ils étaient tombés dans une embuscade et elle était passée à un cheveu de… Il fallait qu'elle expédie l'arme hors de portée du bonhomme, tout de suite. Mais comment ? Elle ne pouvait pas le lâcher, à aucun prix. Ses doigts s'enfoncèrent encore plus dans le bras de l'homme et elle s'arc-bouta de tout son poids pour maintenir sa prise. Entre les cris de douleur qu'il poussait, Clemencia cria vers les phares de la voiture :

« Tjikundu ! Les menottes ! »

L'homme se recroquevilla ; les doigts de sa main gauche griffaient l'asphalte. Elle ne pouvait voir qu'une moitié de son visage : ses traits étaient déformés, ses yeux exorbités, sa bouche grande ouverte. Ses cris résonnaient aux oreilles de Clemencia. Elle relâcha un peu sa pression et souffla :

« Si tu te débats, je te casse le bras. »

Les cris se changèrent peu à peu en gémissements. L'homme, en haletant lourdement, frappa deux fois le sol du plat de la main, sans doute pour signifier qu'il abandonnait. Clemencia ne le lâcha pas. Alors qu'elle se demandait si elle pouvait essayer de faire glisser le pistolet hors de portée avec son genou gauche, elle entendit la portière de la voiture s'ouvrir – Tjikundu, enfin! Il ne fallait plus prendre de risque, à présent. Elle augmenta de nouveau légèrement sa pression afin de bien signaler qu'elle ne se laisserait pas distraire, qu'elle ne donnerait pas de dernière chance à l'homme étendu sous elle. Il grinça des dents. Les jambes de Tjikundu apparurent près de Clemencia et sa main entra dans son champ de vision, porteuse d'une paire de menottes ouvertes.

« Commence par le flingue! » siffla-t-elle.

Bon sang, fallait-il vraiment tout lui dire?

Tjikundu s'agenouilla près d'elle et dit :

« Je suis désolé. »

Alors seulement, Clemencia leva les yeux, vit le visage grisâtre de Tjikundu, le pistolet appuyé contre l'arrière de sa tête, et l'homme qui le tenait. Il portait un masque qui ne dévoilait que ses yeux. D'une voix étouffée par le tissu, il dit à Clemencia :

« Lâche-le, sinon je descends ton copain! »

Tjikundu baissa la tête.

« Et toi juste après, ma petite », ajouta l'homme masqué.

Son pistolet était un Vektor Z-88 sud-africain, le même que celui de son complice, sur l'asphalte, à moins de trente centimètres de là – à portée de main. Mais Clemencia savait reconnaître une défaite. Elle lâcha le bras, glissa lentement du dos de son prisonnier et leva les mains.

« C'est bien! félicita l'homme masqué avant de dire à Tjikundu : Mets-lui les menottes! »

Le type allongé au sol se releva en jurant. Il se massa brièvement le bras, ramassa son pistolet et lâcha :

« Je vais la descendre, cette salope!

— Seulement si elle ne reste pas bien calme ou si elle commence à discuter. »

L'homme masqué ricana; l'autre tira l'arme de service de Clemencia de son étui avant de la jeter d'un geste ample dans l'obscurité.

Ils ne tireraient pas s'ils pouvaient l'éviter. Le bâtiment des gardiens de la prison était à peine à cinquante mètres de là, et de l'autre côté du mur se trouvaient de nombreux policiers armés. Impossible de savoir s'ils feraient plus que sécuriser les murs et les clôtures électriques, mais c'était envisageable. Non, ces deux-là ne tireraient pas, en tout cas pas ici, pas sans qu'on leur donne une raison de le faire.

« Ça vient, oui ? » demanda l'homme masqué.

Clemencia tendit les mains vers Tjikundu, qui referma les menottes sur ses poignets. Pendant que lui-même se faisait ficeler avec des attache-câbles, Kausiku s'extirpa péniblement de la voiture et s'approcha.

« Merci, mes frères, super job ! » dit-il.

Clemencia grava dans sa mémoire les traits de l'homme qui ne portait pas de masque. Environ un mètre soixante-quinze, tête ovale, yeux assez rapprochés, nez large et plat, lèvres relativement fines, signe particulier : une verrue entre la pommette et le lobe de l'oreille droite. Juste au cas où elle vivrait assez longtemps pour le revoir.

« Je savais que vous me laisseriez pas tomber », dit Kausiku.

Clemencia dressa l'oreille. Sa phrase avait un peu sonné comme une question, comme si Kausiku n'était pas encore certain que cette attaque était vraiment destinée à le libérer.

« C'est clair, mec, aucun problème », dit le cagoulé.

Kausiku leur tendit ses mains toujours menottées et désigna Tjikundu.

« C'est lui qui a les clés de mes bracelets.

— On s'en occupe tout de suite, mon frère. »

L'homme masqué fit avancer Clemencia et Tjikundu vers la voiture. Son complice passa le bras par la portière passager encore béante et ôta la clé du contact, puis il ouvrit le coffre. Pendant qu'il forçait Tjikundu à y monter, Clemencia tourna les yeux vers le poste de garde. La zone située devant le rideau de fer était fortement éclairée par les projecteurs ; c'est sans doute ce qui rendait tout ce vide tellement sinistre.

« Au tour de la jeune dame, maintenant ! » ordonna le cagoulé.

Clemencia s'assit sur le bord du coffre et essaya de rentrer la tête lorsqu'il la poussa à l'intérieur. Elle atterrit en douceur sur Tjikundu mais se cogna douloureusement le coude contre la carrosserie. Quelqu'un poussa maladroitement ses jambes à sa suite, et le capot du coffre retomba sur les quelques étoiles qui parvenaient à luire à travers la pollution lumineuse de Windhoek. L'obscurité devint totale.

« Amusez-vous bien, là-dedans ! »

Kausiku ricana méchamment. Clemencia sentit un élancement de douleur dans son coude. Elle essaya de se détourner du corps de Tjikundu et de pivoter sur le côté, mais sans grand succès. Le coffre n'avait de toute évidence pas été conçu pour accueillir deux personnes ; elle espéra que l'air se renouvellerait suffisamment.

« Quelle merde, jura Tjikundu d'une voix étouffée. Il est sorti de nulle part, et d'un coup il était là, à côté de ma fenêtre ouverte, avec son flingue sur ma tempe.

— Mon portable, chuchota Clemencia. Il est à ma ceinture, dans un petit étui à Velcro. Essaie de l'attraper ! »

Elle entendit claquer les deux portières de la voiture et attendit que le moteur démarre. Il faudrait qu'elle essaye de retenir le chemin que ces types prendraient, chaque bosse sur la chaussée, chaque ralentissement à un carrefour, chaque virage et chaque courbe. En estimant la vitesse à laquelle ils rouleraient, elle pourrait déduire la distance parcourue. Clemencia doutait qu'ils fuient en direction du centre-ville, et elle connaissait Katutura comme le fond de sa poche. Après tout, elle y était née. Ce serait bien le diable si elle ne parvenait pas à deviner où ils les conduiraient. S'ils parvenaient à appeler de l'aide assez rapidement...

Les doigts de Tjikundu remontèrent le long de la cuisse de Clemencia puis s'arrêtèrent. Trop bas. Il n'arrivait pas assez loin. Il se tourna et se tortilla pour trouver une meilleure position, mais ils étaient à l'étroit, terriblement à l'étroit. Clemencia tendit la hanche vers lui et sentit son souffle sur sa nuque.

« J'y suis presque, murmura-t-il, je vais l'avoir. »

Tjikundu sentait la sueur et un peu l'after-shave, le même que celui de Claus. Clemencia n'avait encore jamais remarqué que Tjikundu utilisait de l'eau de toilette. Elle dit :

« Dépêche-toi !

— Plus que la fermeture... Rapproche-toi encore un peu ! »

Clemencia banda ses muscles et poussa la hanche vers l'avant.

« Je l'ai ! s'écria Tjikundu d'un ton triomphant.

— Pas si fort ! » siffla Clemencia.

Puis elle se rendit compte que le moteur ne tournait toujours pas. La voiture était immobile. Les types avaient filé avec Kausiku et les avaient abandonnés là, Tjikundu et elle, dans le coffre d'une putain de Ford Fiesta, au milieu d'une rue vide menant à la prison centrale de Windhoek.

3

En bas, dans le lit desséché du fleuve, le dernier soupçon d'obscurité nocturne s'estompait. Les premiers rayons du soleil matinal tombaient déjà sur les curieux assemblés sur la berge. Une trentaine de personnes étaient là, immobiles, presque silencieuses, murmurant juste quelques mots aux nouveaux arrivants avant de se taire de nouveau. Aucun n'essayait d'approcher davantage, et les policiers s'abstenaient donc de les faire reculer. Presque tous avaient les mains enfouies dans leurs poches de veste ou de pantalon – il faisait toujours un froid mordant.

Clemencia gelait, sans doute aussi parce qu'elle n'avait pratiquement pas dormi. Tjikundu et elle avaient pourtant été libérés rapidement du coffre de la voiture ; leur collègue de service au standard, prenant leur appel au sérieux, avait aussitôt envoyé deux voitures. Avant qu'il ne raccroche, Clemencia l'avait conjuré de lancer sans attendre la recherche de Kausiku et de ses deux complices armés. Comme ils étaient partis à pied, on parviendrait peut-être à les rattraper dans les environs.

Le premier véhicule de patrouille arriva peu après. La clé de la Fiesta avait évidemment disparu, mais les policiers parvinrent assez vite à forcer le coffre avec un cric. Bien que Clemencia soit restée enfermée moins d'une demi-heure, ses jambes étaient tellement ankylosées qu'elle s'effondra quand ils l'aidèrent à sortir. Dès qu'elle parvint à tenir debout, elle ordonna qu'on cherche son arme de service et s'occupa de la saisie de la Fiesta. Ensuite, Tjikundu et elle rejoignirent le commissariat, rédigèrent la description de leurs agresseurs et appelèrent tous les postes de police de Katutura. Personne n'avait été arrêté qui correspondait ne serait-ce que vaguement à leur affaire.

« Est-ce que vous allez bien, madame Garises ? » demanda Oshivelo.

C'était la première fois depuis des années qu'il se déplaçait sur une scène de crime, et ce, de bon matin !

« Oui, bien sûr.

— Vous n'en avez pourtant pas l'air.

— La nuit a été plutôt courte. »

Clemencia s'était effondrée sur son lit à 2 h 30, tremblante malgré ses trois couvertures de laine, les pieds tels des blocs de glace ; d'un coup, elle s'était sentie complètement éveillée. Elle avait tout de même baissé les paupières, mais les images des heures précédentes s'étaient mises à défiler en continu devant ses yeux. L'homme gisant au sol, comme mort. La gigantesque lune rouge pâle au-dessus des monts Eros. Tjikundu qui courbait la tête comme s'il en avait fini avec la vie. Le léger mouvement du tissu de laine à travers lequel l'homme masqué lui parlait. La faible lueur de l'écran de son portable dans le coffre de la voiture.

Elle s'était alors forcée à passer en revue les événements de manière systématique. Évidemment, elle avait commis une erreur en ne sortant pas son arme tout de suite, dès qu'elle était descendue de voiture, ou au plus tard lorsqu'elle avait demandé à Tjikundu de reculer. Elle aurait dû vérifier les environs avant de se pencher vers l'homme étendu au sol. Mais qui aurait pu imaginer un tel commando de libération ? Et comment les deux hommes armés avaient-ils appris qu'on viendrait chercher Kausiku pour un interrogatoire à une heure pareille ? Avait-il pu les avertir d'une façon quelconque depuis sa cellule ? Cela paraissait peu probable, car Kausiku lui-même avait paru plutôt surpris. Y avait-il un informateur parmi les gardiens de la prison, quelqu'un avait-il même intercepté l'appel de Tjikundu ?

Et qu'est-ce que tout cela avait à voir avec l'enlèvement de Thomas Rodenstein ? Pouvait-on en conclure que Kausiku savait où il était retenu et connaissait ses ravisseurs ? Sûrement. Vraisemblablement. Peut-être. Clemencia n'y comprenait rien. Elle se demandait aussi pourquoi les malfaiteurs ne s'étaient pas enfuis avec la voiture de police et pourquoi ils les avaient traités, elle et Tjikundu, avec cette relative prévenance. Depuis, elle n'avait répondu qu'à une des questions qui l'avaient tenue éveillée toute la nuit : pourquoi les malfaiteurs ne leur avaient pas pris la clé des menottes de Kausiku.

Clemencia pensa à sa femme, ou plus exactement à la femme qui avait vécu avec lui parce qu'il nourrissait ses enfants. Cette femme ignorait encore que Tobias Kausiku gisait mort parmi quelques buissons pelés de *hakkie** dans le lit desséché d'une rivière, abattu à bout portant, exécuté sans avoir pu se défendre parce qu'il avait les mains liées par des menottes de police. Emmy – oui, c'était son nom – tiendrait la police pour responsable, et Clemencia en particulier. Pourquoi avait-il fallu qu'ils l'arrêtent ?

« Les meurtriers ont voulu empêcher Kausiku de nous en dire plus sur l'enlèvement de Rodenstein », dit Oshivelo.

C'était du moins l'explication la plus vraisemblable. Apparemment, ils avaient vraiment affaire à un groupuscule politique inconnu qui employait la violence pour atteindre ses objectifs, se montrant même impitoyable avec ses propres hommes de main dès que l'un d'eux devenait un danger potentiel.

Clemencia observa ses collègues de l'Unité de scène de crime mesurer la trace laissée dans le sable par une chaussure. La piste menait au sentier de terre battue qui traversait le lit de la rivière, et disparaissait là. Une centaine de mètres plus loin grondait le trafic routier matinal des horaires de bureau, sur le Western Bypass. De l'autre côté de la rue, une double clôture extérieure courait le long du périmètre de la prison. Tobias Kausiku avait été abattu si près du lieu de son enlèvement que Clemencia aurait pu entendre les coups de feu – sauf qu'elle n'avait rien entendu du tout, dans cette saloperie de coffre.

« Les médias vont nous mettre en pièces », reprit Oshivelo.

Il ordonna à un officier de la police municipale de faire emporter le corps. Quand le chef apparaissait en personne, tout devenait soudain possible : la moitié de l'Unité de scène de crime était là, y compris un photographe, plusieurs équipes recherchaient d'éventuels témoins aux alentours, et on disposait d'un sac à cadavre, d'une civière et même d'un corbillard garé en haut, au bord de la route.

« Mais on s'en sortira si on attrape vite les coupables », conclut Oshivelo.

Ce n'était pas un souhait, c'était un ordre. Oshivelo resserra plus étroitement son écharpe autour du col de son manteau puis fit demi-tour et se dirigea vers un journaliste du *Namibian* qui parlementait sur la berge avec les policiers du cordon de sécurité. Clemencia était soulagée qu'il se charge lui-même d'essayer d'expliquer la situation à la presse. Ce ne serait pas une partie de plaisir, et elle avait vraiment autre chose à faire. Encore deux heures avant qu'elle ne puisse joindre qui que ce soit au ministère des Affaires foncières et de la Relocalisation. Décidant d'en profiter pour remettre de l'ordre dans ses idées et organiser la suite des opérations, elle demanda à être conduite au bureau, dans la Bahnhofstrasse.

Le meurtre de Gregor Rodenstein, l'enlèvement de son fils avec toutes ses implications politiques, l'embuscade devant la prison, le meurtre de Kausiku, l'apparition d'un groupe extrémiste inconnu, cela faisait un peu beaucoup pour qu'elle s'en occupe toute seule. Elle devait essayer de conserver une vue globale de la situation, d'établir les priorités et de distribuer à son équipe des tâches claires.

Robinson était déjà en route pour Steinland, il savait certainement ce qu'il avait à y faire. Tjikundu fut chargé de chercher les fuites qui avaient permis l'embuscade, van Wyk irait annoncer la mauvaise nouvelle à la compagne de Kausiku et enquêter dans son entourage de manière plus poussée. C'est sur ce point aussi que Clemencia reprendrait ses recherches dès qu'elle le pourrait. Après tout, Kausiku devait savoir quelque chose de décisif ; il en avait sans doute parlé à quelqu'un, et si ce quelqu'un pouvait leur donner juste un autre nom, qui les conduirait à un troisième… Clemencia et ses collègues tenaient là une piste qu'ils allaient devoir remonter patiemment. À condition qu'ils en aient encore le temps, à condition que…

Son portable sonna. Clemencia ne comprit pas aussitôt que sa tante Selma était au bout du fil, car contrairement à son habitude, celle-ci murmurait dans l'appareil. Clemencia saisit seulement qu'il était question de policiers.

« Tu ne peux pas parler plus fort ?

— Ils sont deux et demandent après Melvin, chuchota Selma. Où il est, tout ça. Ça nous a semblé bizarre, parce que s'il y avait un problème avec Melvin, tu aurais… Ou est-ce que c'est toi qui les as envoyés ici ? »

Miki Selma était fermement convaincue que pas un policier de Namibie ne pouvait remuer le petit doigt sans que Clemencia le sache ou le lui ait ordonné elle-même. En temps normal, cela mettait la jeune femme dans une colère terrible, mais au vu des circonstances, elle se retint. Deux policiers voulaient savoir où était Melvin ? Peut-être y avait-il une explication très simple, peut-être s'était-il une fois de plus retrouvé impliqué dans une bagarre ou avait été témoin d'un accident de la route. Ou quelqu'un faisait-il des recherches dans l'affaire Steinland ?

Mais comment ces policiers en seraient-ils venus à soupçonner Melvin ? Clemencia n'avait dit à aucun de ses collègues que son frère connaissait peut-être Kausiku. Depuis qu'il était clair que l'affaire Rodenstein avait des motifs politiques, elle tenait l'implication de Melvin pour absolument improbable. Personne au monde ne s'intéressait moins à la politique que son frère ; il avait déjà bien assez à faire avec sa propre vie. Et pourtant, que deux policiers le recherchent justement maintenant lui paraissait hautement suspect. À condition que ce soient bien des policiers !

« Tu leur as demandé de te montrer leurs plaques ?

— Ils ont des uniformes ! » murmura Selma.

À Katutura, il est plutôt facile de se procurer un uniforme. Quelques années auparavant, on avait même arrêté un de ses collègues qui louait des voitures de fonction à des criminels. Un uniforme ne signifiait absolument rien, surtout en considérant le fait qu'on venait d'assassiner Tobias Kausiku pour s'assurer de son silence. Et, à ce qu'on savait, Kausiku avait agi avec deux complices, qui étaient sûrement encore en mesure de parler, même et qui le feraient peut-être. Les assassins de Kausiku n'essaieraient-ils pas se débarrasser le plus vite possible de ces deux-là aussi ?

« Est-ce que je dois demander à voir leurs papiers ? demanda Selma.

— Non, ça ne servirait à rien, répondit Clemencia, sachant que *miki* Selma ne reconnaîtrait pas une fausse carte de police, même si elle était gribouillée sur une serviette en papier. Est-ce que le plus petit des deux a une verrue sur la joue droite ?

— Alors tu les connais quand même ? » répondit Selma après un silence.

C'étaient bien les tueurs. Les hommes qui avaient assassiné Kausiku quelques heures auparavant cherchaient maintenant son frère ! Clemencia reprit :

« Écoute, Selma, écoute-moi bien ! Tu vas leur dire que tu viens d'avoir Melvin au téléphone, qu'il est en route pour la maison et qu'il sera là dans dix minutes. Propose-leur une tasse de thé…

— On n'a plus de thé, dit Selma.

— … ou autre chose, je ne sais pas, moi ! Parle-leur de ton stand de légumes, du chœur de l'église ou du temps qu'il fait, mais…

— C'est ce que Matilda fait déjà, de toute façon. Tu sais comment elle est, et…

— … mais ne leur parle pas de Melvin ! Tu sais seulement qu'il va arriver dans un instant, mais ni où il est ni où il se trouve en temps normal.

— Ça, je n'en sais vraiment rien.

— Bon, dit Clemencia. Tu as bien tout compris ?

— Je ne suis pas idiote, clama Selma, indignée.

— J'arrive dans quelques minutes », conclut Clemencia avant de raccrocher.

Elle sortit à la hâte de son bureau et réunit dans la pièce voisine trois des collègues qu'Oshivelo avait mis à sa disposition pour rechercher des extrémistes politiques dans les archives et sur Internet. Des membres de sa propre équipe, elle ne trouva que van Wyk, qu'elle joignit au téléphone alors qu'il était en train d'emprunter une voiture de patrouille pour retourner chez Kausiku.

« Changement de programme, van Wyk ! Il faut qu'on fasse vite ! »

En descendant l'escalier quatre à quatre, Clemencia se demanda si elle n'avait pas été complètement irresponsable de charger ses vieilles tantes de retenir deux meurtriers sans scrupule. S'il arrivait quoi que ce soit à un membre de sa famille, elle ne se le pardonnerait jamais. Mais qu'aurait-elle pu faire d'autre ? Demander à *miki* Selma de simplement chasser les faux policiers ?

La voiture de van Wyk l'attendait, moteur en marche, devant l'entrée principale de la Bahnhofstrasse. Leurs trois collègues se serrèrent sur la banquette arrière, et Clemencia, depuis le siège passager, appela le poste de police de Mungunda Street, le plus proche de chez elle. Elle leur demanda de barrer la Frans Hoesemab Straat aux deux extrémités et de ne laisser passer personne, y compris des policiers – surtout pas des policiers –, puis leur recommanda la plus grande prudence.

Van Wyk tendit le bras par la fenêtre, tourna dans Independence Avenue au mépris du feu rouge et enfonça l'accélérateur. Clemencia se tourna vers les trois policiers entassés à l'arrière. On les avait empruntés à l'Unité de protection des VIP, ils se chargeaient habituellement de la sécurité des invités d'État. C'était une bonne chose : au moins, ils savaient dans quel sens tenir une arme à feu. Clemencia leur décrivit les hommes qu'ils recherchaient.

Lorsque van Wyk bifurqua dans la Frans Hoesemab Straat, derrière l'église, il n'y avait nulle trace des policiers du poste de Katutura, sans même parler d'un barrage de rue. Peut-être avaient-ils pris la recommandation de prudence de Clemencia tellement au sérieux qu'ils n'étaient même pas passés à l'action ; quoi qu'il en soit, ils ne s'étaient pas précipités sur les lieux.

« Doucement, maintenant ! » dit-elle en sortant son arme.

Ils allaient arrêter la voiture quelques maisons avant leur but, descendre et sécuriser le périmètre ; deux d'entre eux dépasseraient le jardin pour évaluer la situation, puis ils avanceraient ensemble lentement des deux côtés à la fois, et...

Et rien du tout ! En voyant une dizaine de personnes gesticuler avec animation devant sa maison, Clemencia comprit qu'ils arrivaient trop tard. Elle reconnut plusieurs voisins, au milieu desquels ressortait la longue jupe rouge de *miki* Selma. *Miki* Matilda et une voisine étaient penchées sur un homme allongé au sol. Van Wyk freina brutalement et s'arrêta ; Clemencia et les autres descendirent, l'arme toujours à la main. L'homme au sol se redressa lentement. C'était le voisin d'en face, le chauffeur de taxi. Il avait la lèvre supérieure ouverte, un mince filet de sang coulait sur son menton.

« Ils sont partis où ? » demanda Clemencia.

Elle sentit sa tension se relâcher. Elle ne pourrait pas rattraper la débâcle de la veille – ça aurait été trop beau.

Selma tendit le bras en direction du nord, et les trois policiers de la protection des VIP partirent en courant. Du dos de la main, Matilda essuya le sang du visage de son voisin. La blessure ne semblait pas bien grave, c'était déjà ça.

« Ils ont dû avoir des soupçons, je ne sais pas pourquoi, dit Selma d'un ton incertain.

— Qu'est-ce que tu leur as dit ?

— Moi ? Rien du tout ! Seulement que je ne savais pas où était Melvin !

— Et aussi que si tu le savais, tu ne le leur dirais même pas sous la torture, et qu'ils pouvaient te tourmenter aussi longtemps qu'ils le voulaient, tu te tairais, voilà ce que tu leur as dit, intervint *miki* Matilda.

— C'étaient pas du tout des policiers, c'étaient des *tsotsis* ! » expliqua Selma aux voisins.

Évidemment, en entendant les fanfaronnades de Selma, les deux tueurs avaient tout de suite compris de quoi il retournait et préféré éviter une confrontation avec de véritables policiers. Clemencia avait eu tort de s'inquiéter pour la vieille femme, c'était complètement inutile. En revanche, elle pouvait bel et bien se faire du souci pour tous ceux qui dépendaient d'une manière ou d'une autre des agissements de sa tante. *Miki* Selma avait tout fait rater.

Elle se tourna vers Clemencia et déclara :

« En tout cas, d'un seul coup, ils ne voulaient plus attendre Melvin. Alors j'ai crié pour appeler à l'aide et les empêcher de partir, et celui à la verrue a frappé Festus et l'a fait tomber, juste comme ça.

— Ça va aller, dit Matilda au chauffeur de taxi. Je connais des plantes qui feront merveille.

— Et après, ils ont déguerpi comme des lâches, conclut Selma.

— Des plantes ? dit le chauffeur de taxi. Non merci, ça ira. Tu n'aurais pas plutôt un Coca ? »

Miki Matilda le toisa, regarda les réserves de bouteilles volées empilées le long du mur, derrière la clôture grillagée, et baissa de nouveau les yeux vers Festus. Puis elle émit un grommellement incompréhensible et alla chercher une bouteille.

Les policiers de la section de protection des VIP revenaient déjà ; l'un d'eux haussa les épaules et dit :

« Les types sont montés dans un taxi, là-bas, sur Shanghai Street. Le gamin les a vus. »

Le « gamin » que le policier poussait vers l'avant au milieu des voisins attroupés était Timothy, le neveu de Clemencia. Il hochait vivement la tête. Bon sang ! Si *miki* Selma avait envoyé un gosse de douze ans à la poursuite des tueurs, elle allait l'entendre ! Et ce ne serait pas beaucoup mieux si Timothy en avait eu l'idée lui-même. Clemencia demanda :

« Et pourquoi tu n'es pas à l'école ?

— Je... j'ai retenu le numéro du taxi ! bafouilla Timothy, surexcité. C'est X151.

— Bien joué, petit ! lança van Wyk en attrapant son portable.

— Timothy ! gronda Clemencia en se penchant pour le regarder dans les yeux. Ce n'est pas un jeu. Ces deux hommes sont dangereux et peuvent te faire beaucoup de mal. Poursuivre des criminels, c'est le travail de la police, c'est pour ça qu'on est là. Je te promets qu'on les attrapera et qu'on les mettra en prison, et toi, tu me promets que tu ne referas jamais une chose pareille.

— Mais...

— Promets-le-moi !

— Bon, bon, d'accord..., admit Timothy en lui tendant la main pour se faire pardonner.

— Et maintenant, file à l'école ! » ordonna Clemencia en se redressant.

Van Wyk avait déjà joint le propriétaire du taxi immatriculé X151, qui par chance était lui-même au volant. Il n'avait conduit les tueurs que quelques centaines de mètres plus loin pour les déposer il y avait à peine cinq minutes au carrefour de Shanghai Street avec Independence Avenue. C'était un des endroits les plus animés de Katutura ; on pouvait y arrêter à tout instant une dizaine d'autres taxis pour partir dans n'importe quelle direction de la ville. Clemencia y envoya tout de même van Wyk et les trois hommes de la protection VIP, dans l'espoir qu'un passant ait vu quelque chose. Les chances étaient minces, mais peut-être retrouveraient-ils la trace des suspects.

Clemencia n'était pas mécontente de se débarrasser de ses collègues. Elle finirait bien par être obligée de leur expliquer ce que les tueurs étaient venus faire chez elle, mais il lui fallait d'abord se faire à l'idée que Melvin était compromis dans une affaire de meurtre et d'enlèvement. Impossible à présent de douter de son implication, même si elle comprenait de moins en moins comment il avait pu se fourrer dans une histoire pareille. Pourquoi justement Melvin ? Il avait fêté ses trente ans au mois de mai précédent, mais pour elle il resterait toujours son petit frère, celui dont on devait s'occuper. Non, celui dont *elle* devait s'occuper, comme elle l'avait toujours fait jusqu'ici, plus ou moins bien.

Selma essayait de convaincre Matilda de jeter sur-le-champ un sort aux deux gangsters, de leur envoyer une bonne maladie qui les affaiblirait de jour en jour sans qu'aucun médecin puisse l'expliquer. Il fallait qu'ils souffrent au point de revenir en rampant mendier leur pardon. *Miki* Matilda était bien de cet avis, mais voyait quelques problèmes pratiques à ce châtiment. Elle avait besoin de quelque chose leur appartenant, ou de placer dans leur environnement immédiat un objet qu'elle aurait préparé à cet effet. Quant à un sort lancé oralement, il ne pouvait déployer sa pleine efficacité que lorsque la personne visée en avait connaissance. *Miki* Matilda n'était tout de même pas magicienne, ou alors juste dans une certaine mesure.

« Rentrez, il faut qu'on parle ! » lança Clemencia.

Elle les précéda, passa la grille du jardin, longea l'amoncellement de bouteilles puis entra, à gauche, dans la cuisine ; ses tantes vivaient dans le fond de cette pièce, séparé du reste par une armoire. Là étaient assemblés sur un autel tous les bibelots ésotériques dont une *smeer ouma** comme Matilda avait besoin dans son métier : herbes, onguents et poudres, des bouteilles de bière remplies de potions magiques faites maison, des bougies rouges et blanches, des boîtes de conserve pleines d'organes d'animaux séchés, des cartes de tarot, un poster représentant la Vierge Marie auréolée de lumière, et une statue de Bouddha en plâtre achetée à Chinatown par Matilda à un prix honteux, un jour de relative prospérité.

Clemencia resta debout tandis que ses deux tantes s'asseyaient l'une près de l'autre sur un des lits ; elles levèrent les yeux vers elle, dans l'expectative. La jeune femme demanda :

« Vous n'avez vraiment pas vu Melvin, ces derniers jours ? »

Les deux femmes secouèrent la tête de concert.

« Et vous ne savez pas du tout où il peut être ? »

Nouvelle dénégation.

« Il s'est fourré dans un sacré pétrin. »

Clemencia s'interrompit. Admettre intérieurement que son frère était impliqué dans un crime capital était une chose ; en parler devant sa famille était bien différent. Elle reprit :

« Dès qu'il réapparaîtra, il faudra absolument qu'il me contacte le plus vite possible. »

Hochements de tête unanimes.

« Il est en danger de mort. Les deux types qui sont venus aujourd'hui voulaient très certainement le tuer. »

Deux paires d'yeux écarquillés fixèrent Clemencia.

« Peut-être que vous pouvez m'aider à le trouver ? Demander aux voisins, aller voir ses amis ? »

Deux brefs hochements de tête, puis Selma et Matilda redevinrent immobiles, assises sur le bord du lit, les mains jointes sur les genoux. Sur le sol, près du lit, le tic-tac du réveil résonnait bien trop fort.

« Mais enfin, pourquoi est-ce que vous ne dites rien ? demanda Clemencia.

— Ne te fais pas de souci, ma petite ! répondit Selma.

— Tout ira bien, ajouta Matilda.

— Rien n'ira bien si… »

Le portable de Clemencia sonna. C'était van Wyk, qui lui annonça que les deux tueurs semblaient s'être évaporés.

Le *Republikein*, journal en afrikaans*, appartenait au groupe Democratic Media Holding au même titre que l'*Allgemeine Zeitung*. Rien que pour cela, les journalistes des deux quotidiens se tenaient en général mutuellement informés des histoires sensationnelles qu'ils découvraient. C'était exactement ce que Claus Tiedtke avait fait avant même de prendre son petit déjeuner ; ses confrères devraient l'excuser de ne pas avoir trouvé le temps de le faire la veille.

Assis au Fresh and Wild devant un double espresso, Claus comparait avec satisfaction les unes des quotidiens de Windhoek. Le *Republikein* ouvrait sur l'argent disparu des fonds de pension étatiques, qui demeurait bel et bien disparu, et le *Namibian* n'avait rien de plus excitant à rapporter. Son propre article de l'*Allgemeine Zeitung* portait le gros titre, « La terre ou la vie ! ». C'était peut-être un peu racoleur, mais dans la précipitation, il n'avait rien trouvé de mieux. L'article, cependant, rapportait clairement et objectivement les faits, reproduisait mot pour mot les exigences des ravisseurs, décrivait le désespoir des fermiers touchés et rappelait brièvement le déroulement de l'attaque perpétrée à Steinland.

Claus s'était abstenu de toute spéculation sur un rapport avec la réforme agraire et les expropriations déjà engagées. Il était encore trop tôt pour cela. À la fin de l'article, une ligne indiquait simplement qu'il n'avait pas été possible d'obtenir de déclaration de la police au moment du bouclage. Ça n'était pas vraiment un reproche, mais Claus savait que ça ne plairait pas tellement à Clemencia. Il lui expliquerait que, tout comme elle, il essayait juste de bien faire son travail.

Et il avait encore du pain sur la planche. Une histoire pareille ne serait pas bouclée en un seul article, il lui faudrait en remettre une couche dans les jours à venir. Son rédacteur en chef avait tout de suite compris qu'il pourrait copieusement asticoter la SWAPO si sa politique de réforme agraire ne se distinguait pas des exigences de criminels sans scrupule. Il avait donné carte blanche à Claus, lui demandant de laisser tout le reste en suspens pour le moment et de tirer tout ce qu'il pourrait de l'affaire Rodenstein.

Claus survola rapidement son article. S'il ne se trompait pas, la mention de la police détournerait l'attention de la concurrence. Évidemment, ses confrères des autres journaux se jetteraient aujourd'hui eux aussi sur l'affaire de l'enlèvement, et ils commenceraient leurs recherches là où Claus avait échoué la veille : auprès des autorités compétentes. Celles-ci tiendraient les médias à distance en prétendant que l'enquête en cours ne devait pas être compromise, comme d'habitude. Peut-être Claus pourrait-il ainsi conserver quelques heures d'avance, car il ne perdrait pas de temps avec les déclarations sans intérêt du porte-parole de la police ; il comptait suivre la piste des fermiers.

Il n'y avait rien d'étonnant à ce qu'il ait déjà rencontré plusieurs fois les Rodenstein par le passé. Les Namibiens d'origine allemande établis là de longue date se connaissaient tous, beaucoup étaient même cousins ou parents par alliance. Ainsi allaient les choses, et même si, à Katutura, Claus découvrait progressivement une nouvelle Namibie, rien n'empêchait de mettre d'anciennes relations à profit. Il avala d'un trait le reste de son expresso et appela Steinland ; après avoir présenté ses condoléances à Mme Rodenstein, il lui glissa avoir fréquenté la même école privée allemande que son fils, à deux ans d'écart.

Après une certaine réserve initiale, Elsa Rodenstein parut heureuse d'engager la conversation. Elle se plaignit du fait que la dépouille de son mari ne lui ait pas encore été rendue et ne mâcha bientôt plus ses mots.

« Bien sûr que je donnerais ma ferme pour sauver mon fils, même si c'est tout ce que j'ai. Je me sens complètement vide, maintenant, vous savez, je ne ressens même plus de haine contre ces criminels. Je ne comprends tout simplement pas comment ce fanatisme aveugle peut conduire à commettre un enlèvement et un meurtre. D'un autre côté, je ne comprends plus vraiment la colère de mes voisins contre ces attaques, contre la police qui ne fait rien, contre toutes ces phrases bureaucratiques sèches et sans âme des notes d'expropriation… Je voudrais juste que tout ça s'arrête. On aurait mieux fait de vendre il y a six mois, quand quelqu'un s'est intéressé à la ferme.

— Qui donc ? demanda Claus en dressant l'oreille.

— Gregor a tout de suite refusé, mais l'autre a insisté pour laisser son nom et son numéro de téléphone au cas où on changerait d'avis, expliqua Mme Rodenstein. Je dois encore avoir le papier quelque part…

— Ne vous donnez pas cette peine ! Vous avez sûrement mieux à faire…

— Ah ! le voilà ! »

Claus nota les renseignements fournis par Mme Rodenstein dans la marge de son exemplaire de l'*Allgemeine Zeitung*. Hidipo Mashego, un nom ovambo qui ne lui disait rien. Bien sûr, cela pouvait être n'importe qui ; nombreux étaient ceux qui, ayant amassé quelque argent, souhaitaient acquérir une ferme. Cela ne signifiait probablement rien, n'avait probablement aucun rapport avec les événements actuels. Mais si c'était le cas ? Si M. Hidipo Mashego avait mal pris le refus qui lui avait été opposé d'acheter la ferme légalement ?

« Je me demande pourquoi tellement de monde s'intéresse à Steinland, dit Claus. Est-ce qu'il y a des filons d'or quelque part sous vos terres ?

— Non, répondit Elsa Rodenstein, et même si c'était le cas, vous savez bien que nous, les fermiers, ne possédons que la partie superficielle du terrain. Tout ce qui est plus profond que trois pieds sous terre appartient à l'État. »

Claus n'avait pas parlé sérieusement, mais Mme Rodenstein n'avait apparemment pas la tête à plaisanter. Comment le pourrait-elle, dans sa situation ? Il reprit :

« C'est vrai, bien sûr. Quoi qu'il en soit, je croise les doigts pour que Thomas vous revienne bientôt sain et sauf. »

Après avoir remercié son interlocutrice, il raccrocha. Il avait inscrit un nom et un numéro de téléphone dans la marge de son journal ; Mme Rodenstein ne connaissait pas l'adresse. Dommage – Claus aurait préféré rendre une visite surprise à M. Mashego plutôt que de l'appeler.

Dehors, dans la cour arborée du Fresh and Wild, une serveuse essuyait les tables. Les rayons du soleil traversaient obliquement la baie vitrée et attiraient les premiers clients vers l'extérieur. Le jardin clôturé du café était l'une des rares oasis de Windhoek, si verdoyant et paisible qu'on pouvait s'y croire dans une ville de province allemande. Deux jeunes femmes blondes s'assirent près du ruisseau artificiel. Elles venaient sans doute d'accomplir leur séance quotidienne au club de fitness et attendaient désormais, autour d'un cappuccino et d'un jus de fruits, l'heure d'aller chercher leurs enfants dans une école privée quelconque. Préjugés ou non, on reconnaissait les gens à leur apparence – qui ils étaient et ce qu'ils étaient.

Claus composa sur son portable le numéro de Mashego ; une femme répondit sans donner son nom. Il se présenta comme un employé de Telecom Namibia et expliqua qu'à cause de travaux de maintenance, les lignes téléphoniques allaient devoir être coupées à partir de midi, pour une durée indéterminée.

« C'est valable pour toutes les maisons d'Ursula Street ; nous vous prions d'excuser la gêne occasionnée.

— Quelle rue avez-vous dit ?

— Ursula Street.

— Ursula Street ? Je connais pas.

— Mais votre ligne est pourtant bien… (Claus prit un ton troublé.) Attendez. Où habitez-vous ?

— Exodus Straat », répondit la femme après une hésitation.

Il avait espéré qu'elle lui donnerait aussi le numéro de la maison, mais elle n'ajouta rien. Les gens devenaient méfiants, et à juste titre. Si on donnait à des inconnus l'adresse correspondant à un numéro de téléphone fixe, ils pouvaient toujours appeler pour vérifier si quelqu'un était là avant de venir cambrioler les lieux.

« Alors cela ne vous concerne pas. Désolé pour le dérangement ! »

Claus glissa un billet de vingt dollars sous sa tasse vide et quitta le café. Il avait un plan de la ville dans sa boîte à gants. Exodus Straat, dans la partie ouest de Katutura, semblait plutôt courte ; il finirait bien par découvrir la maison en question. Il rejoignit rapidement le quartier. Karmel Straat, Genesis Straat, du diable s'il savait pourquoi toutes ces rues portaient des noms bibliques !

Une fois arrivé, Claus avança au ralenti. C'était à l'évidence un des quartiers favorisés de Katutura. Les maisons étaient petites, mais bâties en dur et séparées de la rue par des murets de briques. Les jardinets étaient même ornés de quelques plantes, au lieu du ramassis de ferraille et de déchets qu'on y stockait habituellement en attendant d'en avoir besoin. Claus doutait toutefois qu'un habitant de cette rue puisse ne serait-ce qu'envisager d'acheter une ferme. Ceux qui, à la suite du Black Economic Empowerment*, avaient obtenu des postes privilégiés en politique ou dans des entreprises privées affichaient généralement leur réussite. Ici vivaient plutôt de petits employés et des cadres moyens qui gagnaient suffisamment pour subvenir à leurs besoins, mais sans plus.

Claus fit demi-tour au bout de la rue et s'arrêta près d'un vieil homme assis au soleil. Il était coiffé d'un chapeau de feutre d'une couleur indéfinie qui devait avoir été à la mode dans les années cinquante. À en juger par sa peau brune et ses traits vaguement asiatiques, il appartenait probablement à l'ethnie des Nama. Claus descendit de voiture et s'adressa à lui en afrikaans :

« *Hoe gaan dit, meneer*[1] ? »

Ils échangèrent quelques banalités, se confirmant mutuellement qu'il serait grand temps que l'hiver se termine, puis Claus lui demanda s'il savait où vivait Hidipo Mashego.

« Là, de l'autre côté, dans la maison blanche derrière les bougainvillées. »

Lesdites bougainvillées semblaient avoir souffert du gel. La maison de Mashego, haute d'un étage, était dominée d'une jolie fenêtre cintrée dont le cadre aurait toutefois bien eu besoin d'une nouvelle couche de peinture, comme, d'ailleurs, la façade et le muret arrondi. Tout semblait un peu délabré, semblable en cela aux maisons voisines. Claus reprit :

« Une belle propriété ! Mashego doit gagner un paquet d'argent.

— Il travaille au gouvernement, je ne sais pas où exactement, dit le vieil homme en clignant des yeux vers le soleil.

— Au gouvernement ?

— Il est chauffeur, mais il se comporte comme s'il était Dieu le Père. Parfois, il a le droit de ramener une voiture chez lui, et alors il ne se gêne pas pour récurer la plaque d'immatriculation pendant des heures, pour que tout le monde voie bien que c'est un numéro gouvernemental. »

Il semblait nourrir une saine hostilité contre Mashego. C'était excellent : tant que Claus ne prendrait pas le parti de son adversaire, le vieil homme ne mâcherait pas ses mots. Le journaliste s'aligna donc sagement sur sa position.

1. « Comment allez-vous, monsieur ? »

« Au gouvernement, de toute façon, ils restent assis toute la journée à ne rien faire et se remplissent les poches avec nos impôts.

— Et Mashego n'est même pas bon conducteur ! Il a eu le boulot uniquement parce qu'il est de la famille d'un ministre. »

Voyez-vous ça ! Ça commençait à devenir intéressant. Claus commenta :

« C'est vraiment dégueulasse !

— Je l'ai dénoncé au service anticorruption, ajouta le vieil homme, mais évidemment, ça n'a rien donné.

— Ils se serrent tous les coudes, c'est sûr », commenta Claus en hochant la tête.

Il tourna la tête vers la maison de Mashego. Numéro de parcelle 4939. Il lui restait encore à découvrir avec quel…

« Oui, c'est comme ça, ajouta le vieil homme en décalant son tabouret pour ne plus être ébloui par le soleil.

— Et il est parent avec quel ministre, Mashego ?

— Avec Shilongo. C'est l'oncle de Mashego, le frère de sa mère.

— Paulus Shilongo ? »

C'était le ministre des Affaires foncières et de la Relocalisation, le responsable de la réforme agraire ! Shilongo martelait dans chacun de ses discours que le concept « acheteurs motivés-vendeurs motivés » avait échoué à cause de la résistance des fermiers blancs. Selon lui, on était désormais forcé d'en venir à des expropriations pour accélérer le processus de redistribution des terres ; il assurait que c'était là l'unique manière de répondre aux besoins légitimes de la population noire anciennement défavorisée, majoritaire dans le pays.

« Tout juste, ce Shilongo-là », confirma le vieil homme.

Voilà une discussion qui valait son pesant d'or, à condition bien sûr qu'il ne s'agisse pas simplement de ragots malveillants colportés par un voisin jaloux. Claus devait vérifier cela de toute urgence. Alors qu'il avait déjà déverrouillé sa voiture et ouvert la portière, il se ravisa, retourna vers le vieux Nama et lui tendit la main :

« Claus Tiedtke, *Allgemeine Zeitung*.

— Willem Hoebeb.

— Aller vous frotter à un ministre, respect ! Vous êtes un homme très courageux, *meneer* Hoebeb. Est-ce que vous m'autorisez à citer votre nom dans mon journal ?

— De toute façon, ça ne donnera rien », répondit Hoebeb avec une moue fataliste.

Sur le chemin de la rédaction, Claus formulait déjà en pensée l'article qui occuperait le lendemain la moitié de la une : toujours pas de nouvelles de Thomas Rodenstein, dont les ravisseurs exigent que vingt fermiers blancs abandonnent leurs terres à une redistribution par l'État. Les dessous de cette affaire paraissent toutefois de plus en plus louches ; Mme Rodenstein nous a signalé qu'un certain Hidipo Mashego avait tenté d'acheter Steinland il y a six mois. Selon les informations dont dispose l'*Allgemeine Zeitung*, M. Mashego, qui est chauffeur, ne dispose pas des millions nécessaires à l'achat d'une ferme. Lors de telles transactions, l'envoi d'un homme de paille est une méthode courante si l'acheteur réel souhaite rester dans l'ombre. Cependant, un détail rend songeur : M. Mashego est un proche parent du ministre des Affaires foncières et de la Relocalisation, Paulus Shilongo. Après que cette tentative d'achat a échoué, c'est l'administration de Shilongo qui a lancé une procédure d'expropriation à l'encontre, entre autres, des propriétaires de Steinland. Comme les fermiers concernés ont annoncé vouloir engager une procédure judiciaire pour se défendre, cette expropriation n'est probablement pas près d'aboutir. Espérons que le fait qu'une bande criminelle cherche justement maintenant à obtenir ces expropriations sous la menace ne soit qu'un hasard ; il demeure toutefois un arrière-goût amer. Le ministre SWAPO Paulus Shilongo serait certainement bien avisé d'assurer une élucidation complète de cette affaire.

Non, il ne pouvait pas présenter les choses ainsi – du moins pas encore. Le ministre serait furieux, et à juste titre, si Claus ne lui laissait pas l'occasion de s'exprimer sur le sujet avant la parution de l'article. C'était pourtant exactement ce que le journaliste souhaitait éviter : une fois le ministère alarmé, les traces pourraient être effacées, les indices supprimés, on préparerait de faux témoignages avant qu'il n'ait eu une chance de tirer l'affaire au clair. Pour être en mesure de rassembler davantage de matériel, il devait rester discret ; pour le moment, donc, pas d'article et pas un mot, ni à ses collègues ni à personne !

En descendant de voiture sur le parking de la rédaction, Claus rencontra le rédacteur en chef adjoint du *Republikein*. Il n'eut aucune peine à tenir sa langue car son confrère ne posa pas de question, pressé qu'il était de lui annoncer ses propres nouvelles : la police avait arrêté un des ravisseurs présumés le lendemain même de l'enlèvement, mais il avait ensuite été libéré lors d'une embuscade, et on l'avait retrouvé ce matin tué par balle. Incroyable, non ?

Claus était bien de cet avis. Une fois débarrassé de son confrère, il rejoignit la rédaction, alluma son ordinateur et se connecta aux archives électroniques de l'*Allgemeine Zeitung*. Il hésita. Pas un mot ? À personne ? Gregor Rodenstein avait été assassiné, son fils enlevé, l'un des ravisseurs blessé par balle et un autre abattu. Pas besoin d'être devin pour voir que le sang allait encore couler. Tout ça n'était pas une blague, pas une simple histoire à démêler adroitement, c'était une question de vie et de mort.

Claus ne craignait certes pas d'être le prochain sur la liste – pour une raison quelconque, depuis qu'il vivait à Katutura et s'était prouvé à lui-même être capable de passer d'un monde à l'autre, il se sentait quasi invulnérable. Mais pouvait-il assumer que d'autres personnes risquent d'être massacrées uniquement parce qu'il détenait des informations importantes ?

Il attrapa son portable ; quatre sonneries retentirent avant que Clemencia ne décroche.

« Il faut que je te voie tout de suite, c'est vraiment important.

— Je ne peux pas, je suis en rendez-vous.

— Apparemment, il y a six mois, le ministre Shilongo a essayé d'acheter Steinland, et…

— Je te rappelle plus tard », coupa Clemencia avant de raccrocher.

Claus rappela aussitôt, mais la jeune femme avait apparemment éteint son téléphone. Sur sa boîte vocale, Claus commença :

« Bon sang, Clemencia, c'est vraiment… »

Il secoua la tête et fixa des yeux l'écran de son ordinateur. Clemencia faisait son boulot et lui le sien. Il enquêtait, cherchait la vérité, dévoilait des arnaques, écrivait des articles. Il ne tuait personne, et ce n'était pas non plus sa faute si d'autres se faisaient tuer. Il cliqua sur la fonction de recherche des archives et, lorsque son curseur clignota, saisit le nom du ministre des Affaires foncières et de la Relocalisation, Paulus Shilongo.

Le ministre délégué aux Affaires foncières et à la Relocalisation, Kawanyama, était originaire du Kavango. Rien que pour cela, son autorité au sein du parti gouvernemental, majoritairement formé d'Ovambo, était limitée. De plus, âgé de tout juste quarante ans, il était trop jeune pour avoir pu se couvrir de gloire à la grande époque du combat pour l'indépendance. Sa rapide ascension politique n'en était que plus remarquable. Kawanyama semblait particulièrement doué, capable de se tenir à une distance suffisante des luttes intestines de la SWAPO ou de toujours soutenir le bon candidat.

Clemencia avait fait sa connaissance deux ans auparavant, lorsque les meurtres des assassins d'Anton Lubowski[1] avaient provoqué des remous dans les milieux politiques. À l'époque encore simple adjoint au ministre de la Sûreté et de la Sécurité, Kawanyama n'était qu'à l'arrière-plan, mais il jouissait déjà d'une influence plus importante que ce que le public ne percevait. Après les élections de 2010, le président Pohamba l'avait nommé à son poste actuel. Comme bien d'autres, Clemencia trouvait ce choix judicieux : Kawanyama était d'une grande intelligence, très travailleur et, autant qu'on en sache, d'une intégrité personnelle qui n'avait rien d'évident dans la classe politique.

De plus, sa manière d'écouter donnait l'impression qu'il prenait réellement à cœur la requête de son interlocuteur. Lorsque Clemencia eut achevé son compte rendu de l'affaire Rodenstein, il dit :

« On m'a déjà informé de cette histoire ce matin, mais je vous suis très reconnaissant de m'en avoir fourni les détails, madame Garises.

— Nous nous sommes dit que le ministère devait savoir tout cela, vu l'aspect politique des exigences des ravisseurs.

— C'est tout à fait juste, répondit Kawanyama, puis, après une brève hésitation : La seule manière de limiter ce désastre, c'est d'élucider complètement l'affaire le plus vite possible. Vous et moi, nous

1. Voir *L'Heure du chacal*, du même auteur (Le Masque, 2013).

sommes du même côté. Si je peux vous être utile d'une quelconque manière, dites-le-moi, mais, évidemment, il n'est pas question pour moi de m'immiscer dans votre travail. Vous avez mon entière confiance en la matière. »

C'était agréable à entendre, même s'il était probablement le seul de cet avis. Clemencia doutait elle-même d'être à la hauteur. Elle dit :

« Eh bien, de fait, il serait intéressant pour moi d'en savoir plus sur les motivations politiques des expropriations prévues.

— Que voulez-vous savoir exactement ?

— Pourquoi justement ces fermes-là ?

— Il existe des facteurs matériels, tels que le type d'exploitation mené jusqu'ici, la productivité et la possibilité de découper les fermes en parcelles plus petites et viables. La proximité relative avec Windhoek joue également un rôle : elle augmente l'intérêt d'une ferme pour de nouveaux exploitants, et cela facilitera les aides à la restructuration assurées par l'État, qui seront indispensables au début. »

Kawanyama ôta ses lunettes et les posa devant lui sur son bureau, comme pour signifier qu'il allait à présent dire ce qui importait vraiment.

« Mais je dois honnêtement reconnaître que ces arguments ne sont pas suffisants pour justifier notre sélection. Nous ne sommes pas en mesure de déterminer suffisamment de critères objectifs pour évaluer avec tous les partis concernés l'ordre dans lequel les fermes devraient être expropriées. Personne ne le regrette autant que moi, car les conséquences sont évidentes : peu importe que nous commencions à Tsumeb, à Steinhausen ou dans le Sud, les fermiers blancs seront chaque fois indignés et s'écrieront : "Pourquoi nous ?".

— Alors pourquoi justement Steinland et les fermes voisines ? demanda Clemencia sans démordre de sa question.

— Laissez-moi entrer dans les détails, madame Garises. D'un point de vue économique, toute cette réforme agraire est une absurdité. Pas une seule des fermes que nous avons achetées et incluses dans ce programme de réforme n'est restée aussi productive qu'elle l'était auparavant, ni celles cédées à des acheteurs uniques à prix préférentiels, ni, encore moins, celles découpées en parcelles. La majorité feraient faillite sans le soutien financier des contribuables. Cela est principalement dû au fait qu'il manque aux nouveaux fermiers les connaissances et les réserves d'argent nécessaires. Si un moteur éolien tombe en panne, il ne peut pas être réparé, et, sans notre aide, le bétail meurt de soif. La réforme agraire se poursuit malgré tout, pour des raisons purement politiques. Nous sommes fiers, à juste titre, d'avoir combattu pour gagner notre indépendance et d'avoir jeté l'apartheid aux ordures de l'Histoire. Mais la fierté ne nourrit personne, et nos électeurs ne sont pas aveugles. Ils voient bien que la différence de niveau de vie entre Noirs et Blancs n'a pratiquement pas changé en vingt et un ans. Ils attendent donc de leurs représentants que quelque chose avance enfin. Nous savons que nous ne vaincrons pas la pauvreté même en expropriant tous les fermiers blancs. Pour cela, bien d'autres mesures sont nécessaires, et nous les prendrons aussi. Cependant, il se pourrait que nous n'en ayons plus le temps, parce que nos partisans perdent patience, et nous, notre majorité. C'est pour cela que nous devons donner un exemple fort sur cette question agraire. »

Clemencia observa Kawanyama par-dessus son bureau. Enfoncé dans son fauteuil, il semblait, malgré son costume à la coupe parfaite et sa cravate discrète, jeune, sûr de lui et très détendu. Un genre de Barack Obama namibien. Clemencia se demanda pourquoi il s'exprimait si librement face à elle ; c'était inattendu. Voulait-il ainsi souligner qu'ils étaient tous les deux du même côté, comme il l'avait formulé ?

Kawanyama sourit.

« Non, je n'ai pas oublié votre question. Pourquoi justement ces fermes-là ? Comme nous ne sommes pas en position de réellement justifier notre choix, des facteurs qui ne devraient jouer aucun rôle deviennent parfois décisifs : une base locale du parti plus insatisfaite que la moyenne, des plaintes d'employés de ferme à propos d'une injustice ou encore l'entêtement de l'association locale de fermiers.

— Et ici, lequel de ces points a motivé ce choix ?

— Tous à la fois, j'en ai peur. »

Si le gouvernement en arrivait à devoir démontrer sa force, il aurait effectivement été inutile de le faire face à des Blancs prêts à coopérer.

Pourtant, cette manœuvre du ministère avait un arrière-goût de basse vengeance dirigée contre d'incurables passéistes. Clemencia comprenait parfaitement l'amertume des personnes touchées. Elle reprit :

« Les fermiers soupçonnent qu'on essaie de les forcer à abandonner par des attaques répétées.

— Nous n'avons pas besoin de ça. »

Kawanyama avait légèrement durci le ton, juste assez pour rendre sa position totalement claire : il trouvait cette insinuation scandaleuse mais se montrait suffisamment généreux pour continuer à chercher un terrain d'entente avec son interlocutrice.

« Je suis ministre délégué, peut-être aussi inféodé à mon parti, mais je ne suis pas le commanditaire de meurtriers et de ravisseurs. D'ailleurs, tous ces crimes ont… »

Le portable de Clemencia se mit à sonner. Peut-être van Wyk ou Tjikundu avaient-ils du nouveau, peut-être *miki* Selma avait-elle retrouvé Melvin. Clemencia s'excusa brièvement auprès de Kawanyama et décrocha. C'était Claus, qui voulait absolument la voir.

« Je ne peux pas, je suis en rendez-vous, dit-elle.

— Apparemment, le ministre Shilongo a essayé d'acheter Steinland il y a six mois, et…

— Je te rappelle plus tard. »

Clemencia raccrocha et éteignit son téléphone. Qu'est-ce que Claus venait de dire ?

Kawanyama poursuivit sa phrase comme s'il n'avait pas été interrompu :

« … tous ces crimes ont exactement l'effet inverse. J'ai déjà ordonné de réexaminer ces décisions d'expropriation, et vous pouvez être sûre qu'après ces nouveaux contrôles elles seront annulées. Nous ne pouvons pas nous permettre d'être mis dans le même sac que des criminels et des extrémistes, pas même de laisser croire ne serait-ce qu'un instant que nous travaillons d'une manière comparable. Imaginez l'écho médiatique ! Même si vous arrêtez les coupables et que vous prouvez que nous n'avons rien à voir avec eux, nous ne pourrons plus jamais faire passer ces expropriations-là. »

Clemencia ne l'écoutait plus que d'une oreille. Gouvernement, partis et médias, stratégies politiques, nécessités et précautions, tout était lié, tout se mêlait en une pelote inextricable pour finalement donner l'impression que personne ne pouvait rien changer au cours des choses. Mais tout devenait différent lorsque des intérêts personnels entraient en jeu. On avait alors soudain en main un fil que l'on pouvait essayer de dérouler proprement. Clemencia demanda :

« Le ministre Shilongo est de votre avis sur ce point ?

— Bien entendu. Il sait exactement ce qui est possible et ce qui ne l'est pas.

— On murmure qu'il a lui-même voulu acheter la ferme Steinland, il y a quelque temps. »

Kawanyama souriait toujours. Il posa les coudes sur les bras de son fauteuil, joignit le bout des doigts et demanda :

« Vous espérez vraiment que je commente ça ?

— Ça m'aiderait, répondit Clemencia.

— Vous faites fausse route, madame Garises. Paulus Shilongo est un homme…

— Donc, c'est vrai ?

— Même si je le savais, je ne vous le confirmerais pas. Mais je l'ignore. »

Kawanyama attrapa ses lunettes mais, au lieu de les remettre, se contenta d'en ouvrir les branches l'une après l'autre, signe que l'audience était terminée. Clemencia avait rarement rencontré quelqu'un capable de s'exprimer à la fois si incidemment et si clairement. Elle se leva.

« Merci d'avoir pris le temps de me recevoir.

— Avec plaisir. (Il lui tendit une main chaude, qu'il laissa dans la sienne un instant de plus que nécessaire.) Je vous souhaite plein succès, madame Garises. Dans notre intérêt à tous. »

Les koppies[1], *le fleuve à sec, les vastes étendues, les pierres, l'herbe desséchée, le sable. Le paysage ne dévoilait rien de tout ce qui s'était déjà passé là. On pouvait croire qu'il avait eu le même aspect cent ans, mille ans, peut-être des dizaines de millénaires plus tôt, avant même que le premier Bochiman n'y mette le pied. Et pourtant, on l'exploitait depuis des générations comme terre de culture.*

1. Montagne ou colline solitaire.

L'époque la plus florissante avait sans doute été celles des années cinquante et soixante, lorsque les élégantes de Paris et de Londres raffolaient de la fourrure de karakul*. Bien avant le grand boom, Hermann, le fils de Johann Rodenstein, avait commencé à adapter progressivement la ferme à l'élevage des moutons, et Steinland se révéla particulièrement adaptée à cet usage. On clôtura les kamps les uns après les autres pour les rendre inaccessibles aux chacals. D'année en année, les brebis se multiplièrent sur la plaine, et avec elles les agneaux qui seraient abattus quelques jours après la naissance, lorsque leur laine était encore douce et duveteuse. Les prix obtenus par les Rodenstein sur les grands marchés aux enchères d'Europe grimpèrent. Lorsque l'épidémie de fièvre aphteuse décima les troupeaux de bœufs de ses voisins, en 1961, Hermann Rodenstein comptait sans l'ombre d'un doute parmi les fermiers les plus aisés du district.

Investissant les bénéfices tirés du commerce des karakuls dans l'expansion de la ferme, il fit construire deux dispositifs de tri du bétail et remplaça par des installations frigorifiques modernes l'ancienne réserve à viande, au plafond équipé d'un rafraîchissement à eau, et les vieux murs de briques isolés au charbon. Il agrandit ensuite la maison familiale de trois pièces et d'une grande véranda couverte. Le soir, il s'installait sur la stoep* avec sa femme, allumait sa pipe et, tandis qu'un disque tournait sur le vieux gramophone à l'intérieur, il regardait les étoiles s'allumer au-dessus de ses terres.

Les enfants étaient alors déjà à l'internat de l'école allemande, à Windhoek. Ils souffraient des règles strictes qui y régnaient ainsi que de la séparation d'avec leurs parents, et tout leur manquait : l'immensité de la ferme, les longues expéditions aux alentours de la maison, les ketties[1] avec lesquels ils tiraient des pierres sur les babouins qui avaient l'audace de trop s'approcher du jardin. Mais Hermann Rodenstein ne tolérait aucune plainte. Il considérait qu'une bonne culture générale était aussi importante que la discipline ; c'était cela, et pas seulement la couleur de la peau, qui devait différencier les membres de sa famille des employés de sa ferme.

1. Lance-pierre.

Au début, les enfants ne rentraient à la maison que pour les vacances, mais lorsqu'ils purent se permettre de s'acheter une voiture, Hermann Rodenstein alla parfois les chercher juste pour le week-end. Le lundi matin, à 5 heures, il les embarquait dans la Chevrolet et les déposait à Windhoek à temps pour le début des cours. Gregor ou sa sœur avaient l'autorisation de conduire jusqu'à la limite de la ferme, et Hermann reprenait le volant au portail. Trois heures aller, trois heures retour, c'était là sa façon de montrer son amour paternel. Lui-même n'éprouvait aucune attirance pour la ville – trop de monde, trop d'agitation, trop de bruit. Lorsqu'il avait terminé ce qu'il était venu y faire, il prenait littéralement la fuite, sans s'offrir un petit déjeuner de boudin blanc chez Wecke und Voigts comme le faisaient les autres fermiers.

Quand des parents de sa femme essayèrent un jour de le convaincre d'aller au cinéma, il leur rit au nez. Comparé au spectacle dont il jouissait à chaque coucher de soleil depuis sa stoep, *aucun film ne faisait le poids. Et rien au monde n'aurait pu lui plaire davantage que de sentir sur sa peau le vent descendant des hautes collines après une journée de canicule – pourquoi irait-il étouffer dans l'air confiné d'une salle de cinéma pleine à craquer ?*

« Tu es devenu un vrai sauvage, constata son beau-frère.

— Il y a autre chose que ta ferme, dans la vie, tu sais, ajouta sa belle-sœur.

— Mais sûrement rien de plus beau », répondit Hermann Rodenstein en souriant.

Rien ne le fit changer d'avis, pas même lorsque, dans les années quatre-vingt, le marché du karakul s'effondra à la suite des protestations des défenseurs des animaux. Hermann Rodenstein se concentra de nouveau sur l'élevage bovin. En plus des brahmanes, il introduisit une race nguni à longues cornes dont la frugalité et l'endurance firent leurs preuves, particulièrement après de mauvaises saisons des pluies. Les années d'abondance étaient terminées, mais ils avaient assez pour vivre. Et sur ses terres, lorsque le soleil se levait, l'herbe continuait à briller comme au premier jour.

La cage d'escalier était en très mauvais état; comme le ministère des Affaires foncières et de la Relocalisation allait bientôt déménager dans un bâtiment flambant neuf et tape-à-l'œil sur Robert Mugabe Avenue, plus personne ne se sentait responsable de son entretien. Tout en rejoignant le rez-de-chaussée, Clemencia appela Claus, qui lui promit de venir la chercher aussitôt devant le ministère. Mais elle n'arriva pas si loin : en bas, un agent de sécurité l'arrêta et lui recommanda de sortir par la porte de derrière.

« Pourquoi ? demanda-t-elle.

— Il y a une manifestation, répondit l'homme en désignant l'extérieur d'un geste du pouce, on ne sait jamais ce qui peut se passer.

— Je suis assez grande pour prendre soin de moi », répliqua Clemencia en le contournant.

À travers la porte de verre, elle distingua une dizaine de ses collègues en uniforme qui, tournés vers la rue, protégeaient l'entrée du ministère. Clemencia sortit et s'arrêta derrière la chaîne de policiers, près du mât portant le drapeau namibien. Les manifestants bloquaient la Grimm Strasse et le carrefour avec la Goethe Strasse. Ils étaient environ deux cents, majoritairement des hommes, tous blancs. Deux d'entre eux brandissaient un drap cloué à deux lattes de bois sur lequel on avait peint en rouge « Arrêtez les expropriations ! ». Deux autres banderoles pendaient des chaînes entourant le parking situé de l'autre côté de la rue; on y lisait « Vous n'aurez nos terres qu'en nous passant sur le corps » et « NOUS ne sommes pas des criminels ». Le « NOUS » était en lettres capitales et souligné deux fois.

« Veuillez dégager la rue ! » hurla le chef de brigade de la police municipale à pleine gorge.

Apparemment, il n'avait pas réussi à mettre la main sur un mégaphone. Quelques-uns des manifestants éclatèrent de rire, la plupart restèrent silencieux, mais personne ne recula d'un centimètre. Malgré leur entêtement, ils paraissaient un peu indécis, comme s'ils n'avaient aucune idée de la suite des événements. Sans doute la plupart d'entre eux n'avaient-ils encore jamais participé à une manifestation de leur vie.

S'ils s'étaient maintenant décidés à le faire, ce n'était pas une stratégie politique, pas une manœuvre froidement calculée destinée à faire pression sur les responsables afin de sauvegarder leurs intérêts personnels. Clemencia sentait émaner d'eux de la colère, une bonne dose de désespoir et surtout un sentiment diffus de ras-le-bol. Pas question pour eux de continuer à endurer sans réagir ce qu'on leur imposait. L'exigence des ravisseurs devait leur sembler insultante. Comment pourraient-ils reculer alors qu'ils étaient déjà convaincus de se trouver dos au mur ?

Le chef de la brigade retourna se poster derrière ses hommes et y tint un conciliabule avec une femme qui paraissait détenir une certaine autorité. Sans doute occupait-elle un poste élevé au sein du ministère.

Une file de voitures s'était formée sur la Goethe Strasse. L'un des conducteurs commença à klaxonner, bientôt imité par quelques autres. Les manifestants ne bougèrent pas d'un pouce. Pour avoir une meilleure vue d'ensemble, Clemencia grimpa sur le muret qui entourait un petit espace gazonné. Par-dessus les têtes des policiers, elle reconnut Schroeder et Haseney à l'avant du groupe, tous deux coiffés de chapeaux de fermier, les mains dans les poches. Elle n'aperçut Mme Rodenstein nulle part. Elle était probablement chez elle, les yeux fixés sur le téléphone, partagée entre la peur et l'espoir que les ravisseurs de son fils l'appellent.

« Cette manifestation n'a pas été autorisée, elle est illégale, hurla le brigadier. Veuillez vous disperser immédiatement !

— Que le ministre se montre, répondit quelqu'un depuis la foule.

— Oui, on veut voir Shilongo ! » cria un autre.

Certains applaudirent, d'autres sifflèrent. La femme du ministère secoua la tête et le policier reprit :

« Sinon, je fais évacuer ! »

Cette menace ne provoqua que des rires moqueurs et des huées. Les policiers en uniforme postés au bord du trottoir étaient à peine une dizaine, ils n'avaient ni casques, ni boucliers, ni matraques. Étaient-ils censés tirer dans la foule avec leurs armes de service ? Clemencia sauta du muret, se dirigea vers le brigadier et se présenta comme inspectrice principale du service des homicides. Il parut soulagé de recevoir du renfort. La femme près de lui se révéla être l'adjointe personnelle du ministre Shilongo. Clemencia dit :

« Je ne voudrais pas me mêler de ce qui ne me regarde pas, mais est-ce qu'on ne pourrait pas proposer aux manifestants de faire recevoir une délégation par le ministre à condition que les autres dégagent la rue ?

— Le ministre n'est pas là », répondit l'adjointe.

Le parking situé à droite de l'entrée du ministère n'avait que quelques places. Sur le mur ouest, des panneaux étaient placés à hauteur des yeux ; sous celui portant le mot « Ministre » était garée une limousine noire aux vitres teintées avec une plaque minéralogique gouvernementale à un chiffre.

« Ah non ? répliqua Clemencia.

— Et même s'il était là, il n'aurait pas de temps à perdre avec une telle bande d'enragés.

— La situation pourrait dégénérer, dit Clemencia.

— Ceux-là, derrière, m'inquiètent davantage », fit le brigadier en désignant de la tête le bas de la Grimm Strasse.

Clemencia, entièrement concentrée sur les fermiers et leur troupe, n'avait pas remarqué qu'un groupe de Noirs à peu près aussi nombreux avançait lentement en un front soudé.

« J'en vois un des Jeunesses de la SWAPO, derrière, ça doit être lui qui a mobilisé les autres. Un tas de bons à rien qui n'ont rien à perdre, et qui cherchent peut-être la bagarre, dit le policier.

— Et les renforts ? demanda Clemencia.

— Déjà appelés », répondit-il faisant la moue.

Clemencia savait aussi bien que lui que les agents de la caserne de Luiperdsvalley pourraient mettre un bon moment à arriver. Dans le groupe des fermiers, quelqu'un commença à scander :

« Justice and rights, also for Whites[1] *! »*

Certains, pas plus de vingt ou trente, reprirent le slogan, ce qui suffit à faire gronder l'autre camp. L'un des contre-manifestants se fraya un chemin depuis l'arrière, atteignit le no man's land entre les deux fronts et brandit un morceau de carton sur lequel était inscrit

1. « Justice et droits, pour les Blancs aussi ! »

en grosses lettres maladroites « *KILL ALL WHITES*[1] *!* ». Ceux qui l'entouraient poussèrent des acclamations, et en face le chœur se renforça : « *Justice and rights, also for Whites!* ».

« Dégage de là ! » cria le brigadier au jeune homme qui brandissait le carton.

Celui-ci leva le majeur dans sa direction, mais recula tout de même un peu. Derrière lui, pour contrer les Blancs, les contre-manifestants entonnèrent un hymne de combat de la SWAPO datant de l'époque de la guerre d'indépendance, une guerre que sans doute pas un seul d'entre eux n'avait faite – la plupart étaient bien trop jeunes. Encore presque des enfants, ils avaient grandi dans une Namibie libre, mais cela ne leur avait pas apporté grand-chose, à part peut-être le vague espoir de posséder un jour un lopin de terre dont ils pourraient vivre et sur lequel ils se sentiraient chez eux.

« Les femmes et les enfants en arrière ! » cria un des fermiers.

La banderole « Arrêtez les expropriations ! » sombra dans la mêlée pour réapparaître au bout de quelques secondes au-dessus des têtes, tenue cette fois à la main. Les lattes de bois qui la portaient au début s'étaient volatilisées. Si les renforts n'arrivaient pas rapidement, ils allaient se mettre à se taper dessus !

« *Justice and rights, also for Whites!* »

De l'autre côté, on entonnait l'hymne national : « *Freedom fight we have won*[2]... »

« Il faut qu'on s'interpose », dit Clemencia.

Le brigadier hocha la tête et l'adjointe du ministre demanda :

« Vous savez que vous êtes là pour protéger notre bâtiment ?

— On y va, les gars ! » ordonna le brigadier.

Ses hommes s'avancèrent, formant une chaîne lâche entre les parterres de fleurs devant le ministère et la pharmacie située en face. Cinq d'entre eux faisaient face aux fermiers, les cinq autres ne quittaient pas les contre-manifestants des yeux. Cette dérisoire incarnation de l'autorité de l'État ne devint pas beaucoup plus imposante lorsque Clemencia et le brigadier s'y joignirent. L'adjointe du

1. « TUEZ TOUS LES BLANCS ! »
2. « Nous avons gagné le combat de la liberté... »

ministre retourna en toute hâte à l'intérieur du bâtiment ; la porte de verre se referma derrière elle et les agents de sécurité commencèrent à barricader l'entrée avec des chaises.

« Approchez si vous l'osez, bande de bougnoules ! » hurla un des fermiers.

Le chant, du côté des Noirs, décrut puis s'éteignit complètement, remplacé par un murmure, un grondement, un bouillonnement ; une bouteille de bière vola en un large arc de cercle au-dessus des policiers. Elle tournoya en l'air, retomba et explosa au sol à moins de deux mètres des manifestants blancs.

« Espèce de salopards ! » cria quelqu'un.

Une femme poussa un hurlement hystérique ; Clemencia se retourna vivement pour tenter de voir qui avait lancé la bouteille. Les visages qu'elle distingua dans les premières rangées ne révélaient rien. Ils paraissaient durs et déterminés, reflets précoces de l'affrontement qui allait suivre et qui n'apporterait rien à personne, que l'on tabasse quelqu'un ou que l'on soit tabassé soi-même. Rien ne serait éclairci, rien ne serait résolu, mais la haine mutuelle se démultiplierait, et avec elle la volonté de vaincre l'adversaire par n'importe quel moyen.

« Arrêtez vos conneries ! » cria le brigadier, mais il était bien trop tard pour calmer les fauteurs de trouble des deux bords.

À gauche, plusieurs fermiers s'avancèrent, des bâtons à la main ; des pierres volèrent depuis la droite, et les policiers rentrèrent la tête dans les épaules. Au moment où elle pensait qu'ils allaient se faire aplatir s'ils ne se mettaient pas à l'abri au plus vite, Clemencia l'aperçut, dans une trouée brièvement ouverte au milieu des contre-manifestants. Il restait à l'arrière, presque comme s'il ne faisait pas partie du groupe. Même en ne le voyant qu'un instant, elle fut absolument certaine de le reconnaître, car elle avait gravé dans sa mémoire les traits de son visage : l'écart des yeux, le nez, les lèvres, la verrue sur la joue. C'était l'homme qu'elle avait trouvé allongé au milieu de la rue menant à la prison centrale, l'un de ceux qui avaient tué Tobias Kausiku avant de se mettre à la recherche de Melvin.

Cette fois Clemencia ne devait pas le laisser s'échapper. Le mieux serait de s'approcher discrètement de lui, mais comment ? Impossible de traverser les rangs des fermiers ni ceux des contre-manifestants

– à sa droite, on criait « racistes », et, à sa gauche, on rétorquait « criminels ». Les Blancs commencèrent à renvoyer les pierres qu'on leur avait lancées, plus bas et plus violemment, et Clemencia se baissa instinctivement. Les deux fronts se tenaient encore à quelques mètres de distance de la chaîne de fortune formée par les policiers, mais on sentait que la foule de l'arrière se mettait à avancer, à pousser et à bousculer. Ils n'allaient pas tarder à se jeter les uns sur les autres. Plusieurs jeunes Noirs émergèrent sur le côté en direction de l'escalier de la salle de jeux et se mirent à secouer furieusement sa rampe pour en desceller les barres de métal. Où étaient les renforts ? Et que comptait faire le tueur ?

Sa présence ici ne pouvait pas être un hasard. Était-ce lui, et non le membre des jeunesses de la SWAPO, qui avait rassemblé les contre-manifestants ? Non, un type comme lui ne manifestait pas publiquement, et encore moins quand cela risquait de provoquer une intervention de la police. Clemencia réfléchit. Le tueur était-il lié aux Blancs d'une façon ou d'une autre ? Venait-il leur faire un rapport ? Schroeder et les autres pouvaient-ils avoir engagé quelqu'un pour traquer les ravisseurs de Thomas Rodenstein ? Dans ce cas, Kausiku avait été abattu parce qu'il n'avait pas pu, ou pas voulu, dire où Rodenstein était retenu prisonnier. Que les fermiers ne croient pas la police capable de le libérer n'avait rien de bien étonnant, mais iraient-ils pour autant jusqu'à payer des hommes de main noirs prêts à tuer ?

Ou bien le tueur avait-il suivi Clemencia dans l'espoir qu'elle le mènerait jusqu'à Melvin ? Peut-être l'avait-il filée lorsqu'elle était en route pour le ministère et prévu d'attendre, caché quelque part, qu'elle en ressorte. Mais les manifestants et leurs opposants s'étaient déployés dans la rue, et maintenant, coincé au dernier rang, il ne savait plus que faire. À condition qu'il soit encore là – Clemencia ne voyait plus que des poings levés au-dessus de visages inconnus.

Tumulte, cris. Deux contre-manifestants en relevèrent un troisième qui saignait au front, apparemment touché par une pierre. Ses deux compagnons essayèrent de le soutenir, mais il les repoussa dans un mouvement de colère puis posa les doigts sur sa blessure et brandit ses mains pleines de sang. La foule vociféra, couvrant presque les sirènes des voitures de police qui arrivaient du sud. Enfin ! Une ou deux unités ne seraient pas de trop et parviendraient peut-être encore à tout faire rentrer dans l'ordre.

Et le tueur ? En se dressant sur la pointe des pieds pour essayer de le retrouver dans la cohue, Clemencia vit deux hommes s'éloigner du dernier rang des contre-manifestants et prendre tranquillement la direction des hurlements de sirènes. Sans pouvoir l'identifier de dos avec certitude, elle pensa que ça pouvait être celui de gauche. L'autre devait être son complice, celui au masque. La situation étant devenue trop risquée pour eux, ils fichaient le camp. Et merde ! Clemencia piqua un sprint vers le front des contre-manifestants, un mur fait de corps bras dessus, bras dessous et de bouches hurlantes, cimenté par l'inébranlable volonté de ne pas reculer. Elle vit le premier car de police bifurquer dans la Grimm Strasse.

« Laissez-moi passer ! Il faut que… »

Clemencia ne termina pas sa phrase. Ça n'avait aucun sens. Les contre-manifestants n'entendraient rien parce qu'ils ne voulaient rien entendre. Pour eux, il n'y avait aucun meurtrier à poursuivre ; tout ce qui comptait à leurs yeux, c'était de défendre cette portion de la rue.

Clemencia prit son élan, fonça, l'épaule droite en avant, et rebondit contre la paroi humaine sans produire le moindre effet. Elle fut rejetée en arrière et heurta un policier qui était apparemment sorti de la chaîne pour la suivre, sans savoir de quoi il retournait. Elle se releva aussitôt et alla se planter à dix centimètres de l'un des manifestants du premier rang, les yeux dans les yeux. Elle ne le lâcha pas du regard et dit lentement, sans crier :

« Tu… dégages… maintenant ! »

Les yeux du jeune homme s'écarquillèrent. Il se pencha sur le côté et au même instant, quelque chose heurta l'arrière de la tête de Clemencia avec une violence inouïe. Il lui sembla sentir son crâne exploser. Soudain, le passé et l'avenir disparurent, ne laissant qu'un présent fait d'ouate duveteuse dans laquelle se laisser glisser. Puis tout devint noir.

Le monde ressuscita dans les flammes et la douleur. Le jour et la nuit ne faisaient encore qu'un ; seul un tourbillon déchaîné d'éclairs de feu traversait l'obscurité en tous sens, aiguillonnant une chair palpitante dont l'unique fonction était de ressentir ces attaques de douleur. Cela prouvait peut-être que quelque chose, ici, vivait. Une gorge brûlait, une langue en papier de verre raclait, impuissante, la surface crevassée et asséchée d'un palais.

De l'eau ! Clemencia voulait boire, boire, boire. Tout de suite. Dès qu'elle aurait arrêté les tueurs. Elle ouvrit les yeux. Devant elle, l'asphalte à la lumière du soleil. Posée là, une main, qui était peut-être la sienne, mais dont elle ignorait pour l'instant comment la faire bouger. À côté, une botte noire soigneusement cirée. Clemencia était allongée quelque part sur le sol, en position de sécurité. Elle se sermonna intérieurement – ne sois donc pas si douillette ! Les tueurs ne doivent pas s'enfuir !

« Où… ? demanda-t-elle, et la douleur explosa dans sa tête.

— Du calme ! dit une voix d'homme au-dessus d'elle. Les secours vont arriver d'un moment à l'autre. »

Clemencia serra les dents et se redressa. C'étaient les marches de l'escalier du ministère qu'elle voyait là ? Bon. Sa main droite se détacha du sol et se dirigea vers le haut, juste pour aller vérifier à tâtons s'il restait autre chose de l'arrière de sa tête que cette abominable douleur. Le policier en uniforme debout près d'elle lui retint le bras.

« Non ! C'est une très vilaine blessure. »

Clemencia poussa un gémissement. Se redresser n'avait peut-être pas été une si bonne idée. Le visage de son collègue tournoyait à toute vitesse, un mât dansait au-dessus de l'asphalte bondissant, et le soleil clignotait des SOS. Des voix gonflaient puis s'éloignaient – ou étaient-ce des sirènes ? Clemencia dit :

« J'ai besoin de m'adosser à quelque chose. »

Le policier l'attrapa par les bras et la poussa vers l'arrière. Ses épaules et son dos étaient désormais appuyés contre une surface dure, de la pierre ou du béton, en tout cas quelque chose qui semblait immobile. Clemencia en ressentit de la gratitude. Elle résista au besoin de refermer les yeux et affronta le manège dans lequel le monde tournait autour d'elle ; le vertige diminua peu à peu. Quant à la douleur, elle finirait par s'y habituer.

Le carrefour grouillait de policiers en uniforme. Deux d'entre eux poussaient un homme sans ménagement dans un car de patrouille. À travers la fenêtre, elle vit que le petit bus était déjà bien rempli – de Noirs comme de Blancs –, mais la majorité des manifestants semblaient avoir pris la fuite. Non sans livrer une résistance acharnée, à en juger par le champ de bataille qu'ils avaient abandonné derrière eux. Dans une mer de verre brisé gisaient des pierres, des bâtons et des lambeaux de vêtements. Clemencia vit même un ours en peluche, sur le dos, les quatre pattes tendues vers le ciel.

Plus loin, dans la Grimm Strasse, une voiture de police avait été renversée, ses fenêtres brisées. Une odeur de caoutchouc brûlé émanait de la pharmacie : le container à ordures situé devant la boutique était carbonisé, son couvercle avait en partie fondu. L'eau utilisée pour éteindre l'incendie avait laissé des traînées noires. Un policier prenait des photos avec son téléphone portable. Tout était terminé.

« Il y avait deux hommes, là-bas, qui se sont éloignés des contre-manifestants quand les premiers cars de police sont arrivés. Ils sont partis vers Independence Avenue, dit Clemencia.

— La situation est sous contrôle », assura l'agent debout près d'elle.

Deux ambulances s'approchèrent lentement du barrage policier de la Goethe Strasse et furent autorisées à passer. Des éclats de verre crissèrent sous leurs pneus. Clemencia fit la grimace ; elle ressentait un besoin presque irrésistible de toucher sa blessure et d'y appuyer les doigts pour combattre la douleur. Elle tourna légèrement la tête vers la gauche ; elle n'était pas la seule blessée. Une vingtaine d'autres personnes étaient étendues sur l'esplanade du ministère ou, comme elle-même, adossées aux murets qui entouraient les parterres de fleurs.

« Des morts ? demanda-t-elle.

— Pas que je sache. »

Le policier, au-dessus d'elle, secoua la tête. Derrière lui s'élevait la façade jaune du ministère. Les bureaux des gens importants étaient au quatrième étage. Clemencia essaya en vain de distinguer si quelqu'un se tenait à l'une des fenêtres et regardait vers le bas. Les premiers secouristes descendirent des ambulances ; l'orange fluorescent de leurs vestes de sûreté lui fit mal aux yeux.

« Clemencia ! »

Elle dirigea la tête vers la droite, lentement et prudemment, mais tout se mit à tournoyer. En reconnaissant Claus, elle tenta de sourire. Il s'agenouilla près d'elle et lui prit la main, continuant à la serrer tout en se penchant sur le côté pour examiner sa blessure.

« Oh ! merde, qu'est-ce qui s'est passé ?

— C'est pas si grave, dit Clemencia d'une voix qu'elle trouva elle-même peu convaincante.

— Un jet de pierre, expliqua le policier.

— Et vous la laissez assise là ? siffla Claus, avant de dire à Clemencia d'un ton plus doux : Tu dois aller tout de suite à l'hôpital. »

Il se releva d'un bond, fit quelques pas vers le barrage policier, puis s'arrêta et se tourna vers la gauche, d'où arrivait une nouvelle ambulance. Claus attrapa l'un des secouristes et désigna Clemencia en parlementant et gesticulant. D'une manière ou d'une autre, il dut parvenir à le convaincre que la jeune femme était à l'article de la mort, car tous deux se dirigèrent vers elle. L'ambulancier examina sa blessure et, tout en sortant son matériel de soin, lui demanda son nom.

« Je vais parfaitement bien, rétorqua-t-elle.

— Vous avez des nausées ou des vertiges ?

— Non », répondit-elle en se souvenant juste à temps de ne pas secouer la tête.

Le secouriste ouvrit un emballage de gaze.

« Il y en a sûrement d'autres qui sont beaucoup plus… »

Clemencia poussa un cri en sentant la compresse se poser sur sa blessure. Évidemment qu'elle avait des nausées, évidemment qu'elle avait des vertiges, et en plus, quelqu'un était en train de lui trifouiller le fond du cerveau avec des crochets pointus. Le secouriste continua son bandage et Claus reprit la main de Clemencia. Elle agrippa ses doigts mais regarda derrière lui, fixant l'ours en peluche qui gisait toujours, comme mort, au milieu du carrefour. Ne fais pas attention à la douleur ! Et ne tombe surtout pas dans les pommes !

Demande-toi qui donnerait un nounours à son enfant avant de l'emmener à une manifestation illégale. Des inconscients ? Des irresponsables ? Des criminels ? Ou était-ce une tout autre histoire ? Pas de jugement hâtif, s'il te plaît ! Peut-être qu'un adulte venait juste d'acheter le jouet et qu'en sortant de la boutique, il avait rencontré des fermiers qu'il connaissait se dirigeant vers le ministère, leur avait parlé, s'etait joint à eux, puis…

« Un brancard, dit Claus, vous n'avez pas de putain de brancard ?

— Pas pour vingt blessés, répondit le sauveteur. Allez, aidez-moi ! »

Claus et le secouriste passèrent la tête sous ses aisselles et la mirent debout. Le manège reprit aussitôt, faisant pirouetter voitures, policiers et ours en peluche. En plus de sa tête, sa hanche gauche la brûlait aussi, et elle avait les jambes en caoutchouc. Sur le chemin de l'ambulance, Clemencia essaya prudemment de poser un pied devant l'autre, comme si elle avançait elle-même au lieu d'être portée. Sans doute cela ressemblait-il à un spectacle de marionnettes amateur : les fils sont invisibles, mais on remarque que les membres ne bougent pas d'eux-mêmes. Clemencia détestait dépendre des autres, et encore plus être manipulée par des ficelles. Et tout ça à cause d'une pierre idiote lancée par un fermier idiot à un contre-manifestant tout aussi idiot. Pourquoi avait-il fallu que ce soit justement elle qui soit touchée ?

Lorsqu'elle fut enfin assise à l'arrière du véhicule de secours, adossée à la paroi, elle respira profondément. Elle avait manqué de chance, voilà tout, mais pouvait s'estimer heureuse de n'avoir rien subi de plus grave. Elle se ferait brièvement examiner, demanderait des cachets antidouleur pour s'en gaver, jurerait solennellement de se reposer chez elle jusqu'à être entièrement guérie, puis se remettrait directement au travail. D'abord, il fallait qu'elle…

« N'y pense même pas ! » s'exclama Claus.

Avait-elle pensé tout haut ou la connaissait-il vraiment si bien ? Claus s'assit près d'elle et posa son bras sur ses épaules.

« Hé, vous, là ! Vous devez descendre ! lança le secouriste depuis la porte arrière.

— Je m'occupe d'elle, répondit Claus.

— On n'a pas le droit d'emmener des civils.

— Cent dollars, dit Claus en ôtant son bras des épaules de Clemencia pour sortir son portefeuille.

— On a besoin de la place, il y a d'autres blessés qui…

— Deux cents dollars ! »

Claus fit crisser deux billets rouges entre ses doigts. Le secouriste jeta un bref regard autour de lui, attrapa l'argent et le fourra dans sa poche en disant :

« Si quelqu'un vous voit, vous raconterez que vous avez fait semblant d'être blessé aussi !

— OK, pas de problème, dit Claus en hochant la tête. Est-ce qu'on démarre enfin ?

— Serrez-vous au fond ! Il y en a d'autres qui arrivent. »

Lui et ses collègues firent monter quatre blessés de plus. L'un d'eux, un Herero d'environ vingt-cinq ans, avait le bras empaqueté dans une écharpe de fortune. Il sembla familier à Clemencia, mais ce n'était pas un des tueurs ; elle l'avait seulement vu parmi les contre-manifestants. Elle lui demanda :

« C'est vous qui teniez le panneau en carton ? »

L'homme ne répondit pas, il ne regarda même pas Clemencia.

« Quel panneau ? » demanda Claus.

Alors le Herero leva la tête. Il examina Claus de haut en bas, lui lança un regard de défi et dit froidement :

« Un panneau qui disait *Kill all Whites* !

— Et ça n'a pas plu à tout le monde, on dirait, rétorqua Claus en désignant son bras bandé.

— Ils auront ce qu'ils méritent.

— Et moi aussi ?

— Regarde-toi dans le miroir !

— Écoute-moi, mon pote ! C'est pas si facile de déterminer qui est blanc ou pas. Est-ce que c'est seulement les Européens ? Ou aussi les Latino-Américains, qui ont pour la plupart des ancêtres européens ? Et les Arabes ? Et les Indiens ? Est-ce qu'il y en a un milliard, ou deux, ou trois dans le monde ? Faisons une estimation prudente et disons un milliard de Blancs. Une année a 365 jours. Si tu vis encore cinquante ans, ça fait, attends un peu, 18 250 jours, ce qui veut dire… – Claus calculait d'un air buté –, ce qui veut dire que tu devras tuer environ 55 000 Blancs par jour pour avoir une chance d'en finir. Y compris les dimanches et jours fériés. Ça fait un sacré boulot en perspective. Tu ferais mieux de t'y mettre tout de suite.

— Laisse tomber, Claus ! » dit Clemencia en lui posant la main sur le genou.

Quand ils seraient enfin seuls, elle lui dirait que c'était exactement pour ça qu'elle l'aimait. Pour quoi ? demanderait-il, et elle répondrait : parce que tu es si bon en calcul mental.

Le feu crépitait dans la cheminée. Une bûche craquait parfois bruyamment sous l'attaque des flammes ou, perdant son équilibre instable, basculait, couvrant pendant un instant le tic-tac de la pendule murale. L'odeur épicée du bois d'acacia emplissait le salon sans que l'air ne se réchauffe vraiment. Elsa Rodenstein avait commencé à chauffer trop tard. Elle resserra les pans de son gilet de laine sur sa poitrine.

Le téléphone était posé au milieu de la table. Elsa avait d'abord poussé sur le côté la coupe à fruits en bois qui s'y trouvait habituellement, puis l'avait mis sur le coffre, près du vieux gramophone. Non qu'il n'y ait plus eu de place sur la table pour les oranges, mais elles paraissaient artificielles à côté de l'appareil d'enregistrement désormais branché au téléphone. Des câbles noirs et gris en sortaient, dont l'un formait des zigzags souples jusqu'à un casque d'écoute posé au bord de la table. Elsa trouvait qu'il ressemblait à deux oreilles ; quelqu'un avait raboté la tête qu'elles avaient entourée et seule une partie de la calotte crânienne demeurait, l'arc arrondi qui reliait les deux écouteurs.

« Dans les affaires d'enlèvement, on a de très bonnes chances », dit le policier.

Bill Robinson lui avait assuré en se présentant qu'il resterait là jusqu'à ce que l'affaire soit résolue. Elsa n'avait pas protesté, cela n'aurait eu aucun sens. Elle lui avait proposé à manger et fait du thé, elle tolérait sa présence dans son salon, mais personne ne pouvait en plus attendre d'elle qu'elle entretienne la conversation.

« Notre atout, lors d'un enlèvement, c'est que les ravisseurs veulent quelque chose qu'ils n'ont aucun moyen d'obtenir par eux-mêmes, expliqua Robinson. Ils peuvent paraître complètement intransigeants, mais ils sont obligés de négocier, et donc, contrairement aux autres criminels, sont forcés de prendre contact avec les proches ou avec la police. Vous verrez, madame Rodenstein, ils vont appeler et vous pourrez parler à votre fils. »

Elsa regarda la pendule au mur : 21 h 50. Personne n'appellerait plus à cette heure-ci, pas plus que quiconque n'avait appelé pendant la journée, à part quelques amis qui se sentaient obligés de lui offrir leur aide. Mais leur aide pour quoi ? Pouvaient-ils ressusciter les morts, défaire ce qui avait été fait ? Elsa avait répondu que le meilleur moyen de l'aider était de la laisser tranquille.

Robinson prit une gorgée de thé et tendit prudemment sa tasse en direction de la table. Elle aussi paraissait artificielle, entre ses doigts épais et rougeauds. Robinson posa la tasse, s'enfonça dans son siège et dit :

« Une fois qu'on aura établi le contact, on aura déjà fait la moitié du boulot. On analysera les données de la liaison téléphonique, les bruits de fond, la voix et chaque mot prononcé. Il y aura quelque chose qui nous mettra sur la piste des coupables, et on les retrouvera. C'est comme avec un bon chien de chasse. Quand il est sur une piste, rien ni personne ne peut plus le détourner de son but. »

Les chiens. Elsa ne devait pas oublier de s'occuper des chiens, sinon ils feraient encore du raffut, et elle n'avait vraiment pas besoin de ça. Elle garda le silence. Le feu brûlait, la pendule tictaquait. À 21 h 53, Robinson se leva, s'approcha de la cheminée et tendit les mains vers le feu. Elsa supposait qu'ils lui avaient cette fois-ci envoyé un policier blanc parce qu'ils pensaient que ça faciliterait la communication. Robinson ne semblait pourtant pas à l'aise. Il n'y avait pas grand-chose à faire contre ça, surtout quand on n'en avait pas envie. Pour le moment, Elsa s'intéressait aussi peu aux policiers blancs qu'aux noirs, et encore moins à ceux qui faisaient de grands discours sans avoir la moindre idée de rien.

« Mon oncle a travaillé un temps comme administrateur de ferme, là-haut, dans la région de Tsumeb », reprit Robinson.

Il observait la carte de Steinland accrochée au mur. Malgré la plaque de verre qui la protégeait, le papier avait jauni, l'encre, pâli. À condition de déjà savoir ce que cela signifiait, on pouvait encore tout juste déchiffrer ce que le grand-père de Gregor y avait un jour écrit en lettres gothiques anguleuses. Elsa ne le traduirait pas, certainement pas pour un policier qu'elle n'avait pas invité.

« J'y allais parfois quand j'étais petit, j'y restais même plusieurs semaines pendant les vacances », poursuivit Robinson.

Il allait ajouter que cela avait été la plus belle période de sa vie.

« Ç'a été les plus belles semaines de ma vie, dit-il. On traînait dans le veld dès l'aube et…

— Je vais me coucher, maintenant », dit Elsa.

Robinson la regarda. Il parut vouloir ajouter quelque chose mais se contenta finalement de hocher la tête et de revenir vers la table. Sa main redressa les écouteurs, le fragment de calotte crânienne. Robinson demanda :

« Où dormez-vous ?

— Dans la première pièce de gauche, répondit Elsa en désignant la porte.

— Vous entendez le téléphone sonner, de là ?

— Oui.

— Je vais rester ici, mais il est important que ce soit vous qui répondiez si jamais…

— Oui. »

De toute façon, personne n'appellerait. Elsa se leva.

« Bonne nuit ! » dit Robinson d'un ton hésitant.

Elsa sourit. Elle tira la porte du salon derrière elle sans la refermer complètement, puis alla à la salle de bains, fit sa toilette à l'eau froide et se brossa les dents. Elle emmena Cicéron et César dans la chambre à coucher. Les chiens hésitèrent à y entrer, car en temps normal, c'était pour eux un lieu interdit, mais sur un ordre d'Elsa, ils s'allongèrent sagement sur le tapis. Elle éteignit la lumière et se coucha tout habillée du côté droit du lit double. Ses yeux s'habituèrent rapidement à l'obscurité. Les contours des montants du lit et de l'armoire émergèrent du noir ; elle pouvait même distinguer la croix placée au-dessus de la tête du lit.

Le téléphone ne sonna pas, mais à travers les portes entrebâillées, Elsa pouvait entendre la pendule du salon sonner chaque quart d'heure. Lorsque les trois coups de 1 h 45 se furent éteints, elle se redressa. César bondit sur ses pattes, Cicéron bâilla et s'étira.

« Couché ! » siffla-t-elle.

Elle devait d'abord voir ce que faisait le policier. Elle entrouvrit prudemment la porte du salon. Robinson était sur sa chaise, les avant-bras sur la table, la tête posée dessus. On entendait de légers ronflements. Elsa se retourna, boutonna son gilet et fit signe aux chiens de la suivre.

À l'extérieur, le ciel nocturne était clair, on voyait environ les trois quarts de la lune. La luminosité était bien suffisante pour suivre sans difficulté le chemin de terre menant au cimetière, mais il était encore impossible de voir si quelqu'un l'y attendait, sous les arbres. Un vent glacé soufflait du sud-ouest. Elsa accéléra le pas pour se réchauffer.

Il y avait bien longtemps que les vieux mâts de bois avaient été démontés et réutilisés. Impossible de deviner qu'à partir des années soixante s'était déroulée là-bas l'ancienne ligne des fermiers. C'était le câble de l'unique ligne téléphonique que se partageaient les fermes des environs. Si quelqu'un appelait depuis Windhoek, la sonnerie résonnait dans toutes les maisons en même temps, et seule la longueur du dernier signal indiquait qui on cherchait à joindre – toi, ton voisin direct ou celui d'un peu plus loin. Tous ceux qui le voulaient pouvaient écouter l'appel en cours, et personne d'autre ne pouvait téléphoner pendant le temps que durait la conversation.

Pendant des années, les fermiers connectés à cette ligne restèrent coupés du reste du monde tous les dimanches après-midi. Ces jours-là, en effet, commençait à 15 heures précises le concert hebdomadaire d'Inke, la femme de Hermann Rodenstein. Elle posait le combiné du téléphone près du gramophone et jouait le programme qu'elle avait sélectionné le matin même dans la vaste collection de disques de la famille. Elle n'exauçait les souhaits de ses voisins que lors d'événements exceptionnels, comme une naissance ou un anniversaire de mariage, mais sa sélection de chansons populaires allemandes, d'opérette et de variété d'après-guerre reflétait bien les goûts les plus courants. Quoi qu'il en soit, dans chacune des maisons placées le long de la ligne téléphonique, quelqu'un décrochait le combiné pour écouter les tons un peu métalliques venant du gramophone. La déception fut grande lorsqu'Inke Rodenstein annonça un jour, sans raison apparente, la fin des concerts du dimanche.

Les disques se mirent à prendre la poussière, mais Inke Rodenstein entama alors bien d'autres collections. Elle ne rentrait presque jamais de ses longues promenades sans en rapporter une plume, une peau de serpent, un morceau de bois à la forme étrange, ou parfois même une pierre semi-précieuse. Elle faisait sécher dans des livres épais les fleurs qu'elle récoltait après la saison des pluies et fixait les scarabées rares avec des épingles sur une planche couverte de velours. Elle légendait ses découvertes sur de petits morceaux de papier, y écrivant à la plume les noms latins et allemands des coléoptères.

Les animaux occupaient une grande place dans sa vie. Inke Rodenstein élevait des poules et des oies, attirait le soir les porcs-épics en répandant du maïs, nourrissait les mangoustes de restes de viande, et apprivoisa même un jeune phacochère qu'elle baptisa Emil. Elle introduisit également des paons à la ferme. Quand les chiens les laissaient tranquilles, ils aimaient parader sur la pelouse devant la véranda ; sinon, ils fuyaient en voletant pour aller se poser lourdement sur le toit de tôle plat de la galerie. Leurs piétinements étaient étonnamment bruyants. Quand Gregor Rodenstein était enfant, cela lui avait toujours semblé un peu menaçant, même s'il ne l'avait bien sûr jamais avoué.

« Il faut respecter la nature, pas avoir peur d'elle, avait dit un jour Inke Rodenstein. Si tu as peur de la nature, tu as peur de la vie. »

Elle, en tout cas, n'avait pas peur. Plus elle vieillissait, plus ses promenades dans le bush devenaient longues. Elle ne disait à personne où elle allait ni ce qu'elle faisait, pas même à son mari, et ne rapportait plus de trouvailles à la maison. Au contraire, elle semblait laisser à chaque fois un morceau d'elle-même au-dehors : au fil des années, elle se fit de plus en plus petite, menue et coriace, et sa peau prit l'apparence du cuir tanné.

Parfois, elle passait la nuit dans le veld et réapparaissait le lendemain matin, sans comprendre pourquoi on s'était inquiété pour elle.

Elle se prétendait désolée que son mari, son fils et plusieurs employés de la ferme aient passé la nuit à la chercher, mais quand elle disparaissait de nouveau, quinze jours plus tard, ses excuses semblaient oubliées. Hermann Rodenstein avait chargé un des employés de ne pas la lâcher d'une semelle, mais Inke parvenait toujours à prendre le large. On pouvait difficilement l'enchaîner, et il ne resta donc plus qu'à s'habituer à ses escapades.

La dernière fois qu'elle disparut, on ne la retrouva que trois jours plus tard, et uniquement parce que les vautours volaient obstinément en cercle au-dessus d'elle. Elle était assise contre un mât de la ligne téléphonique, la tête penchée en avant, une pierre entre les mains. Rien qui ait de la valeur, juste une pierre banale, avec quelques éclats de mica. À en juger par la rigidité de son cadavre, Inke Rodenstein devait alors être morte depuis au moins vingt-quatre heures. On ne sut jamais pourquoi les vautours ne s'étaient pas jetés sur elle depuis longtemps.

4

Festus râlait.

« Je suis devenu chauffeur de taxi pour conduire mon taxi, pas pour passer la matinée à me geler les fesses en attendant je ne sais qui au bord de la route, et en plus aux meilleures heures, celles où les gens partent au bureau ! Non seulement ça sert à rien, mais en plus, c'est insultant.

— Bah ! Regarde, le soleil se lève déjà derrière les maisons, il va bientôt faire chaud ! Et puis, entre voisins, on s'aide sans se plaindre. Nous, en tout cas, on ferait toujours tout pour toi ! lui assura *miki* Matilda.

— Et permets-moi de te rappeler qu'on te donne dix bouteilles de Coca pour chaque demi-heure entamée, renchérit *miki* Selma.

— D'une valeur à la vente de soixante-cinq dollars ! ajouta Matilda.

— Et tout ça sans que tu utilises une seule goutte d'essence.

— Tu aurais bien du mal à en encaisser autant pendant ton service normal !

— Du Coca ! siffla Festus d'un ton méprisant.

— Pour gagner ça en conduisant, il faudrait que tu entasses au moins dix clients à la fois dans ton tacot ! »

Selma et Matilda avaient pris leurs aises sur la banquette arrière ; le siège passager était vide. Un quart d'heure plus tôt, un client avait ouvert la portière, mais avant même qu'il n'ait pu s'asseoir, Selma l'avait poliment informé qu'ils allaient dans la direction opposée à la sienne. L'homme objectant qu'il n'avait pas encore dit où il voulait aller, Selma ne s'était pas démontée : elle connaissait bien assez la vie pour deviner la destination d'un homme tel que lui. Elle lui garantit que le taxi, quand il partirait, irait dans une tout autre direction que la sienne, mais que pour le moment il ne partait pas car elles devaient attendre quelque chose. Et non seulement elles avaient autre chose à faire que de lui expliquer tout ça, mais en plus, s'il était capable de mettre en doute les paroles d'une vieille femme, cela ne le regardait vraiment pas. Avait-elle été assez claire ?

L'homme avait regardé Festus ; en voyant celui-ci hausser les épaules sans rien dire, il s'était tapoté le front de l'index puis avait claqué la portière. Après deux autres tentatives d'occupation étouffées dans l'œuf par des gestes véhéments, le siège passager était toujours vacant.

« Il devrait être là depuis longtemps, fit remarquer Matilda.

— Bah, une demi-heure de retard, ça n'a rien d'inhabituel, rétorqua Selma.

— Et s'il ne vient pas du tout ?

— Il va venir. »

Le taxi de Festus était garé dans Penning Street, non loin du dégagement en demi-cercle qui menait au portail de la UN Plaza. Ce complexe comportait un stade à ciel ouvert, des aires de sport et de jeu, un restaurant, plusieurs petites boutiques, et la grande salle des fêtes que la famille avait louée lors du mariage de Constancia pour la coquette somme de cinq cent cinquante dollars. Même si cela remontait maintenant à des années, Matilda et Selma étaient toujours furieuses d'avoir fait une telle dépense. À l'époque, elles avaient déjà senti que le mari de Constancia était un *skelm*[1] et un bon à rien. Quelques mois plus tard, alors qu'elle était enceinte jusqu'aux yeux, il l'avait quittée pour ne jamais réapparaître.

Enfin, peut-être cela valait-il mieux que de passer le restant de ses jours à se disputer avec lui. Et puis, la fête elle-même avait été une vraie réussite, avec des discours, des photos de groupe, des tonnes de nourriture, de la musique sur un magnétophone à cassettes, et tout ce qu'il fallait. Seule Clemencia, en refusant catégoriquement de s'avancer avec les autres femmes célibataires

1. Escroc.

pour tenter d'attraper le bouquet lancé par sa sœur, avait créé une petite fausse note. Les deux *mikis* pensaient cependant que ce grand échalas de Blanc finirait peut-être par l'amadouer, et on pourrait alors organiser une fête qui n'aurait rien à envier à celle célébrée quelques années plus tôt.

Mais aujourd'hui, à sept heures et demie du matin, ce n'était pas le moment de se marier. Il était trop tôt aussi pour un concert ou une compétition sportive, et l'entrée de la UN Plaza était donc fermée d'un grillage. Sur l'esplanade, une *meme** ovambo avait installé son réchaud à gaz. De la vapeur montait de deux lourdes cocottes. La femme, chaudement emmitouflée, était assise sur une caisse de bois, près d'un tas de bols en plastique et d'un jerrycan d'eau. Lorsqu'un passant s'arrêta devant elle, elle saisit une louche, mais l'homme secoua la tête et balaya l'esplanade du regard.

« C'est lui ? » demanda *miki* Selma à voix basse tout en essuyant la fenêtre embuée.

Miki Matilda observa l'homme. Âgé d'environ trente ans, il portait la même panoplie de gangster que tous les amis de Melvin, du bonnet de laine jusqu'aux baskets.

« Ils se ressemblent tous, habillés comme ça », marmonna *miki* Matilda.

Quand elle et Selma étaient jeunes, les hommes se donnaient encore la peine de porter une cravate, un pantalon à pli ajusté au millimètre et des chaussures cirées à la perfection. Du moins ceux qui, à l'époque, pouvaient se payer des chaussures.

Les deux *mikis* suivirent l'homme du regard tandis qu'il rejoignait le portail de la UN Plaza. Il le longea d'un pas traînant, s'arrêta, scruta la rue de haut en bas puis revint vers la gargote. Il dit quelque chose, et cette fois, c'est la *meme* qui secoua la tête.

« C'est lui, affirma *miki* Selma.

— Tu es sûre ? » demanda Matilda.

Miki Selma baissa la vitre de la voiture et cria :

« Hé ! Operi ! »

L'homme sursauta. *Miki* Selma passa le bras par la fenêtre et lui fit signe de s'approcher. Il se mit en marche avec hésitation. Arrivé près du taxi, il posa la main sur le toit du véhicule et se pencha.

« Monte, Operi ! ordonna Selma en désignant le siège passager.
— Vous êtes qui ? demanda-t-il.
— Des amies, répondit Selma.
— Je vous connais pas. »
L'homme ôta sa main du toit.
Matilda se pencha un peu pour que l'homme puisse voir ses yeux ; à elle de jouer, maintenant. Elle dit :
« On est des amies de Tobias Kausiku. Lui, tu le connais, non ?
— Tobias ? Mais il est...
— Malheureux, le coupa Matilda. Tobias est très, très malheureux. »
L'homme fixa Matilda puis reprit, en bégayant :
« Je... Il faut que je...
— Notre ami commun Tobias Kausiku n'arrive pas à trouver le repos, là-bas, au royaume des morts. Au pays des ombres. C'est pour ça que la nuit dernière il m'a chargée d'avoir une petite discussion avec toi. Alors monte, s'il te plaît, Operi ! »
L'homme recula d'un pas.
« Je ne crois pas à ces trucs-là. Quand on est mort, on...
— ... quand on est mort, on peut devenir vraiment désagréable et avoir des idées de vengeance très bizarres, interrompit Matilda. Il pourrait bien te lancer une malédiction, une maladie, te faire écraser par une voiture, envoyer de gros méchants après toi ou te mettre dans des situations que tu préférerais vraiment éviter.
— Mais pourquoi Tobias voudrait se venger de moi ? Je ne lui ai jamais rien fait.
— Operi, dit Matilda, les morts font leurs comptes autrement que nous autres les vivants. Sois honnête : tu n'as pas entendu sa voix pendant la nuit ?
— Non.
— Ou bien rêvé de lui ?
— Non, non.
— Est-ce qu'il s'est introduit dans tes pensées ?
— Non, répondit Operi après une hésitation.
— Il va revenir. Et ça va empirer. Si tu ne comprends pas ce qu'il veut et que tu ne fais rien pour qu'il trouve la paix, ça finira mal pour toi.

— Mais qu'est-ce que je dois…

— Monte! » lui intima *miki* Matilda d'une voix douce.

Operi regarda la *meme* près de son réchaud à gaz, puis leva les yeux vers l'entrée de la UN Plaza dont un gardien ouvrait justement la grille.

« Tu peux nous fuir, nous, mais pas fuir les morts », ajouta Matilda.

Le soleil venait de se lever près de la salle des fêtes et ses rayons accrochaient de longues ombres à tout ce qui leur barrait la route. Les ombres raccourciraient à mesure que midi approcherait, puis elles s'allongeraient de nouveau jusqu'à être dévorées par le crépuscule. Ainsi passait le temps. *Miki* Selma soupira bruyamment et *miki* Matilda demanda à voix basse :

« Operi ? »

Sans un mot, celui-ci ouvrit la portière passager et monta. Il ne se tourna pas vers Selma et Matilda mais regarda fixement à travers le pare-brise – ou bien examinait-il le petit panneau suspendu au rétroviseur par une chaînette dorée sur lequel on lisait *no risk, no fun* ?

« Operi, est-ce que tu sais ce que ton nom signifie ?

— Quelque chose comme : il est avec lui.

— Qui, il ?

— Dieu.

— C'est une bonne chose, commenta Matilda. C'est un très bon nom.

— On peut y aller, oui ? » demanda Festus.

Il tendit la main vers la clé, déjà dans le démarreur.

« Encore un instant ! »

Miki Selma sortit son téléphone portable et composa le numéro de Clemencia.

Clemencia n'avait pas demandé au médecin comment il avait atterri au Windhoek Central Hospital. Il était apparemment Angolais ; peut-être avait-il été formé par les Cubains pendant la guerre civile. En tout cas, il lui avait paru compétent, calme et déterminé. Il avait mis Claus à la porte et posé quelques questions à la jeune femme. Après avoir examiné sa blessure à la tête puis diagnostiqué un léger traumatisme crânien, il avait annoncé vouloir procéder à des analyses encore plus précises dès que les appareils seraient libres. Il estimait cependant que Clemencia se remettrait vite de sa commotion cérébrale si elle s'octroyait simplement quelques jours de repos.

Impossible cependant de trouver le moindre repos dans la chambre qu'elle partageait avec sept autres femmes, dont deux ronflaient et une passa toute la nuit à gémir. Lorsque, le lendemain matin, on constata que le scanner était en panne, Clemencia décida de s'autoriser elle-même à quitter l'hôpital. Elle venait de remplir les papiers nécessaires lorsque Claus vint la chercher. Elle lui expliqua qu'elle se sentait bien et que les vertiges ne revenaient pas tant qu'elle ne bougeait ni trop vite ni trop brusquement. Il lui suffisait cependant de repenser au jet de pierre qui l'avait touchée pour en sentir de nouveau le choc à l'arrière de la tête, avec un frisson qui courait le long de sa nuque et de son dos.

Claus insista pour installer Clemencia dans son nouveau chez-lui. Il n'avait rien contre la famille de la jeune femme, mais quelqu'un ayant besoin de calme pouvait certainement trouver un entourage plus approprié – ou, plus exactement, ne pouvait pas en trouver de pire. De fait, comme si elle l'avait entendu, *miki* Selma appela Clemencia alors que celle-ci venait à peine de s'allonger sur le lit de Claus, et dix minutes plus tard ses tantes faisaient leur apparition. Elles escortaient un Herero nommé Operi qui avait selon elles participé à l'attaque de Steinland.

Clemencia se redressa lentement et s'adossa au mur.

« Operi souhaite faire des aveux », annonça Matilda d'une voix pleine de fierté.

L'homme avala sa salive mais ne la contredit pas.

« Comment vous l'avez trouvé ? demanda Clemencia.

— J'ai mes méthodes, répondit Matilda.

— Tu ne vas pas me dire que tu l'as vu dans une boule de cristal ?

— Une boule de cristal ? Ma petite, tu n'as aucune idée de ma façon de travailler. »

Ce n'était certainement pas avec une boule de cristal, des entrailles de poulet, des formules magiques ni des tours de passe-passe que les tantes de Clemencia étaient parvenues à leurs fins. Elles savaient forcément qui chercher et où le trouver. Quelqu'un leur avait donné un renseignement.

« Vous avez parlé à Melvin ? » demanda Clemencia.

Les deux femmes secouèrent la tête sans un mot. Apparemment, elles avaient donc au moins des scrupules à lui mentir directement. Évidemment qu'elles avaient parlé à Melvin ! Ou plutôt, il leur avait parlé à elles ; Clemencia doutait qu'elles aient pu le forcer à nommer ses complices. Elle ne pouvait pas croire non plus que Selma et Matilda aient elles-mêmes eu l'idée de lui amener le suspect. Non, elles faisaient uniquement ce dont Melvin les avait chargées. Clemencia se demanda ce que son frère espérait ainsi obtenir. S'il était impliqué dans un meurtre et un enlèvement, il ne livrerait pas un complice qui le dénoncerait à son tour. Mais s'il était innocent, pourquoi ne s'adressait-il pas directement à Clemencia ? Pourquoi envoyait-il ses tantes en leur recommandant de nier tout contact avec lui ?

« Peu importe comment on a trouvé Operi, dit Selma.

— L'important, c'est qu'il parle, ajouta Matilda. Allez, Operi, raconte ! »

Et Operi raconta, d'abord en bafouillant et en cherchant de temps à autre le regard de *miki* Matilda, puis avec de plus en plus d'aisance. Sa version des événements survenus à Steinland était nettement plus crédible que celle de son complice assassiné. Pas question ici de quelconques tombes d'ancêtres sur lesquelles chanter des odes nocturnes. Operi avoua sans détour qu'ils avaient eu l'intention de voler les panneaux solaires du puits de forage et avaient déjà commencé à en dévisser un. Ils, c'étaient lui-même, Tobias Kausiku et… Melvin.

Clemencia resta de marbre. Au fond, elle l'avait toujours su, et pourtant une douleur lancinante lui traversa le crâne tel un nouveau choc quand le nom de son frère fut prononcé, prononcé par un nouveau témoin, un des coupables. On pouvait soupçonner Mme Rodenstein d'envies de vengeance, mais cet homme-là n'avait aucune raison de dénoncer un de ses amis. Melvin avait bel et bien été de la partie, et il allait devoir payer pour ce qu'il avait fait. Pour rien de plus, et rien de moins.

Soudain, Clemencia se sentit presque soulagée. Il était désormais trop tard pour continuer à espérer une explication toute simple et des hasards extraordinaires. Elle ne pouvait pas aider son frère, elle ne lui devait rien. Et tout ce qu'elle se devait à elle-même, c'était de découvrir comment tout ça avait pu aller si loin.

« Continuez ! » demanda-t-elle.

Selon Operi, l'attaque de Steinland avait été commanditée, comme les fois précédentes. On avait donné cinq cents dollars à chacun, pour chaque boulot, plus le butin, qu'ils étaient libres de garder et de revendre. La condition était de s'en tenir strictement à l'objectif fixé par le commanditaire. Ils l'apprenaient toujours la veille de deux types, apparemment les intermédiaires de quelqu'un ayant d'excellentes raisons de ne pas vouloir être associé à ces actions. Operi ignorait de qui il s'agissait, mais apparemment, Steinland était sa véritable cible. Les actions menées contre les fermes voisines ne servaient qu'à faire diversion et à donner l'impression qu'une bande de voleurs installée dans la région frappait partout sans distinction.

Claus siffla entre ses dents. Clemencia demanda :

« Et ces intermédiaires, c'est qui ?

— Melvin m'a dit qu'ils travaillaient comme agents de sécurité pour le gouvernement, répondit Operi. Pour je ne sais quel ministère. Mais je ne les ai vus qu'une fois ; comme j'étais curieux, j'avais fait suer Melvin jusqu'à ce qu'il me dise où ils avaient rendez-vous. Je les ai attendus devant le cinéma du Maerua Mall, en me cachant, parce qu'ils voulaient toujours voir seulement Melvin, pour des raisons de sécurité.

— Et pourquoi lui ?

— Parce que c'était avec lui qu'ils avaient pris contact au début, je suppose », dit Operi en haussant les épaules.

Il poursuivit, racontant que les deux hommes avaient accosté Melvin quelques mois plus tôt au bar Mshasho pour lui proposer un premier job alléchant : une petite excursion nocturne extrêmement bien payée, et même avec protection politique si jamais quelque chose tournait mal. Melvin s'était laissé convaincre avant de recruter Operi et Kausiku pour lui prêter main-forte. Les intermédiaires avaient apparemment accepté ce renfort, en tout cas, ils avaient toujours payé le triple honoraire sans faire d'histoires.

« Et ils avaient l'air de quoi, ces deux types ? demanda Clemencia.

— Ben, normaux. Un peu plus vieux que moi. Le plus grand devait faire environ un mètre quatre-vingts, l'autre quelques centimètres de moins. Je crois que c'étaient des Ovambo, mais j'en suis pas sûr. Je ne les ai pas entendus parler. »

Deux hommes. Il n'existait encore aucune preuve qu'il s'agissait là de ceux qui avaient libéré Tobias Kausiku avant de l'exécuter, mais on pouvait raisonnablement le supposer. Ou Clemencia se faisait-elle des idées dans l'espoir d'enfin découvrir des connexions qui lui permettraient de progresser ? Elle demanda :

« Est-ce que l'un d'eux avait une verrue sur la joue droite ?

— Ça se peut, j'en sais rien. Ils ont discuté avec Melvin sur l'escalier du cinéma ; moi, j'étais vingt mètres plus loin, dans la boutique de bonbons d'en face, et je regardais seulement à travers la vitrine. Je ne pouvais pas les voir vraiment clairement.

— Bon. Revenons à la fameuse nuit à Steinland. »

Les déclarations d'Operi sur ce qui s'était passé près du puits de forage recoupaient celles de Kausiku : eux n'avaient pas apporté d'armes, n'avaient agressé personne, il n'y avait eu ni meurtre ni enlèvement. Les fermiers les avaient attendus là avant de les encercler et de commencer par tirer en l'air. C'est quand Melvin s'était mis à courir vers la voiture qu'ils lui avaient tiré dessus. Peut-être que les fermiers avaient alors eu trop peur pour oser faire quoi que ce soit ensuite. Tobias avait continué à regarder dans le rétroviseur pendant des kilomètres, sans parvenir à croire que personne ne les suivait. Operi, quant à lui, était suffisamment occupé à essayer de contenir l'hémorragie de Melvin.

« Je croyais que tu voulais dire la vérité, intervint Claus. Il y avait bel et bien un fermier assassiné à côté du puits de forage, et son fils a disparu cette nuit-là. Ses ravisseurs exigent…

— On n'a rien à voir avec tout ça, dit Operi.

— Et qui ça pourrait bien être, alors ? Une deuxième bande qui est passée à l'action exactement au même endroit et le même soir ? Ou des esprits ? » rétorqua Claus.

Operi sursauta, jeta un regard de biais à *miki* Matilda et ne répondit rien.

« Claus, s'il te plaît ! » s'écria Clemencia.

Il fallait qu'il reste en dehors de tout ça ; interroger cet homme était son travail à elle. Évidemment, il n'était pas question de contester le meurtre ni l'enlèvement, mais Operi avait le droit de ne rien dire à ce sujet. Et puis, inutile de l'acculer dans ses derniers retranchements, au risque de le rendre muet. Aussi longtemps qu'il parlait librement, Clemencia devait essayer d'en profiter pour se faire une idée plus précise et plus complète du déroulement de cette fameuse nuit. C'est pour cela, et pas seulement parce qu'elle se faisait malgré tout du souci pour son frère, qu'elle demanda :

« Où avez-vous emmené Melvin ?

— Au Katutura Hospital. Il ne voulait pas y aller, mais on avait compris qu'il devait absolument être soigné. On l'a déposé devant l'entrée des urgences.

— Et vous ne l'avez pas accompagné à l'intérieur ?

— Il avait une sale blessure par balle. On savait bien que l'hôpital allait appeler la police ; alors il aurait fallu qu'on explique ce qui s'était passé, et aucun de nous n'en avait envie, Melvin non plus. Je l'ai encore vu se…

— Quoi ?

— Il n'est pas entré aux urgences.

— Et vous êtes repartis, tout simplement ? Vous l'avez laissé là ? Gravement blessé, en pleine nuit ?

— On s'est dit qu'il était assez grand pour décider lui-même. On ne pouvait pas faire plus que de l'emmener aux urgences. Qu'est-ce qu'on était censés faire, l'opérer nous-mêmes ? »

Clemencia ne répondit rien. Ses tantes et Operi restaient plantés là, Claus était assis au pied du lit. Aux murs, des photos tirées du calendrier de l'*Allgemeine Zeitung* de l'année précédente représentant les beautés de la nature namibienne : des dunes rouges aux étroites arêtes d'ombre, un zèbre solitaire, au loin, comme perdu dans les buissons argentés d'herbe haute, deux lionceaux bagarreurs, le Spitzkoppe dans la spectaculaire lumière du crépuscule, un vieil acacia qui croulait presque sous la charge d'un gigantesque nid de tisserins. Tout cela existait bel et bien, mais n'avait pas grand-chose à voir avec la vie dans ce pays.

« Toute l'histoire était complètement partie en vrille, reprit Operi plus calmement. On ne voulait plus en parler, mais évidemment, on n'arrêtait pas d'y penser, donc on ne pouvait pas parler d'autre chose non plus. Tout était devenu insupportable : à la fois la situation, et nous-mêmes, l'un pour l'autre. Moi, en tout cas, c'est comme ça que je me sentais. Je voulais juste fiche le camp, être seul. Je suis resté caché chez moi jusqu'à ce que j'apprenne que Tobias avait été tué. Alors j'ai commencé à avoir peur et, depuis, je traîne dans les rues.

— Eh bien ça, au moins, c'est fini, dit Claus. Est-ce que j'appelle une patrouille ou est-ce que tu demandes directement à tes hommes de venir le chercher ? demanda-t-il en se tournant vers Clemencia.

— Attends ! » s'écria celle-ci.

Quelque chose clochait. La description faite par Operi de l'atmosphère régnant dans la voiture en fuite était vraiment crédible. Les deux complices incapables de se parler, devenus étrangers l'un à l'autre jusqu'à se trouver mutuellement insupportables... Un type comme lui n'inventait pas une chose pareille. Il l'avait vraiment vécu ainsi. Mais cela se serait-il passé ainsi s'ils avaient eu, en plus, un otage dans la voiture ? Est-ce qu'ils n'auraient pas été préoccupés par des problèmes complètement différents, d'autant qu'ils n'avaient même pas prévu cet enlèvement ? Ne se seraient-ils pas plutôt demandé où emmener leur otage, comment le surveiller et que faire de lui ? Avec l'excitation, ils n'auraient peut-être pas réussi à prendre de décision rationnelle, se seraient disputés et crié dessus, mais ils ne seraient certainement pas tombés dans ce mépris de soi-même oppressant qu'Operi venait de décrire. N'avaient-ils donc vraiment enlevé personne ? N'avaient-ils donc vraiment pas tué Gregor Rodenstein ?

Claus se leva.

« Tu dois l'arrêter, Clemencia ! »

Évidemment, elle ne pouvait pas laisser Operi repartir se balader, malgré toutes les conséquences qu'aurait son arrestation. Elles étaient simples à prévoir : Operi répéterait ses déclarations face au service des homicides, en citant le nom de Melvin. Même si personne ne découvrait qu'elle avait alors déjà eu connaissance de l'implication de son frère, elle serait définitivement déchargée de cette affaire. Oshivelo ne pourrait pas faire autrement. Comment réagirait l'opinion ? Conflit d'intérêts, risque de partialité, parfum de népotisme – Clemencia entendait déjà les arguments pleuvoir, et elle n'avait objectivement rien à leur opposer.

« Clemencia ! reprit Claus. C'est bien plus grave que quelques bouteilles de Coca volées, cette fois ! Ces trois-là ont tué un fermier et en ont kidnappé un autre ! »

Voilà bien ce que tous allaient évidemment croire ! Clemencia ne pourrait rien faire contre ça, et encore moins déterminer si Melvin, Operi et Kausiku n'étaient pas tout simplement les victimes des fermiers qui tentaient de leur mettre sur le dos deux actes criminels. Elle ne voyait pas encore en quoi étaient liés le meurtre de Rodenstein et la réforme agraire, les intérêts personnels du ministre, les exigences politiques des ravisseurs et l'exécution de Kausiku, mais elle se sentait de plus en plus convaincue qu'une intrigue finement tissée se cachait derrière toute cette histoire.

« Ce n'est pas parce que ton frère est mêlé à tout ça que tu peux…, commença Claus avant de s'interrompre.

— Il ne s'agit pas de Melvin, répliqua Clemencia, je voudrais juste comprendre ce qui s'est vraiment passé.

— Ah oui ? »

Le ton de Claus était plus amer qu'ironique. Il ne la croyait pas. Il ne paraissait même pas envisager l'éventualité que l'hésitation de Clemencia puisse avoir des raisons concrètes. La connaissait-il si mal ? N'aurait-elle pas mérité davantage de confiance, surtout de sa part à lui ? En essayant de ne pas se mettre en colère, elle commença à lui expliquer calmement ses réflexions, mais dès qu'elle évoqua la possibilité que Melvin et ses amis soient réellement innocents, Claus se referma complètement. L'expression de son visage montrait clairement qu'il n'était pas disposé à l'écouter sérieusement. Plus elle argumentait, plus il se sentait renforcé dans son opinion que Clemencia cherchait uniquement des échappatoires pour ne pas être forcée de faire son devoir. Elle s'interrompit au milieu d'une phrase.

Claus hocha la tête et dit, un sourire condescendant aux lèvres :

« Tu vois bien, tu t'aperçois toi-même que ça ne mène nulle part. »

Non seulement Clemencia parlait à un mur, mais en plus, Claus parvenait à mal interpréter son silence soudain ! C'en était trop. Elle répondit :

« Non, je ne vois pas. Ça doit être parce que nous, les Noirs, on est tout simplement trop idiots pour ça. On a à peine plus de réflexion que des babouins, on pense seulement avec nos tripes, et si en plus ça concerne notre famille, alors le dernier reste d'objectivité s'évapore.

— Qu'est-ce qu'il y a de mal à penser à la famille ? intervint *miki* Selma.

— Reste en dehors de ça ! siffla Clemencia.

— Ma petite fille..., commença Selma, scandalisée.

— Ah oui, le bon vieil argument du racisme, toujours prêt à servir en cas d'urgence, hein ? répliqua Claus d'un ton froid. Ça ne changera rien au fait que ton frère...

— Quoi ? »

Claus désigna Operi, toujours planté là comme si rien de tout cela ne le concernait.

« Si tu ne l'arrêtes pas, je vais devoir appeler tes collègues.

— Bonne idée », répondit Clemencia.

Elle balança ses jambes hors du lit, chercha ses chaussures à tâtons et se pencha lentement pour les attacher.

« Clemencia ? » demanda Claus.

Elle ne répondit pas. Dans sa tête, tout s'était remis à tourner.

« Dis-moi ce que tu veux faire !

— J'enfile mes chaussures.

— Enfin, sois raisonnable ! Je ne veux pas me disputer avec toi, mais... »

Clemencia se redressa, resta assise au bord du lit et fixa des yeux la photo du zèbre dansant jusqu'à ce qu'elle soit de nouveau immobile sur le mur. Claus s'approcha d'elle et lui posa les mains sur les joues. Elle demanda :

« Est-ce que tu as de quoi écrire ?

— Clemencia, écoute-moi, je suis désolé si j'ai... »

Clemencia secoua la tête pour chasser les mains de Claus, se leva et saisit le stylo à bille qui dépassait de sa poche de poitrine. Puis elle écrivit le numéro de téléphone du service des homicides sur le ciel bleu, au-dessus du zèbre planté dans l'herbe de la savane. Après quoi elle jeta le stylo sur le lit, se tourna vers ses tantes et demanda :

« Vous venez ? »

Une fois chez elle, Clemencia s'enferma dans sa chambre et tira le rideau de sa fenêtre. Le boucan du juke-box du bar Mshasho n'en fut pas plus étouffé que les rires et les criailleries du voisinage, mais du moins ses tantes et le reste de sa famille restèrent-ils étonnamment silencieux ; peut-être avaient-ils compris, pour une fois, comment elle se sentait.

Claus chercha à la joindre plusieurs fois au cours des deux heures suivantes, mais elle rejeta tous ses appels. Elle n'éteignit toutefois pas son portable, dans l'attente du coup de fil d'Oshivelo lui signifiant sa suspension provisoire. Elle l'accepterait sans protester et raccrocherait avant de devoir se justifier ou fournir plus d'explications. Ensuite, elle tâcherait de laisser la pénombre réconfortante de la pièce envahir sa tête. Elle ne pouvait rien s'imaginer de plus agréable pour le moment que de s'assoupir doucement pour tomber dans un sommeil sans rêves.

Ce ne fut pas son chef qui l'appela du commissariat, mais Tjikundu, qui voulait savoir pourquoi elle n'était pas au bureau. Elle parla du jet de pierre, de sa légère commotion cérébrale ; Tjikundu n'était pas au courant. À la manière hâtive dont il lui témoigna sa compassion, Clemencia conclut que son état de santé l'intéressait bien peu ; il semblait se soucier de tout autre chose, et elle devinait de quoi il s'agissait. Elle attendit qu'il en vienne au fait.

« Robinson a appelé, dit Tjikundu. Il pense savoir où est retenu Thomas Rodenstein. Oshivelo a mis en place une intervention d'envergure, je pars maintenant. Tu te sens en état de m'accompagner ? »

Pas un mot sur Operi, Melvin, ni sa suspension ! Soit ses collègues du service des homicides, tout excités par l'annonce de Robinson, n'avaient pas encore interrogé Operi, soit Claus l'avait finalement livré à une patrouille de la police municipale, qui, ne sachant pas quoi faire de lui, avait commencé par l'enfermer au poste de Katutura ou de Wanaheda. La situation de Clemencia ne s'était donc pas fondamentalement améliorée, mais apparemment elle avait gagné du temps – peut-être juste quelques heures, mais qui pourraient suffire à faire avancer l'enquête de manière décisive, surtout si on parvenait à attraper les ravisseurs et à prouver ainsi avec certitude qu'il ne s'agissait pas de Melvin et ses amis.

« Évidemment que je suis en état, répondit-elle. Tu peux passer me prendre ? »

Ils avaient joint Robinson sur son portable pour la dernière fois une heure et demie auparavant ; ils se trouvaient alors à la hauteur du ravin de Teufelsbach, en route vers le nord, Tjikundu et Clemencia en tête, suivis de trois véhicules de patrouille pleins à craquer. Cette conversation téléphonique avait été la plus grotesque que Clemencia ait jamais menée, ce qui n'était pas rien quand on était doté de tantes telles que Selma et Matilda. Au début, lorsqu'il lui avait décrit la route à prendre, Robinson avait paru à peu près normal. Seule la destination l'avait stupéfiée.

« À Steinland ? Thomas Rodenstein est retenu sur ses propres terres ?

— En haut, dans les collines, presque à la limite du terrain de la ferme. Dans un refuge juste au-dessous de la crête. »

Bien que la voix de Robinson ait paru étouffée, Clemencia n'avait d'abord rien soupçonné.

« Comment tu le sais ? Est-ce qu'ils ont appelé ?

— Appelé ? Non, mais je ne suis qu'à cent mètres. J'ai toute la zone en vue.

— Il y a combien de ravisseurs ?

— Aucune idée, répondit Robinson en ricanant.

— Et Rodenstein ?

— Je vais aller le sortir de là, dit Robinson avec un gloussement de satisfaction.

— Tu es fou ? Tu restes là jusqu'à ce que…

— Demande… confir… mation ! haleta Robinson, à peine capable de parler tant il riait.

— Je t'interdis expressément d'entreprendre quoi que ce soit avant qu'on ne soit sur place. C'est un ordre !

— J'entends rien ! Ça doit être la connexion. »

Au téléphone, la voix de Robinson était parfaitement claire, sans aucun grésillement ; on y entendait nettement une pointe de moquerie. Il émit ensuite quelques « piip, prrzzzt, chchchtt » avant d'ajouter :

« Au cas où vous pouvez encore m'entendre : je pars du principe que tu m'as ordonné de ne pas perdre de temps et d'aller sortir Rodenstein de là sans plus attendre.

— Non, Robinson ! hurla Clemencia.

— *Over* et au revoir ! »

Ils entendirent Robinson ricaner une dernière fois, puis la communication fut coupée. Depuis, il ne répondait plus.

« Il est soit complètement bourré, soit complètement taré, soit les deux, supposa Tjikundu. Ou alors, c'est une tumeur au cerveau. Un truc comme ça, ça peut se développer pendant des années sans qu'on remarque rien, et d'un coup, du jour au lendemain, on change complètement de personnalité. C'est ce que j'ai entendu dire, en tout cas. Tu vas voir, quand on va arriver, Robinson sera en train de sautiller sur la véranda des Rodenstein, à se marrer comme un gamin de six ans qui a couillonné la moitié de la police de Windhoek. Il n'a aucune idée de l'endroit où Rodenstein est retenu ; comment il pourrait le savoir ? Il est resté en permanence assis à côté du téléphone à atteindre un coup de fil des ravisseurs, pour rien, apparemment. »

Mais étrangement, sa description de l'itinéraire se révéla parfaitement exacte. Juste après le premier portail de la ferme, un chemin de traverse quittait sur la gauche la piste principale menant à la maison, située quelques kilomètres plus loin. Il s'approchait de la chaîne montagneuse en une courbe allongée avant de la suivre. Après que Tjikundu eut traversé le lit asséché d'une rivière, la route se divisa et ils poursuivirent vers la gauche. La piste se mit à grimper en côte raide, sur un chemin creusé à l'aide de lourdes machines ; certains passages semblaient même avoir été ménagés à l'explosif.

Ces efforts d'infrastructure s'expliquèrent lorsqu'ils atteignirent la zone aplanie qualifiée par Robinson de parking inférieur. L'espace était délimité sur deux côtés par des murs de pierre lisse d'au moins cinq mètres de hauteur. En y regardant de plus près, on distinguait sur les parois les traces des marteaux-piqueurs et des scies diamantées ayant servi à ôter à la montagne d'énormes blocs de marbre gris. Clemencia ignorait pourquoi la carrière n'était plus en activité ; peut-être que le marbre s'était révélé trop poreux ou que les prix du marché s'étaient effondrés. Quoi qu'il en soit, on ne voyait là aucune machine ni aucun signe d'une quelconque exploitation en cours. Seule restait la blessure infligée à la montagne. C'étaient sans doute ses coupes nettes, pas du tout naturelles, qui la faisaient paraître si récente.

« On laisse les voitures ici », dit Clemencia.

Le chemin se poursuivait, mais il était en bien trop mauvais état pour leurs véhicules de police délabrés. Et même s'ils parvenaient à le suivre jusqu'au bout, il y avait plus habile, stratégiquement parlant, que de débarquer avec toute la patrouille directement devant la cachette des ravisseurs. On ne pouvait pas écarter complètement la possibilité que l'histoire de Robinson contienne une once de vérité.

Clemencia essaya une nouvelle fois, en vain, de le joindre sur son portable. Par acquit de conscience, elle composa le numéro de la centrale de Windhoek, qui lui confirma ce qu'elle pensait : la connexion était impeccable. Elle sortit alors son arme, contourna un bloc de marbre fendu et, à la tête de ses hommes, commença à escalader la colline. Aux rares endroits sablonneux, des marques de pneus indiquaient qu'une voiture était déjà péniblement passée par là. Les traces ne semblaient pas vraiment fraîches, mais c'était difficile à déterminer. La piste longeait un étroit ravin qui s'aplanissait à mesure qu'on approchait du haut. Ce qu'on prenait depuis le bas pour la crête de la montagne se révéla n'être qu'un mamelon ; de là, bien protégé par de massifs blocs rocheux, on avait une bonne vue sur une cuvette désertique, de taille plutôt modeste, derrière laquelle s'élevait le véritable sommet.

À une centaine de mètres de là était bâti le refuge dont Robinson avait parlé. Ses murs étaient faits d'un empilement de pierres naturelles et surmontés d'un simple toit de tôle ondulée. La seule ouverture visible tenant lieu de fenêtre n'était qu'un trou dans le mur, sans vitre et sans cadre reconnaissable. La porte, entrouverte, paraissait intacte ; une rafale de vent plus forte que les autres la fit en tout cas légèrement tourner sur ses gonds, et de loin, on en entendit même le faible grincement. C'est seulement en percevant ce bruit sinistre, semblant venir d'un autre monde, que Clemencia prit conscience du silence qui régnait. Les environs semblaient complètement abandonnés, et sans les traces de pneus devant la cabane, on aurait pu jurer qu'aucun être humain n'était venu jusqu'ici au cours des derniers jours, des derniers mois, des dernières années.

Clemencia se demanda pourquoi on avait bâti ici une telle cabane. Il semblait n'y avoir d'eau nulle part, et le désert de pierres alentour rendait le lieu impropre aux pâturages ou à la chasse. Seuls des scorpions et des serpents devaient pouvoir vivre ici. Il n'y avait donc aucune raison de venir dans cette vallée, et encore moins d'y passer par hasard. L'endroit idéal pour retenir un otage. Mais comment les ravisseurs connaissaient-ils les lieux ? Vivaient-ils à Steinland ? Est-ce que des employés des Rodenstein auraient... ? Non, c'était impossible. Cet enlèvement avait des causes politiques, peut-être aussi des histoires de gros sous, rien qui puisse concerner de simples employés de ferme.

« Robinson s'est foutu de nous », murmura Tjikundu.

Clemencia posa son arme sur un rocher, devant elle, et s'essuya le front. Sa tête recommençait à la lancer mais elle tâcha de ne pas y prêter attention. Du moins Robinson était-il vraiment venu ici. À en croire la description qu'il avait donnée au téléphone, il s'était même probablement tenu à l'endroit exact duquel elle observait maintenant la cabane. Mais alors, où était-il ? Les ravisseurs l'avaient-ils réduit à l'impuissance avant de l'emmener ? Pouvait-il vraiment avoir été assez stupide pour tenter de donner l'assaut seul, de sa propre initiative ?

Le soleil brillait loin au-dessus des montagnes et la porte de la cabane ne jetait qu'une ombre mince. À part les traces de pneus qu'elle et ses hommes surveillaient, Clemencia ne voyait aucun autre chemin sortir de la cuvette, pas même un sentier. Elle ordonna malgré tout à six agents d'entrer dans le labyrinthe de pierres, trois de chaque côté, afin de déjouer toute tentative de fuite. Ils n'avanceraient vers leur objectif que quand elle en donnerait le signal. Clemencia ne quittait pas la cabane des yeux. La porte grinça de nouveau sur ses gonds, émettant un bruit crispant. Si quelqu'un était vraiment là, est-ce qu'il ne viendrait pas la fixer ou la fermer ?

« Bon, on y va ! » lança Tjikundu.

Il quitta sa cachette derrière le rocher et, penché en avant, suivit en courant le bord du chemin. Au bout d'environ vingt-cinq mètres, il se remit à l'abri, regarda vers l'avant, puis, constatant que tout restait immobile, fit signe aux autres de le suivre. Clemencia et deux hommes avancèrent vivement et se postèrent environ vingt mètres plus loin que Tjikundu. Elle s'accroupit derrière un bloc rocheux haut d'environ un mètre. La pierre émettait un peu de chaleur, mais le vent restait froid. La porte de la cabane ne bougea pas ; il régnait un silence de mort.

Mais que faisait Robinson ? Est-ce qu'une tumeur et un changement de personnalité lui auraient malgré tout permis de les guider jusqu'ici avec une telle précision, jusqu'à cette cabane qu'il avait dû, en plus, commencer par découvrir ? Robinson était volontiers fanfaron, mais il n'avait jamais été suicidaire, et Clemencia doutait qu'il le soit devenu du jour au lendemain. Il devait y avoir une explication logique à son comportement. Elle récapitula lentement : Robinson n'attaquerait jamais seul la cachette de dangereux criminels s'il devait pour cela mettre sa vie en danger. Donc, il n'y avait ici aucun danger sérieux, ce qui signifiait que les ravisseurs n'y étaient pas.

Elle en était déjà arrivée plus tôt à cette déduction : ceux qui connaissaient cet endroit n'avaient personne à kidnapper, et les kidnappeurs ne le connaissaient pas. Mais alors pourquoi Robinson avait-il voulu entrer dans la cabane ? Il avait clairement dit qu'il voulait en faire sortir le jeune Rodenstein. Un otage, mais pas de ravisseurs ?

Et soudain, Clemencia comprit ce qu'elle aurait dû saisir depuis longtemps, au plus tard quand Robinson lui avait demandé de venir à Steinland, et même plus tôt encore. Si seulement elle avait mis en parallèle la réaction réservée de Mme Rodenstein et les déclarations des amis de Melvin ! Il n'y avait eu aucun enlèvement ! La nuit où son père avait été tué, Thomas Rodenstein avait disparu pour venir se cacher dans cette cabane isolée. Peut-être avait-il paniqué, peut-être voulait-il pleurer seul, mais peut-être aussi l'avait-il fait en accord avec sa mère et ses voisins, qui avaient ensuite servi à Clemencia l'histoire de l'enlèvement.

Robinson avait compris leur combine d'une façon ou d'une autre, puis découvert la cachette. Il avait alors dû se demander ce qui le réjouissait le plus : avoir été plus malin que sa chef ou avoir de sa propre initiative fait purement et simplement disparaître un crime. Et il était suffisamment vaniteux pour souhaiter savourer son succès devant l'équipe au grand complet. Voilà pourquoi il avait fait venir une dizaine de policiers. Voilà pourquoi il voulait les attendre là, eux et surtout Clemencia, pour, une fois son travail accompli, poser lourdement une main sur l'épaule de Thomas Rodenstein avant de lui lancer d'un air entendu : « Allez, petit, raconte donc ce qui s'est vraiment passé ! » Robinson s'était certainement imaginé la scène ainsi. Mais il ne les avait pas attendus avec Rodenstein dans la carrière de marbre, il n'était pas non plus venu à leur rencontre, et son téléphone était toujours éteint. Qu'est-ce qui pouvait bien être allé de travers ?

Tjikundu fila devant Clemencia, deux policiers sur les talons. L'un d'eux tenait son arme de service à deux mains, les bras tendus devant lui. Il semblait incapable de décider s'il voulait mettre la plus grande distance possible entre lui-même et son arme ou s'il préférait s'y cramponner. Les trois hommes s'arrêtèrent derrière le dernier gros rocher avant la cabane, s'adossèrent à la pierre et attendirent. Clemencia n'avait pas lâché la porte des yeux. Rien n'avait changé, tout était calme. Il n'y avait personne, ici, plus personne.

Clemencia leva le pouce ; Tjikundu hocha la tête et chuchota quelque chose à l'oreille d'un des agents. Après une brève hésitation, l'homme bondit hors de son abri et avança rapidement à découvert, vers la droite. Il trébucha, se rattrapa, poursuivit sa course et se jeta enfin au sol près d'un buisson d'épines desséché. Lorsqu'il eut mis la cabane en joue, Clemencia s'avança à son tour. Tjikundu, l'arme brandie, se colla à la paroi rocheuse. Clemencia resta sur la gauche pour ne pas entrer dans sa ligne de mire, traversa les derniers mètres de zone exposée et atteignit le mur de la cabane, près du coin orienté au nord-est. Elle jeta un bref regard au-delà du mur puis reporta toute son attention sur l'entrée. La porte grinça. Ce n'était que le vent. Il n'y avait personne.

Cela faisait plus de deux heures qu'elle avait parlé à Robinson pour la dernière fois, un Robinson tout à l'euphorie de son triomphe imminent. Il était sans doute devenu imprudent, convaincu qu'il lui suffirait de sommer le fils du fermier d'arrêter son cinéma. Mais ça n'avait pas suffi. Si Clemencia devinait juste, le jeune Rodenstein avait simulé au moins un crime grave – et qui sait ce qu'il avait encore commis. S'il voulait s'en sortir, il lui fallait disparaître, et donc s'assurer que Robinson ne puisse aller raconter sa découverte à personne. Le prétendu otage avait-il terrassé puis emmené Robinson ? L'avait-il même fait taire pour de bon ?

Clemencia essaya de se convaincre que personne ne commettait de meurtre pour des raisons pareilles, mais elle savait bien ce qu'il en était. Parfois, un mot de travers suffisait ; une situation s'envenimait jusqu'à se transformer presque inéluctablement en catastrophe, surtout pour quelqu'un qui ne savait plus où il en était et ne voyait pas d'autre moyen de s'en sortir. Si jamais Robinson était libéré, que ce soit dans une heure ou dans quelques semaines, on découvrirait inévitablement que l'enlèvement n'avait été qu'une mise en scène.

Robinson, espèce d'imbécile ! pensa Clemencia. Tout ça à cause de ta fichue vantardise, de ton arrogance, de tes rêves de carrière ! Elle n'avait jamais pu le sentir, et au fil des années il avait tout fait pour que cela reste ainsi, lui compliquant la vie à la moindre occasion. Il avait comploté contre son avancement parce qu'elle était une femme, qu'elle était plus jeune que lui, et bien entendu parce que selon lui, à cause de la politique d'Affirmative Action*, les postes à responsabilités n'étaient plus attribués qu'à des Noirs. Pour Robinson, les droits de l'homme, c'était bien joli, mais à condition qu'ils n'entravent pas ses méthodes d'interrogatoire. Il considérait la présomption d'innocence comme un ergotage de juristes dénués de toute expérience du terrain, et les procès-verbaux d'interrogatoire servaient selon lui essentiellement à mieux faire ressortir les mensonges d'un accusé. Les rares fois où il lui arrivait de préparer du café pour ses collègues, il en parlait à tout le monde pendant des semaines. Et il n'était même pas capable de conduire une voiture correctement.

Robinson, merde, se dit Clemencia, puis elle se rendit compte que la dernière fois qu'elle l'avait entendu il tentait d'imiter les bruits d'une connexion téléphonique défaillante, comme un gamin farceur plongé dans son jeu. À la fin, il avait ajouté : « *Over* et au revoir ! » *Over* et au revoir. Ce serait une parfaite épitaphe pour sa pierre tombale, aussi creuse et irréfléchie qu'il l'avait été lui-même. Clemencia aurait bien voulu, elle aussi, être assez creuse et irréfléchie pour ne pas faire grand cas de sa mort, mais elle savait qu'elle n'y parviendrait pas.

Tjikundu s'était rapproché et accroupi à deux mètres d'elle, sous l'ouverture tenant lieu de fenêtre. Un policier en uniforme était posté derrière la porte, d'autres se glissaient le long des murs latéraux pour assurer l'arrière de la cabane. Sur la pente, dans le chaos des rochers, Clemencia aperçut un vague mouvement, un oiseau qui s'envolait, puis vit émerger la tête de l'un des hommes qu'elle avait envoyés sécuriser les alentours. Pas un nuage, pas une trace de brume pour atténuer la lumière du soleil. Dans la cabane, il régnerait une pénombre à laquelle les yeux devraient commencer par s'habituer.

La porte n'était entrebâillée que d'une dizaine de centimètres. Clemencia se glissa le long du mur dans sa direction et fit un signe à l'homme posté de l'autre côté. Il attrapa la poignée du bout des doigts ; lorsqu'il ouvrit la porte d'une secousse, Clemencia la franchit à toute vitesse et, contournant le chambranle, se glissa vers la gauche, dans l'obscurité, pour sortir de la lumière du soleil qui dessinait sur le sol des contours acérés.

Pas de parquet, pas de pierre, rien que de la terre battue, sur laquelle un des hommes se jeta à plat ventre en entrant dans la cabane. Tjikundu hurla « Pas un geste ! » à travers la fenêtre et quelqu'un cria aussi quelque chose à l'arrière de la bâtisse. Le policier allongé au sol rampa vers l'avant comme s'il avait reçu l'ordre d'atteindre le plus vite possible la table placée contre le mur. Une table, une chaise, un brûleur avec une bouteille de gaz, des caisses, des jerrycans, une bassine en plastique, un gros rouleau de fil de fer, un sac à dos pendu au mur à un clou avec une autre caisse juste en dessous, et tout au fond, dans le coin le plus sombre, le lit. Enfin, c'était plutôt une couchette posée sur de courts pieds de métal. Sur le matelas qui la recouvrait, un corps humain à la tête couverte d'une veste. C'était…

« Bas les armes ! » cria Tjikundu depuis la fenêtre.

Bon sang, c'était la veste en cuir brun de Robinson, et l'homme dont elle cachait le visage ne pointait aucune arme sur personne. Il n'avait pas sursauté, n'avait pas bougé d'un iota lorsqu'ils avaient donné l'assaut de la cabane. Clemencia aurait remarqué tout de suite le moindre mouvement, ne serait-ce que le déplacement d'air d'une respiration. Ou est-ce que la veste venait de bouger légèrement ?

C'est alors que Clemencia aperçut les marques sur la chemise et le pantalon, comme si quelque chose de fin, d'à peine visible, avait été tendu de force sur le corps allongé. C'était du fil de fer, le genre qui servait aux fermiers à clôturer leurs terres. Clemencia faillit pousser un cri de joie : personne ne se donnait la peine de ficeler un cadavre à une couchette avec du fil de fer. Robinson était peut-être toujours en vie. Elle cria :

« Tout est sous contrôle, les gars ! Personne ne… »

À ce moment, un coup de feu résonna, une détonation sèche qui la fit sursauter, suivie de deux autres, très rapprochées. À l'extérieur, quelqu'un était en train de vider son chargeur, et même si Robinson était encore en vie, il ne pouvait ni riposter ni se mettre à l'abri, et se trouvait donc exposé à la fusillade. Il avait beau s'être mis lui-même dans le pétrin avec son idiotie sans bornes, Clemencia l'avait déclaré mort un peu trop vite, et c'était un de ses hommes, un de ceux dont elle était responsable. S'ils l'abattaient maintenant, en sa présence, et même si elle savait qu'elle n'y était pour rien, elle ne pourrait jamais se débarrasser du sentiment que, d'une certaine façon, elle…

Encore une détonation, puis une autre, et Tjikundu qui criait au milieu : « Bon sang de merde ! »

Quand Clemencia prit conscience que c'était à elle, et à elle seule, de protéger Robinson, elle avait déjà franchi les quelques mètres qui la séparaient du lit de camp, l'arme brandie, pour sécuriser la porte et la fenêtre. À l'extérieur, le soleil luisait. Pas d'ombres furtives, pas de mouvement, rien. L'écho du dernier coup de feu roula en grondant, renvoyé par une des chaînes de montagnes.

« Ils… ils tirent », bafouilla l'agent depuis sa cachette, sous la table.

Clemencia tendit le bras vers l'arrière, enleva la veste et risqua un regard vers le lit. Robinson la fixait, les yeux écarquillés. On lui avait enfoncé dans la bouche un bâillon attaché avec un foulard. Du fil de fer solidement tendu passait en travers de son cou ; sa pomme d'Adam le heurta quand il avala sa salive.

« Tu es touché ? » demanda Clemencia.

Robinson secoua la tête d'un mouvement à peine perceptible. Clemencia se retourna et braqua son arme vers l'entrée de la cabane. Dehors, on n'entendait plus que des bruits de pas précipités, des bottes sur le gravier et les pierres, un appel pas vraiment étouffé, un ordre à mi-voix de Tjikundu. Il était grand temps que ses collègues se mettent en position de riposter. L'assaillant était-il Thomas Rodenstein ? Que sa situation soit désespérée ou pas, avait-il vraiment ouvert le feu sur une patrouille de police au grand complet ? Ou existait-il réellement une bande de ravisseurs prêts à tout ? Non ; les coups de feu s'étaient certes succédé très rapidement, mais à en juger par leur son, ils avaient été tirés par une seule et même arme. Et le silence régnait de nouveau.

Le policier sortit en rampant de sous la table, se redressa à demi et regarda Clemencia d'un air interrogateur. Elle dit :

« Aucune idée de ce qui vient de se passer.

— Je…, répondit l'homme. Je suis désolé. »

Clemencia gardait les yeux braqués sur la porte.

« J'ai une femme et trois enfants, ajouta le policier. Je n'avais pas peur pour ma vie, il fallait seulement que je pense à eux. À ce qu'ils feraient si je me faisais descendre ici.

— Va à la porte, dit Clemencia, mais reste hors de vue !

— Je… »

L'homme s'interrompit, hocha la tête, puis se glissa prudemment le long du mur jusqu'à l'encadrement de la porte. Clemencia posa son arme sur le sol de terre battue. Elle dénoua le foulard et ôta le bâillon de la bouche de Robinson. Celui-ci inspira aussi amplement que le fil de fer lui compressant la gorge le lui permettait.

« Ce salopard m'a flanqué un coup et…, commença-t-il en haletant.

— Le jeune Rodenstein ?

— Comment tu le sais ? demanda Robinson d'une voix rauque.

— Tu es conscient qu'en fait il aurait dû te tuer ? »

Robinson ferma les yeux, les rouvrit et dit :

« Est-ce que tu pourrais m'enlever ce putain de fil de fer ? »

Les extrémités des liens étaient entortillées sous le cadre de métal du lit de camp. Cela aurait été bien plus facile avec une pince, mais Clemencia finit par défaire le lien qui enserrait la gorge de Robinson. Il respira un grand coup et dit :

« Thomas Rodenstein est d'une vieille famille de fermiers. Un type comme lui tirera peut-être à l'occasion sur un voleur de bétail, mais il ne descendra jamais un policier blanc ; j'ai compris ça tout de suite.

— Bien sûr, répondit Clemencia, c'est d'ailleurs pour ça que tu es ficelé à ce lit. Je me demande ce qui me retient de te laisser là encore un moment.

— Ils sont tous là, annonça l'agent depuis la porte. Nos hommes. Apparemment, tout va bien. »

Clemencia sourit à Robinson et rejoignit l'entrée de la cabane. Tjikundu et les autres, regroupés en un cercle lâche, regardaient vers le sol. Ils ne semblaient pas s'attendre à d'autres coups de feu ni à une nouvelle attaque. Quand Clemencia s'approcha d'eux, ils s'écartèrent pour lui faire place. Sur les pierres gisait une vipère heurtante grosse comme le bras. Sa tête plate triangulaire et la partie supérieure de son corps avaient été déchiquetées par des balles de pistolet. Pourtant, l'animal paraissait toujours effrayant. Tjikundu désigna l'un des hommes et expliqua :

« Il a failli lui marcher dessus, là, de l'autre côté, entre les rochers. Dans la panique, il a tiré. »

Le visage du policier était encore tout gris, ses lèvres exsangues.

« Je ne voudrais pas devoir vivre ici, ajouta Tjikundu. Même si on m'offrait ce putain de terrain, j'en voudrais pas.

— Hé ! cria Robinson depuis la cabane. Ça vous dirait de me détacher ? »

Au dire de Robinson, le jeune Rodenstein s'était enfui à pied. À moins qu'il n'ait une autre cachette aménagée dans les montagnes, seules deux destinations semblaient réalistes : sa propre ferme, à environ deux heures de marche, ou celle de son voisin, Schroeder, située dans la direction opposée et à peine plus éloignée. Dans un cas comme dans l'autre, il serait alors tout juste arrivé. Toutefois, il n'y resterait pas longtemps. Même s'il ne pouvait pas deviner que Robinson serait libéré aussi rapidement, il devait se douter que la police ne tarderait pas à remarquer la disparition d'un de ses hommes et à lancer des recherches à la ferme et dans les environs. Il prendrait une voiture ou se ferait emmener par Schroeder chez des sympathisants vivant à bonne distance, qui le cacheraient. Il en existait certainement bien assez, car comme disait Tjikundu, quand on a la peau blanche et qu'on possède des terres, on se serre les coudes.

Quoi qu'il en soit, il fallait dresser sans tarder des barrages routiers. Il n'y avait pas de réseau près de la cabane, mais dès qu'ils eurent rejoint le sommet et entrepris la descente vers les voitures garées dans la carrière de marbre, Clemencia appela la centrale. Lorsqu'elle annonça le nom de la personne recherchée, un bref silence se fit à l'autre bout de la ligne, après quoi sa collègue l'informa qu'elle venait justement de parler à Thomas Rodenstein, pas plus de trois minutes auparavant, et qu'elle n'avait pas encore eu le temps d'en faire part à Oshivelo.

« Quoi ? s'exclama Clemencia.

— Il a dit qu'il avait réussi à échapper à ses ravisseurs et à rejoindre sa maison. Il a demandé qu'on lui envoie de toute urgence quelqu'un du service des homicides.

— Bon, on s'en occupe tout de suite, répondit Clemencia, on est déjà à la ferme. On fera un compte rendu à Oshivelo dès qu'on y verra un peu plus clair. »

Les collègues de Clemencia ne comprirent pas plus qu'elle pourquoi Rodenstein réapparaissait maintenant de son plein gré, et demandait de surcroît à voir la police. Seul Robinson, qui ricanait dans son coin, semblait s'en moquer. Pendant le trajet jusqu'à la ferme, il ne cessa de pérorer, s'imaginant la tête du jeune Rodenstein en le voyant débarquer devant lui. C'était bien la dernière chose à laquelle le gamin s'attendrait.

« Et c'est là que je vais lui remettre les idées en place. Alors comme ça, tu as réussi à leur échapper ? Tu en as mis, un temps, pour des ravisseurs qui n'ont jamais existé ! Tu n'as quand même pas cru t'en tirer aussi facilement juste parce que tu m'as pris par surprise, comme un faux jeton ? C'est pas avec quelques bouts de fil de fer que tu peux mettre hors jeu un professionnel comme moi. Évidemment que j'avais pris mes précautions. Il faut vraiment être idiot pour ne pas penser que j'avais donné toutes les informations à mes collègues et demandé des renforts immédiats !

— Tu appelles ça "toutes les informations" ? grommela Tjikundu.

— Évidemment, sinon vous ne m'auriez jamais trouvé.

— On a envoyé les hommes ramper au milieu de serpents venimeux et on a crapahuté dans les rochers le pistolet au poing parce qu'on croyait devoir affronter des ravisseurs lourdement armés !

— Je n'ai jamais parlé de ravisseurs, j'ai seulement dit que…

— Ah ! ferme-la, Robinson ! »

Renfrogné, Tjikundu regardait droit devant lui. S'éloignant de la montagne, ils avaient rejoint la piste sablonneuse du terrain plat. Tjikundu enfonça l'accélérateur. La voiture prit de la vitesse, oscillant dans les profondes ornières et frôlant parfois les buissons de *hakkie* bordant le chemin ; leurs épines éraflaient la carrosserie en un bruit crispant. Le nuage de poussière qu'ils soulevaient serait visible depuis la ferme longtemps avant leur arrivée, mais Clemencia ne dit rien. Le jeune Rodenstein ne prendrait plus la fuite. Il avait préparé une nouvelle stratégie ; elle ne parvenait pas à imaginer laquelle, mais peu importait, finalement, car son histoire d'enlèvement était désormais indéfendable. Elle était tout de même curieuse de savoir comment il espérait se tirer d'affaire. Quand Tjikundu se gara près de la ferme sous un auvent de bâches tendues, la jeune femme ordonna à Robinson de rester dans la voiture dans un premier temps : elle enverrait quelqu'un le chercher. Robinson eut d'abord l'air contrarié, puis il sourit et se renfonça dans son siège.

« Tu veux lui faire la surprise, hein ? »

« Venez par ici ! » appela Mme Rodenstein depuis l'angle de la maison.

Clemencia et les autres la suivirent. Schroeder, le propriétaire de la ferme voisine, était appuyé à la balustrade de la véranda. Apparemment, il était toujours là quand quelque chose de louche se tramait. Thomas Rodenstein, assis dans un fauteuil d'osier, une canette de Tafel Lager à la main, avait posé son chapeau à large bord sur la table, devant lui. Ses vêtements étaient trempés de sueur et pleins de poussière ; rien d'étonnant après plusieurs jours passés loin de toute civilisation. Il n'avait visiblement pas trouvé le temps de se changer. Il aurait mieux fait de prendre une douche plutôt que de concocter des mensonges, se dit Clemencia. Si elle l'arrêtait maintenant, il n'en aurait plus l'occasion de sitôt.

En la voyant approcher, Thomas Rodenstein se leva et lui tendit la main en disant :

« Vous êtes l'inspectrice du service des homicides, n'est-ce pas ? Vous et vos hommes devez vous mettre en route tout de suite ! Je vais vous montrer le chemin.

— Du calme, du calme, répondit Clemencia en s'asseyant.

— Mais il ne faut pas perdre de temps ! Ils sont dangereux ! »

Elle commençait à deviner où il voulait en venir. Sur la pelouse, un paon cria ; les policiers en uniforme restaient plantés là, indécis. L'expression de Tjikundu se durcit. Clemencia demanda au jeune Rodenstein de tout lui raconter.

« Mais depuis le début, hein ! »

Son histoire était à la fois banale et culottée. Comme si rien de nouveau ne s'était passé entre-temps, il commença par les mensonges que les voisins avaient déjà servis à Clemencia : après que les trois gangsters eurent abattu son père, ils l'avaient forcé à monter dans la voiture avec eux. Ensuite, ils l'avaient emmené dans une cabane de montagne abandonnée où ils l'avaient ficelé et bâillonné, avant de disparaître. Le lendemain soir seulement, d'autres hommes, dont un Blanc, étaient venus. Ils l'avaient laissé faire quelques pas et lui avaient donné à manger et à boire avant de l'attacher de nouveau. Ce manège s'était répété chaque jour, jusqu'au matin même, où il était parvenu à se détacher. Même s'il pensait que ses ravisseurs ne reviendraient que le soir, il avait par acquit de conscience jeté un coup d'œil par la fenêtre avant de partir et aperçu un homme qui descendait le sentier, encore un Blanc. Il était alors trop tard pour prendre la fuite sans se faire remarquer.

« À ce moment-là, je me suis reproché de ne pas avoir été plus rapide, de ne pas être parti une demi-heure plus tôt. J'espérais que le type me croirait toujours ficelé au lit de camp et je me suis mis derrière la porte. C'est tout ou rien, je me suis dit, et quand il est entré sans prendre aucune précaution, je lui ai balancé un coup de poing de toutes mes forces, avec toute ma colère. Je l'ai eu en plein plexus solaire et il s'est effondré. Je l'ai attaché avant qu'il ne reprenne son souffle, et je l'ai aussi bâillonné, parce que j'avais peur que d'autres membres de la bande soient dans les parages. Mais tout est resté tranquille, alors je suis rentré à la ferme et j'ai tout de suite appelé la police de Windhoek. Je ne suis pas expert en nœuds, j'espère seulement qu'il n'a pas encore réussi à se détacher. C'est pour ça qu'il ne faut pas perdre de temps, et que...

— Vraiment très drôle ! (La tête de Robinson apparut au-dessus de la balustrade de la véranda.) J'ai rarement autant ri ! »

Sa voix était relativement calme, mais au coin de sa bouche, un tressautement nerveux révélait une colère retenue à grand-peine. Clemencia aurait dû se douter qu'il ne supporterait pas longtemps de rester à l'arrière-plan. Au moins avait-il bien choisi son moment pour faire son entrée. Elle attendit avec curiosité la réaction de Thomas Rodenstein.

« Mais c'est..., laissa échapper celui-ci, décontenancé, incrédule, avec tout juste la bonne dose d'incertitude dans la voix. C'est le kidnappeur que j'ai...

— Ça suffit, maintenant ! siffla Robinson.

— Détective Bill Robinson, service des homicides, Windhoek, dit Clemencia pour faire les présentations.

— Quoi ? C'est un... ? Mais comment j'aurais pu le savoir ? bafouilla Rodenstein.

— Peut-être parce que je l'ai dit ? lança Robinson d'un ton ironique. Avant même d'entrer dans la cabane, j'ai crié que j'étais de la police. Il est sorti, on a discuté calmement, je lui ai dit que son histoire d'enlèvement était finie, et il a répondu que de toute façon il en avait marre de jouer à cache-cache. Alors je lui ai dit qu'on pouvait y aller, il a hoché la tête, et puis comme ça, sans prévenir, il m'a balancé son poing en plein dans le ventre. Voilà comment ça s'est passé !

— Mais qu'est-ce que vous racontez? s'exclama Thomas Rodenstein, stupéfait.

— Une *histoire* d'enlèvement? Qu'est-ce que vous voulez dire exactement? demanda Schroeder.

— Laissez mon fils tranquille! intervint Mme Rodenstein. Il a assez souffert comme ça.

— On était tous là quand ces types ont forcé Thomas à monter dans leur voiture, renchérit Schroeder.

— La police n'arrive à rien pendant des jours et des jours, ajouta Elsa Rodenstein, et quand Thomas réussit enfin à se libérer lui-même, ils…

— Il était libre pendant tout ce temps-là, et vous le savez parfaitement! hurla Robinson. C'est même grâce à vous que je l'ai découvert, madame Rodenstein. Je vous ai suivie quand vous êtes allée retrouver votre fils en pleine nuit, là-bas, près des tombes. Et quand vous êtes rentrée à la maison, je l'ai suivi, lui. J'ai crapahuté plus de deux putains d'heures derrière la lumière de sa lampe torche avant d'arriver à la cabane, dans la montagne! J'ai attendu qu'il fasse jour pour contrôler les alentours, et puis je suis descendu lui parler.

— Si vous m'avez vue là, dehors, avec Thomas, vous avez rêvé. J'ai passé toute la nuit dans la maison, répliqua Mme Rodenstein froidement.

— Et moi ficelé sur mon lit de camp! ajouta Thomas Rodenstein.

— Alors comment est-ce que j'ai trouvé cette fameuse cabane, d'après vous, hein? » demanda Robinson d'un ton triomphant.

Le paon s'envola d'un lourd battement d'ailes pour aller se poser sur le toit de tôle de la véranda. Ses grattements y résonnèrent très distinctement.

En regardant Clemencia, Schroeder dit :

« Si seuls les ravisseurs savaient où ils avaient emmené Thomas et que votre collègue l'a trouvé quand même, ça a peut-être un rapport?

— Quoi? s'écria Robinson.

— Évidemment, il ne peut pas l'avouer, c'est pour ça qu'il invente des histoires pareilles! s'exclama le jeune Rodenstein.

— Mais vous êtes complètement malades! » s'exclama Robinson.

Le paon poursuivait ses allées et venues sur la tôle; Robinson hurla :

« Est-ce que quelqu'un pourrait dégommer cette fichue volaille ?

— Les attaques, le meurtre, l'enlèvement... Depuis le début, on était certains que c'était lié à ces satanées expropriations, reprit Schroeder. Évidemment, il y a des gros patrons de la SWAPO qui se cachent derrière tout ça. Ça ne doit vraiment pas être un problème pour eux de faire marcher un petit policier dans leurs combines. Je trouve juste étonnant qu'ils aient acheté un Blanc.

— C'est pas bête, dit Rodenstein, comme ça personne ne soupçonne pour qui il travaille. »

Robinson en resta bouche bée ; il observait les deux hommes l'un après l'autre comme s'il se demandait lequel des deux étrangler en premier. Peut-être se rendait-il aussi compte que les accusations formulées contre lui ne pourraient pas être balayées de quelques reparties bien senties. Même si les déclarations d'un policier étaient généralement tenues pour dignes de foi par le juge d'instruction et les tribunaux, il pourrait en aller autrement si plusieurs personnes s'accordaient pour le contredire. D'autant que son comportement fort peu professionnel de la matinée aggravait encore les choses. S'il avait attendu l'arrivée du reste de la troupe, aucun doute ne serait permis.

Un doute ? Clemencia se demanda si c'était seulement la mégalomanie qui avait poussé Robinson à agir seul. Avait-il tenu à éviter les témoins pour de tout autres raisons, par exemple pour libérer le jeune Rodenstein avant de prétendre que l'enlèvement avait été monté de toutes pièces ? Rodenstein et les fermiers passeraient pour des imposteurs, l'opinion publique virerait de bord, le processus d'expropriation pourrait être accéléré... Nul doute qu'un certain nombre de politiciens haut placés seraient heureux de voir les choses prendre une telle tournure.

« Moi, j'aurais été acheté par la SWAPO ? Moi, entre tous, acheté par ces gens-là ? » lâcha Robinson.

C'était peu crédible, il fallait bien l'admettre. Robinson était foncièrement raciste, même s'il aurait rejeté ce qualificatif avec véhémence. Il prétendait toujours avoir refusé l'apartheid, ajoutant que ce n'était pas la couleur de la peau qui était décisive, mais les performances, la fiabilité, le sens du devoir, l'éthique professionnelle. Et on savait bien que ces valeurs ne jouaient aucun rôle dans les traditions culturelles des peuples africains. Il faudrait certainement encore des siècles avant qu'ils ne les aient complètement intégrées. Il poursuivait d'ordinaire par une tirade contre les *Fat Cats* qui, au moment de l'indépendance, s'étaient partagé les postes rentables sans tenir compte des capacités ni des connaissances de qui que ce soit. Son point de vue sur la question se serait-il assoupli s'il avait pu à son tour profiter de ce système ? Peut-être lui avait-on promis le poste de Clemencia s'il menait sa mission à bien. Et pourtant, elle avait plus de mal encore à croire les fermiers. Elle dit :

« Calme-toi, Robinson, on va tirer ça au clair ! »

Elle appela Windhoek et demanda l'envoi d'une équipe de l'Unité de scène de crime pour passer au crible le refuge de montagne. Il devrait être possible de déterminer si Thomas Rodenstein y avait passé seul les derniers jours ou si d'autres personnes y avaient elles aussi laissé des traces. Clemencia ne se faisait toutefois pas d'illusions : elle ne serait certainement plus en mesure d'interpréter elle-même les résultats, car elle serait déjà suspendue depuis un moment quand ils arriveraient. Cependant, il lui restait encore assez de temps pour quelques recherches de plus. Elle ordonna à trois agents de surveiller Schroeder et les Rodenstein – ils ne devaient entrer en contact avec personne. Avec le reste des hommes, elle prit la direction du petit cimetière de la ferme. Le vent était tombé ; le soleil était descendu si loin à l'ouest que les cyprès dressés tout droit dans le bleu du ciel projetaient des ombres plus longues qu'eux-mêmes.

« Là, ils étaient sous cet arbre-là, la mère et le fils, dit Robinson. Je n'ai pas pu m'approcher assez pour entendre de quoi ils parlaient. »

Le sol autour des tombes était trop piétiné pour qu'on puisse y découvrir quoi que ce soit, mais Robinson affirmait avoir suivi Thomas Rodenstein à travers champs pendant deux heures. Clemencia tâcha de s'orienter. Ça pouvait être cette arête montagneuse, à l'est, dont la forme évoquait la carapace d'une tortue. Oui, la carrière de marbre y était aisément reconnaissable, semblable à une blessure au flanc de la montagne luisant d'un gris d'acier dans la lumière qui tombait de biais. À cette distance, on ne faisait que deviner le chemin conduisant au sommet. La cabane elle-même était cachée derrière la crête. Clemencia fit quelques pas vers la montagne en scrutant le sol.

« Laissez-moi faire, chef! » lança l'un des agents.

C'était le plus âgé et le plus petit de ses hommes; à en juger par ses traits et le brun jaunâtre de sa peau, il appartenait au peuple des San, ou avait au moins du sang bochiman dans les veines.

« Vous avez de l'expérience dans la recherche d'empreintes? demanda Clemencia.

— Oui.

— Vous avez appris ça où?

— Oh! à l'époque… »

Il ne semblait pas vouloir parler du passé. Peut-être avait-il, pendant la guerre du Bush* des années quatre-vingt, combattu du mauvais côté, dans les unités Koevoet* ou au sein du bataillon bochiman 201 des South West African Territorial Forces*. Clemencia savait qu'à l'époque, les Sud-Africains avaient recruté de nombreux pisteurs parmi les tribus San. Ils avaient la réputation de pouvoir déchiffrer chaque empreinte de botte comme on lirait un livre, et d'être capables de rester des jours entiers aux trousses de guérilleros du PLAN*. Apartheid ou pas, pour ça, ils étaient assez bons.

Clemencia hocha la tête, et l'homme se mit à avancer lentement dans le veld en formant un angle de trente degrés par rapport à la direction des traces. Au bout de cinquante mètres, il bifurqua et poursuivit en décrivant un arc de cercle qui croiserait à un endroit ou à un autre la piste qu'il recherchait – à condition qu'elle existe et qu'elle soit encore visible, car en milieu de journée, le vent avait soufflé sans interruption. Mais il s'arrêta brusquement, s'accroupit et, penché vers l'avant, scruta le sol.

Malgré son uniforme, il évoquait dans cette position un Bochiman des temps anciens. Ses ancêtres avaient adopté la même attitude pour examiner les traces d'oryx et de zèbres bien avant que les premiers Blancs ne s'installent ici, que les Herero ne fassent traverser la savane à leur bétail, que les Ovambo ne cultivent dans le Nord du millet et du sorgho, que les Damara n'occupent la région des montagnes et que les Nama n'arrivent du Sud. Il n'était ensuite plus resté beaucoup de place aux San et à leur mode de vie. La plupart étaient réduits à incarner une caricature d'eux-mêmes dans des musées vivants, ou recherchaient en vain leur passé au fond de bouteilles de tord-boyaux bon marché. Peut-être n'y en avait-il qu'un seul dans toute la Namibie qui, déguisé en policier, avait patiemment attendu l'occasion de se pencher ainsi sur une piste à la manière de ses ancêtres.

Clemencia l'observa en plissant les yeux. Il se redressa, avança en zigzags en direction de la Schildkröte, s'accroupit de nouveau, se releva, et, la tête baissée, alla en une ligne presque droite jusqu'à une basse colline rocheuse. Elle s'attendait presque à le voir disparaître là, aspiré par le sol qui voulait impitoyablement le ramener chez lui, sachant qu'il ne restait de place à ses semblables que sous terre, là où des milliers et des milliers d'entre eux reposaient déjà. L'espace d'un instant, Clemencia se dit que ce semi-désert était peut-être constitué de chair desséchée et d'os, que le sable rouge, les maigres buissons d'épines, les falaises ravinées par la canicule et le gel avaient été des hommes, et que leur sensibilité, leurs idées, leurs espoirs et leurs angoisses sommeillaient encore là.

Elle sentit un élancement à l'arrière de sa tête et posa prudemment les doigts sur le bandage qui couvrait sa blessure. Elle se passa le dos de la main sur les yeux. Si elle continuait à divaguer comme ça, elle ne tarderait pas à aller lire avec *miki* Matilda dans une boule de cristal ou des entrailles de poulet grouillantes de mouches. L'homme debout là dans le veld n'était pas un esprit mais un policier, tout comme elle. Il n'allait pas disparaître. Et en effet, il ne disparut pas. Au contraire, il revenait maintenant droit vers elle. Arrivé sous les cyprès, il annonça :

« Deux hommes sont partis vers l'est, à une certaine distance l'un de l'autre. Ça s'est passé la nuit dernière.

— Eh ben, voilà », commenta Robinson avec satisfaction.

Clemencia demanda des explications.

« Les bords des empreintes sont nets et frais, donc ils ne peuvent pas dater de plus de vingt-quatre heures. Mais comme les traces d'une araignée qui n'est active que la nuit passent au-dessus, elles ne peuvent pas être apparues là après l'aube.

— Et comment pouvez-vous être sûr que ces hommes marchaient à distance l'un de l'autre ?

— Par endroits, les traces se croisent, et à d'autres, elles prennent des directions un peu différentes. Comme si l'un avait filé l'autre de loin, mais sans suivre ses traces. Deux hommes qui marchent ensemble le font soit l'un à côté de l'autre, soit l'un derrière l'autre.

— Vous êtes san ? demanda Clemencia.

— Hei-//om*. De la région d'Outjo », répondit-il.

Étrangement, il lui paraissait maintenant plus grand qu'auparavant.

Clemencia le remercia et envoya un collègue chercher Thomas Rodenstein. Les autres s'assirent sous les cyprès. Robinson se lança dans une longue tirade, mais Clemencia ne l'écoutait pas, occupée à déchiffrer les inscriptions des tombes : Johann Rodenstein. Thalita Rodenstein, née von Terwitz. Armin Rodenstein. Hermann et Inke Rodenstein, née Matheisen. Des noms à la consonance étrangère, comme s'ils n'avaient pas leur place ici. Mais peut-être que cela ne dépendait pas des noms, peut-être que cela dépendait de...

Oui, de quoi, d'ailleurs ? « Tu es chez toi là où tes morts reposent », lui avait un jour dit son père, à l'époque où il parlait encore au lieu de rester prostré, comme absent, là où on le faisait s'asseoir. Tu es chez toi là où tes morts reposent. Clemencia se demanda si Elsa Rodenstein, dans le cas où elle devrait vendre Steinland, y enterrerait son mari assassiné.

« Est-ce que le corps de Rodenstein a été rendu à sa femme ? »

Robinson interrompit son sermon et haussa les épaules. Il n'en savait rien, et s'en moquait bien.

Lorsque Thomas Rodenstein arriva, Clemencia fit un signe de tête à son collègue san. Il emmena tout le groupe jusqu'à la colline devant laquelle s'étendait une surface sablonneuse protégée du vent et dénuée de végétation. On y distinguait clairement l'empreinte d'un pied. Clemencia désigna la montagne de la Schildkröte.

« Ça peut être n'importe qui, n'importe quand », dit Thomas Rodenstein.

À en juger par la poussière et la saleté qui les recouvraient, il n'avait pas non plus pris le temps de changer de chaussures.

« Pas n'importe quand, la nuit dernière, affirma le policier san.

— Marchez un peu le long de ces traces ! » enjoignit Clemencia.

Rodenstein hésita un instant puis s'exécuta. Le San s'accroupit de nouveau et compara minutieusement les empreintes avant d'annoncer :

— Identiques.

— N'importe quoi ! » protesta Rodenstein.

Il leva le pied droit et montra sa chaussure du doigt.

« C'est des *vellies*[1] ! Pratiquement tout le monde en porte, par ici. »

Le collègue de Clemencia toisa Rodenstein et répéta :

« Identiques.

— Mon collègue va suivre cette piste, reprit Clemencia. Je suis sûre qu'elle mène au refuge de montagne.

— Comment voulez-vous que je sache qui est allé se promener là-haut ? Pas moi, en tout cas ! siffla Thomas Rodenstein.

— Je vous arrête ; vous êtes soupçonné de simulation d'acte délictueux, d'agression d'un membre des forces de l'ordre et de séquestration. Vous avez le droit de vous taire. Tout ce que vous direz pourra être retenu contre vous. De plus, vous avez le droit…

— Etc. », la coupa Robinson.

Il était vraiment inhabituel qu'une ferme reste la propriété d'une même famille pendant un siècle. Certains fermiers étaient obligés de vendre parce qu'ils faisaient faillite ; d'autres au contraire gagnaient suffisamment pour se débarrasser de leur bout de terrain et en acheter un ailleurs, plus grand, mieux situé, sur lequel tombait davantage de pluie. Ceux qui le pouvaient envoyaient leurs enfants étudier à l'étranger, et souvent les médecins ou les ingénieurs ainsi formés ne revenaient pas, préférant tenter leur chance là où de telles spécialités étaient recherchées et rétribuées en conséquence.

Les incertitudes de la politique avaient elles aussi toujours joué un rôle. Après la Première Guerre mondiale déjà, un grand nombre d'Allemands avaient été expulsés du pays. Plus tard, lorsque la politique d'apartheid des Sud-Africains se concrétisa et que la commission Odendaal recommanda le déplacement de la population noire vers*

1. Chaussures montant jusqu'à la cheville, généralement en cuire de Koudou.

des terres ethniquement homogènes, de nombreux fermiers blancs en ressentirent les conséquences. Rien que dans la région nouvellement établie du Damaraland, plus de deux cents fermiers durent abandonner les propriétés dont ils avaient hérité pour rendre possible la séparation raciale. Steinland se trouvait cinquante kilomètres trop au sud pour être concernée, mais ce n'était qu'un coup de chance.

Plus tard, pendant la guerre civile des années soixante-dix et quatre-vingt, certains Blancs installés là depuis longtemps vendirent leurs terres parce que l'avenir leur paraissait trop incertain. Après l'arrivée au pouvoir de la SWAPO, d'autres vendirent car l'avenir leur semblait bien trop prévisible : mieux valait encaisser encore quelques dollars avant d'être chassé de ses terres sans compensation !

Ce fut au cours de ces années-là, vers 1993 ou 1994, qu'un Noir acheta pour la première fois une ferme commerciale dans le district de Karibib. Cet Ovambo, qui avait fait fortune sans qu'on sache vraiment comment, ne venait de Windhoek qu'une fois tous les quinze jours, pour le week-end. Peut-être observait-on la bonne tenue de ses clôtures et le défrichage de ses tranchées anti-incendie d'un œil un peu plus critique que ceux des autres voisins, mais on l'invitait de temps à autre à prendre le café, le dimanche après-midi. Apparemment, il aimait le gâteau aux pommes fait maison ; on évitait de parler politique, et il n'était pas bien gênant de discuter en anglais au lieu de le faire, comme d'habitude, en allemand ou en afrikaans. Les temps avaient changé, voilà tout.

En 2007, ce furent trois fermiers ovambo fraîchement installés qui assistèrent à la célébration du centenaire de l'association des fermiers de Karibib. Assis ensemble à une table avec leurs épouses, ils écoutèrent sans broncher le petit discours de bienvenue humoristique tenu par Schroeder et la rétrospective historique pimentée d'anecdotes de Haseney. Se sentaient-ils mal à l'aise ? Étaient-ils conscients que le premier fermier d'origine allemande s'était installé sur ces terres bien plus tôt que le premier Ovambo ?

Gregor Rodenstein y réfléchissait encore lorsqu'on lui demanda de s'avancer sur l'estrade. Comme son père Hermann et son grand-père Johann avant lui, il allait être nommé président d'honneur. Schroeder lui serra la main et lui remit un certificat orné de l'emblème de l'association et de la devise que l'un des membres fondateurs avait empruntée au blason de Mecklembourg-Schwerin : Per aspera ad astra. *Par des sentiers ardus jusqu'aux étoiles.*

Gregor Rodenstein avait préparé un discours de remerciement dans lequel il comptait rappeler le devoir imposé par l'Histoire et la force de la tradition. Il sortit son papier de sa poche, leva les yeux et vit les visages à la peau noire de la table du fond. Il prononça « Chers amis… », puis sentit son palais s'assécher brusquement. Le sang lui monta à la tête et il tâtonna à la recherche de quelque chose à quoi se retenir. Tout s'était mis à tourner autour de lui. Des étincelles dansaient devant ses yeux, ses jambes s'alourdirent. Par des sentiers ardus jusqu'aux étoiles, pensa-t-il avant d'articuler un bref « Merci ! » et de réussir à se rasseoir, sans bien savoir comment. Il se sentit plus ou moins absent pendant tout le reste de la soirée, mais confirma plus tard à sa femme qu'il était bien de son avis : ça avait été une très belle fête.

5

La veille encore, si on avait demandé à Operi comment il aurait aimé passer sa dernière nuit avant d'être envoyé en prison pour longtemps, il aurait sans doute répondu : avec les meilleures putes que je puisse me payer. Mais maintenant, même s'il disposait encore de tout l'argent qu'il fallait, il n'en avait plus aucune envie. Il n'aurait sûrement même pas réussi à bander. Dans l'obscurité, il se sentait minable et frigorifié. Il accéléra le pas. Que les putes aillent se faire foutre, pensa-t-il. D'ailleurs, il n'est pas dit que ce soit vraiment ma dernière nuit en liberté.

Il errait sans but dans Katutura depuis des heures et des heures, sachant seulement qu'il ne pouvait pas aller chez lui. Et pas non plus chez ses amis, ni chez les membres de sa famille qui auraient pu l'accueillir. Ces derniers jours, ils avaient tous été interrogés. On leur avait raconté des tas d'histoires, les menaçant ou leur proposant de l'argent pour qu'ils révèlent l'endroit où se trouvait Operi. Et certainement pas parce que les assassins de Tobias Kausiku voulaient aller boire un coup avec lui. Alors, comme il ne savait pas à qui se fier, il ne se fiait plus à personne.

Operi déambulait le long d'Eveline Street. Des enseignes publicitaires à néon suspendues au-dessus des principaux bars vantaient le cidre Savanna et la Windhoek Lager. Plusieurs jeunes filles vêtues de minijupes malgré le froid descendirent d'un taxi en gloussant. Operi sentit le staccato de rap craché par les juke-box résonner dans sa tête. Il aurait voulu ne pas revenir ici, mais la force de l'habitude, sans doute, l'avait ramené dans le quartier des night-clubs. Il avait passé les dernières nuits à picoler dans diverses boîtes, de préférence celles où on dansait, pour pouvoir absorber la chaleur des corps. Le plus dur, c'était de tenir le coup pendant la nuit ; durant la journée, il avait assez chaud pour s'allonger dans un recoin quelconque et dormir. Mais il ne pourrait pas continuer comme ça bien longtemps. Il y avait trop de monde, ici, trop de gens qui le connaissaient et qui avaient peut-être le numéro de portable des tueurs dans la poche.

Operi tourna à gauche dans une ruelle poussiéreuse et obscure menant vers Goreangab-Damm. Bientôt, les passants se firent plus rares. Des feux tremblotaient entre baraques et cabanes, transformant les huttes bancales en collines rocheuses creusées de grottes sinistres. C'était d'un lugubre… Putain, pensa Operi, les gens peuvent même pas se payer d'éclairage correct, c'est tout. Et pourtant, il n'arrivait pas à se défaire de l'impression que des esprits damnés se dissimulaient là. Insaisissables comme des pensées, ils erraient ici en attendant qu'un type comme lui vienne se mettre en travers de leur route. Alors ils pourraient le harceler de leurs bruissements d'ailes, l'attaquer par-derrière puis voiler ses yeux d'ombre ; ils riraient de lui lorsqu'il tirerait son couteau de sa ceinture pour l'agiter vainement dans l'air glacial.

Quand trois types bourrés vinrent en chancelant dans sa direction, Operi se força à poursuivre son chemin. Lui était un vrai dur, un *tsotsi*. C'était aux autres de s'écarter de sa route, et non l'inverse. Malgré tout, il poussa un soupir de soulagement après avoir croisé les trois hommes et se dirigea d'un pas vif vers une chaude lumière jaune qui brillait au coin de la rue. Elle provenait d'une lampe à pétrole posée sur un seau en plastique. De minces volutes de fumée qui s'élevaient d'un gril à *kapana* installé là vacillaient dans sa lueur. Un vieil homme se réchauffait les mains au-dessus du feu ; il semblait vouloir les y faire griller.

Operi s'approcha. Le vieux avait regroupé sur un côté du barbecue les quelques braises encore rougeoyantes. Sur le bord de la grille reposaient un petit pain coupé en deux et quelques morceaux de viande rabougris qui paraissaient presque carbonisés. Operi les désigna du doigt et sortit un billet de dix dollars.

« C'est tout ce qui reste, annonça l'homme.

— Je vois bien.
— Et ça a refroidi.
— M'en fiche.
— Et puis j'ai plus de sauce.
— Tu veux la vendre, ta barbaque, oui ou non ? » aboya Operi.

Le vieil homme fourra les morceaux de viande entre les deux moitiés du petit pain, essuya sa main sur son pantalon et attrapa le billet. Operi, qui n'avait rien mangé de la journée, mordit avidement dans le pain. Le *kapana* n'était pas mauvais, peut-être un léger goût de cendres froides, mais ça ne le dérangeait pas : il avait déjà mangé bien pire. Le problème, c'était qu'il ne parvenait pas à faire descendre la bouchée dans sa gorge. Il mastiqua et mastiqua jusqu'à n'avoir plus qu'une bouillie indéfinissable dans la bouche, mais rien ne se passa, presque comme s'il avait oublié comment on avalait. Il sentit brusquement un douloureux élancement dans les intestins ; son estomac parut se contracter et durcir. Operi fixa le petit pain entamé qu'il tenait à la main puis le reposa sur le barbecue.

« La dernière bouchée est pour les ancêtres », commenta le petit vieux en souriant.

Il lui manquait deux incisives.

Operi mastiqua, secoua la tête, mastiqua encore.

« Pour les ancêtres ?
— C'est juste une blague. »

Le vieil homme attrapa le petit pain, y mordit et mâcha bruyamment, puis se retourna et souleva sa lampe à pétrole. L'ombre d'Operi tourna autour de lui.

« J'ai fini pour aujourd'hui », annonça le vieux.

Operi repartit en trébuchant, mastiqua, essaya d'avaler, sans succès. Mais qu'est-ce qui lui arrivait ? Pourquoi se retrouvait-il soudain incapable de manger ? Derrière lui, la lumière s'éteignit et la rue fut envahie d'un gris sombre. Un clébard aboya quelque part, et Operi crut entendre l'homme du barbecue ricaner doucement. Quelque chose ne tournait pas rond. Operi recracha ce qu'il avait dans la bouche.

Les ancêtres ? Son père vivait toujours et il n'avait connu aucun de ses grands-pères. Pourquoi est-ce qu'ils se mettraient soudain à… ?

Non, si c'était une malédiction, elle venait sûrement de ces deux sorcières, les fichues tantes de Melvin. Mais pourquoi ? Operi les avait pourtant accompagnées, il avait fait ce qu'elles avaient exigé de lui, leur avait raconté tout ce qu'elles avaient voulu savoir. Elles n'avaient pas la moindre raison de lui balancer un sort pareil. Ne plus pouvoir manger !

Operi avait vu une fois dans son village d'origine, dans l'Okakarara, un homme touché par un sort de ce genre. Il ne se souvenait plus de la raison de cette malédiction – peut-être personne n'avait-il voulu le raconter à l'enfant qu'il était alors –, mais il se rappelait encore très précisément la manière dont l'homme s'était amenuisé de jour en jour. Ses joues s'étaient creusées, ses bras étaient devenus de plus en plus faibles et son regard, de plus en plus fou. Au bout d'une semaine ou deux, il ne pouvait plus se lever de sa couche. On parvenait encore à lui faire avaler un mince filet d'eau, mais il recrachait la moindre portion de bouillie de mil qu'on lui mettait dans la bouche. Il devint si maigre et si léger que la mère d'Operi dit qu'il finirait par être emporté par le vent. Et puis il mourut.

Operi ne voulait pas mourir, et surtout pas de cette façon. Il préférerait encore se prendre quelques balles dans la peau, comme Tobias Kausiku. Tobias ? Peut-être que les deux sorcières avaient eu raison en prétendant que l'esprit de son ami était à sa poursuite. Operi se retourna. Le vieil homme du barbecue avait disparu, abandonnant là son gril. Les dernières braises rougeoyaient encore faiblement sous la cendre et une bourrasque les fit luire plus fortement, comme les yeux d'un fauve. Comme si les esprits s'éveillaient pour se mettre silencieusement en chasse.

La rue était vide. Operi, hésitant, recula de quelques pas, se retourna et se mit à courir aussi vite qu'il le put. Quand il bifurqua de nouveau dans Eveline Street, il haletait lourdement, mais il était sain et sauf, toujours vivant. Même s'il ignorait si les esprits craignaient la lumière, la musique à plein volume et les masses de fêtards, il se sentait un peu plus en sécurité ici. Il entra dans le New World Bar, un des clubs les plus courus et surtout des plus brillamment éclairés, s'accouda au comptoir et commanda un double whisky. Le liquide descendit dans sa gorge, brûlant. Boire ne lui posait aucun problème, mais à la simple pensée d'avaler une bouchée, il sentit ses entrailles se nouer avec une telle violence qu'il dut se cramponner au bar pour ne pas s'effondrer.

Les haut-parleurs braillaient un morceau de The Dogg ; près de la table de billard, deux clients commencèrent à se battre. Operi fit signe au barman de lui servir un autre whisky et repoussa une pute venue lui demander de lui payer un verre ; il n'avait aucune envie de compagnie, il fallait qu'il réfléchisse. À 2 heures du matin, il était certain qu'on lui avait jeté un sort. À 3 heures, il ne doutait plus que le fantôme de Tobias Kausiku était derrière tout ça, et une heure plus tard, il avait compris ce que le mort attendait de lui : la vengeance. Œil pour œil, dent pour dent. Il devait éliminer les deux tueurs. Alors seulement, l'esprit de Tobias trouverait la paix, et le sort qui pesait sur lui serait levé.

Il décida de rentrer aussitôt chez lui et d'attendre que les deux hommes viennent l'y chercher. Alors il sortirait son couteau et les massacrerait, puis il mangerait un grand bol de *mieliepap*[1]. C'était un bon plan, très simple, comme tous les bons plans. Operi allait partir tout de suite. Encore cinq petites minutes, pas plus, juste le temps de se souvenir où il habitait vraiment. La musique lui sortait maintenant des tripes, et le comptoir décrivait des cercles autour de lui.

À 5 heures, Operi changea ses derniers dollars en whisky, à 6 h 30, on lui fit comprendre qu'il ferait mieux de quitter les lieux s'il ne consommait plus rien et, peu après 7 heures, on le mit à la porte. L'air glacial le frappa violemment, mais il faisait déjà jour, ce qui réduisait le risque de rencontrer des spectres. Operi rentra chez lui en titubant et laissa la porte entrouverte. Il s'allongea sur le lit et étendit la couverture sur lui pour dissimuler le couteau qu'il tenait à la main droite. Il ferait semblant de dormir puis frapperait, vif comme l'éclair, pour liquider les assassins de Tobias.

Lorsqu'il se réveilla, il était midi. Le soleil entrait par la porte, le couteau était tombé sur le sol de terre battue, près de ses chaussures, et il était seul dans la pièce. Étrangement, il était toujours en vie. Il s'extirpa lentement du lit et se pencha pour ramasser le couteau. Il

1. Bouillie de maïs.

avait la nausée, son estomac était traversé de crampes, sa tête l'élançait douloureusement, mais il vivait. Et il ne voulait pas mourir, peu importait comment. Tu dois bien comprendre ça, Tobias, pensa-t-il, tu peux pas exiger ça de moi !

« Mais c'est pas ça que je veux, murmura la voix de Tobias, sortie de nulle part.

— Mais alors, pourquoi tu m'as jeté ce sort ? » demanda Operi dans un soupir.

Il s'agenouilla sur le sol et appuya le front contre la couverture.

« Je veux juste trouver la paix, répondit la voix de Tobias.

— Mais comment ? » cria Operi.

À ce moment, il comprit. Tobias ne voulait pas d'autres morts auprès de lui. Peut-être qu'il n'y avait pas assez de place, là-bas, dans l'au-delà, et qu'on s'y marchait sur les pieds, ou peut-être qu'il ne voulait tout simplement pas revoir ceux qui l'avaient tué. Et ne pas revoir Operi non plus.

Il n'était pas censé exercer de vengeance ni tuer qui que ce soit, mais veiller à ne pas être tué lui-même. Tobias ne lui avait pas jeté de sort, il lui avait juste donné un avertissement et fait clairement comprendre qu'il était responsable de sa propre vie. Il ne pouvait pas continuer éternellement à se fuir lui-même et à fuir les autres. Il devait assumer ce qu'il avait fait – et donc se rendre.

« C'est ça, Tobias ? » demanda Operi à voix basse.

Tobias ne répondit pas, mais ce n'était pas nécessaire. Operi se redressa et avala sa salive. Il se sentait une envie irrésistible d'engloutir une énorme portion de bouillie de maïs. Mais avant cela, il posa le couteau sur le lit défait, attrapa son portable et composa le numéro de la police. Ils mirent un long moment à lui passer le service des homicides.

Ils avaient décidé de ne pas arrêter Mme Rodenstein. Le corps de son mari venait juste de lui être rendu par l'équipe de médecine légale, et comme son fils ne pourrait pas s'occuper de l'enterrement, il aurait été inhumain de l'empêcher elle aussi de s'en charger. Mais Thomas Rodenstein et les quatre voisins soi-disant témoins de l'enlèvement fictif avaient été embarqués le soir même pour Windhoek. Depuis l'aube, on les interrogeait individuellement dans les bureaux du service des homicides. Les policiers empruntés par Oshivelo à l'unité de protection des VIP prêtaient main-forte à l'équipe de Clemencia ; ils n'avaient plus besoin de fouiller Internet ou les archives à la recherche d'imaginaires ravisseurs membres de groupuscules extrémistes.

Clemencia s'occupait de Thomas Rodenstein. Elle lui exposa calmement les éléments contredisant sa version des faits, puis lui décrivit les examens techniques auxquels la cabane était soumise au même moment. On trouverait uniquement ses empreintes digitales à lui sur la bouilloire, la table et tous les objets auquel il n'aurait pas pu avoir accès en étant entravé, et éventuellement celles de ses voisins venus le ravitailler pendant son séjour dans la montagne. Quant aux traces de pneus devant le refuge, il serait facile de prouver qu'elles venaient du véhicule de l'un des fermiers.

Thomas Rodenstein ne fit aucun commentaire. Clemencia lui demanda pourquoi des ravisseurs l'auraient retenu prisonnier sur un terrain qui lui appartenait ; comment ils auraient pu connaître l'existence de cette cabane ; pourquoi ils auraient pris le risque de venir chaque jour de Windhoek, au risque d'attirer l'attention dans cette région par ailleurs peu fréquentée. Et n'aurait-il pas été complètement inconscient de leur part de le laisser toute la journée sans surveillance ?

Rodenstein haussa les épaules. Il ignorait ce qu'avaient pensé ses ravisseurs, et n'avait pas eu de raison d'essayer de le deviner. Il ne pouvait que dire et répéter ce qu'ils lui avaient fait.

« Les traces de pas devant la cabane…

— … c'est pas les miennes.

— La discussion nocturne avec votre mère…

— … jamais arrivée.

— La déclaration de mon collègue selon laquelle vous le…

— … des bobards complets. »

Clemencia reprit depuis le début, lui demandant de raconter la bagarre qui avait eu lieu près du puits de forage, cette nuit-là. Elle lui fit décrire précisément chaque détail. Comment avaient réagi ses voisins en le voyant menacé d'une arme ? Dans quel ordre lui et ses prétendus ravisseurs étaient-ils montés dans la voiture ? De quelle couleur étaient les sièges sur lesquels on l'avait poussé ? Un secrétaire prenait minutieusement note des réponses de Rodenstein. Ce serait bien le diable s'ils n'y trouvaient pas de contradiction avec les dépositions des autres fermiers ; cette histoire d'enlèvement finirait forcément par s'écrouler.

Cependant, pour le moment, cela ne semblait pas en prendre le chemin. Lorsque, au bout de deux heures, les policiers chargés des interrogatoires entrèrent dans le bureau surchauffé d'Oshivelo pour y faire une pause-café, ils n'avaient pas avancé d'un pouce. Les fermiers s'en tenaient obstinément à leur version.

« Il faut qu'on en fasse craquer un, dit Tjikundu. Ça fera tomber les autres comme une rangée de dominos.

— Peut-être le mien, intervint van Wyk. Ce Haseney. Sa femme a accouché avant-hier, et j'imagine qu'en tant que jeune père il n'a aucune envie de passer les semaines qui viennent en détention préventive. On pourrait lui proposer un marché.

— Laisse-le-moi ! s'écria Robinson. Je vais lui décrire comment ça se passe dans une cellule collective, avec une trentaine de pervers, dont une vingtaine ont le sida et une bonne dizaine au moins n'attendent que de pouvoir se taper un petit cul de Blanc et de...

— On n'a pas besoin des détails, Robinson ! » le coupa sèchement Clemencia.

Sentant les yeux d'Oshivelo posés sur elle, elle se tourna vers son chef et lui lança un regard de défi. S'il avait quelque chose à lui dire, qu'il le fasse. S'il savait que Melvin était impliqué dans cette affaire, il devrait aborder le sujet lui-même et envoyer Clemencia au diable. Sinon, elle continuerait son travail. Mais peut-être Oshivelo ne savait-il rien. En tout cas, Claus n'avait pas appelé le service des homicides ; il avait simplement mis Operi dehors en lui demandant de faire ce qu'il estimait juste.

Claus avait au moins raconté ça à Clemencia quand, tard la veille au soir, elle l'avait trouvé en train de l'attendre devant sa porte. Il tremblait de froid et elle l'avait fait entrer sans vraiment réfléchir. Ils n'avaient pas évoqué leur dispute ; passer la main dans ses cheveux, respirer son odeur, sentir sa peau contre la sienne lui suffisait encore. Elle se demanda pourquoi elle venait de penser « encore ».

« Il y a quelque chose qui ne va pas, inspectrice principale Garises ? » demanda Oshivelo.

Clemencia chassa Claus de ses pensées. Elle tenait probablement là sa dernière chance de mettre les choses au clair d'elle-même et de demander sa suspension. Oshivelo ne savait rien, mais il devait se douter de quelque chose, grâce à l'instinct développé pendant ses longues années au sein des services de renseignements internes de la SWAPO. Au cours de la guerre civile, il avait appris à voir en chaque camarade de combat un traître potentiel, aussi digne de confiance qu'il paraisse. Mais Clemencia n'était pas une traîtresse, elle faisait uniquement ce qui devait être fait. Et elle n'avait pas d'autre choix que de s'accrocher : un type comme Robinson ne parviendrait jamais à tirer cette affaire au clair, pas plus que Tjikundu ou van Wyk. Elle seule y réussirait peut-être, justement parce que son frère était concerné, et parce qu'elle le connaissait. Elle seule pourrait prouver que Melvin avait été entraîné dans une histoire qui le dépassait complètement et où les choses n'étaient pas ce qu'elles semblaient être de prime abord.

« Madame Garises ? demanda Oshivelo.

— Que voulez-vous dire, monsieur ? » répliqua-t-elle sans détourner les yeux.

Le chef prit la couverture posée sur le dossier de son fauteuil et s'en enveloppa les épaules. C'était un plaid en laine naturelle décoré de springboks stylisés. Oshivelo dit :

« On continue. Robinson s'occupe de ce Haseney et lui met la pression. Je veux enfin savoir à quoi ils jouent. »

Clemencia était convaincue que Robinson allait sortir l'artillerie lourde, mais deux heures plus tard ils constatèrent que cela restait sans effet, tout comme ses propres efforts. Van Wyk avait eu un bref espoir : l'équipe chargée de relever les empreintes avait découvert dans une poubelle de la ferme de Schroeder un brouillon manuscrit de l'e-mail de menace. Ils ne pourraient comparer les écritures que lorsque la feuille en question serait livrée au commissariat central, mais Schroeder reconnut de lui-même l'avoir effectivement écrit – après que Mme Rodenstein lui avait fait suivre l'e-mail. Il prétendit avoir recopié le texte à la main pour pouvoir en citer le contenu avec exactitude à ses amis et connaissances. Quant aux ratures et aux corrections, elles ne prouvaient en rien qu'il s'agissait d'un brouillon, mais démontraient simplement l'état de nervosité dans lequel il se trouvait alors. C'est justement à cause de ces fautes qu'il avait jeté ce papier à la poubelle pour en écrire un autre au propre. Cette seconde version, eh bien, il avait dû la perdre. Et pourquoi n'avait-il pas tout simplement imprimé cet e-mail ? Parce que les cartouches d'imprimante coûtaient une fortune et qu'un fermier, ça devait faire des économies.

Cette explication était totalement invraisemblable, et même ridicule, mais ils ne parvinrent pas à la réfuter complètement. Les voisins de Rodenstein lui avaient visiblement apporté leur aide dans cette mise en scène d'enlèvement, mais ils s'étaient aussi juré de ne jamais rien avouer, quels que soient les risques encourus !

Ainsi s'expliquait peut-être l'entêtement des fermiers blancs : ils sentaient que le monde ne tournait plus rond, que leur propre existence vacillait, menaçant de s'effondrer s'ils ne la soutenaient pas de toutes leurs forces, s'arc-boutant tel Atlas contre la voûte céleste. Ils y mettaient tout ce qu'ils avaient, toute leur détermination acharnée, y mêlant vérité et mensonge, complotant. Et peut-être ne reculaient-ils même plus devant le meurtre et l'homicide – pourquoi pas, si tout était perdu ?

Clemencia observa Thomas Rodenstein, assis de l'autre côté de son bureau. Son père avait-il vu tout cela d'un autre œil ? Avait-il cessé de lutter, souhaité laisser sa ferme à l'État, quitter le pays ? Il serait alors devenu un danger pour sa famille et ses voisins, eux aussi menacés d'expropriation et d'actes de violence. Si Thomas Rodenstein l'avait tué, cela expliquerait pourquoi il s'en tenait si obstinément à son histoire d'enlèvement. En faisant de lui une victime au même titre que son père, elle détournait de lui les soupçons.

Clemencia demanda aussi doucement qu'elle le put :

« Racontez-moi ce que vous avez pensé quand vous vous êtes penché au-dessus de votre père blessé.

— Mort, pas blessé ! Il était mort quand je suis arrivé.

— Ce que vous avez pensé et ressenti, répéta Clemencia.

— Je… Il était mort, et… »

Rodenstein s'interrompit et elle lui laissa le temps de se reprendre.

Peut-être cela aurait-il marché, peut-être aurait-il répondu si Tjikundu n'avait pas fait soudain irruption dans la pièce.

« Pas maintenant ! siffla Clemencia.

— Mais c'est important », lança-t-il.

Un des complices de Tobias Kausiku venait d'appeler, un certain Operi Zeraua. Il prétendait savoir comment mettre la main sur les assassins de Kausiku et demandait qu'on envoie chez lui quelques hommes armés – de préférence tout de suite, si on voulait le trouver encore en vie.

Operi était en train de manger quand les policiers arrivèrent. Comme il n'avait rien trouvé de comestible chez lui, ses voisins lui avaient donné le reste de leur *pap* du petit déjeuner. Il avait réchauffé à la poêle la bouillie durcie et grumeleuse, y formant la croûte dorée qu'il aimait tant. Il mangeait avec les doigts, se remplissant la bouche et avalant comme si cela n'avait rien d'extraordinaire. Son estomac aussi allait mieux. C'était la preuve qu'il avait pris la bonne décision.

Bien que la porte soit entrouverte, l'un des policiers frappa avant d'entrer, suivi de son collègue. Ils portaient tous deux l'uniforme de la police municipale. Operi avait supposé que quelqu'un du service des homicides viendrait le chercher, avec l'importance de ce qu'il avait à leur raconter ! Il tendit la main vers la poêle et y saisit un morceau de pap. Le plus petit des policiers demanda :

« Operi Zeraua ? »

Operi, tout en mastiquant, leva les yeux vers lui. Il hocha la tête et avala sa bouchée.

« Vous avez été rapides ! Est-ce que je peux vite finir de manger ?

— Je crains bien que non », répondit le premier policier.

Le second jeta un regard vers la rue puis ferma la porte de la cabane.

« On n'en est plus à quelques minutes près, maintenant », dit Operi.

Il n'avait même pas mangé la moitié de sa bouillie. Le premier policier se gratta le menton et, perdu dans ses pensées, passa l'index sur la verrue qu'il avait sur la joue. Operi eut la vague impression de le connaître, mais ce n'était pas un des flics dont il avait eu malgré lui l'occasion de faire connaissance. Ceux-là, il notait toujours leurs visages, ne serait-ce que pour pouvoir les éviter par la suite.

« On n'a pas une seconde à perdre », dit celui qui se tenait près de la porte.

Pourquoi est-ce qu'il restait planté là ? Est-ce qu'il croyait qu'Operi allait s'enfuir, alors qu'il les avait lui-même appelés ?

« C'est beaucoup trop dangereux », ajouta celui à la verrue.

Operi était certain de l'avoir déjà vu, et l'autre aussi, mais il n'arrivait pas à les remettre. Peut-être qu'il cherchait dans la mauvaise case de sa mémoire. Est-ce qu'il les avait aperçus dans un bar ou à une fête quelconque ? Ils ne portaient pas leur uniforme en permanence. Dans le privé, ils étaient… Et merde, la verrue ! Est-ce que cette inspectrice des homicides ne cherchait pas un type avec une verrue ? Elle lui avait demandé si l'un de ceux qui avaient chargé Melvin de l'attaque de la ferme n'avait pas une verrue. Aucun doute, c'étaient eux ! C'étaient les deux hommes qu'Operi avait un jour observés au Maerua Mall, les intermédiaires, et probablement aussi ceux qui avaient tué Tobias, s'il avait bien compris cette flic. Bon sang !

Mais c'était impossible ! Operi venait à peine de téléphoner au service des homicides. Ils lui avaient promis d'envoyer des agents sur-le-champ, et deux types qui ressemblaient à des policiers apparaissaient dans la foulée pour venir le chercher. Comment les tueurs avaient-ils pu savoir ? Le couteau d'Operi était sur son lit, sur la couverture. À deux mètres de lui. Il avala encore une fois et laissa retomber dans la poêle le morceau de pap qu'il venait de malaxer entre ses doigts.

« Bon, alors si ça urge tant que ça… », dit-il le plus innocemment possible.

Au même instant, il sentit à l'arrière de sa tête quelque chose de dur, de métallique. Il se figea, laissant juste son regard glisser vers l'homme en uniforme debout près de la porte. Lui aussi avait sorti une arme, qu'il levait lentement. Operi n'avait pas la moindre chance d'atteindre son couteau, ni de faire quoi que ce soit. Il pouvait juste espérer les convaincre du risque qu'ils prendraient en le descendant :

une fois qu'il serait de l'autre côté, du côté des fantômes, c'est lui qui tirerait les ficelles. Il dit :

« Si vous faites ça, je vous maudirai. Votre gorge se nouera et vous pourrez plus rien avaler, jusqu'à ce que vous creviez de faim comme des misérables.

— Ouh, ça fout vraiment les jetons », lança celui qui était à la porte.

L'autre, derrière Operi, se mit à rire, d'un rire un peu moqueur, mais qui n'avait rien de particulier. Personne n'aurait pu deviner qu'il s'achèverait brusquement en une violente explosion. Des tympans éclatèrent, des pensées se perdirent dans le néant, le monde s'effondra. Avant de s'écrouler, Operi posa une dernière fois les yeux sur la poêle de bouillie de maïs et gloussa intérieurement en se disant que les deux tueurs n'auraient pas une mort aussi rapide et facile que la sienne.

Si le Staatshaus[1], achevé quelques années plus tôt, était emblématique du kitsch mégalomaniaque typique de la Corée du Nord, le musée de l'Indépendance qui, encore emprisonné d'échafaudages, s'élevait entre la Christuskirche et l'Alte Feste, n'aurait rien à lui envier en matière de laideur monumentale. En comparaison, le nouveau siège du ministère des Affaires foncières et de la Relocalisation semblait vraiment réussi : une architecture à l'inspiration moderne classique, sans fioritures de plastique doré, des tons rouges et gris discrets, une vaste entrée tout en verre… Tout cela aurait presque donné une impression d'ouverture envers les citoyens, n'eût été la barrière surdimensionnée qui se dressait devant le bâtiment.

Cependant, la situation excentrée du ministère et ses dimensions gigantesques par rapport à l'ancien immeuble soulignaient aussi sa signification symbolique. Le gouvernement de la SWAPO élevait le long de Robert Mugabe Avenue une série de monuments en son propre honneur, porteurs d'un message lourd de sens. Le Staatshaus, situé en haut d'une colline, témoignait de la revendication absolue de pouvoir affichée par le parti, et le musée de l'Indépendance, plus

1. À la fois palais présidentiel et siège du gouvernement, construit par une entreprise nord-coréenne.

haut que tous les symboles de l'ère coloniale, incarnait la légitimation de ce pouvoir par la victoire lors de la guerre de libération. Quant au nouveau ministère des Affaires foncières et de la Relocalisation, il était censé représenter ce pour quoi on avait fait tellement de sacrifices : la terre que les Blancs s'étaient appropriée pendant tout un siècle et qu'ils allaient désormais devoir rendre, en se conformant strictement à des règles, des lois et des décisions ministérielles.

Tout le gratin allait assister à l'inauguration officielle du nouveau bâtiment, y compris le président et le ministre. La cérémonie devait débuter à 11 heures, mais bien qu'il soit déjà 11 h 10 Claus Tiedtke ne se pressait pas pour entrer. L'équipe de télévision de la NBC n'était bien entendu pas encore là, et les politiciens de premier plan, qui s'étaient doutés de ce retard, prenaient eux aussi leur temps. Jamais ils n'auraient commencé sans la certitude que l'événement serait immortalisé par les caméras.

Claus traîna dans le hall d'entrée avec ses confrères de journaux d'autres langues, visita quelques bureaux puis, après avoir été passé au détecteur à métaux par les agents de sécurité, monta jusqu'au cabinet du ministre. Paul Shilongo, assis à son nouveau bureau, posait pour les photographes. Il semblait un peu tendu ; Claus se dit que si la moitié de ce qu'il supposait était vraie, il avait toutes les raisons de l'être.

À 11 h 45, la cérémonie commença enfin. Le président, flanqué de Shilongo et de son ministre délégué, Kawanyama, prit la parole le premier. Il loua les nouvelles installations, qui permettraient au ministre de remplir plus aisément ses importantes tâches, et rappela aux employés d'être toujours pleinement conscients de leurs responsabilités. Apparemment mal préparé à cette intervention, il se perdit ensuite dans une description des objectifs généraux de Vision 2030*, et termina son discours sans faire une seule déclaration politique délicate ou même seulement digne d'intérêt. Le ministre Shilongo, en revanche, ne se fit pas prier. Il monta à la tribune improvisée et commença par lancer une flopée de chiffres, annonçant combien de fermes avaient été achetées par son ministère, pour quelles sommes, et combien de nouveaux fermiers issus de la majorité anciennement défavorisée en jouissaient désormais.

« Mais bien entendu, poursuivit-il, c'est loin d'être suffisant. Nous le savons tous : la terre nourrit, la terre donne du travail, et, sans la terre, tu n'es rien. Et la réalité ? Plus de cinquante pour cent de nos concitoyens sont encore au chômage, sans moyens, et ne mangent pas à leur faim. Les Blancs représentent toujours, et de loin, le groupe le plus riche de la population ; ils possèdent encore la majeure partie des terres exploitées, se réclamant pour cela de droits de propriété obtenus en cent ans de colonialisme et d'apartheid, avec des méthodes plus que douteuses. Notre glorieuse conquête de l'indépendance nous a certes débarrassés de nos occupants venus de l'extérieur, mais les impérialistes à l'intérieur de notre pays refusent obstinément d'admettre que le vent a tourné. Nous avons fait appel à leur bon sens, espérant une évolution pacifique grâce au principe "vendeurs motivés-acheteurs motivés", mais ils ont saboté nos efforts. Depuis vingt ans, ils font des pieds et des mains pour anéantir notre travail visant à une plus juste répartition des terres. Et aujourd'hui, c'est même pire : certains groupes ne reculent plus devant le passage à des actes criminels. »

Le ministre fit une pause étudiée, balayant l'assistance des yeux. Claus aussi regarda autour de lui. Il était l'un des rares Blancs, avec son confrère du *Republikein*, deux membres du comité directeur de l'Union économique des fermiers, et quelques représentants d'organismes de développement et d'ONG. Shilongo reprit :

« Vous avez certainement entendu parler dans les médias d'attaques, de meurtres, et de l'enlèvement d'un fermier blanc. Sans doute cela vous a-t-il autant consternés que moi. J'espère donc que vous allez à présent être aussi choqués que je le suis. On vient de m'informer que notre police avait arrêté le fermier prétendument kidnappé et ses acolytes. Ils ont eux-mêmes simulé l'enlèvement, se rendant ainsi passibles de poursuites, eux-mêmes inventé le message d'extorsion qui les faisait passer pour de malheureuses victimes, et tout cela pour discréditer publiquement notre politique légitime de réforme agraire. Mais ils n'atteindront pas leurs objectifs ainsi ! Ni ainsi, ni autrement ! Je leur conseille d'être très prudents. Quiconque nous pose un pistolet sur la tempe ne doit pas s'étonner que des balles finissent par lui siffler aux oreilles. Nous avons le pouvoir d'expulser cette bande d'escrocs blancs du pays, et si cela est nécessaire ou s'ils continuent à nous provoquer de la sorte, nous le ferons sans aucune pitié. »

Le ministre était hors de lui. Sur son cou saillaient de grosses veines qui paraissaient prêtes à éclater. Le président, tranquillement installé dans son fauteuil, arborait un sourire figé, les yeux fixés droit devant lui. Le ministre délégué Kawanyama restait imperturbable. Dans l'assistance, personne n'applaudit, personne ne hua. Tous semblaient choqués par cette explosion inattendue, mais Claus sentit un bouillonnement naître sous la surface. Restait à déterminer laquelle de ces nouvelles était la plus retentissante : qu'un haut dignitaire de la SWAPO se prenne ouvertement pour un nouveau Robert Mugabe et déclare la guerre à tous les Blancs, ou que des fermiers blancs aient tenté d'influencer la politique gouvernementale en usant de moyens criminels.

Le journaliste du *Republikein* se mit à prendre frénétiquement des notes, son stylo volant à toute allure sur les pages de son carnet. Claus n'écrivit rien ; il se demandait pourquoi Clemencia, la nuit précédente, ne lui avait pas dit que l'enlèvement de Thomas Rodenstein était une mise en scène – si c'était bien la vérité. Mais il y avait forcément du vrai là-dedans, sinon le ministre ne se serait pas exposé ainsi.

« Je vous remercie de votre attention », conclut Shilongo en quittant la tribune.

La journaliste du *New Era* leva aussitôt le bras.

« Une question, monsieur le ministre ? »

Shilongo la renvoya à son ministre délégué et s'assit près du président.

Clemencia n'avait pas dit un mot et pourtant elle savait parfaitement que Claus travaillait sur cette affaire. Si elle l'en avait informé aussitôt, il serait aujourd'hui mieux à même d'interpréter les accusations de Shilongo. Lui n'avait pas hésité à faire part à la jeune femme de ses découvertes sur l'offre d'achat de Steinland. Il comprenait, bien sûr, qu'elle ne veuille pas compromettre une enquête en cours, mais ici, il ne s'agissait pas de cela. Ce qu'un ministre clamait haut et fort le matin ne pouvait pas avoir été quelques heures plus tôt un secret professionnel qu'il fallait cacher même à son propre compagnon. En tout cas, ça ne démontrait pas une très grande confiance de sa part.

Mais ce n'était pas la première fois. Clemencia essayait toujours de le tenir à l'écart autant qu'elle le pouvait. Séparer le travail de la vie privée était certes très louable, mais il ne restait alors plus grand-chose à partager avec quelqu'un qui, comme elle, s'épanouissait tellement dans son métier, s'y laissant parfois même emprisonner émotionnellement.

Le ministre délégué Kawanyama prit place derrière le micro. Il commença par saluer les invités d'honneur, récitant leurs titres et leurs fonctions avec une précision assommante. Apparemment, avant que tout n'explose, il comptait alléger doucement l'atmosphère, très tendue après l'envolée de son chef. Claus n'écouta que d'une oreille le reste de son discours.

Peut-être Clemencia et lui venaient-ils vraiment de deux mondes trop différents. Même s'il se sentait à cent pour cent namibien, qu'il essayait réellement de surmonter le poids de l'Histoire et qu'il avait emménagé à Katutura, il restait un Blanc, avec des origines allemandes. Comme les Rodenstein. Était-ce pour ça que Clemencia ne lui faisait pas confiance ? Pensait-elle que si les choses tournaient mal Claus resterait fidèle à ses racines, tout comme elle-même ne parvenait pas à se détacher de sa famille, y compris de son criminel de frère ? Peut-être n'avait-elle pas tort. Claus n'avait aucun de lien de parenté avec les Rodenstein, mais il tendait cent fois plus à croire des fermiers blancs que ces types de la SWAPO, là, devant lui – le gros ministre au cou enflé et son ministre délégué trop poli dans son élégant veston croisé.

Kawanyama conclut :

« Si vous avez des questions sur le nouveau siège de notre ministère, je serai heureux d'y répondre. »

L'envoyée du *New Era* s'était déjà levée.

« Pouvez-vous s'il vous plaît nous en dire plus sur cette histoire d'enlèvement mis en scène ?

— Pour cela, je vous invite à contacter les porte-parole de la police et du ministère public.

— Votre ministre a annoncé que l'homme qu'on croyait kidnappé a été arrêté. Pourriez-vous au moins nous dire quand et comment…

— Veuillez vous en tenir à des questions relevant de la responsabilité de notre ministère ! »

Le journaliste du *Namibian* tenta sa chance à son tour.

« Est-ce que les vingt fermes qui figuraient dans la liste d'exigences des ravisseurs vont maintenant être expropriées ?

— Les dossiers administratifs correspondants sont en cours de vérification, répondit Kawanyama.

— Si j'ai bien saisi ce qu'a dit le ministre, ce prétendu enlèvement avait uniquement pour but de rendre les expropriations prévues politiquement indéfendables.

— Quelle est votre question, s'il vous plaît ? demanda le ministre délégué en souriant patiemment.

— Eh bien, maintenant que la pression politique a disparu, puisque les fermiers ont été démasqués, plus rien ne devrait empêcher ces expropriations ?

— Les résultats des vérifications seront annoncés à la presse dès leur obtention.

— Mais…

— D'autres questions ? »

Kawanyama parcourut l'audience du regard. Un jeune homme de couleur, peut-être envoyé par *Insight* ou un autre magazine, leva la main. Lui aussi ne s'intéressait qu'à l'enlèvement, et pas au fait que le ministre venait de déclarer la guerre à tous les Blancs de manière plutôt radicale. Le ministre délégué éluda habilement les questions, tandis que Shilongo, lourdement posé dans son fauteuil, donnait l'impression que tout cela ne le concernait en rien. Les deux hommes s'étaient bien réparti les rôles. Alors que l'un proférait sans vergogne des menaces racistes, l'autre prétendait le plus innocemment du monde ne fonctionner qu'au moyen de règlements administratifs. D'abord intimider les Blancs, puis mollement relativiser le tout. Et si un membre de la base radicale de la SWAPO se sentait incité à mettre en pratique les fantasmes de violence du ministre, on pourrait toujours rappeler les déclarations du ministre délégué . N'avait-il pas clairement dit qu'au ministère on n'agissait que dans le strict cadre de la loi ? Quel jeu de dupes ! Claus se leva.

« Oui ? dit Kawanyama en lui faisant un signe de tête.

— Qu'adviendra-t-il de la ferme Steinland en cas d'expropriation ?

— Comme vous le savez, la loi prévoit plusieurs possibilités. Soit la ferme sera répartie entre un certain nombre de familles de nouveaux fermiers, soit elle sera mise en vente d'un bloc. Dans le second cas, un entrepreneur ambitieux, issu des couches anciennement défavorisées de la population, pourra en faire l'acquisition en bénéficiant de prêts d'État à taux avantageux. L'option choisie est déterminée par les caractéristiques de la ferme ; je ne peux pas vous dire ce qu'il en serait pour Steinland sans avoir consulté le dossier.

— Bien, alors j'aurais encore trois questions, reprit Claus. Premièrement : est-il exact que Son Excellence le ministre a un neveu nommé Hidipo Mashego ? Deuxièmement, est-il exact que ce Mashego, qui, étant chauffeur, ne dispose que d'un revenu modeste, a pourtant tenté d'acheter Steinland le 20 janvier de cette année ? Troisièmement, est-il exact que c'est seulement après le rejet de son offre d'achat que les procédures d'expropriation ont été entamées et que les attaques contre cette ferme ont commencé ? »

Claus sentit tous les regards braqués sur lui. On aurait entendu une mouche voler, mais il n'y avait aucune mouche, et rien ne bougeait. Même Kawanyama resta quelques secondes bouche bée avant de se ressaisir :

« Je pense m'être exprimé suffisamment clairement. Je ne peux vous donner de renseignements que sur des sujets qui…

— Vous êtes d'une insolence incroyable ! »

Shilongo s'était levé d'un bond, écumant de rage, le crâne penché vers l'avant comme s'il s'apprêtait à charger Claus.

« Monsieur le ministre…, dit celui-ci.

— Ça aura des conséquences, je vous le garantis ! siffla le ministre.

— Trois questions innocentes, monsieur le ministre. Êtes-vous un parent de Mashego, a-t-il essayé d'acheter la ferme et…

— Ce ne sont pas des questions, ce sont des insinuations malveillantes ! hurla Shilongo.

— Si quelque chose n'est pas vrai, il vous suffit de dire non. »

Claus resta calme. Il le tenait; Shilongo ne s'en sortirait pas comme ça, et encore moins en piquant une telle colère.

« Vous croyez vraiment que je ne sais pas d'où vous tirez ces salades? cria Shilongo. Vous aussi, vous faites partie de cette bande de criminels qui se font passer pour des victimes! Et on mettra fin à vos agissements comme aux leurs!

— Êtes-vous parent avec Mashego, monsieur le ministre? »

Shilongo cogna du poing sur la table.

« Ça suffit! »

L'assistance commença à grommeler. Une voix, au fond, cria :

« Répondez!

— Savez-vous pour le compte de qui votre neveu Mashego, qui n'a pas un sou, a essayé d'acheter la ferme Steinland? »

Shilongo le fixa en plissant les yeux.

« Répondez! crièrent plusieurs voix.

— Cette conférence de presse est terminée », annonça le ministre.

Il ramassa ses documents, fit un bref signe de tête au président et se dirigea vers la sortie d'un pas ostensiblement mesuré. Lorsqu'il eut refermé la porte derrière lui, tout le monde se mit à parler en même temps. Plusieurs personnes pressèrent Claus de questions, mais il se rassit sans les écouter. Il venait de perdre l'avance sur les autres journalistes qu'il avait eu tant de mal à obtenir, et s'était fait un ennemi pour la vie. Pousser ainsi Shilongo dans ses retranchements avait probablement été très maladroit, mais Claus se sentait merveilleusement bien – c'était exactement ce dont il avait besoin à cet instant précis.

« Du calme, mesdames et messieurs, du calme, s'il vous plaît! »

La voix de Kawanyama était à la fois sereine et déterminée. Lorsque l'agitation fut enfin retombée, l'opiniâtre journaliste du *New Era* lança du fond de la salle :

« Encore une question, monsieur le ministre délégué : si la ferme Steinland était saisie par l'État, est-ce que le ministre Shilongo pourrait l'acheter? »

Claus nota avec satisfaction que même elle, qui travaillait pour le journal de la SWAPO, avait adopté sa position. Shilongo se retrouvait en pleine ligne de mire; même si son ministre délégué annonçait ne pas vouloir répondre à des questions purement hypothétiques, rien n'y ferait. Mais Kawanyama surprit tout le monde en répondant froidement :

« Le ministre serait évidemment en droit de faire une offre d'achat pour cette ferme. Il appartient lui aussi à la partie de la population anciennement défavorisée et peut donc à ce titre profiter de la réforme agraire – en se conformant strictement au droit et à la loi, bien entendu !

— Au droit et à la loi ? s'écria la journaliste de *New Era*. Est-ce que Shilongo ne dirige pas lui-même le ministère qui décide des ventes des fermes ? »

Le reste de l'assistance était tout aussi scandalisé par la déclaration de Kawanyama. Certains secouèrent simplement la tête ou rirent ouvertement, d'autres lancèrent qu'ils aimeraient bien être aussi défavorisés que Shilongo, qui se prélassait depuis plus de dix ans dans divers fauteuils ministériels. Il n'avait qu'à se baisser pour ramasser les meilleures occasions ! Un des journalistes les plus courageux voulut même savoir si Son Excellence le président soutenait son ministre dans cette affaire.

« Vous avez entendu le ministre : cette conférence de presse est terminée », répliqua le président.

Puis il quitta les lieux, suivi de ses gardes du corps et des autres personnalités politiques. Il fallut une bonne demi-heure à Claus pour se libérer de ses confrères avides d'informations. Il aurait dû rejoindre directement son bureau et rédiger la une de l'édition du lendemain, mais l'excitation qui l'avait soutenu jusque-là était complètement retombée. Exténué, il décida d'aller s'allonger une heure ou deux.

Arrivé à Katutura, il trouva la porte de sa maisonnette entrouverte. Le verrou avait été forcé et les deux pièces, entièrement vidées – même les draps et le matelas avaient disparu. Claus appela le 302 302 pour signaler le cambriolage, puis il tenta de joindre Clemencia, mais son portable était éteint. Comme toujours quand il avait besoin d'elle.

« La prochaine à droite, et après, il faudra chercher la maison », dit Clemencia.

Ici, à Hakahana, les cabanes semblaient toutes identiques. Au téléphone, Operi Zeraua avait parlé d'une hutte avec une porte verte, sur le côté gauche de la rue. Ils trouveraient bien. Tjikundu bifurqua dans Omuve Street. Un panneau promettait la réparation rapide et bon marché de téléphones portables. À côté, le dessin d'un homme à longue barbe et à l'air sinistre vantait le « Taliban Barber Shop ». Des vêtements étendus sur une corde à linge étaient déjà couverts de la poussière rouge de la rue.

À peine cinquante mètres plus loin, un attroupement d'une dizaine de personnes s'était formé. Même si tous restaient plantés là sans rien faire, Clemencia eut l'impression que quelque chose venait de se produire. Peut-être parce que les badauds tournaient le dos à la rue et observaient l'une des cabanes ? Avant même de voir la couleur de la porte, elle sut qu'ils avaient atteint leur but – et sentit qu'ils arrivaient trop tard.

« 14 h 39, dit-elle après avoir consulté sa montre.

— Bon sang, c'est quand même pas..., s'exclama Tjikundu.

— Il a appelé quand ? demanda Clemencia.

— Il y a un quart d'heure, répondit-il. Seize minutes, pour être précis. Il y a exactement seize minutes. »

Ils descendirent de voiture. Les curieux s'écartèrent sans qu'ils aient à prononcer un mot. La porte – verte – de la cabane était béante. Clemencia entra derrière Tjikundu. Le mort, assis sur une chaise en plastique, s'était effondré vers l'avant, la joue droite aplatie contre la table. Près de lui, une poêle à moitié pleine de *pap* de maïs. C'était l'homme que Clemencia avait interrogé la veille chez Claus. Operi Zeraua. Il avait les yeux grands ouverts. Du sang et des morceaux de cervelle collaient à sa nuque, sa chemise, et sur la table. Une balle lui avait littéralement déchiqueté l'arrière de la tête. Il était sans aucun doute mort sur le coup ; c'est déjà ça, se dit Clemencia, c'est déjà ça.

« Je... », dit Tjikundu avant de ressortir.

D'abord Gregor Rodenstein, puis Tobias Kausiku, et maintenant Operi Zeraua. Tous abattus à bout portant. Chaque fois, un spectacle qui promettait des années de cauchemars, surtout à qui portait une part de responsabilité. Clemencia aurait au moins pu empêcher les deux derniers meurtres : pour Kausiku, elle s'était laissé surprendre devant la prison ; quant à Operi, elle aurait dû l'arrêter la veille. Et maintenant, elle arrivait trop tard. Bon sang, dire qu'il était encore en vie un quart d'heure plus tôt !

« Ils ont filé dans quelle direction ? » cria Tjikundu à l'extérieur.

Quelqu'un répondit, à voix si basse que Clemencia ne comprit rien.

« À pied ou en voiture ? » reprit Tjikundu.

Elle regarda la poêle à moitié pleine. Si c'était le repas d'Operi, on pouvait supposer qu'il l'avait réchauffé juste avant de le manger.

« Numéro d'immatriculation, marque, couleur ? » continua Tjikundu.

Clemencia plongea un doigt dans la bouillie de maïs. Elle était froide ; pas le moindre reste de chaleur, même au fond de la poêle. En venant, Tjikundu avait raté un embranchement. Ils avaient dû faire demi-tour et revenir sur leurs pas sur une courte distance, mais cela ne pouvait pas avoir pris plus d'une minute. Même sans ce léger délai, ils seraient arrivés ici trop tard.

« Une voiture claire, d'accord, mais vous ne pouvez pas au moins me dire si c'était une grosse ou une petite ? »

Tjikundu parlait toujours à voix forte, mais il paraissait résigné. Clemencia le connaissait assez pour savoir que, même avec de si maigres descriptions, il passerait un coup de fil pour faire bloquer les rues. En vain – c'était trop tard.

Elle s'essuya le doigt sur son pantalon puis vit qu'un reste de *pap* collait aussi à la main droite du mort. À l'arrivée des tueurs, Operi était en train de manger. L'un d'eux était passé derrière lui et l'avait abattu, tout simplement. Ils ne lui avaient pas laissé le temps de terminer son dernier repas ni même de s'essuyer la main.

« Ah ! vraiment ? s'écria Tjikundu, à l'extérieur. Mais vous êtes sûrs que c'étaient des êtres humains, au moins ? »

Un quart d'heure, pas plus. Était-ce vraiment un hasard que les tueurs soient arrivés pile à ce moment-là, si peu de temps après le coup de téléphone ? Clemencia fouilla la pièce chichement meublée et finit par découvrir le portable d'Operi sur son lit, sous la couverture froissée. Elle ouvrit le menu principal et afficha le dernier appel. Le numéro n'était pas celui du service des homicides, mais de Nampol*. Clemencia enfonça la touche d'appel et le préposé de la centrale lui confirma qu'un certain Operi Zeraua avait appelé.

« Qu'est-ce qu'il a dit ?

— À mon avis, c'était un fou. Il a marmonné je ne sais quoi à propos de l'attaque d'une ferme, et qu'il voulait se rendre avant qu'on vienne le descendre. Alors je vous l'ai passé.

— Merci », dit Clemencia avant de raccrocher.

Supposons que les tueurs aient capté l'appel d'Operi d'une manière ou d'une autre. Ils savaient parfaitement que c'était leur dernière chance : attaquer, puis disparaître avant que la police ne rapplique. Pas étonnant qu'ils ne l'aient pas laissé finir son repas. Mais comment auraient-ils pu intercepter cet appel ? Avaient-ils un complice chez l'opérateur téléphonique ? Étaient-ils en mesure de localiser un téléphone portable ? C'était peu probable, et, même ainsi, impossible de comprendre comment ils avaient pu arriver sur place aussi rapidement. Analyser les données de localisation, se mettre en route, descendre de voiture, tuer, remonter en voiture, s'enfuir. Peut-être se trouvaient-ils déjà tout près au moment de l'appel, cachés dans un rayon de quelques centaines de mètres ?

Tjikundu revint et annonça :

« J'ai appelé le service de relevé des empreintes. Les témoins ne valent pas un clou, ils n'ont rien dit d'utilisable.

— Tu leur as demandé quand le coup de feu a été tiré ?

— Et quand, à ton avis ? dit Tjikundu en haussant les épaules. Pas hier, en tout cas, vu que je venais juste de lui parler. »

Non, pas hier. Clemencia sortit de la cabane. Seul un des voisins possédait une montre. Même s'il ne l'avait pas consultée, il était de l'avis des autres : le coup de feu remontait à bien plus d'un quart d'heure. Plutôt une demi-heure. Operi avait alors été abattu directement après son coup de fil, ce qui n'avait pas laissé le temps de localiser son portable.

C'était donc vraiment un hasard. Les tueurs avaient localisé Operi d'une autre manière, et on pouvait de toute façon supposer qu'ils connaissaient son adresse depuis longtemps. Après tout, ils étaient aussi venus chez Clemencia pour y chercher Melvin. Les voisins lui confirmèrent ce qu'elle soupçonnait déjà : les deux meurtriers portaient des uniformes de la police. Personne ne put lui dire si l'un d'eux avait une verrue.

« Je peux attendre les gars de l'Unité de scène de crime, si tu veux retourner au commissariat pour les interrogatoires, proposa Tjikundu.

— Non, vas-y, toi », répondit-elle.

Quand Tjikundu fut remonté en voiture, elle retourna dans la cabane. Rien sur le visage d'Operi ne trahissait ses dernières pensées. Doucement, elle lui ferma les yeux.

Robinson déposa le dossier sur le bureau du chef. Oshivelo tenait une grosse tasse des deux mains, dissimulant ainsi l'inscription qu'elle portait et dont tout le monde connaissait le texte par cœur depuis longtemps : *Namibia, Land of the Brave 1990-2010. Twenty Years of Independence and Freedom*[1]. Robinson tapota du doigt la couverture du dossier et dit :

« Operi Zeraua. On l'a dans notre fichier. Deux condamnations pour vol à l'étalage et aussi un cambriolage, mais là, il a été relâché pour manque de preuves. »

L'étiquette d'un sachet de thé pendait sur un côté de la tasse. Oshivelo tira dessus et répondit sans lever les yeux :

« J'espère que vous avez une raison de venir me raconter tout ça.

— Pendant le cambriolage, Operi Zeraua a été surpris par le propriétaire de la maison, qui l'a plus tard identifié avec certitude. Pourtant, il a été relâché parce que deux personnes lui ont fourni un alibi. C'était leur parole contre celle du plaignant. »

Oshivelo sortit le sachet de thé de l'eau brûlante et le pressa soigneusement des doigts.

« Venez-en au fait, Robinson !

— L'un des deux types qui l'ont sorti de là était Tobias Kausiku. »

Oshivelo jeta le sachet de thé dans la corbeille à papier.

---

1. « Namibie, pays des braves 1990-2010. Vingt ans d'indépendance et de liberté. »

« Le même Kausiku qui a participé à l'attaque de Steinland et qui…

— Je sais qui c'est ! »

Oshivelo leva la tasse des deux mains pour la porter à ses lèvres. Il prit une minuscule gorgée puis demanda :

« Et pourquoi est-ce qu'on n'est pas tombé sur ce Zeraua en vérifiant les contacts de Kausiku ?

— Aucune idée, chef, répondit Robinson avec un rictus. Mais vous savez pas le mieux : le deuxième type qui a fourni un alibi à Zeraua, c'était Melvin Gariseb. Le frère de l'inspectrice principale Clemencia Garises. »

Oshivelo reposa sa tasse, se leva, alla jusqu'à la fenêtre et regarda à l'extérieur. Puis il se tourna vers Robinson.

« Ça veut dire que…

— Je ne sais pas, chef », répondit Robinson.

Oshivelo se rassit et prit une nouvelle gorgée de thé, puis dit :

« Et moi, je ne sais pas si je vais survivre à ce putain d'hiver. »

L'un des deux employés de l'Unité de scène de crime avait déjà fait piètre impression à Clemencia quelques jours plus tôt, lors de l'examen de la voiture de Tobias Kausiku, en n'accomplissant son travail qu'avec une mauvaise volonté évidente. À présent, il se plaignait que les scènes de crime de Clemencia soient bizarrement toujours les plus horribles. Il se chargeait volontiers de mesurer des traces de pas ou de relever des empreintes digitales sur une surface lisse et propre, mais il n'avait absolument aucune envie de ramasser des bouts de cervelle dans une poêle de *pap*.

« Comment vous vous appelez ? demanda Clemencia.

— Moi ? répliqua l'homme.

— Lui, là, s'appelait Operi Zeraua, dit Clemencia en tendant le doigt vers le mort. Et il aurait sûrement préféré garder son cerveau à l'intérieur de son crâne, lui aussi. »

L'agent tordit la bouche mais ne répondit rien. Clemencia aurait bien aimé se débarrasser de lui et son collègue. Les tueurs n'avaient pas fouillé la cabane, ils n'étaient pas venus pour voler quoi que ce soit ; ils étaient entrés, avaient abattu Operi et étaient repartis.

Comment auraient-ils pu laisser des traces qu'une équipe si peu motivée serait capable de découvrir ?

Clemencia parcourut des yeux les murs de la hutte. De la tôle, du carton aggloméré et, le long du lit, deux plaques de polystyrène apparemment grignotées par des rongeurs. À part cela, rien de ce qui décorait habituellement une pièce, même chez les familles les plus pauvres : pas de miroir fêlé, pas d'affiche de sermons bibliques offerte par une communauté baptiste quelconque, pas de fanion de la SWAPO, pas de cadre ramassé à la décharge et orné d'un dessin enfantin de soleils rieurs, pas de coupures de journaux, pas de photos, rien. Et pourtant, Operi avait eu une vie. Il avait eu des parents, des grands-parents, des femmes, des amis, peut-être des frères et sœurs.

Pendant que l'agent de scène de crime faisait glisser son pinceau sur le dossier de la chaise, Clemencia attrapa son portable. *Miki* Matilda décrocha tout de suite et la jeune femme annonça :

« Operi Zeraua est mort. Tué par balle.

— Oh ! fit Matilda.

— Il faut que vous le disiez à Melvin. Et dites-lui aussi de ma part que je ne veux pas voir mon seul et unique frère avec le crâne éclaté. Il faut qu'il me contacte tout de suite.

— Mais puisqu'on ne sait pas où Melvin…

— Dis-lui, Matilda, c'est tout ! »

Alors qu'elle s'apprêtait à raccrocher, Clemencia ajouta :

« Ah ! et va le voir en personne ! Ne l'appelle pas ! Et il ne doit pas m'appeler, lui non plus, mais juste te dire où je peux le voir. Je compte sur toi. »

Elle ne voulait courir aucun risque. Peut-être les tueurs avaient-ils vraiment un informateur chez MTC[1] et surveillaient le portable de Melvin comme ils l'avaient fait pour celui d'Operi. Clemencia ne voulait toujours pas exclure la possibilité qu'il existât un lien entre l'appel passé par Operi et l'apparition de ses assassins ; elle avait le sentiment que c'était bien le cas, même si l'intervalle séparant les faits semblait rendre cela impossible.

---

1. Make The Connection, fournisseur d'accès téléphonique namibien.

Peut-être le meurtre n'avait-il vraiment eu lieu que peu de temps avant qu'elle et Tjikundu n'arrivent ? Cela signifierait qu'Operi n'avait pas réchauffé le *pap* dans sa poêle et que les voisins avaient menti sur le moment du coup de feu. Mais pourquoi auraient-ils fait cela ? Décidément, l'intuition de Clemencia et le cadre temporel ne correspondaient pas. Et si c'était avec ça que quelque chose clochait ? Si, par exemple…

« Hé, ne touchez pas à ça ! » s'écria l'agent du relevé des empreintes quand elle attrapa le portable d'Operi sur la couverture.

Elle l'ignora et afficha de nouveau la liste des appels. Elle y trouva le numéro mais aussi la date et – bien sûr ! pourquoi n'y avait-elle pas pensé plus tôt ? – l'heure à laquelle il avait été composé : 13 h 53. À 13 h 53, Operi avait appelé le central de la police. Clemencia et Tjikundu étaient arrivés sur les lieux à 14 h 39. Il ne s'était pas écoulé seize minutes depuis l'appel, comme l'avait prétendu Tjikundu, mais quarante-six !

Une demi-heure de plus, et soudain le compte y était. Les tueurs avaient intercepté l'appel puis mis à peu près autant de temps que les policiers à atteindre les lieux, voire un peu plus, peut-être vingt minutes. Plus cinq minutes pour tuer et remonter en voiture avant de prendre la fuite. Cela laissait encore vingt et une minutes pendant lesquelles le *pap*, dans la poêle, avait eu le temps de refroidir. Vingt et une minutes qui confirmaient l'estimation des voisins. Voilà comment ça s'était passé ! C'était bien le coup de fil qui avait conduit les tueurs jusqu'à Operi.

Une demi-heure de plus ; Tjikundu s'était tout simplement trompé, avait commis une erreur inacceptable. Sans une reconstitution correcte du déroulement des faits, impossible de retrouver la trace des tueurs. Clemencia reprit son propre téléphone.

« Oui, répondit Tjikundu.

— C'est Clemencia. »

Elle pensa un instant à lui demander pourquoi il portait une montre s'il était incapable de lire l'heure, mais il prit la parole le premier.

« Ils ont fini avec le relevé des empreintes ?

— Pas encore.

— Et ?

— Ils n'ont pas l'air d'avoir trouvé quoi que ce soit.

— Ça m'aurait étonné, aussi.

— C'est vrai. »

D'un autre côté, impossible de croire sérieusement que Tjikundu ne savait pas lire l'heure.

« Mais c'est pas pour ça que tu appelles, reprit-il.

— Non, je… »

En fait, Clemencia aurait juste voulu lui passer un savon, lui dire que tout ce je-m'en-foutisme devait enfin cesser ; il pourrait la remercier s'ils ne faisaient pas complètement fausse route dans cette affaire.

« Oui ? » demanda Tjikundu.

Le corps d'Operi gisait là, effondré vers l'avant, la joue sur la table. Une demi-heure de plus pour les tueurs, une demi-heure de plus après l'appel d'Operi !

« J'ai juste repensé que tu voulais t'occuper des employés de la prison centrale, vérifier si l'un d'eux avait raconté à quelqu'un qu'on venait chercher Kausiku pour l'interroger. Il y a du nouveau ?

— Pourquoi ça te vient à l'esprit maintenant ?

— Un des voisins, ici, est gardien de prison, inventa Clemencia.

— Je n'ai pas eu beaucoup de temps pour ça, répondit Tjikundu, mais non, pour le moment, pas d'indice. »

Ça m'aurait étonnée, aussi, pensa Clemencia en le remerciant avant de raccrocher.

Robinson avait sorti les dossiers de trois candidats comparables – tous à peu près du même âge qu'Operi Zeraua, tous à peu près de la même envergure criminelle. Il ignorait si tous étaient des Herero, les noms n'étant pas toujours fiables en la matière. Il avait récemment eu affaire à des Basters de Rehoboth* répondant au doux nom italien de Bertolini. Qui se faisait appeler Hans n'était pas nécessairement d'origine allemande, et si son collègue van Wyk avait vraiment des ancêtres boers, cela devait remonter à un sacré bout de temps.

Mais pour Robinson, chacun pouvait bien s'appeler comme il le voulait. C'était plus facile avant, voilà tout. Aujourd'hui, les dossiers ne contenaient plus d'informations ethniques, et sans la photo, on n'aurait même pas su si on avait affaire à un Noir ou à un Blanc. Ceux-là n'étaient peut-être pas des Herero, mais en tout cas ils étaient noirs.

Oshivelo feuilleta rapidement les documents puis demanda :

« Et où est celui de Melvin Gariseb ?

— Je ne l'ai pas trouvé, chef.

— Ce qui veut dire ?

— Qu'il n'est pas là. En tout cas pas là où il devrait être. »

Robinson s'était bien sûr tout de suite demandé si Clemencia était derrière cette disparition. Il avait toujours considéré comme une erreur de faire monter en grade une femme incapable de gérer sa propre famille. Mais il n'en dit rien. Pour le moment, il lui paraissait préférable de ne pas faire de vagues, ne serait-ce que parce que dans le refuge de montagne Clemencia s'était comportée très correctement tandis que lui-même ne s'était pas exactement couvert de gloire. Si quelque chose ne tournait pas rond avec elle et son frère, Oshivelo finirait bien par le découvrir, maintenant qu'il prenait personnellement l'affaire en main. Robinson reprit :

« Mais peut-être que ça ne veut rien dire. Peut-être que le dossier a simplement été mal rangé. Avec le bordel qu'il y a en bas, c'est même parfois un miracle qu'on arrive à trouver quelque chose.

— Demandez à van Wyk de continuer à fouiller les archives, Robinson, et envoyez-moi ces fermiers. L'un après l'autre ! »

Il ne serait apparemment pas venu à l'idée du chef de se rendre dans une des salles destinées aux interrogatoires. Sans doute faisait-il trop froid pour lui partout ailleurs que dans son bureau surchauffé. Il faut vraiment avoir un problème pour se sentir bien dans une puanteur aussi étouffante, pensa Robinson en allant chercher Haseney. Quand il lui fit passer la porte, Oshivelo avait étalé les dossiers sur sa table, ouverts aux pages des photos. Haseney observa les visages et posa un doigt sur celui d'Operi Zeraua.

« Il était là lors de l'attaque de la ferme.

— Vous êtes sûr ?
— Sûr et certain. »

Une demi-heure de plus. Clemencia imaginait sans peine l'usage que les tueurs en avaient fait. Mais ce qui s'était passé dans les locaux du service des homicides pendant ce temps-là – et ce qui ne s'y était pas passé – lui paraissait encore plus intéressant, et au moins aussi inquiétant. Clemencia avait évidemment lâché tout ce qu'elle faisait quand on l'avait informée du coup de fil d'Operi, mais à ce moment-là trente minutes s'étaient déjà écoulées.

Tjikundu avait pris l'appel, parlé avec Operi, puis informé Clemencia sans cacher qu'il saisissait la gravité de la situation. Alors pourquoi avait-il attendu une demi-heure, juste assez pour permettre aux tueurs de liquider Operi sans être dérangés par la police ? Qu'avait fait Tjikundu pendant cette demi-heure ? Seulement interrogé le fermier dont il s'occupait ou bien passé un bref coup de fil dès qu'il avait su où se cachait Operi ? Avait-il transmis cette adresse et chuchoté à l'homme, à l'autre bout du fil, de se dépêcher, qu'il ne pourrait pas gagner beaucoup de temps, une demi-heure tout au plus ?

Un informateur chez MTC, une localisation de portable, tu parles ! C'était Tjikundu, l'informateur. Et bien plus encore : non seulement il avait envoyé les tueurs chez Operi, mais quelques jours plus tôt il leur avait aussi dit à quel moment on viendrait chercher Tobias Kausiku dans sa cellule. Il avait même accompagné Clemencia pour vérifier que l'action se déroulait comme prévu et que les tueurs interceptaient bien Kausiku. Pas étonnant, dans ces conditions, que Tjikundu se soit si facilement laissé surprendre au volant de la voiture. Il n'avait opposé aucune résistance, forçant Clemencia à se rendre elle aussi. Et dire qu'elle l'avait fait pour le protéger ! Elle comprenait désormais pourquoi les tueurs avaient pris le risque de simplement les enfermer dans le coffre. Ils ne les avaient pas épargnés pour les beaux yeux de Clemencia, mais à cause de Tjikundu, parce qu'il travaillait avec eux – peut-être même qu'il leur donnait leurs ordres.

Bien des points concordaient soudain, des détails qui auraient dû aussitôt éveiller l'attention de Clemencia. Un peu plus tôt, par exemple, Tjikundu avait prétendu que l'interrogatoire des voisins d'Operi n'avait rien donné d'utilisable. Pourtant, les témoins avaient vu que les tueurs portaient des uniformes de la police. Ils avaient bien dû le dire à Tjikundu quand il leur avait demandé de décrire leur apparence. N'était-ce pas une information importante ? Est-ce qu'un policier souhaitant l'arrestation des meurtriers aurait passé sous silence un tel détail ?

Clemencia en était désormais convaincue : Tjikundu travaillait avec les tueurs. Mais pour quelle raison ? Pourquoi voulait-il absolument la mort de son frère et de ses amis délinquants ?

Van Wyk était adossé au mur, Tjikundu venait d'arriver. Tous deux se taisaient, comme Robinson. Celui-ci se moquait bien qu'Oshivelo ait décidé de prendre en main lui-même l'interrogatoire des fermiers, mais il ne pouvait pas digérer le fait que la mise en scène de l'enlèvement ait apparemment perdu toute importance. Les fermiers l'avaient tout de même accusé de mensonge et de participation à un crime imaginaire.

« Est-ce que vous reconnaissez un des hommes figurant dans ces dossiers ? » demanda Oshivelo.

Schroeder sortit ses lunettes de leur étui et les mit sur son nez.

« Je n'en ai besoin que pour lire. À distance, je vois parfaitement. Pas qu'un de vos petits malins ici présents aille raconter que je n'aurais pu reconnaître personne pendant l'attaque.

— Prenez votre temps », dit Oshivelo.

Robinson ne supportait plus cette racaille de fermiers. Voilà qu'ils devenaient carrément insolents ! Il aurait fallu les enfermer sans les laisser placer un mot de plus. Qu'est-ce que les déclarations de ce Schroeder pourraient bien apporter ? Trois autres fermiers avaient déjà identifié Operi Zeraua, il était évident qu'il avait participé à l'attaque. Il l'avait même avoué à Tjikundu, au téléphone. Robinson ne comprenait pas pourquoi Oshivelo s'obstinait sur ce point.

« Celui-là. C'était le troisième », dit Schroeder.

Évidemment, il avait lui aussi identifié Zeraua. Super, pensa Robinson. Et maintenant ?

« Le troisième ? répéta Oshivelo.

— Trois *tsotsis* ont attaqué Steinland, abattu Gregor Rodenstein et enlevé son…

— Pourquoi est-ce que vous parlez du troisième ? Pourquoi pas du premier ou du deuxième ?

— Premier, deuxième, troisième, ça n'a aucune importance, dit Schroeder.

— C'est à moi de décider ce qui a de l'importance, pas à vous », rétorqua Oshivelo.

L'espace d'un instant, Schroeder parut sur le point d'exploser, puis il sembla changer d'avis et se reprit.

« Les deux autres, je les ai déjà identifiés quand votre inspectrice est venue m'interroger. Donc, celui-là, c'est le troisième. »

Les deux autres ? Robinson n'en connaissait qu'un seul. Il intervint :

« Kausiku. Clemencia avait emporté une photo de Kausiku à la ferme.

— À moi, elle m'a montré deux photos. De deux hommes différents. On pourrait donc dire du premier et du deuxième gangster, et lui, là, c'est le troisième », conclut Schroeder en désignant le dossier posé devant lui.

Clemencia n'avait jamais parlé de ça pendant leurs réunions, et cela ne figurait pas non plus dans les rapports d'enquête. On n'y évoquait que Kausiku.

Oshivelo se leva pesamment, alla jusqu'à la fenêtre et revint en grommelant quelque chose d'incompréhensible. Puis il demanda brusquement s'il n'y avait vraiment personne ici capable de lui apporter une tasse de thé bouillant. Tjikundu quitta la pièce sans un mot. Oshivelo se tourna vers van Wyk.

« Vous avez retrouvé le dossier de Melvin Gariseb ? »

Van Wyk secoua la tête ; ils avaient fouillé les archives de fond en comble, sans succès. Et puis, on n'avait tout de même pas accès si facilement à ces dossiers – sauf bien sûr si on travaillait ici.

« Et il y a encore autre chose, chef. J'aurais sûrement dû vous le dire depuis longtemps, mais comment j'aurais pu savoir… ? »

Van Wyk se racla la gorge avant d'expliquer que les tueurs présumés de Kausiku et Zeraua étaient aussi allés chez Clemencia. Il s'était dit qu'ils avaient voulu l'intimider, elle ; jamais il ne lui serait venu à l'idée qu'ils en voulaient en fait à son frère.

Robinson lâcha un petit sifflement. Premièrement, Melvin Gariseb, Operi Zeraua et Tobias Kausiku étaient amis. Deuxièmement, les deux derniers avaient attaqué la ferme Steinland avec un complice. Troisièmement, Clemencia avait sur elle une photo de ce troisième homme, qu'elle avait montrée aux témoins. Quatrièmement, l'homme en question avait été identifié et Clemencia n'en avait rien dit, allant à l'encontre des règles les plus élémentaires. Cinquièmement, les tueurs avaient aussi essayé de trouver Melvin. Sixièmement, le dossier de police de celui-ci, qui contenait sa photo, avait disparu des archives internes. Une fois assemblés, ces six éléments formaient une histoire assez limpide, bien que peu réjouissante – tout au moins pour Clemencia Garises.

« Robinson, dit Oshivelo, appelez l'inspectrice principale Garises et dites-lui de venir me voir immédiatement. Ou plutôt non, attendez, ajouta-t-il alors que Robinson avait déjà sorti son portable. Allez la chercher personnellement et ramenez-la ici. Et ne lui dites pas un mot de tout ça !

— Vous me prenez pour qui, chef ? » répliqua Robinson.

Intérieurement, il se répondit à lui-même : pour le futur inspecteur principal du service des homicides, peut-être.

Le Ballistol avait toujours été bien davantage qu'une simple huile de nettoyage pour fusils. Peu après son apparition sur le marché en Allemagne, en 1904, les colons du Sud-Ouest africain avaient eux aussi pris l'habitude d'en garder en permanence une ou deux bouteilles sur leur chariot à bœufs, sachant pertinemment qu'avec des armes mal entretenues ils ne survivraient jamais. Soit ils mourraient de faim, dans l'incapacité de chasser, soit ils constitueraient une proie facile pour les fauves ou pour les guerriers autochtones errant dans les parages.

Personne ne se rappelait qui avait le premier eu l'idée de se servir de Ballistol pour soigner le bétail malade. Sans doute avait-on improvisé lors d'une urgence. Un fermier éloigné de toute civilisation s'était retrouvé à cours de médicaments, mais il lui restait du Ballistol, dont la consistance rappelait un peu celle du sirop contre la toux, qui avait tout aussi mauvais goût, et qui était en tout cas un produit de qualité allemande. Peut-être que ma vache, avec son ventre gonflé, risque de crever si je lui en donne, avait-il dû se dire, mais si je ne lui donne rien, elle crèvera de toute façon. Sitôt pensé, sitôt fait, et deux jours plus tard la vache trottait de nouveau sur la maigre prairie comme si de rien n'était. La nouvelle de cette guérison miraculeuse se répandit lentement mais sûrement de Warmbad, tout au sud, jusqu'à Schuckmannsburg, au fin fond du Caprivi.

On ne mit pas longtemps à se dire que ce qui était bon pour les bêtes ne pourrait certainement pas faire de mal aux hommes. Bientôt, on employa le Ballistol pour tout, du moindre bobo aux maladies plus graves, en application externe comme interne, contre les brûlures d'estomac et pour désinfecter les plaies, contre les intoxications alimentaires, les morsures de tiques et les saignements de gencives. On s'en servait pour tuer les colibacilles et les microbes du typhus comme pour se protéger des coups de soleil et se nettoyer les oreilles. Certaines femmes en mettaient même dans leur sauce de salade, quand elles avaient de la salade. Le Ballistol ne pouvait pas toujours empêcher les enfants de mourir, les troupeaux d'être décimés par des épidémies ou le mécanisme d'un fusil de se coincer au mauvais moment, mais c'était ce qu'on avait de mieux.

Dans certaines fermes, les bouteilles ornées d'une étiquette rouge, blanche et verte étaient rangées près du râtelier d'armes; dans certaines autres, elles avaient leur place dans la pharmacie maison, qui ne contenait de toute façon pas grand-chose d'autre; chez les Rodenstein, on les stockait dans le garde-manger, sur la deuxième étagère en partant du bas. Quel que soit l'endroit où on l'entreposait, le Ballistol aurait pu servir de symbole à la vie des fermiers du Sud-Ouest africain, une vie libre et rude, forçant à l'improvisation et à la débrouillardise, et où on était chaque jour récompensé par le sentiment que tout, dans ce monde, ne faisait qu'un. Les différences entre hommes, bêtes et armes étaient bien moindres qu'on ne l'aurait imaginé dans la lointaine Europe, parce que tout était soumis à égalité à la dure réalité qui régnait sur le pays.

Évidemment, le Ballistol n'aurait pas pu conserver éternellement une telle importance. De nouveaux médicaments furent inventés et importés, des routes, tracées, on acheta des véhicules à moteur, et bientôt, la pharmacie bien fournie de Windhoek, Swakopmund ou Tsumeb ne fut plus qu'à quelques petites heures de trajet. Les lignes téléphoniques nouvellement installées permirent d'appeler des vétérinaires qui connaissaient leur métier et des médecins qui s'occupaient exclusivement d'êtres humains.

Plus les anciens jurant encore par ce remède traditionnel se firent rares, plus ils devinrent la cible des moqueries des jeunes générations. Lorsqu'un jour, sur la notice jointe aux tubes et aux sprays qui avaient remplacé les bouteilles, apparut la mention que l'huile ne devait en aucun cas être utilisée à d'autres fins que celles prescrites, ce fut vraiment terminé. Le Ballistol n'était plus un symbole, mais simplement un des nombreux produits disponibles sur le marché pour l'entretien des fusils, des fusils qui, contrairement à jadis, ne garantissaient plus la survie. On pouvait le regretter ou s'en réjouir, cela ne changeait rien aux faits. Les temps avaient changé.

Gregor Rodenstein reboucha le tube de Ballistol et s'essuya les doigts sur le papier journal sur lequel il avait déposé le fusil. Il prit la direction de son atelier pour aller y ranger le tube, mais, à peine arrivé sur la terrasse, il fit demi-tour et traversa le couloir pour rejoindre la cuisine, puis le garde-manger adjacent. Sur la deuxième étagère en partant du bas se trouvaient des boîtes de conserve : tomates pelées, maïs, petits pois, choucroute. Gregor Rodenstein empila plusieurs boîtes et ménagea ainsi un espace juste assez large pour y poser le tube de Ballistol.

Le ministre Shilongo voulait absolument mettre la main sur Steinland et avait chargé deux intermédiaires d'envoyer Melvin et ses amis faire changer d'avis les Rodenstein en harcelant la ferme. Jusque-là, ça se tenait. Un commanditaire A avec un motif clair, des hommes de main B pour les actions criminelles et, entre les deux, un intermédiaire C pour brouiller les pistes prouvant un lien entre A et B. Mais ça, ce n'était que l'un des axes de l'histoire.

Sur l'autre axe, ces mêmes intermédiaires s'occupaient soudain eux-mêmes du sale boulot, se mettant à descendre les hommes qu'ils avaient auparavant embauchés. Et le tout apparemment sur ordre de Tjikundu, dont les intérêts restaient mystérieux. La seule évidence, c'était que la nuit du meurtre de Gregor Rodenstein, quelque chose avait fondamentalement changé. Que s'était-il réellement passé ?

Le rapport entre tout ça, bon sang, il devait y avoir un rapport ! Était-ce à cause de cette fichue blessure à la tête que Clemencia se sentait incapable d'ordonner les faits pour en tirer une histoire cohérente ? Ou lui manquait-il encore des informations décisives ? Et les faits étaient-ils vraiment des faits ? En toute objectivité, ce qu'elle avait contre Tjikundu pouvait tout au plus être qualifié de soupçons. Un ou deux hasards étranges, des méthodes d'interrogatoire inhabituelles, un coup de téléphone signalé avec une demi-heure de retard, une indication d'heure erronée dont elle serait la seule à pouvoir témoigner, rien de plus. Elle était sûre de son fait, mais il lui fallait de vraies preuves pour pouvoir arrêter Tjikundu. Si seulement elle avait accès à son téléphone portable ! On y trouverait certainement les numéros des tueurs, et, avec un peu de chance, elle pourrait même prouver à l'heure et à la minute près les échanges téléphoniques que Tjikundu avait eus avec eux.

Le coffre du corbillard se referma. En silence, les voisins observèrent la voiture démarrer ; même lorsqu'elle eut disparu au coin de la rue, personne ne bougea. Clemencia se glissa sous le ruban de barrage de la police et pénétra de nouveau dans la cabane d'Operi. La poêle de bouillie de maïs était toujours sur la table. Il fallait que quelqu'un la nettoie avant que les rats et les souris ne s'y attaquent.

Pendant un moment, Clemencia s'imagina en train de forcer Tjikundu à le faire en le menaçant de son arme, puis elle chassa cette pensée. Jamais elle ne ferait une chose pareille, bien sûr, même si l'occasion s'en présentait. C'était trop mesquin. Clemencia attrapa la queue de la poêle et regarda autour d'elle. Il n'y avait pas de poubelle, ici, pas même de sac plastique. Le jerrycan d'eau, près du lit, était vide, et inutile de chercher du produit vaisselle ou une éponge.

Quand elle entendit Robinson l'appeler de l'extérieur, Clemencia tenait toujours la poêle à la main. Elle la reposa sur la table et en tourna la queue dans sa direction d'origine avant de sortir de la cabane. La portière conducteur de la voiture de patrouille était grande ouverte. Robinson, en faisant le tour du véhicule, lui lança :

« Le chef veut te voir tout de suite ! »

Elle hocha la tête. Robinson ouvrit la portière passager et resta planté à côté, presque comme un chauffeur professionnel qui attendrait qu'elle monte pour refermer.

« C'est important ? demanda Clemencia.

— Aucune idée, répondit Robinson en haussant les épaules. On ne me dit jamais rien, à moi, ajouta-t-il dans un soupir. C'est toujours la même chose. Robinson, tape vite ce rapport, cherche tel dossier, ranges-en un autre, va chercher l'inspectrice Garises, fais ci, fais ça, mais jamais un mot d'explication pour me dire pourquoi tout est tellement urgent ! Et pourquoi c'est justement moi qui dois toujours m'occuper de toutes ces âneries ! Comme si j'avais rien de mieux à faire. Tu diras ce que tu voudras, mais je suis prêt à bouffer un balai si tout ça n'a pas un rapport avec ma couleur de peau. De nos jours, dans la police, quand on est blanc…

— C'est bon, ça va, Robinson ! »

Clemencia monta en voiture. Son collègue claqua la portière derrière elle puis courut se remettre au volant, comme si chaque seconde comptait. Pourvu qu'il ne se remette pas à foncer dans les rues comme un malade. Elle se demanda ce qui pouvait bien être important au point qu'Oshivelo envoie quelqu'un la chercher.

Robinson démarra, fit demi-tour dans un crissement de pneus et reprit :

« Mais avec toute cette histoire d'Affirmative Action, vous vous tirez une balle dans le pied. Supposons que je sois trois fois plus compétent que toi, une pure supposition, tu comprends, rien de personnel… »

S'il s'agissait d'une intervention urgente, Oshivelo aurait mieux fait de l'appeler ; elle aurait pris un taxi et serait maintenant déjà au commissariat. Elle sortit son portable de sa poche et constata qu'il était bien allumé.

« … eh bien, j'aurais pourtant pas une seule chance de monter en grade et d'atteindre ta position. Et ça uniquement parce que je suis blanc. Mais je ne parle pas de moi personnellement, hein. Je veux juste dire qu'à long terme aucune entreprise, aucune administration, ne peut se permettre de négliger… »

Robinson était un baratineur patenté, mais même pour lui, un tel flot de paroles était inhabituel. En plus, il se lâchait sur un sujet à propos duquel il savait que Clemencia serait d'un avis opposé, sans parler des piques personnelles qu'il lui décochait par la même occasion. Est-ce qu'il cherchait la bagarre ? Voulait-il provoquer une discussion qui ne pourrait mener à rien ? Peut-être même était-elle justement censée ne mener à rien ! Il détournait ainsi la conversation d'un thème qu'il souhaitait à tout prix éviter – par exemple la raison pour laquelle elle devait se rendre sur-le-champ au commissariat ! Robinson se donnait beaucoup de mal pour cacher qu'il savait parfaitement de quoi il retournait.

« … les capacités de ses meilleurs employés. C'est du gaspillage pur et simple, ça affaiblit l'efficacité de nos administrations, qui ne sont déjà pas dans un état formidable, tu seras d'accord avec moi. Je veux dire, on est un pays du tiers-monde avec… »

Et Oshivelo n'avait pas envoyé Robinson pour que ça aille plus vite, mais pour qu'il s'assure, au besoin, que Clemencia vienne vraiment au commissariat. Donc, il craignait qu'elle ne le fasse pas, supposant à juste titre qu'elle n'avait aucune envie d'être conduite directement de son bureau jusqu'à une cellule. Ça signifiait qu'ils avaient découvert l'histoire de Melvin ! Ils savaient que Clemencia avait dissimulé des indices, empêché l'élucidation d'un délit et protégé un suspect.

« … une minuscule élite de spécialistes bien formés. Et éloigner ces spécialistes des postes à responsabilités pour des raisons politiques, c'est de la folie… »

Il serait inutile d'essayer d'expliquer la situation à son chef. Il lui demanderait tout au plus si elle reconnaissait les faits, puis refuserait d'en entendre davantage. Et elle se retrouvait en taule, à se ronger les ongles d'angoisse, pendant que Tjikundu et ses sbires continueraient tranquillement leurs petites affaires sanglantes. Clemencia interrompit Robinson :

« Arrête-toi là, s'il te plaît !

— Dans cinquante ans, ou même dans trente, si jamais quelqu'un arrive à remettre d'aplomb notre système éducatif, on pourra peut-être en reparler, mais jusque-là, sans nous, les Blancs, ce sera… »

Robinson dépassa Hereford Street, longea le nouveau supermarché Shoprite sans ralentir, sans cesser de déblatérer et sans paraître avoir entendu Clemencia. Elle répéta, une nuance d'agacement dans la voix :

« Est-ce que tu peux t'arrêter un moment, s'il te plaît ?

— M'arrêter ? Tu sais bien que le chef déteste attendre.

— Juste un moment. »

Robinson sembla se demander s'il pouvait ignorer la requête de Clemencia. Ayant visiblement conclu que cela lui paraîtrait suspect et ne ferait que l'encourager à lui causer des ennuis, il freina, dirigea la voiture vers le côté gauche de la chaussée et alluma les warnings. Ils étaient dans Monte Christo Road, juste après le carrefour avec Rendsburger Strasse. Un vaste terrain vague sillonné de sentiers de terre battue s'étendait sur leur droite ; à gauche, un mur de béton surmonté de fil de fer barbelé dissimulait aux regards les ateliers et les entrepôts de la zone industrielle de Lafrenz.

Melvin y avait brièvement travaillé comme manœuvre, mais comme il était arrivé plusieurs fois en retard, il avait été remercié à la fin de sa période d'essai. Il avait raconté à Clemencia que, de toute façon, il finissait toujours très vite de charger et décharger les quelques malheureuses caisses qu'on lui confiait, et qu'après ça il devait balayer la halle trois ou quatre fois de suite, au point qu'au bout d'un moment on aurait pu manger par terre. S'ils ne l'avaient pas mis à la porte, il serait parti de lui-même, parce qu'un boulot comme ça, franchement, il s'en passait très bien.

Robinson, les mains posées sur le volant, ne regardait pas Clemencia. Ses yeux étaient tournés vers le mur gris au pied duquel on ne voyait que de l'herbe fanée, des cailloux et des éclats de verre. Quelques voitures passèrent sur Monte Christo Road. Les fenêtres fermées du véhicule de police étouffaient un peu le bruit du trafic, et on n'entendait à part cela que le tic-tac régulier des warnings.

« Tu ne veux pas savoir pourquoi on s'est arrêtés ? demanda Clemencia.

— Si, bien sûr, dit aussitôt Robinson. Pourquoi ?

— Parce que j'aimerais que tu me regardes dans les yeux quand tu me répondras. »

Il tourna lentement la tête vers elle, visiblement mal à l'aise.

« Est-ce qu'Oshivelo se fiche que tu me ramènes morte ou vive ?

— Quoi ?

— Parce que tu vois, là, je vais descendre de la voiture, et si tu veux m'en empêcher, il faudra que tu me tires dessus. Réfléchis vite : est-ce que tu serais prêt à faire ça ? »

Robinson la regardait vraiment dans les yeux, désormais, stupéfait, hésitant, effaré. Il dit :

« Déconne pas, Clemencia !

— Trop tard ! répondit-elle avec un petit rire. Et maintenant, il faut que j'aille jusqu'au bout. J'ai besoin d'encore un peu de temps. Et de liberté de mouvement. »

Robinson se remit à faire ce qu'il faisait le mieux : bavasser, cette fois en agitant la main droite en l'air.

« Écoute, Clemencia, tu vas passer quelques jours en préventive, d'accord. C'est pas la fête, mais c'est supportable. Une fois que tout se sera tassé, tu sortiras sous caution. Il y aura une enquête officielle qui traînera en longueur. Les preuves, ça peut se perdre, les témoins ne se souviendront plus exactement des détails. Tu verras, un jour ou l'autre, tout ça s'évaporera ! Tu seras acquittée, tu récupéreras tes salaires manquants, et tout s'arrangera, mais il faut que tu…

— Écoute-moi bien, Robinson ! Je ne peux pas t'expliquer les détails maintenant, mais… »

Elle hésita. Faire confiance à Robinson était bien la dernière chose qu'elle voulait, mais avait-elle le choix ? Elle ne pouvait en tout cas à aucun prix se montrer dans les locaux du service des homicides. Elle reprit :

« Garde l'œil sur Tjikundu ! Essaye de mettre la main sur son portable et de me l'apporter. Je te dirai où on pourra se retrouver.

— Tu veux que je fasse quoi ? s'écria Robinson, incrédule.

— Il trempe jusqu'au cou dans une sale affaire. Tu ne t'es jamais demandé d'où les tueurs tenaient leurs informations ? D'abord pour Kausiku, maintenant pour Zeraua ? »

Robinson hocha vigoureusement la tête, comme si la lumière se faisait enfin dans sa tête.

« Je crois que tu es dépassée par tout ça, Clemencia. Ces cadavres, et maintenant l'histoire avec ton frère, et je ne sais quoi encore. Si ça se trouve, tu n'es même pas responsable de tes actes, et tout ça, c'est des circonstances atténuantes ou je ne m'y connais pas. Alors ne commence pas à faire des difficultés...

— Je t'appelle », dit-elle, même s'il était clair qu'elle ne pourrait pas compter sur son aide.

Elle attrapa la poignée de la portière.

« Mais tu ne peux pas penser un peu à moi ? hurla Robinson. Tu sais ce qu'Oshivelo va me faire si je reviens sans toi ? Il me fera griller sur un putain de feu de camp et se réchauffera les mains au-dessus ! »

Clemencia ouvrit la portière.

« Je ne peux vraiment pas te laisser partir. »

Robinson secoua la tête et sortit son pistolet. Elle descendit.

« Reste là, s'il te plaît ! »

Elle entendit Robinson ôter le cran de sûreté de son arme puis ouvrir sa portière. Il apparut de l'autre côté de la voiture et cria :

« Pour la dernière fois, rassieds-toi là-dedans ! »

Clemencia traversa Monte Christo Road et prit un sentier en direction du sud-ouest. Au loin s'élevait la tribune principale du stade Sam Nujoma. Clemencia ne se retourna pas quand Robinson beugla « putain de merde ! », pas non plus quand le coup de feu résonna. Continue et garde ton calme ! Il a sûrement tiré en l'air. Clemencia compta lentement jusqu'à dix et, alors seulement, regarda en arrière. Robinson secoua la tête et elle lui fit un petit signe de la main. Il fit demi-tour, tendit les bras vers l'avant et visa, au-dessus de la voiture, le mur entourant la zone industrielle. Puis il se mit à tirer. Il ne s'arrêta que lorsque son chargeur fut vide.

À 17 heures, le soleil était suspendu juste au-dessus de l'horizon, énorme et orangé, superbe pour quiconque aurait pris le temps de l'admirer. Mais les vendeurs de souvenirs de Fidel Castro Street étaient occupés à remballer leurs marchandises. Les premières grilles des boutiques d'Independence Avenue s'abaissaient en grinçant, et les touristes en quête d'amusement qui s'égaillaient en sortant de leurs hôtels commençaient à comprendre que la vie nocturne de Windhoek ne valait pas le long voyage qu'ils avaient derrière eux.

Dans les banlieues aisées, les employés de maison trottinaient jusqu'aux arrêts de bus, le long de hautes clôtures derrière lesquelles aboyaient des chiens de garde surexcités. Dans les jardins des riches les mangoustes cherchaient les endroits encore baignés par les rayons du soleil, pour s'y étendre et faire provision d'une maigre chaleur en prévision de la nuit glaciale. Les oiseaux-souris se rassemblaient sur les arbres dénudés, caquetant encore un peu avant de rejoindre leurs nids collectifs ; ils s'y blottiraient si étroitement les uns contre les autres qu'il deviendrait impossible de distinguer quel bec appartenait à quel corps.

C'est également vers 17 heures, dans les locaux du service des homicides, que l'inspecteur Robinson annonça en bafouillant n'avoir trouvé nulle part l'inspectrice principale Clemencia Garises, ni sur le lieu du crime, ni ailleurs. Son chef, Ndangi Oshivelo, balaya une tasse à thé du dessus de son bureau avant de lancer un avis de recherche contre Mme Garises et son frère. Pendant ce temps-là, Tjikundu et van Wyk, eux aussi membres de la police judiciaire, affrontaient un avocat qui exigeait la libération immédiate de quatre fermiers arrêtés sans aucune preuve et sous des chefs d'accusation ridicules.

C'est également accompagné d'un avocat que Paulus Shilongo, ministre des Affaires foncières et de la Relocalisation, quitta le bureau central de la police municipale où il venait de porter plainte contre le journaliste Claus Tiedtke pour diffamation et calomnie. Le ministre n'assista donc pas à la réunion de crise du comité exécutif de la SWAPO, convoquée par le président en personne, qui se tint en même temps. Quant à Claus Tiedtke, c'est à 17 heures qu'il abandonna tout espoir de trouver quelqu'un pour changer avant la tombée de la nuit la serrure fracturée de sa petite maison. Il se mit donc en route pour la rédaction de l'*Allgemeine Zeitung*, où l'on débattait âprement de savoir si l'édition du lendemain porterait en gros titre « Shilongo menace tous les Blancs » ou « Sensation dans l'affaire Steinland ».

Dans cette même ferme Steinland, Elsa Rodenstein était en train d'allumer des cierges blancs disposés autour de la dépouille de son mari, dans leur chambre. C'était en cierges de ce genre qu'une certaine *miki* Matilda, dans le township de Katutura, venait de se réapprovisionner en échange d'une quantité démesurée de bouteilles de Coca-Cola. À peine un kilomètre plus loin, dans un bar proche de ce qu'on appelait le Herero Mall, un homme avec une verrue sur la joue droite commandait non pas un Coca, mais un Old Brown Sherry. Le type près de lui tendit l'index et le majeur, sans doute pour demander qu'on leur passe deux OBS à travers le grillage qui protégeait le comptoir du *shebeen*. Puis il dit à son copain :

« Et le troisième, on l'aura aussi. »

Clemencia aurait dû se sentir misérable. Elle risquait d'être arrêtée, venait de réduire en miettes son avenir professionnel et sa crédibilité, et comme elle était obligée de se cacher, elle avait par-dessus le marché perdu presque toutes ses chances de contribuer à la résolution des trois meurtres. Mais étrangement, tout cela la préoccupait beaucoup moins que ce qu'elle aurait pensé quelques jours plus tôt. Elle avait commis des erreurs, compris trop tard des éléments décisifs, et maintenant, il fallait qu'elle en paye le prix, voilà tout. Cela ne changeait rien au fait qu'elle avait essayé de faire de son mieux.

Clemencia contourna par la droite le stade Sam Nujoma, dont l'accès était barré. En cet instant, c'était sans doute le plus grand espace vide de Katutura, mais le week-end, pendant la saison de football, l'ambiance y était tout autre. Melvin avait assisté ici aux victoires et aux défaites de son club préféré, les Black Africa, chaque fois qu'il avait pu s'offrir un billet. Clemencia ne l'avait accompagné qu'une fois, pour un match Namibie-Botswana.

Elle se souvenait à peine de la partie, sans même parler du score. Elle se rappelait uniquement que les haut-parleurs étaient tombés en panne juste au moment où les joueurs venaient de s'aligner pour écouter les hymnes nationaux. On avait patiemment attendu un certain temps, puis le public avait commencé à s'agiter, et lorsque l'arbitre s'était mis à chuchoter avec les capitaines des deux équipes, Melvin avait entonné à gorge déployée l'hymne national namibien. *Namibia, Land of the Brave*. Après les premières mesures, les spectateurs amassés sur la tribune principale s'étaient joints à lui, et en bas, sur la pelouse, les joueurs namibiens s'étaient posé la main droite sur le cœur. Plus tard, Clemencia avait demandé à Melvin d'un ton ironique depuis quand il était si patriote, mais elle s'était malgré tout sentie un peu fière de lui.

Sans y penser, Clemencia avait quitté Andrew Mogalie Street. Elle suivait désormais comme par le passé la rivière asséchée qui, plus au sud, passait derrière sa maison. Melvin et elle jouaient toujours ici quand ils étaient enfants. Certains jours de la saison des pluies, ils observaient avec stupéfaction son lit se remplir d'eau en l'espace d'une minute : les masses liquides jaillissantes formaient des rapides, creusaient des tourbillons et déplaçaient des rochers que cinq ou six enfants réunis n'auraient pas pu faire bouger d'un cheveu. Le spectacle ne durait jamais longtemps ; bientôt ne restait plus qu'un bouillon brunâtre qui clapotait doucement. Aux endroits les plus profonds demeuraient des mares dans lesquelles patauger et que l'on pouvait relier entre elles en creusant des canaux. C'était alors le moment de ramasser les trésors rejetés par les flots, venus d'on ne savait où : branches aux formes étranges, bouteilles en plastique, baskets dépareillées, et même, un jour de chance, un vélo d'enfant rouillé avec une sonnette sur le guidon.

Les dernières flaques d'humidité s'évaporaient au plus tard dans le soleil de mai, et le lit de la rivière se retrouvait à sec, tout comme le reste du pays. Rien que du sable, de la poussière et de la pierre – mais c'était la poussière dans laquelle Clemencia et Melvin laissaient les empreintes de leurs pieds, c'étaient les pierres sur lesquelles ils s'asseyaient pour s'imaginer les miracles qui transformeraient un jour leur vie. On pouvait traduire le nom de Katutura par « l'endroit où nous ne voulons pas vivre », et c'était exactement ainsi que le voyaient ses premiers habitants, forcés par les Sud-Africains à s'installer là. C'était peut-être encore vrai pour quelques-uns des occupants actuels, ceux qui rêvaient d'avoir un bout de terrain où faire paître des chèvres, mais Clemencia ne le ressentait pas ainsi. Jamais elle n'avait été autant persuadée qu'à cet instant d'appartenir à ce quartier, entre le stade, le cimetière, l'école et l'église, à ces quelques rues avec leurs bicoques basses de deux pièces et leurs jardinets biscornus dans lesquels rien ne poussait mieux que les souvenirs.

Clemencia traversa Shanghai Street et continua à suivre le cours d'eau à sec pour s'approcher par l'arrière de la parcelle de sa famille. Elle devait être prudente. Robinson avait certainement aussitôt signalé sa fuite, et la maison grouillait peut-être déjà de policiers. Elle ignorait ce qu'elle ferait dans ce cas-là, mais si la voie était libre, elle comptait obliger ses tantes à lui révéler où se cachait Melvin. Si elle y parvenait, si son frère lui racontait tout et si les détails qu'il lui donnait étaient plus révélateurs qu'elle ne pouvait objectivement le supposer, elle aurait peut-être encore une chance d'intervenir. Mais tous ces « si » ne lui offraient qu'à peine un vague espoir, pas une chance véritable, et soudain, elle ne fut même plus certaine d'être venue ici à cause de cet espoir. Peut-être voulait-elle tout simplement rentrer à la maison. Elle remonta sur la rive du fleuve asséché et s'approcha de la clôture en grillage qui n'avait pas été changée depuis son enfance.

« Ne me touchez pas, jeune homme ! » s'écria *miki* Selma, scandalisée.

Matilda hocha la tête. Certes, ce n'était pas un jeune homme qui se tenait devant le portail de leur jardinet, mais six, et personne n'avait essayé de toucher *miki* Selma, mais le chef de la petite troupe, un policier expérimenté bien trop proche de l'âge de la retraite pour être appelé « jeune homme », lui avait ordonné de libérer le passage. Selma n'avait donc pas eu d'autre choix que de le remettre à sa place.

« Est-ce que vous avez un mandat de perquisition, d'abord ? » demanda Matilda, employant un terme entendu peu avant dans *Generations*, sa série télé préférée.

Elle ordonna à Timothy et Jessica de retourner dans la maison et vint se planter à côté de Selma. Les deux femmes se tenaient épaule contre épaule, la poitrine résolument pressée contre le portail.

« On ne veut pas fouiller vos affaires, ma'am. On veut juste s'assurer que les deux personnes citées sont vraiment absentes.

— Parce que vous ne nous croyez pas ? s'exclama Selma.

— Jusqu'ici, notre parole a toujours suffi, renchérit Matilda.

— Et qu'est-ce qui nous garantit que vous êtes vraiment des policiers ?

— On a déjà eu la visite de deux gangsters qui portaient des uniformes volés.

— Oui, et dommage rend sage », conclut Selma.

Les deux femmes n'avaient en fait pas vraiment subi de dommage – seul Festus, le chauffeur de taxi d'en face, avait été légèrement blessé –, mais cela ne changeait rien à l'affaire, et, dommage ou pas, elles étaient bien assez malignes pour ne pas laisser entrer chez elles des policiers qui risquaient d'être des imposteurs.

Matilda se retourna.

« Qu'est-ce que je vous ai dit, les enfants ? Rentrez à la maison ! »

Mais Timothy et Jessica ne semblaient pas disposés à obéir ; Matilda leur aurait volontiers tiré les oreilles, mais elle avait plus important à faire pour le moment. Le plus âgé des policiers tira une carte plastifiée de sa poche et la présenta aux deux femmes. Selma la saisit du bout des doigts, tendit les bras loin devant elle et recula la tête pour pouvoir distinguer ce qui y figurait malgré sa presbytie. Matilda plissa les paupières. Une photo, un nom, un grade, une signature et un tampon à l'apparence assez officielle. Elle lança :

« De nos jours, c'est très facile de fabriquer soi-même une carte comme ça. »

Selma observa alternativement la carte puis le visage du policier avant de crier d'un ton triomphant :

« Le type de la photo est beaucoup plus jeune !

— Ma'am…, dit-il.

— Et les traits du visage sont complètement différents ! Regarde son nez ! »

Matilda hocha la tête, même si on ne pouvait nier une certaine ressemblance entre la photo et l'homme lui-même. Peut-être cela signifiait-il seulement que les faussaires s'étaient montrés particulièrement minutieux ! Quelqu'un qui pensait même à se procurer une photo adaptée ne pouvait être qu'un type dangereux, qu'il était hors de question de laisser entrer chez soi. Même si cela impliquait un petit mensonge.

« Tu as raison, Selma, il est clair que ce n'est pas le même homme. »

Le policier attrapa sa carte, Selma ne desserra pas les doigts, le policier tira sur le plastique, et Selma cria :

« Si vous devenez violent, je porte plainte contre vous !

— Ma'am, ça suffit, maintenant !

— À l'aide ! Au secours ! » hurla *miki* Selma.

Les voisins étaient sortis dès qu'ils avaient entendu arriver les voitures de police, mais ils hésitaient à intervenir. Peut-être que six hommes, ça faisait un peu trop, peut-être ne se souvenaient-ils que trop bien de ce qui était arrivé à Festus, peut-être Selma et Matilda auraient-elles dû se montrer un peu plus généreuses en bouteilles de Coca-Cola.

« À l'aide ! » glapit Selma.

Le policier lui arracha sa carte des mains, la rempocha et posa une main sur le portail. Matilda s'y appuya de toutes ses forces et Selma se mit à hurler :

« Les enfants ! Ils veulent emmener les enfants ! »

Timothy bloqua de toute la force de ses maigres bras la poignée de la grille et Jessica vint renforcer la barrière humaine en s'appuyant contre le dos de ses grands-tantes.

« Des enfants innocents ! » renchérit Matilda.

Bien que les policiers n'en aient qu'après Clemencia et Melvin, pour Selma et Matilda, eux aussi étaient des enfants, et leur innocence ne faisait aucun doute – Matilda n'avait donc pas menti.

« Escrocs, assassins, violeurs ! piailla Selma.

— Bon, on y va, maintenant ! »

Le brigadier fit un pas de côté pour permettre à ses hommes de passer à l'assaut. La résistance de Matilda et des siens, bien que farouche, s'acheva en une capitulation rapide et sans condition face à la supériorité des forces ennemies. Elles avaient au moins gagné quelques minutes ; peut-être cela suffirait-il.

Les abris et les cabanes de tôle ondulée avaient été ajoutés à la maison selon les besoins du moment, ou simplement bâtis là où le terrain paraissait superflu ; il n'y avait jamais eu de plan. Le chemin longeant la maison s'était ainsi changé au fil des années en un passage de plus en plus étroit et tortueux. Il ne s'élargissait que devant la porte d'entrée pour former un espace de quelques mètres carrés protégé du vent au milieu duquel on avait disposé le foyer extérieur et le *potjie*[1].

De la clôture, Clemencia pouvait voir jusque-là, mais sans les hurlements de *miki* Selma, elle n'aurait pas su ce qui se déroulait devant la maison, près du portail. Elle n'entendait pas les réponses de son interlocuteur, mais il n'était pas bien difficile de deviner que la police était arrivée, comme elle l'avait craint. Elle ne pourrait plus parler à ses tantes, maintenant – sans même rêver de s'allonger sur son lit pour fermer les yeux et penser au bon vieux temps.

« Parce que vous ne nous croyez pas ? » cria Selma depuis l'entrée principale.

Sans la propension de sa tante à se mettre si vite et si bruyamment en colère, Clemencia serait allée se jeter droit dans les bras de ses poursuivants. Pour une fois, elle lui fut presque reconnaissante.

« Et qu'est-ce qui nous garantit que vous êtes vraiment des policiers ? »

Selma, de nouveau. Il lui sembla presque que ses tantes essayaient de l'avertir et de gagner du temps pour qu'elle puisse fuir, aller se mettre en sécurité. Mais ça ne pouvait pas être ça. Comment Selma aurait-elle pu savoir que Clemencia venait d'arriver à la maison, et par l'arrière, en plus ?

La jeune femme se retourna. Où aller ? Elle fit deux pas en direction de la rivière mais s'arrêta en entendant un choc sourd. Il venait de l'abri construit au coin nord-ouest du terrain, une bicoque de guingois dans laquelle *miki* Matilda avait à une époque élevé quelques poules. Peut-être que Timothy était en train d'y bricoler quelque chose ? Clemencia tendit l'oreille. Rien, à part les commentaires sur

1. Marmite de fonte à trois pieds employée pour cuisiner au-dessus de braises ou d'un feu de camp.

le visage d'un policier dont *miki* Matilda faisait profiter tout le voisinage. Mais pourquoi hurlait-elle ainsi ?

Bon sang ! Si ce n'était pas Clemencia qu'elle essayait d'alerter, alors…

Elle fit demi-tour et traversa un trou du grillage avec une telle fougue qu'elle y déchira la manche de sa veste. Aucune importance. Un, deux, trois pas rapides et elle ouvrit la porte du réduit à toute volée. Un lit d'appoint occupait presque tout l'espace. Melvin y était assis, penché en avant. Il se redressa lentement. Entièrement habillé, il venait apparemment de nouer ses lacets. Un renflement sous son pull, au niveau du ventre, trahissait la présence d'un épais bandage.

Quelques couvertures déchirées pendaient du bord de la couchette, et l'étroit espace resté libre sur le sol de terre battue était couvert de bouts de chandelles, d'osselets et de morceaux d'écorce. Une image de la Vierge Marie drapée d'un manteau bleu surchargé d'étoiles était collée au mur de tôle. Il ne manquait plus que le bouddha en plâtre de *miki* Matilda ! Les tantes avaient essayé de soigner Melvin avec leurs prières et leurs tours de passe-passe. Elles étaient vraiment cinglées !

Melvin leva les yeux vers sa sœur puis demanda, en faisant un signe de tête vers la rue :

« Tu es avec eux ? »

Clemencia ne savait absolument plus avec qui elle était. Avec la police qui voulait l'arrêter ? Avec sa famille complètement toquée, qui faisait tout pour plonger dans le malheur et l'y entraîner avec elle ? À l'extérieur, Matilda et Selma s'étaient mises à appeler au secours à grands cris. Il y avait bien des choses à résoudre, mais Clemencia et Melvin devaient d'abord fiche le camp d'ici, et tout de suite.

« Est-ce que tu peux marcher ? » demanda-t-elle.

Melvin haussa les épaules et fit une grimace. Elle vit qu'il souffrait et lui tendit la main, comprenant qu'il était sûrement revenu ici la nuit même de la catastrophe de Steinland. Il était rentré à la maison, grièvement blessé, traumatisé, recherché par la police et abandonné par ses amis. Depuis lors, il n'avait pas bougé d'ici, allongé à quelques mètres à peine de la chambre de Clemencia. Matilda et Selma l'avaient caché, soigné et nourri, et elles s'étaient assurées que personne n'en dise un traître mot. Les enfants avaient forcément découvert que leur oncle se cachait dans l'ancien poulailler. Constancia, leur père, tous ceux qui passaient une bonne partie de la journée à la maison avaient dû s'en rendre compte. Tout le monde, sauf Clemencia. Elle tira Melvin par la main pour l'aider à se lever puis lui posa un bras autour des épaules. Quand ils arrivèrent à la clôture, ils entendirent Selma hurler quelque chose à propos d'escrocs et d'assassins.

« Je passerai pas le reste de ma vie en prison, ça, jamais », siffla Melvin entre ses dents avant de se glisser péniblement à travers l'ouverture du grillage.

Clemencia le suivit. Le soleil venait de se coucher, mais il faisait encore suffisamment clair sur le sentier de terre battue qui longeait la rivière asséchée. Melvin respirait lourdement; elle le soutenait, mais ils avançaient terriblement lentement. Ils s'arrêtèrent juste avant Shanghai Street : Melvin ne parvenait plus à poser un pied devant l'autre. Clemencia le laissa prudemment glisser jusqu'au sol. Les policiers allaient découvrir sa couchette, constater qu'elle était encore tiède, voir le trou dans la clôture; ils n'avaient plus beaucoup de temps.

Melvin haleta et dit :

« Donne-moi ton flingue!

— Ça va pas, non ? »

Clemencia le regarda allongé là, fermer puis rouvrir les yeux, soulever un peu la tête. Il gisait au milieu du sable de la rivière, au milieu des pierres et des souvenirs. Le terrain de jeux de leur enfance.

Melvin eut un faible sourire et chuchota :

« C'est un bel endroit pour mourir. »

Il y avait eu bien assez de morts comme ça, plus qu'assez, même. Clemencia demanda :

« Tu te souviens du vélo qu'on a sorti de l'eau, ici, un jour?

— Non.

— Un vélo d'enfant, bleu.

— Non.

— Avec une sonnette sur le guidon.

— Mais elle marchait pas, marmonna Melvin en fermant les yeux de nouveau.

— Si.

— Non.

— On en reparlera. Plus tard. »

Elle attrapa son portable. Le numéro de Festus, son voisin chauffeur de taxi, y était enregistré. Quand il commença, surexcité, à lui expliquer que la police venait de donner l'assaut de sa maison, elle l'interrompit et lui demanda de la rejoindre sur-le-champ. Trois minutes plus tard, le taxi s'arrêtait sur la rive du fleuve asséché. Festus n'eut pas l'air vraiment surpris en voyant Melvin. Il aida Clemencia à le porter jusqu'à la voiture et à l'allonger sur la banquette arrière, puis il demanda :

« Katutura Hospital ?

— Donne-moi les clés ! dit Clemencia en tendant la main.

— Je vous emmène.

— Non, tu ne viens pas avec nous.

— Je vous emmène où tu voudras, rétorqua Festus en secouant la tête, je prends le risque. Je suis chauffeur de taxi et je ne sais rien d'autre. Mais si c'est toi qui conduis et qu'ils t'arrêtent, ils saisiront ma bagnole !

— S'il te plaît, donne-moi les clés !

— Tu ne peux pas me demander ça, Clemencia. Je n'ai que cette voiture, je dois gagner de l'argent pour nourrir ma famille, je...

— On te paiera quand tout ça sera fini, je te le promets.

— Tu parles, avec des fichues bouteilles de Coca que personne ne veut boire, par ce froid ! rétorqua-t-il avec un rire amer.

— J'ai vraiment besoin de ta voiture », dit Clemencia en lui posant la main sur le bras.

Festus rejeta la tête en arrière, tournant les yeux vers le ciel qui s'assombrissait, puis extirpa les clés de sa poche et dit :

« Ramène-la-moi intacte, s'il te plaît ! »

6

Après avoir passé quelques coups de fil, Clemencia conduisit Melvin au domicile du médecin angolais qui avait soigné sa blessure à la tête. Elle prenait ainsi un risque, mais son impression positive se révéla fondée : il accepta aussitôt d'examiner la blessure de Melvin, sans poser de question embarrassante. Il fut effaré d'apprendre que *miki* Matilda avait ôté la balle avec ses doigts et à l'aide de la lame d'un rasoir jetable, et stupéfait qu'une telle méthode chirurgicale n'ait pas provoqué d'infection. Avec du repos, annonça-t-il, Melvin finirait par guérir. Il lui fit un bandage propre et leur offrit de passer la nuit dans son salon.

Mais Clemencia et son frère ne dormirent pas ; ils avaient bien trop de choses à se raconter. Il ne lui révéla presque rien de nouveau sur l'affaire en cours, mais elle en apprit en revanche beaucoup sur lui. Par exemple que, ne supportant plus de vivre comme il l'avait fait jusque-là, il avait échafaudé de grands projets, prévoyant de monter son propre atelier de réparation en tout genre. Il rêvait d'acheter un jour un grand terrain sur lequel bâtir une maison ; chacun des membres de la famille y aurait sa chambre à soi et il y aurait deux salles de bains, une avec douche et l'autre avec baignoire. Avec les attaques des fermes, il avait prévu de se constituer non seulement un capital de départ, mais aussi, ce qui était pour lui encore plus important, les relations nécessaires. Devinant bientôt que le commanditaire anonyme devait être quelqu'un de haut placé, Melvin avait suivi les deux intermédiaires, fait quelques recherches, et découvert qu'il s'agissait du ministre Shilongo en personne. Une fois qu'il serait dans les petits papiers d'un tel homme, rien ne pourrait plus aller de travers, avait-il alors pensé.

Et pourtant, tout était bel et bien allé de travers. L'attaque de Steinland, la blessure par balle, deux jours entre la vie et la mort. Les tantes l'avaient caché, expliquant ensuite n'être pas certaines que Clemencia sache vraiment qu'entre membres d'une même famille on devait se serrer les coudes quoi qu'il arrive. Une fois tiré d'affaire, Melvin avait appris que lui et ses amis étaient soupçonnés de meurtre et que Tobias avait été assassiné. Shilongo voulait de toute évidence effacer les traces pouvant mener jusqu'à lui. Melvin avait d'abord pensé se rendre et révéler ce qu'il savait, mais sans preuve, et en étant lui-même soupçonné de meurtre, qui l'aurait cru ? Sans oser sortir de son réduit, il avait donc simplement espéré que Clemencia finirait par tirer d'elle-même les bonnes conclusions.

Lorsqu'elle objecta qu'il lui avait malgré tout envoyé Operi, Melvin tomba des nues. Jamais il n'aurait trahi un ami. Peut-être avait-il, dans son délire, prononcé son nom, mais c'étaient Selma et Matilda qui avaient fait le reste. D'une manière ou d'une autre, elles avaient compris qu'il fallait à Clemencia des informations de première main, et quitte à livrer quelqu'un en pâture à la police, autant que ce ne soit pas un membre de la famille.

Clemencia ne put que croire le récit de son frère, tout comme elle le crut quand il affirma que ni lui ni ses amis n'avaient tiré sur Gregor Rodenstein. Ils examinèrent de nouveau en détail les événements de cette nuit fatidique ; elle lui demanda de décrire tous ceux qu'il avait vus à Steinland. Melvin se souvenait de Mme Rodenstein et de son fils, de Schroeder, qui lui avait tiré dessus, et même de Müller et Haseney, mais pas de Gregor Rodenstein. Étrange – c'était pourtant à lui qu'appartenait la ferme ; dans une telle situation, il ne se serait certainement pas tenu en retrait sans rien dire. Donc, il avait rejoint les lieux et été abattu bien après la fuite de Melvin et ses amis. Était-ce l'un des voisins qui avait tiré, ensuite couvert par tous les autres, y compris par la famille Rodenstein ? Clemencia peinait à le croire.

Qui avait Gregor Rodenstein sur la conscience ? Une fois qu'elle saurait cela, bon nombre d'autres questions se résoudraient d'elles-mêmes. Les tenants et aboutissants des réactions des uns et des autres, pourquoi les fermiers mentaient, ce qui motivait les tueurs de Tjikundu, tout cela deviendrait clair. Melvin ne risquerait pas la condamnation à perpétuité, et le délit commis par Clemencia serait lui aussi relativisé, car elle n'avait fait que protéger un innocent faussement accusé de meurtre. Elle pourrait alors cesser de se cacher. Avec Melvin comme témoin majeur, elle parviendrait peut-être à mettre fin aux agissements de Shilongo, des tueurs et de Tjikundu.

Qui avait tué Gregor Rodenstein ? Et pourquoi ? Cela avait forcément un rapport avec cette ferme paumée, avec cette terre pierreuse et aride qu'un ancêtre de Rodenstein avait achetée un siècle plus tôt et qui risquait maintenant d'être retirée à sa famille. Une terre que ni la loi tribale, ni celle de l'empereur allemand, ni les règles de la république sud-africaine, ni celles de la Namibie indépendante n'avaient rendue plus hospitalière. On aurait pu s'en moquer si elle n'avait pas également représenté bien plus qu'un bout de terrain ; pour les uns, c'était un symbole du sentiment de supériorité des Blancs et, pour les autres, elle incarnait le sens même du combat pour la libération, les perspectives d'avenir de la Namibie, le droit d'avoir un lieu où se sentir chez soi. C'était peut-être justement parce qu'il ne poussait pas grand-chose dans ces étendues désertiques que les convoitises et les identités y prenaient racine plus profondément qu'ailleurs. Apparemment, certains vivaient et mouraient pour cela.

Tout cela ne lui disait toujours pas qui avait appuyé sur la détente. Clemencia n'avait aucun moyen d'interroger les fermiers retenus en détention, mais il restait encore quelqu'un qui devait en savoir au moins autant qu'eux : Mme Rodenstein. Quand Melvin lui aurait dit sa vérité en face, Clemencia lui demanderait pourquoi son frère était censé payer pour un meurtre qu'il n'avait pas commis. Ce terrain n'avait-il pas causé suffisamment de malheur comme ça ? Clemencia et son frère décidèrent de partir pour Steinland.

Le barrage routier de la B1 était surveillé vingt-quatre heures sur vingt-quatre, mais les policiers de service étaient des hommes comme les autres, qui avaient certainement aussi froid que tout le monde. On pouvait donc espérer que peu avant l'aube, au moment le plus glacial et lorsque le trafic était le moins dense, ils ne quitteraient pas leur poste de garde. Effectivement, lorsque Clemencia s'arrêta au stop, la policière assise là leva à peine les yeux et lui fit signe de passer. Elle accéléra. La route s'étendait, noire, devant elle.

Melvin s'endormit sur le siège passager avant même le lever du jour, et chaque kilomètre parut à Clemencia un peu plus long que le précédent. Après être tombée dans un microsommeil, elle s'arrêta sur un parking au-delà d'Okahandja et ferma les yeux. En se réveillant, une heure plus tard, elle ignorait si elle avait rêvé : une idée s'était formée dans sa tête, une idée d'une telle clarté qu'elle devait forcément être bonne. Sans réfléchir plus longtemps, Clemencia descendit du taxi et ralluma son portable.

« Bonjour, Robinson. Est-ce que Tjikundu est déjà au bureau ? Bon. Arrange-toi pour te mettre là où tu pourras l'observer. Dans cinq minutes, je vais l'appeler et lui révéler, comme sans le faire exprès, l'endroit où se cache Melvin, mon frère. Observe bien sa réaction ! Il ne va pas te dire qu'il vient de me parler, ni à toi ni à personne d'autre. Au lieu de ça, il va appeler quelqu'un et lui transmettre l'information que je lui aurai donnée. Alors, deux tueurs vont se mettre en route pour aller abattre mon frère. Est-ce que tu as compris, Robinson ?

— Clemencia, arrête tes conneries et rends-toi ! Le chef…

— Si Tjikundu réagit comme je viens de te le dire et que tu es incapable d'en tirer les bonnes conclusions, que tu ne te décides pas enfin à faire quelque chose… »

Un camion passa dans un grondement. Le chauffeur klaxonna et fit par la fenêtre un signe de la main à Clemencia. Elle pressa son téléphone contre son oreille, mais Robinson semblait de toute façon avoir perdu sa langue.

« … alors je ne peux plus rien pour toi. Et pour nous non plus », murmura-t-elle avant de raccrocher.

Elle attendit exactement cinq minutes, puis elle composa le numéro de Tjikundu.

Lorsque le téléphone de Tjikundu sonna, Robinson feuilletait ostensiblement le procès-verbal de l'interrogatoire de Haseney tout en tendant l'oreille. Tjikundu ne prononça pas le nom de son interlocuteur et ne dit presque rien, ne lâchant que quelques commentaires insignifiants comme « Oui, bien sûr », « C'est vraiment dégueulasse, si tu veux mon avis » et « Bien sûr que tu peux compter sur moi ».

Quand il raccrocha, Robinson demanda :

« Quelque chose d'important ?

— Non.

— Mais c'était qui ?

— Personnel », répliqua Tjikundu.

Robinson hocha la tête. Impossible d'être certain que c'était bien Clemencia qui avait appelé, et même si c'était elle, le silence de Tjikundu ne signifiait rien. Lui-même ne claironnait pas sur tous les toits qu'il venait de parler à la jeune femme, et pourtant, il était loin d'avoir avec elle une relation aussi amicale que Tjikundu. Pas étonnant, donc, que ce dernier ne veuille pas la trahir.

Tjikundu se leva pour sortir. Robinson demanda :

« Tu vas où ?

— Pisser, répliqua Tjikundu, pourquoi ?

— Juste comme ça », répondit Robinson.

Tjikundu le dévisagea.

« Tu veux peut-être venir avec moi pour me tenir la quéquette ?

— Oh ! ça va, dégage ! »

Peut-être Tjikundu sortait-il pour téléphoner, peut-être pas. Comment s'en assurer sans éveiller les soupçons ? Sans compter que les accusations de Clemencia paraissaient complètement insensées. Qu'est-ce que Robinson pouvait bien avoir à faire dans toute cette histoire ? Il la soupçonna soudain de vouloir le discréditer aux yeux de toute l'équipe. Elle-même était en train de sombrer et ne pensait qu'à faire couler autant de collègues que possible avec elle – et lui avant tout, lui qu'elle n'avait jamais pu sacquer et qui devrait normalement hériter de son poste.

Robinson jeta le dossier sur son bureau. Il avait laissé filer Clemencia une fois, ça avait été une grossière erreur. Il se garderait bien d'en commettre une pire maintenant. Pour qui est-ce qu'elle se prenait ? Elle était recherchée parce qu'elle protégeait son criminel de frère, et Robinson était censé exécuter pour elle une espèce de mission délirante ? Pas question, il allait faire son travail bien sagement. Et son travail consistait notamment à arrêter l'inspectrice principale Clemencia Garises avant qu'elle ne fasse encore plus de dégâts.

Robinson essaya de la joindre, mais son portable était de nouveau éteint. Sans doute craignait-elle d'être localisée. Robinson repensa à la courte discussion qu'il venait d'avoir avec elle. Est-ce qu'il n'avait pas entendu un camion klaxonner et passer à toute vitesse ? Clemencia se trouvait donc forcément en dehors de la ville. Il n'y avait de trafic de camions digne de ce nom que sur la route principale menant en Afrique du Sud, sur le Transkalahari Highway vers le Botswana, et en direction du nord.

N'importe qui d'autre serait allé se réfugier à l'étranger, mais Robinson savait ce n'était pas le genre de Clemencia. Elle ne laissait pas les choses en plan comme ça, surtout quand il s'agissait d'un crime dans lequel elle était impliquée personnellement. Si elle avait quitté Windhoek, c'était sans doute pour poursuivre son enquête d'une façon ou d'une autre. La route asphaltée menant au nord se divisait à la hauteur d'Okahandja : la B1 continuait vers Otjiwarongo et jusqu'à Ovamboland, la B2 menait à Swakopmund en passant par Karibib. Et depuis Karibib, on allait à Steinland ! Robinson ignorait ce que Clemencia espérait encore y découvrir, mais c'était le seul endroit en dehors de Windhoek qui jouait un rôle dans cette affaire. Clemencia était en route pour Steinland !

Tjikundu revint dans le bureau. Il s'assit et alluma son ordinateur, puis il se tourna vers Robinson et dit :

« Tu me demandes pas comment c'était ?

— Quoi ?

— De pisser.

— Va te faire foutre », rétorque Robinson.

Il se leva, sortit du bureau de Tjikundu et claqua la porte derrière lui. Une fois dans le couloir, il s'arrêta, réfléchit un instant, puis hocha la tête. Il allait se rendre chez son chef et lui annoncer qu'il possédait des indices sérieux quant à l'endroit où était Clemencia.

Elsa Rodenstein appuya le fusil contre le tronc du cyprès et saisit la bêche. Elle aurait préféré une place protégée, directement sous l'arbre, mais les racines rendraient la tâche trop ardue. Elle s'éloigna de quelques pas. Ici ? Elle tourna lentement sur elle-même, regardant dans toutes les directions. Au nord, la maison. Vers le sud, la vue la plus vaste possible sur les terres de la ferme, le bushveld sans fin où paissaient les springboks. Ça lui plairait sûrement. Pourtant, Elsa choisit une orientation est-ouest. Les premiers rayons du soleil matinal, qui apparaissait à l'est au-dessus de l'arête des montagnes, illumineraient aussitôt les caractères gravés là.

Du bout de sa bêche, elle traça au sol un rectangle d'environ deux mètres sur quatre-vingts centimètres. Oui, comme ça, ce serait bien. Et puis il restait encore un peu de place à côté, pour elle, plus tard. Elle plaça la bêche sur la marque et l'enfonça profondément dans le sable en y appuyant sa semelle.

« *Kom, ek doen dit*[1] », dit Andries.

Il se tenait là, au milieu des vieilles pierres tombales, avec deux autres employés de la ferme.

Elsa secoua la tête. Elle s'en occuperait elle-même. Normalement, c'était le rôle des fils de creuser la tombe de leur père, mais Thomas n'était pas là, c'est tout. Elle ne pouvait pas attendre que la police finisse par le renvoyer à la maison, mais elle ne voulait pas non plus laisser ce travail aux employés de la ferme. Qu'ils aillent réparer des trous dans les clôtures et creuser des fosses à déchets quelque part, mais surtout, qu'ils se tiennent éloignés du cimetière de la ferme. C'était une affaire de famille. Elsa rejeta le sable sur le côté.

« *Mevrou…*, reprit Andries.

— *Gaan terug huis toe*[2] *!* » répliqua Elsa.

---

1. « Laisse, je vais le faire. » (afrikaans).
2. « Rentre à la maison ! » (afrikaans).

Andries bredouilla qu'il ne retournerait pas à la maison ; on n'y était pas en sécurité, on ne pouvait pas savoir ce que mijotaient les fantômes.

Eh bien, qu'il fasse ce qu'il voulait ! Qu'est-ce que ça pouvait bien lui faire, à elle ? Elle dit :

« Je veux être seule. »

Seule avec le sable, les pierres et le vent qui bruissait dans les arbres. Elle ne penserait pas à Gregor et pas non plus aux longues années qu'ils avaient passées ici ensemble. Elle se concentrerait sur la tombe, pelletée après pelletée. Elle creuserait de plus en plus profond, le tas près de la tombe deviendrait de plus en plus gros, et elle ne fatiguerait pas jusqu'à ce que ce soit fait. Que ce soit assez.

Planter la bêche dans le sable, la faire basculer, la soulever, jeter le sable sur le côté et recommencer. Elsa ne releva la tête que lorsqu'elle eut ôté une première couche de toute la surface délimitée. Elle avait creusé sur environ dix centimètres de profondeur. Elle s'étira pour se soulager le dos. Le vent sécha la sueur qui perlait sur son front. Andries et les autres avaient disparu.

Clemencia fit lentement avancer la voiture entre l'ancien entrepôt frigorifique et l'atelier. Personne en vue. Elle gara le taxi sous l'auvent et regarda Melvin, à sa gauche. Il avait l'air beaucoup plus jeune quand il dormait, presque comme un petit garçon qui pensait avoir encore toute la vie devant lui, tout le temps du monde, un espoir sans limites. Une telle assurance se volatilisait bien vite. Un beau jour, on se réveillait sans plus comprendre le pourquoi du comment, seulement conscient d'avoir dépassé depuis longtemps plusieurs embranchements décisifs sans même les avoir aperçus. Clemencia aurait bien aimé pouvoir laisser son frère dormir davantage, mais c'était impossible. Ils n'avaient plus tout le temps du monde.

Elle posa la main sur son bras, hésita. Bon, elle pouvait bien lui octroyer encore quelques minutes ; elle en profiterait pour chercher Elsa Rodenstein. Elle descendit silencieusement du taxi, rejoignit l'entrée principale de la maison, frappa puis, après avoir attendu un instant, enfonça la poignée. La porte n'était pas verrouillée. Clemencia appela :

« Madame Rodenstein ? »

Un chien aboya deux fois puis le calme revint. Clemencia referma la porte et fit le tour de la maison. Devant elle, un paon s'envola de la pelouse et alla se poser lourdement sur le toit de tôle de la véranda. Clemencia monta les marches. Elle appela encore puis, ne recevant pas de réponse, entra par la porte de derrière, qui était grande ouverte. Au salon, la radio diffusait une émission en afrikaans que personne n'écoutait. Dans la cuisine, le réfrigérateur se mit à ronfler. La vaisselle du petit déjeuner avait été débarrassée mais pas encore lavée ; à droite de la cuisinière était ouvert un magazine afrikaans, *Die Huisgenoot*. L'employée de maison avec laquelle Clemencia avait discuté lors de sa deuxième visite n'était, elle non plus, visible nulle part.

« Il y a quelqu'un ? » appela-t-elle de nouveau.

À travers une fenêtre, elle jeta un œil vers les logements des ouvriers de ferme. Un râteau contre un mur, un tabouret près de la porte, un ballon en plastique rouge dans le sable, mais aucun enfant en train de jouer, aucune femme portant un panier à linge, pas de vieil homme se réchauffant au soleil matinal. Le terrain et tous les bâtiments de la ferme semblaient déserts, comme si tout le monde avait précipitamment pris la fuite, en un instant. Personne ne semblait devoir revenir pour éteindre la radio ou continuer à feuilleter *Die Huisgenoot*.

La porte de la chambre à coucher était entrebâillée. Lorsque Clemencia la poussa, deux chiens se mirent à grogner. Ils étaient couchés en bas du lit, du côté où reposait une momie d'apparence grotesque à la tête entièrement bandée de blanc. Était-ce l'œuvre d'un des médecins légistes, ou Elsa Rodenstein s'en était-elle chargée ? En tout cas, il ne pouvait s'agir que de Gregor Rodenstein, l'homme assassiné. On lui avait passé un costume noir et posé ses mains cireuses l'une au-dessus de l'autre.

« Silence ! » murmura Clemencia aux chiens.

Ils lui obéirent et restèrent immobiles quand elle s'approcha du cierge qui brûlait sur la table de chevet. Même si personne ne devait jamais revenir dans cette maison, ce n'était pas une raison pour la réduire en cendres. Elle souffla la bougie et la mèche rougeoya encore un instant, faisant monter en l'air un mince trait de fumée noire. Une lettre dépliée était posée à côté. Clemencia, reconnaissant l'en-tête du ministère des Affaires foncières et de la Relocalisation, en survola le texte. Il annonçait en termes secs que la ferme Steinland avait été déclarée apte à une répartition dans le cadre de la réforme agraire et sommait son propriétaire de céder le terrain et les biens immobiliers à l'État namibien dans un délai d'un mois. Clemencia regarda la date, inscrite en haut à droite. Le délai expirait dans exactement dix jours. Mais était-il encore d'actualité après tout ce qui s'était passé ?

Elle reposa la lettre puis, tendant le doigt vers la porte ouverte, ordonna aux chiens de filer. Ils ne réagirent pas. Lorsqu'elle se pencha pour en attraper un par le collier, il essaya de lui mordre la main, et l'autre se remit à grogner. Bon sang, et quoi encore ? Deux chiens qui veilleraient sur la dépouille de leur maître jusqu'à mourir eux-mêmes de faim ? Tout semblait soudain sentir la mort.

Clemencia retourna dans le couloir, contrôla rapidement les autres pièces abandonnées et poussa un soupir de soulagement en ressortant sur la véranda. Au loin, elle aperçut le réservoir d'eau et l'armature du collecteur solaire près duquel on avait retrouvé Gregor Rodenstein. Des bœufs tachetés trottinaient dans leur direction. Sur le côté, la silhouette des cyprès indiquait le cimetière de la ferme. Soudain, elle aperçut là-bas un scintillement, comme si la lumière du soleil se reflétait sur une surface brillante. Quelque chose remuait juste au-dessus du sol, et même si Clemencia ne pouvait distinguer de quoi il s'agissait, cela paraissait au moins être un signe de vie.

Elle retourna au taxi et réveilla Melvin. Comme il était bien trop faible pour aller à pied jusqu'au cimetière, elle tâcha de l'atteindre en voiture. Elle s'engagea dans le veld, enfonçant l'accélérateur pour progresser tant bien que mal sur le sable, et ne resta bloquée qu'à quelques mètres de son but. Ils descendirent. Un fusil était appuyé contre un cyprès. Mme Rodenstein, debout dans un trou jusqu'à la poitrine, souleva une bêche au-dessus du bord et jeta de la terre sur le tas qu'elle avait déjà formé. Elle jeta un bref coup d'œil à Clemencia puis se pencha de nouveau.

« Voici mon frère, Melvin, dit Clemencia. J'aimerais savoir pourquoi vous l'avez identifié à tort comme le meurtrier de votre mari. »

Mme Rodenstein jeta une nouvelle pelletée sur le tas.

« Je pense qu'il est temps de tout mettre à plat, maintenant », reprit Clemencia.

Mme Rodenstein posa sa bêche et mit les coudes sur le rebord du trou. Le fin sable rouge ruissela vers le fond. Elle dit :

« Il était là, ce soir-là.

— Oui, j'étais là, mais on n'a tué personne. »

Melvin s'assit sur la bordure d'une tombe en se recroquevillant sous l'effort, la main crispée sur la cuisse. Peut-être Clemencia n'aurait-elle pas dû lui imposer un tel voyage.

Elle essaya de convaincre Mme Rodenstein, lui expliquant que Melvin et ses amis avaient agi pour le compte du ministre Shilongo. Il voulait mettre le grappin sur Steinland, et personne ne pourrait l'en empêcher tant qu'Elsa Rodenstein ne dirait pas la vérité, car deux des trois hommes qui auraient pu prouver ses crimes étaient déjà morts, et le dernier, Melvin, se tuerait plutôt que de faire une déposition si on devait le tenir pour responsable d'un meurtre qu'il n'avait pas commis.

Seule Mme Rodenstein pouvait empêcher cela, en avouant qui avait vraiment tué son mari. Si elle ne le faisait pas pour le frère de Clemencia, qu'elle pense au moins à sa ferme. Elle voulait la garder, c'était bien ça qui comptait, pour elle. Elle était allée jusqu'à mettre en scène un enlèvement avec la complicité de ses voisins pour déjouer les projets d'expropriation, et maintenant qu'elle avait la chance de faire tomber le ministre responsable, et avec lui sa politique prétendument vouée à l'intérêt général, elle préférait se taire ?

Non seulement Mme Rodenstein se taisait, mais elle semblait à peine écouter. Elle s'était maintenant penchée tellement bas qu'elle avait entièrement disparu dans la tombe. Quand elle refit surface, elle tenait des deux mains une pierre grosse comme un ballon de foot qu'elle balança péniblement par-dessus le bord. Cette fois encore, le sable lâche de la surface glissa, coula.

« Vous, votre fils et vos voisins, vous avez coincé trois hommes, là-bas, dit Clemencia. Schroeder a tiré sur mon frère, et après ça, vous avez laissé ces trois hommes s'enfuir. Pourquoi ? Et pourquoi votre mari vous a-t-il seulement rejoints une fois que tout a été fini ?

Qu'est-ce qu'il a fait avant ça ? Que s'est-il passé quand il est enfin arrivé au trou de forage ? Est-ce qu'il y a eu une dispute ? Vous cherchez vraiment à protéger quelqu'un qui a tué votre propre mari ? »

Mme Rodenstein creusait, comme possédée, comme si elle voulait continuer jusqu'à toucher la roche nue. Et même là, elle ne s'arrêterait pas, donnant des coups de bêche jusqu'à ce que des étincelles jaillissent. Elle ferait sauter de petits morceaux de pierre et les jetterait vers l'extérieur avec la main, parce que la tombe serait devenue bien trop profonde pour qu'elle en atteigne le bord avec sa bêche. Elle ne se demanderait pas comment elle pourrait jamais ressortir, mais creuserait et frapperait la roche, et quand la bêche se briserait, elle continuerait en grattant avec les ongles jusqu'à ce que tout s'effondre au-dessus d'elle, le sable, la terre, les pierres, les rochers, jusqu'à ce qu'elle soit elle-même enterrée là où elle voulait que son mari repose, loin sous la surface de cette terre qui avait été leur patrie à tous les deux.

Et soudain, Clemencia comprit. Des faits apparemment sans rapport s'assemblèrent, des contradictions partirent en fumée. Elle demanda, non pas pour chasser un dernier doute, mais pour montrer à Mme Rodenstein qu'elle savait :

« Quand la lettre est-elle arrivée ? La lettre qui vous confirmait officiellement l'expropriation imminente ? »

La lettre était datée de près de deux semaines avant la mort de Gregor Rodenstein, mais il s'était sûrement déroulé plusieurs jours entre le moment où elle avait été postée du ministère, traitée puis transportée jusqu'à Karibib. Ensuite, elle était restée dans la boîte postale des Rodenstein. À quelle fréquence la vidaient-ils ? Sans doute une fois par semaine.

Quoi qu'il en soit, Gregor Rodenstein était connu, dans le coin. Clemencia trouverait des témoins pour confirmer qu'il était allé à Karibib le jour de sa mort. Il avait fait les courses, peut-être bu un café quelque part et ramassé son courrier. Il avait ouvert sa boîte postale, vu le nom de l'expéditeur de la lettre et n'avait pas osé l'ouvrir tout de suite. Sur le chemin du retour, il n'avait pas cessé de jeter des coups d'œil vers le siège passager, vers cette enveloppe blanche à l'air innocent dont il devinait, connaissait, même, le contenu. C'est seulement une fois qu'il eut franchi le portail de la ferme pour se retrouver sur sa terre, une terre qui ne serait bientôt plus la sienne, qu'il avait déchiré l'enveloppe et lu la confirmation que tout était terminé. Les combats, les efforts, l'héritage de sa famille, le sens de sa vie, tout cela s'effondrait au-dessus de lui.

Mme Rodenstein fit une pause. Haletante, elle s'appuya sur sa bêche et leva les yeux vers Clemencia, sans doute pour s'assurer que celle-ci avait vraiment compris ce qui s'était passé.

« Il ne vous a rien dit, c'est ça ? demanda Clemencia. Il l'a simplement fait. »

Le vent venait du nord-est. Il courbait les extrémités des quelques herbes minces encore debout et poussait devant lui des voiles de poussière rouge. Un caméléon sortit lentement d'un buisson de hakkie *puis se figea, une patte en suspens, comme si le temps s'était brusquement arrêté. C'était un caméléon* namaquensis *qui venait de faire sa mue. Des lambeaux de son ancienne peau pendaient encore sur sa nouvelle robe d'écailles brune et brillante.*

Gregor Rodenstein posa la crosse du fusil sur le sable et s'agenouilla. L'animal avait cinq taches rondes plus pâles sur le flanc ; tels des boutons, de petites excroissances couraient le long de sa colonne vertébrale. Une ligne traversait de part en part sa tête massive là où sa gueule s'ouvrirait pour attraper un scarabée ou un petit lézard. Mais pour l'instant, fermée, elle lui donnait l'air d'un vieillard grincheux jaugeant son adversaire d'un œil fixe. Que penses-tu, que veux-tu, que fais-tu ?

Je ne suis pas un danger pour toi, pensa Gregor Rodenstein, je te regarde, c'est tout. Comme j'ai regardé les tombes tout à l'heure. Celle de Johann Rodenstein, qui s'était créé une patrie en donnant des noms allemands à des montagnes et à des rivières africaines. Celle de sa femme Thalita, dont la tâche avait été de peupler d'habitants blancs cette nouvelle patrie, et qui s'était ratatinée au soleil comme l'herbe durant les mois de sécheresse. Les tombes de ses enfants morts avant même leur première saison des pluies. La pierre en mémoire d'Armin, qui avait suivi le Reich de mille ans jusqu'à en perdre sa patrie. La tombe de Hermann, qui n'avait besoin de rien de plus que de sa terre, et celle de sa femme Inke, qu'on avait retrouvée morte une pierre à la main, une pierre de cette même terre. Tous avaient vécu ici, et tous étaient morts depuis bien longtemps.

Le caméléon commença à osciller d'avant en arrière sans déplacer les pattes. Un frisson traversait son corps à un rythme irrégulier, mais qui paraissait naturel. On aurait dit que le vent tordait une plante étrange qui se cramponnait au sable rouge de toutes ses griffes. L'animal essayait-il de se camoufler aux yeux de ses ennemis ou se préparait-il à la chasse ? Peu importe – manger ou être mangé, ainsi allaient les choses.

Non, se dit Gregor Rodenstein, pas pour nous, les hommes. Nous pouvons prendre la décision d'arrêter ça. Le cours du monde n'en changera pas pour autant, mais on a la liberté de dire qu'on ne veut plus, qu'on n'a plus envie de manger ou d'être mangé. Gregor Rodenstein appuya le canon du fusil sous son menton et chercha la détente du bout du doigt. En tendant le bras, il parvint tout juste à l'atteindre. Il se dit que parfois, il fallait bien avoir aussi un peu de chance. Puis il appuya.

« Il s'est suicidé », reprit Clemencia.

Mme Rodenstein, ou son fils, avait entendu le coup de feu quelque part dans le veld, dans le courant de l'après-midi. Quand ils avaient trouvé Gregor Rodenstein, il était mort. Ils l'avaient transporté à l'intérieur de la maison et découvert la lettre d'expropriation dans sa poche. Les voisins, une fois alertés, étaient venus les soutenir, ou tout simplement leur tenir compagnie. Ils avaient cherché des mots de deuil et de réconfort, mais tout ce qu'ils avaient trouvé sonnait creux et artificiel.

Pourtant, comme se taire aurait été encore plus insupportable, d'autres mots avaient pris forme. Cette ferme, c'était toute la vie de Gregor Rodenstein, il était incapable de faire face aux actes terroristes et aux décisions arbitraires de l'État, et il y avait des responsables, des coupables qui l'avaient poussé à faire ça ; il ne s'agissait donc pas d'un suicide, mais bel et bien d'un meurtre, un meurtre particulièrement perfide, parce que les meurtriers du ministère, à

Windhoek, n'avaient même pas eu le cran de presser eux-mêmes la détente.

À un moment, le téléphone sonna. Un inconnu annonça qu'une attaque était prévue pour la nuit même, une razzia à la ferme Steinland. Elsa Rodenstein, son fils et ses voisins s'entre-regardèrent. Ils sauraient empêcher ça, surtout maintenant. Œil pour œil, dent pour dent. Ils allaient descendre ces criminels, d'autant qu'ils avaient eux aussi Gregor sur la conscience, c'était certain. Aucune pitié à avoir. Les risques étaient minces : les fermiers auraient l'effet de surprise de leur côté et, plus tard, ils pourraient toujours se couvrir mutuellement en affirmant avoir tiré en situation de légitime défense. Leur seul regret serait que les commanditaires s'en sortiraient !

Et puis, quelqu'un eut une idée. Pourquoi ne pas aider à rendre la vérité plus explicite ? Tout le monde était du même avis : Gregor avait été assassiné. Pourquoi est-ce qu'on ne pourrait pas faire en sorte que ce soit visible au premier coup d'œil ?

'n Boer maak 'n plan[1], un Allemand en fait deux, dit-on, mais cette fois-ci, le dicton mentait : ils n'avaient pas de plan B et jouaient là leur va-tout. Ils planifièrent leur action et les déclarations qu'ils feraient par la suite. Les plus assoiffés de vengeance ne trouvaient pas forcément juste de laisser les assaillants en vie pour qu'ils puissent prendre la fuite, mais il n'y avait pas d'autre possibilité. Si on trouvait leurs cadavres près de celui de Gregor, les enquêteurs boucleraient aussitôt le dossier. Pourquoi faire une enquête s'il n'y avait personne à inculper ? Il fallait absolument qu'ils fassent une enquête, qu'ils cherchent les coupables, examinent leurs relations, trouvent leurs motifs et leurs commanditaires. Et si la police était trop nulle pour découvrir que certains politiciens ne reculaient pas devant le meurtre pour arriver à leurs fins, eh bien, il faudrait lui mettre le nez dessus. C'est pour ça qu'ils avaient inventé l'enlèvement de Thomas Rodenstein, et pas uniquement pour expliquer pourquoi ils avaient laissé fuir les agresseurs ! La demande de rançon devait faire comprendre à tout le monde qu'on avait ici tenté d'imposer la réforme

1. « Un Boer fait un plan » (afrikaans).

agraire par la violence. Voilà qui stopperait net ladite réforme, et avec elle les puissants qui la propageaient.

Si le plan fonctionnait, Gregor Rodenstein ne serait pas mort en vain. Il ne se serait pas résigné face au pouvoir, n'aurait pas abandonné pour fuir vers des terres obscures qui n'appartiendraient jamais à personne, non, il se serait battu jusqu'au dernier souffle pour ses douze mille hectares. Pendant la manifestation, Clemencia avait vu une pancarte proclamant : « Vous n'aurez nos terres qu'en nous passant sur le corps ». Les fermiers et Mme Rodenstein voulaient prouver que Gregor était allé encore plus loin : vous n'aurez pas mes terres même si vous me passez sur le corps.

C'est du moins ce que sa famille voulait croire. Il ne leur suffisait pas de connaître la raison du suicide de Gregor ; ils cherchaient désespérément une clé qui leur permettrait d'accepter la mort de leur père, de leur mari, et lorsqu'ils l'eurent trouvée, ou plutôt inventée, ils n'hésitèrent plus. Après avoir mis en fuite Melvin et ses amis, ils portèrent le corps de Gregor Rodenstein jusqu'au puits de forage, jusqu'à l'endroit où il avait prétendument été abattu.

Clemencia fit un pas de plus vers la tombe et regarda Mme Rodenstein essayer de retenir le sable ruisselant. Dans de telles circonstances, il lui semblait impossible de la convaincre de parler. Il ne s'agissait plus uniquement de mensonges, de terres et de politique : Clemencia attendait d'elle qu'elle démente tout ce qui rendait la mort de son mari supportable. Elle lui tendit la main et dit :

« Venez, je vous aide à sortir. »

La bêche cliqueta en heurtant le dur rocher.

« C'est assez profond », ajouta-t-elle.

Mme Rodenstein se redressa. Bien qu'elle soit visiblement à bout de forces, elle dit :

« Les chacals…

— C'est assez profond.

— Vous êtes sûre ?

— Il faudra qu'il puisse entendre votre voix quand vous viendrez le voir. »

Mme Rodenstein hocha lentement la tête et déposa sa bêche d'un geste hésitant.

« Clemencia ! » appela Melvin à mi-voix, derrière elle.

Mme Rodenstein eut un mince sourire, passa la main dans ses cheveux gris et secoua la tête pour se débarrasser du sable et de la poussière.

« Je dois avoir une tête horrible.

— Épouvantable, confirma Clemencia en lui tendant l'autre main.

— Clemencia ! Il y a deux policiers qui arrivent ! » lança Melvin.

Clemencia sursauta. Les deux hommes venaient dans leur direction en suivant le sentier partant de la ferme. Ils avaient déjà traversé le lit asséché de la rivière et se trouvaient à soixante ou soixante-dix mètres d'eux. Un petit, un grand, tous deux en uniforme de la police. Les silhouettes semblaient correspondre, et même s'ils étaient encore trop loin pour que l'on puisse discerner leurs traits, qui pouvaient-ils bien être d'autre que les tueurs ? Donc, Tjikundu avait… Peu importe.

« Derrière la voiture, vite ! lança-t-elle à Melvin. Et vous, restez là-dedans ! » ajouta-t-elle à l'intention d'Elsa Rodenstein.

En quelques pas, Clemencia atteignit le cyprès. Elle saisit le fusil et le lança à Elsa Rodenstein, sachant qu'elle-même visait mieux avec son pistolet. Melvin rampa vers la roue avant du taxi et Clemencia se dépêcha de l'y rejoindre tout en tirant son arme de son holster ; elle se mit à l'abri derrière l'aile du taxi, ôta le cran de sûreté de son arme et cria par-dessus le capot :

« Ne bougez plus ! »

L'un des deux hommes s'éloigna de son complice et, courbé en deux, courut vers l'est. Apparemment, il comptait approcher sur le côté pour les prendre entre des feux croisés. L'autre continua à avancer sans ralentir, l'arme braquée sur Clemencia.

« Ne bougez plus ou je tire ! hurla-t-elle.

— Police ! cria l'homme. Posez vos armes et sortez les mains en l'air ! »

Il était désormais à une vingtaine de mètres d'eux, suffisamment proche pour qu'elle puisse distinguer la verrue sur sa joue. Clemencia dirigea son arme vers le ciel et pressa la détente. Le tir d'avertissement claqua avec violence et son écho, presque aussi fort, suivit presque aussitôt. La balle tirée par le tueur traversa le pare-brise du taxi et en fit exploser la vitre.

Trois voitures étaient garées sous l'abri et à sa droite, du côté de l'atelier. Le *bakkie* et la vieille Golf Citi étaient immatriculés à Karibib, Robinson les avait déjà vus lorsqu'il était venu monter la garde près du téléphone ; ils appartenaient aux Rodenstein. Le Nissan X-Trail blanc, en revanche, avait un numéro de Windhoek. Il n'avait encore jamais vu Clemencia dans une telle voiture, mais avec tout ce qu'elle s'était permis ces derniers temps, il n'aurait pas été étonné qu'elle l'ait tout simplement volée.

Robinson désigna la Nissan de la tête et dit :

« Je savais bien qu'elle était là ! »

Tjikundu ne dit rien. Robinson aurait préféré emmener une dizaine d'agents qu'il aurait pu commander à sa guise, mais une fois de plus Oshivelo n'avait pas eu suffisamment confiance en lui et en son intuition pour lancer une opération d'envergure. Du moins l'avait-il laissé aller à Steinland. Et s'il fallait absolument que Tjikundu l'accompagne, eh bien, un ordre était un ordre. Tjikundu lui-même se serait bien passé de cette excursion ; en tout cas, il avait mis une éternité à se préparer à partir, et n'avait pas arrêté de se plaindre que Robinson, qui tâchait de rattraper le temps perdu, conduisait beaucoup trop vite. Même maintenant, Tjikundu ne paraissait pas particulièrement intéressé. Balayant du regard la maison et les bâtiments annexes, il dit :

« Ça a l'air plutôt abandonné.

— Et la voiture, elle est tombée du ciel ? » demanda Robinson.

Clemencia était certainement dans la maison, à interroger Mme Rodenstein. Alors que Robinson se demandait comment rendre la Nissan inutilisable pour empêcher Clemencia de s'enfuir, Tjikundu passa la main par dessus le volant et appuya énergiquement deux fois sur l'avertisseur.

« Mais t'es malade ? » siffla Robinson en repoussant la main de son collègue.

Le chef avait clairement ordonné d'arrêter Clemencia quoi qu'il arrive. Tjikundu ne pouvait pas ignorer un tel ordre, qu'il soit ami avec elle ou non.

« Tu veux l'avertir ou quoi ?

— Si quelqu'un était là, il viendrait voir ce qui se passe.

— Maintenant, on entre et on l'arrête, dit Robinson. Et si tu sabotes cette opération, Tjikundu, ne va pas croire que je te couvrirai face au patron.

— On perd notre temps, c'est tout », rétorque Tjikundu.

Il descendit cependant pour suivre Robinson jusqu'à la maison. La porte n'était pas fermée à clé. Robinson sortit son arme et pénétra prudemment dans la pénombre du couloir. En entendant quelque part une voix étouffée, il se tourna vers Tjikundu et leva le pouce. Il avait vu juste !

Il avança en longeant le mur et jeta un œil dans la cuisine vide. Un chien aboya dans une des pièces de l'arrière de la maison. Robinson suivit la voix féminine qui venait de la salle de séjour, une voix qui parlait afrikaans, et juste devant la porte, il comprit ce qu'elle disait : « Et maintenant le journal, établi par la rédaction de la NBC, traduit et présenté par… »

Tjikundu eut un grand sourire narquois et leva le pouce. Oh ! c'est bon, si une radio est allumée, il doit bien y avoir quelqu'un qui l'écoute ! Robinson ouvrit d'un coup de pied la porte du salon et hurla :

« Les mains en l'air ! »

« D'abord les gros titres, poursuivit la radio. Le ministre Shilongo a donné sa démission aujourd'hui. Le tribunal de la SADC* est dissous avec effet immédiat. Cinq morts dans un grave accident de voiture entre… »

Le poste trônait sur une commode, près du vieux gramophone. Au milieu de la table sur laquelle Robinson avait câblé le téléphone, deux jours auparavant, était posé un saladier plein de pommes. L'une des chaises était légèrement en retrait. Les tableaux et les documents indéchiffrables que Robinson avait récemment eu tout le loisir d'observer étaient toujours à leur place au mur.

« Et maintenant, les nouvelles en détail… »

Cette putain de pièce était vide. Robinson dit :

« Bon, ben il faut qu'on...

— La ferme ! » le coupa Tjikundu.

« ... le ministre Paul Shilongo a annoncé aujourd'hui qu'il quittait toutes ses fonctions au sein du parti et du gouvernement pour des raisons de santé. Shilongo est membre de la SWAPO depuis trente-cinq ans et a été appelé au comité central du parti en 1998. Après l'indépendance, il a été élu au Parlement, où il a depuis conservé son siège sans interruption. Il a rempli des fonctions gouvernementales dans divers domaines, dont le dernier en tant que ministre des Affaires foncières et de la Relocalisation. À ce poste, il s'est particulièrement investi pour une accélération de l'application de la réforme agraire. Dans sa première réaction, le président Hifikepunye Pohamba a remercié le ministre sortant pour son engagement constant et lui a souhaité bonne chance pour son avenir personnel. Le nom de son successeur n'est pas encore connu. »

« Ils ont fait sauter Shilongo, dit Tjikundu.

— Peut-être qu'il est vraiment malade », commenta Robinson.

Quand on a du fric et du pouvoir, on baise à droite et à gauche et on a vite fait de s'infecter avec le VIH, ce que personne n'évoque jamais publiquement, évidemment. Et malgré les médicaments, le corps finit un jour par devenir trop faible, ne serait-ce que pour tenir assis dans un fauteuil ministériel. Shilongo ne serait pas le premier à subir ce triste sort, certainement pas non plus le dernier, et Robinson s'en fichait éperdument.

« Bonne chance pour son avenir *personnel*, ça veut dire qu'il n'a plus d'avenir politique, et qu'il ferait vraiment fichtrement mieux de ne plus la ramener publiquement. »

Tjikundu éteignit la radio et s'assit à la table.

« Dis, on pourrait repousser la minute de silence pour Shilongo à une autre fois ? demanda Robinson. Si on ne trouve pas notre chère collègue Clemencia Gari... »

Un coup de feu interrompit brutalement sa phrase, puis un deuxième. Robinson se baissa instinctivement et comprit à la troisième détonation qu'il n'était pas en danger immédiat. On tirait à bonne distance, derrière la maison, dans le veld. Il se releva d'un bond.

Ça sent les emmerdements, se dit-il en sortant rapidement sur la véranda par la porte de derrière. Il se mit à l'abri derrière la balustrade, l'arme au poing. Tjikundu était près de lui.

Non loin des cyprès bordant le cimetière était garé un taxi de Windhoek, aisément reconnaissable au gros numéro peint sur sa carrosserie. Il y avait probablement quelqu'un dedans ou juste à côté, sans quoi le policier accroupi à vingt mètres de là, derrière un bloc rocheux, ne le viserait pas. Plus loin vers l'est, un autre flic piqua un sprint et se jeta à plat ventre sur le sable. Lui aussi semblait avoir une arme à la main.

« Putain de merde », lâcha Tjikundu.

Putain de merde, pensa Robinson, deux policiers qui pourchassent quelqu'un – ou, plus exactement, deux hommes en uniforme de police ! Est-ce que Clemencia n'avait pas dit que les tueurs se mettraient en route dès qu'elle aurait indiqué à Tjikundu où se trouvait son frère ? Est-ce que Tjikundu avait vraiment... ? Non, pas Tjikundu. C'était un collègue, un agent chevronné de la section des homicides. D'accord, il était noir, donc on ne pouvait jamais être sûr à cent pour cent de ce qui lui passait par la tête, mais il n'aurait quand même pas...

Ou était-ce pour ça qu'il avait essayé de gagner du temps ? Pour que ces deux-là puissent faire leur travail tranquillement ? Était-ce pour les avertir eux, et non Clemencia, qu'il avait klaxonné ?

Tjikundu, accroupi juste à côté de Robinson, avait lui aussi tiré son pistolet et regardait par-dessus la balustrade. Il chuchota :

« Des flics, tu parles ! Ça doit être les deux types qui ont descendu Kausiku et Zeraua.

— Oui », répondit Robinson à voix basse.

Bon sang, et maintenant, qu'est-ce qu'il était censé faire ?

« Ils veulent tuer encore quelqu'un, Mme Rodenstein ou Clemencia, qu'est-ce que j'en sais ? Il faut absolument qu'on les en empêche ! »

Robinson était perdu. Si Tjikundu avait vraiment envoyé les tueurs ici, il n'allait pas essayer de les arrêter, à présent, non ?

« Tu viens avec moi, Robinson ? »

Celui-ci avala sa salive puis hocha lentement la tête. Bon, d'accord, il y allait, mais il s'assurerait de toujours rester derrière Tjikundu et de ne pas le quitter des yeux une seule seconde. Tjikundu bondit par-dessus la balustrade et se mit à courir vers le cimetière.

Son pistolet avait un chargeur de six balles, et c'est exactement le nombre qu'elle en avait eu au début. Évidemment, Clemencia n'avait pas de chargeur de rechange sur elle ; même si elle y avait pensé, elle aurait difficilement pu se présenter à l'armurerie du commissariat pour demander du rab de munitions alors qu'elle était recherchée par la police.

Le tir de sommation avait été judicieux ; les tueurs auraient pu s'alarmer de voir qu'il ne s'agissait pas, cette fois-ci, d'abattre à bout portant une victime sans défense. Mais Clemencia n'aurait jamais dû tirer de nouveau en l'air après que l'un des hommes eut aussitôt riposté en la visant. Cette faute impardonnable lui avait coûté sa deuxième balle. Sans doute avait-elle espéré, mue par un stupide réflexe policier, pouvoir arrêter les tueurs sans trop de problèmes pour les forcer à témoigner contre Tjikundu et Shilongo. Mais à présent, il ne s'agissait plus de cela. À présent, ce n'était plus qu'une question de survie, et de savoir si quatre balles seraient suffisantes.

« Écoute, petite ! cria l'homme réfugié derrière le rocher. Ton frère est soupçonné de meurtre. Tu es une collègue, tu sais très bien que nous devons l'arrêter. »

Entre lui et Clemencia, il n'y avait que le taxi et une surface dégagée d'une vingtaine de mètres, couverte de sable et de quelques pierres pas plus grosses que le poing. Il y réfléchirait à deux fois avant de s'approcher. Clemencia s'inquiétait davantage de son complice, qui s'approchait en rampant. Il était encore à une bonne cinquantaine de mètres, mais il avait tellement avancé vers l'est que le taxi n'abritait plus Clemencia et Melvin. Pourtant, il ne tira pas – pas encore.

« Toi et la femme dans le trou, là, vous n'avez rien à craindre, reprit le premier. Tu jettes ton arme, on arrête ton frère, et vous, vous faites ce que vous voulez. »

Ce type pensait-il vraiment que Clemencia croyait un seul mot de ce qu'il disait ? Ils s'étaient pourtant fait face devant la prison centrale de Windhoek, les deux tueurs étaient déjà venus en uniforme chez les tantes de Clemencia, et on les avait vus habillés ainsi après le meurtre d'Operi Zeraua. Comment pouvaient-ils s'imaginer qu'elle les croirait et les prendrait pour de véritables policiers ?

« On fait juste notre devoir, insista le tueur. Et maintenant, dépêche-toi de balancer ton flingue par-dessus la voiture ! »

Pendant ce temps-là, le second homme avait continué à ramper parallèlement au taxi. Il ne bifurqua qu'après avoir mis le premier cyprès pile entre lui et Clemencia. Bon sang, s'il parvenait à se mettre à l'abri derrière l'arbre, s'il pouvait rejoindre le tronc, ce serait fini ; Melvin et Clemencia seraient en plein dans sa ligne de mire. Ils devaient s'enfuir d'ici tout de suite.

Impossible d'utiliser le taxi ; il était ensablé et ne ferait que s'enfoncer davantage si Clemencia essayait de démarrer. Se réfugier sur la banquette arrière reviendrait à s'enfermer dans un piège, et les balles traverseraient de toute façon les portières. Rejoindre les autres arbres, le cimetière ? Les pierres tombales étaient trop basses pour les abriter. Le tas de terre élevé par Elsa Rodenstein pourrait à la rigueur suffire, tout au moins pour Clemencia. Melvin devrait quant à lui se jeter dans la tombe et baisser la tête, mais il lui faudrait pour cela franchir plusieurs mètres, ce qui suffisait amplement à se prendre une balle. Clemencia vit Elsa Rodenstein jeter un coup d'œil prudent par-dessus le bord de la tombe puis sortir le canon de son fusil.

« Restez à couvert ! lui siffla-t-elle.

— Les renforts sont en route ! Vous n'avez pas une chance de vous en sortir ! »

Le fusil de Mme Rodenstein pivota lentement vers le côté et ne s'immobilisa que lorsque la bouche du canon fut pointée en direction du taxi. De Clemencia.

« Mais qu'est-ce que… ? » s'exclama celle-ci avant de comprendre pour qui parlait le tueur.

Cette histoire de descente de police n'était destinée qu'à Mme Rodenstein et à son fusil ! Pour le tueur, trois armes contre une, c'était un rapport de force bien plus favorable que deux contre deux. Et pourquoi son bluff ne fonctionnerait-il pas? Mme Rodenstein n'avait aucune idée des autres éléments de l'affaire, elle ne connaissait pas les tueurs. Tout ce qu'elle voyait, c'étaient deux hommes en uniforme qui essayaient de faire ce qu'ils auraient dû, selon elle, faire depuis longtemps : arrêter Melvin.

« Moi, je suis de la police, pas eux! Eux, ce sont des meurtriers; ils portaient aussi des uniformes quand ils ont abattu leur dernière victime. Et maintenant, ils veulent tuer Melvin. »

Clemencia parlait avec précipitation, se demandant fébrilement comment convaincre Elsa Rodenstein. Il lui fallait un argument en béton, une preuve irréfutable, mais elle ne trouvait que des promesses, des serments et de sombres présages, rien que des mots qui pouvaient être vrais – ou pas.

« Si je leur livre Melvin, il ne sera pas arrêté, comme vous le pensez peut-être; je vous jure qu'alors il ne quittera pas cette ferme en vie. »

Le second tueur rampait vers l'avant, déjà plus ou moins dissimulé par le cyprès; il était maintenant dangereusement proche. À droite et à gauche du tronc, elle voyait ses coudes s'appuyer en alternance sur le sable. C'était peut-être une possibilité. Si elle le touchait au bras droit, si Mme Rodenstein ne lui tirait pas dessus la première...

« Est-ce qu'il faut vraiment que le sang coule? Rends-toi, Melvin Gariseb! » lança le premier tueur.

Melvin était adossé contre le pneu avant droit du taxi. Il avait croisé les mains sur le ventre, à peu près à la hauteur de sa blessure. Sa première blessure par balle, pensa Clemencia. Il ne survivrait jamais à une seconde. Elle dit :

« Madame Rodenstein, vous n'avez pas pu empêcher le suicide de votre mari, mais maintenant, vous pouvez sauver une vie. »

Mme Rodenstein ne répondit pas, ne bougea pas, ne déplaça pas son arme vers le côté, ni vers le tueur caché derrière le rocher ni vers celui qui rampait vers elles. Il n'était plus qu'à une dizaine de mètres du cyprès. Clemencia le mit en joue, stabilisa son poignet droit de sa main gauche et chuchota à Melvin :

« Dès que je te le dis, tu cours vers la tombe! Laisse-toi tomber dans le trou et reste en bas! Et fais vite, le plus vite que tu peux! »

Clemencia ferma l'œil gauche, souffla, visa un point tout proche du tronc de l'arbre et pressa la détente. Cette fois, elle entendit à peine la détonation, toute concentrée qu'elle était sur le tueur. À quelques centimètres de son bras, là où la balle s'enfonça dans le sol, le sable gicla en l'air en une ridicule petite fontaine de poussière. Et merde, pensa Clemencia. Puis la fusillade éclata.

Un, deux, trois coups de feu successifs, entrecoupés par l'affreux bruit des balles déchiquetant la tôle du taxi. Le quatrième coup retentit, mais l'homme que Clemencia visait avait croisé les bras au-dessus de la tête pour se protéger, le cinquième coup, Mme Rodenstein se figea, le sixième, mais ça n'arrêterait donc jamais ? Clemencia se leva d'un bon et tira à l'aveuglette par-dessus le capot du taxi en direction du premier tueur. Elle manqua sa cible une fois de plus, évidemment : comment aurait-elle pu le toucher ainsi alors qu'elle ne le voyait même pas, caché derrière son rocher ? Puis elle entendit un cliquètement métallique, comme si l'homme venait d'éjecter le chargeur vide de son arme, et elle hurla :

« Maintenant, Melvin, vas-y ! »

Tout en maintenant son arme braquée vers le bloc rocheux, elle risqua un bref regard vers l'arrière. Le second tueur tâtonnait à la recherche de son pistolet, qu'il avait apparemment laissé tomber quand la balle tirée par Clemencia s'était plantée devant lui. Elle cria :

« Cours, Melvin ! »

Elle entendit très nettement le chargeur de rechange s'enclencher dans l'arme du premier tueur ; ces gars-là n'avaient pas de problème de munitions, ils étaient bien équipés. Clemencia n'avait plus que deux balles, une pour chacun. Maintenant, elle devait absolument faire mouche, sans quoi…

« Melvin ? » appela-t-elle en regardant vers le bas.

Il était toujours là, assis contre le pneu avant, sans avoir bougé d'un centimètre. Clemencia se laissa glisser le long de la tôle et s'accroupit près de lui sur le sable.

« Tu n'y arriveras pas ?

— Cette tombe est pour quelqu'un d'autre, répondit-il à voix basse.

— C'est vraiment pas le moment de…

— Je veux pas être enterré ici, la coupa Melvin, je veux être enterré au cimetière de Katutura, dans la partie ancienne, pas loin de chez nous. Il faudra que tu t'en occupes.

— Melvin…

— Promets-le-moi, Clemencia !

— On n'en est vraiment pas là », répliqua-t-elle.

Pourtant, elle savait parfaitement ce qu'il en était. Le second tueur avait repris son avancée. Plus que quelques mètres et il atteindrait le tronc du cyprès.

« Promets-le-moi ! »

Plus que deux balles.

« Bon, d'accord, c'est promis. »

Melvin sourit, s'appuya au sol, tourna le buste de côté et se mit à genoux. Clemencia lui posa une main sur l'épaule et dit :

« Reste baissé !

— Je sors, lança Melvin à voix haute. Je me rends !

— Tu es malade ? » s'écria Clemencia en lui agrippant le bras.

Il la repoussa avec une force inattendue, se leva complètement, tendit les mains au-dessus de la tête et cria :

« Si vous laissez les autres tranquilles, je viens avec vous de mon plein gré !

— Non ! » hurla Clemencia.

Il savait bien que ces hommes allaient le tuer ! Est-ce qu'il l'acceptait, est-ce qu'il souhaitait même mourir et jouer les héros à la dernière minute pour au moins sauver la vie de sa sœur ? Mais ce n'était pas son rôle à lui, au contraire, c'était à elle de le surveiller, lui, son petit frère !

Elle lâcha son arme et enroula les deux bras autour du genou de Melvin, puis entendit le premier tueur crier : « Sors de là lentement ! ». Elle vit le second, près du tronc du cyprès, diriger son pistolet vers l'avant, et elle devina, non, elle fut convaincue qu'il se demandait pourquoi attendre alors qu'il pouvait tout régler dès maintenant. Une fraction de seconde avant que ne retentisse le coup du feu du tueur, Clemencia se jeta de tout son poids contre la jambe de son frère.

Il perdit l'équilibre, tomba et poussa un cri. Avait-il été touché ? Mais s'il criait, c'est qu'il était encore en vie, et déjà résonnait le coup suivant, un son sourd et pesant comme un écho venu droit de l'enfer, et quelqu'un poussa un hurlement. Melvin était à plat ventre dans le sable et Clemencia n'avait toujours pas récupéré son satané flingue.

« Je l'ai eu », cria Elsa Rodenstein.

Le dernier coup de feu avait été tiré par un fusil. Par son fusil. Mais qui avait-elle eu ? Melvin gisait là comme mort, mais c'était quelqu'un d'autre qui avait hurlé, et maintenant, le second tueur sortait en titubant de sa cachette derrière le cyprès. Agrippant son pistolet de la main droite, il tira deux fois en direction de la fosse tout en boitillant sur le côté pour essayer de mettre le taxi entre lui et Mme Rodenstein. Avant qu'il ne disparaisse du champ de vision de Clemencia, elle vit une tache rouge s'élargir sur son pantalon à hauteur de la cuisse. C'était *lui* que Mme Rodenstein avait eu.

Bien, pensa Clemencia, très bien. Elle constata presque avec satisfaction que l'autre tueur s'était lui aussi remis à tirer furieusement. Mme Rodenstein se tapit dans son trou, Melvin gisait toujours là, protégé par le taxi, et Clemencia resta baissée elle aussi, à attendre. La fusillade s'arrêterait dès que le blessé aurait rejoint son complice derrière le rocher. Ils devraient alors se trouver un nouveau plan, car les cartes venaient d'être redistribuées.

Mme Rodenstein avait pris le parti de Clemencia, sans que celle-ci sache pourquoi. Peut-être avait-elle compris qu'un véritable policier n'aurait pas tiré sur un suspect au moment précis où celui-ci se rendait. Quoi qu'il en soit, ils se battaient maintenant à deux contre deux, l'un des tueurs était blessé et avait dû abandonner sa position privilégiée. Plus question de tirs croisés ; les deux hommes seraient à l'étroit derrière leur rocher, et il restait encore deux précieuses balles à Clemencia. Tout ça prenait bien meilleure tournure, si seulement… Elle attrapa la jambe de Melvin, la secoua brièvement et demanda :

« Tu n'es pas touché, hein ? »

Elle se pencha vers lui et le retourna sur le dos. Il ouvrit les yeux et dit dans un soupir :

« J'ai senti le vent de la balle. »

Le tueur l'avait manqué, c'était tout ce qui comptait.

« La balle est passée à ça de ma joue, dit Melvin en écartant son pouce et son index de cinq millimètres. Et tu sais quoi, Clemencia, je l'ai vue. Je l'ai parfaitement vue. Comme dans un ralenti extrême. C'était pas rond, c'était un projectile allongé, pointu, qui pivotait sur son axe. »

Il est impossible de voir à l'œil nu une balle tirée par une arme à feu ; elle va à quatre cents mètres par seconde, c'est beaucoup trop rapide. La perception humaine en est rigoureusement incapable, elle n'est pas faite pour cela.

« Tu dois me croire, Clemencia !

— Tu as vu la mort passer à un cheveu de toi.

— J'ai vu cette espèce de balle. Elle venait directement vers mes yeux, et juste avant d'arriver à mon visage, elle a fait un détour, juste assez pour m'éviter.

— Viens, assieds-toi !

— Elle voulait pas me tuer, tu comprends ? J'étais en plein milieu de sa course, par hasard, mais elle m'était pas destinée.

— Non, sûrement pas.

— C'était une bonne balle. »

Melvin hocha la tête, referma les yeux et ajouta :

« Je suis fatigué. »

Il s'était fait tirer dessus quelques jours plus tôt, il était faible et perturbé. Dès que tout ça serait fini, Clemencia l'emmènerait dans un lieu sûr, le mettrait sur un lit confortable avec un édredon moelleux, loin de tous les tueurs et de tous les policiers qui voulaient l'arrêter, loin du bruit du bar Mshasho, loin de Selma et Matilda qui voulaient tester sur lui leurs potions magiques. Clemencia resterait assise à son chevet, il dormirait longtemps, tranquillement, et quand il se réveillerait, tout serait rentré dans l'ordre.

Elle se redressa et risqua la tête au-dessus du capot. Le soleil était encore monté dans le ciel et le bloc rocheux ne projetait presque plus d'ombre. Les tueurs étaient invisibles, mais elle aperçut deux autres hommes qui venaient de la ferme et avaient presque atteint le rocher. Tjikundu était devant, l'arme au poing. Robinson le suivait à quelques mètres de distance.

« Il y a un problème, les gars ? » lança Tjikundu.

Robinson vérifia pour la troisième fois qu'il avait ôté le cran de sûreté de son pistolet. Toute cette histoire n'avait aucun sens. D'abord éclatait une fusillade sauvage, puis elle s'arrêtait d'un coup – mais était-elle vraiment finie ou les participants reprenaient-ils simplement leur souffle ? –, puis Tjikundu demandait comme si de rien n'était : « Il y a un problème, les gars ? »

Et quels gars, d'ailleurs ? Étaient-ce les sbires de Tjikundu, les tueurs qu'il avait sous ses ordres, comme le prétendait Clemencia ? S'il s'adressait à eux aussi familièrement, c'est qu'il se sentait complètement en sécurité. Que Robinson le suive l'arme au poing ne semblait absolument pas le gêner. Ou alors, il ne connaissait pas du tout ces types et bluffait, prétendant les prendre pour des policiers afin de pouvoir s'approcher d'eux et les maîtriser plus facilement. Ce serait tout de même une manœuvre assez risquée. Si ces gars saisissaient ce qu'il manigançait, ils ouvriraient le feu aussitôt.

Robinson veilla à laisser Tjikundu dans la ligne de mire des tueurs et accéléra un peu le pas. Mais pourquoi est-ce qu'il était venu se fourrer au milieu de ce champ de bataille ? Entre des tueurs et des fous, entre des collègues dont il ignorait de quel côté ils étaient.

« Un suspect résiste à son arrestation », dit le tueur blessé à la cuisse.

Il ne tira pas, et l'autre non plus, Dieu merci, mais tout ça n'éclairait pas la chandelle de Robinson. Ça pouvait signifier que le bluff de Tjikundu fonctionnait, ou bien que lui et les tueurs étaient du même bord. Bon sang, Robinson devait absolument comprendre ce qui se tramait ici, et si possible avant qu'une nouvelle fusillade n'éclate sans même qu'il sache sur qui il devait tirer.

« Tjikundu, reste où tu es ! » cria Clemencia depuis l'arrière du taxi.

Tjikundu l'ignora et continua à avancer droit vers les tueurs. Robinson se demanda s'il pouvait encore fiche le camp, faire tout simplement demi-tour et courir aussi vite que possible. S'il faisait des zigzags, comme un lapin, ils le manqueraient peut-être. Mais s'il était touché, il ne saurait jamais qui lui aurait tiré dans le dos, les tueurs, Tjikundu, Clemencia, ou même Mme Rodenstein parce qu'elle ne lui pardonnait pas d'avoir arrêté son fils. Robinson ignorait qui serait le prochain à péter les plombs. Il suivit Tjikundu, trébucha sur un caillou, et sentit soudain le soleil lui brûler le crâne impitoyablement.

Quelle que soit la tournure que prendraient les choses, c'était vraiment une journée de merde. Une journée où on ne pouvait que se maudire d'avoir choisi un boulot aussi pourri. Pourquoi Robinson n'était-il pas devenu agent immobilier, ou un de ces types qui expliquaient aux Noirs comment marchait un ordinateur, un truc comme ça ? Qu'est-ce qu'il était venu faire sur ce satané bout de terrain ? Tjikundu était maintenant arrivé près des tueurs, tous deux assis contre un gros rocher et armés de pistolets. Apparemment, c'étaient des Vektor Z-88 sud-africains. Plutôt fiables, et certainement pas des jouets. Robinson resta juste derrière Tjikundu.

« On va arranger ça, les gars. Vous pouvez compter sur nous », dit Tjikundu.

Il esquissa un salut et se présenta, comme s'il était à la cérémonie d'attribution du titre de policier de l'année.

« Tjikundu, service des homicides de Windhoek. »

Le tueur blessé fit une grimace, l'autre hocha la tête après une hésitation.

« Et voici l'inspecteur Robinson, ajouta Tjikundu, l'un des meilleurs hommes de l'unité. Incorruptible et extrêmement efficace. Il ne laisse jamais échapper qui que ce soit ayant quelque chose sur la conscience.

— Ah non ? commenta l'un des tueurs.

— Quand Robinson poursuit un malfaiteur, il est impitoyable. Il donnerait sa vie pour le droit et la loi.

— Respect ! » lança l'autre type.

Mais qu'est-ce que c'était que ce discours, qu'est-ce que Tjikundu avait en tête ? Robinson ne se sentait pas du tout à son aise, mais tant qu'il n'aurait pas compris ce qui se tramait, il ne pourrait qu'attendre. Il dit :

« Je ne suis qu'un petit flic de la criminelle, je...

— C'est un honneur », dit le tueur qui n'était pas blessé.

Il se leva, posa son pistolet sur le rocher et tendit la main à Robinson. Bon Dieu, et quoi encore, serrer la main à un meurtrier ? Robinson jeta un regard en biais à Tjikundu, qui reprit :

« Et en plus, mon collègue Robinson est maître en matière de camouflage et de dissimulation. »

Robinson comprit brusquement. C'était une instruction cachée ! Il devait se comporter comme si tout était normal ; pas question que les tueurs remarquent qu'ils étaient démasqués depuis longtemps. Tjikundu avait un plan, il savait ce qu'il faisait et attendait un moment précis. Et s'il mettait Robinson secrètement au courant, ça voulait forcément dire qu'ils étaient du même côté. Il pouvait faire confiance à Tjikundu ! Ce n'était pas un traître, il ne dirigeait aucune troupe de tueurs ! Robinson se sentit soulagé d'un poids. Il fit passer son pistolet dans sa main gauche et saisit la main tendue vers lui.

« Enchanté… », dit le tueur, puis il serra la main de Robinson si fort que celui-ci poussa un cri de douleur.

Il essaya de se libérer, mais l'autre ne lâchait pas.

« … d'avoir fait… », siffla le tueur.

Robinson le dévisagea. Son sourire figé formait un contraste troublant avec les gouttes de sueur qui perlaient sur son front et ses tempes. Une des gouttes commença à couler, descendit lentement vers la verrue que l'homme avait sur la joue droite, et Robinson comprit soudain qu'il venait de faire la pire erreur de sa vie. Et la dernière. Il vit le visage de Tjikundu se figer aussi, sa bouche pincée par la tension, la même bouche qui venait de cracher comme un venin que Robinson donnerait sa vie pour le droit et la loi. Tjikundu avait donné une instruction cachée non seulement à Robinson, mais aussi aux tueurs, et ils avaient tout de suite capté ce qu'il attendait d'eux. Et maintenant, le blessé, celui qui était assis au pied du rocher, dirigeait son arme vers la poitrine de Robinson.

« … votre connaissance », dit l'homme qui lui tenait toujours la main.

Robinson banda tous les muscles de son bras, mais sans parvenir à se libérer la main. Il faudrait donc qu'il tire de la main gauche. D'abord descendre le blessé avant d'être touché, puis ce salopard de Tjikundu, et enfin le troisième, celui qui lui écrasait la main. Robinson n'était pas encore mort, il avait toujours son arme, mais il ne pouvait plus hésiter, pas attendre un seul instant, il devait tout de suite...

Il sentit le pistolet glisser de sa main gauche. L'arme tomba à ses pieds, dans le sable. Robinson entendit à peine sa propre voix prononcer « non », mais le coup de feu qui éclata alors lui résonnerait aux oreilles pour le restant de ses jours, c'était certain.

Peu importait désormais que Robinson ait dévoilé les indices donnés par Clemencia ou que Tjikundu se soit jusque-là cru en sécurité. Il avait désormais laissé tomber le masque – il ne pouvait plus espérer se sortir de là, pas après s'être dirigé tranquillement vers les tueurs qui l'avaient salué amicalement. Apparemment, il avait compris qu'ils étaient en difficulté et décidé de leur prêter main-forte. Ils allaient se mettre à trois pour essayer de tuer Melvin.

Mais ça ne s'arrêterait pas là. Ces deux tueurs sans nom pouvaient peut-être disparaître après un meurtre, mais ce n'était pas le cas de Tjikundu. Il était connu, son existence même était en jeu, et il perdrait tout si des témoins rapportaient ses actes. Il prévoyait donc d'abattre aussi Clemencia, Elsa Rodenstein et Robinson. L'inspecteur Tjikundu ! Le collègue de Clemencia depuis tant d'années !

Par-dessus le capot du taxi, Clemencia vit Robinson serrer la main de l'un des tueurs. Qu'est-ce que ça voulait dire ? Est-ce qu'il avait suivi Tjikundu parce qu'il trempait dans sa combine, et non par bêtise ? Si même cet empoté de Robinson faisait partie d'un complot meurtrier, on ne pouvait vraiment plus faire confiance à personne. Et van Wyk, et Oshivelo ? Est-ce que tout le service était de la partie ?

Les deux hommes se tinrent la main un peu trop longtemps pour un salut poli, puis leur geste se crispa, se durcit, évoquant presque une épreuve de force entre Robinson et le tueur. Clemencia sentit que quelque chose allait de travers, mais sans comprendre pourquoi aucun des deux ne lâchait, pourquoi Robinson regardait vers le bas en écarquillant les yeux ; elle ne comprit absolument rien jusqu'à ce qu'elle voie le soleil se refléter sur le pistolet de Tjikundu. Et quand elle se rendit enfin compte qu'elle avait soupçonné Robinson à tort, qu'il n'était pas du côté des tueurs mais essayait désespérément de ne pas se faire tuer, il était trop tard. Tjikundu tira.

« Non ! » hurla Clemencia.

Après la détonation, Robinson était encore debout. Le tueur avait lâché sa main pour se retourner d'un coup et tenter d'attraper son arme posée sur le rocher. Tjikundu, à moins de deux mètres de lui, le bras tendu, tira de nouveau dès que les doigts du tueur se furent refermés sur la crosse de son pistolet. La tête rejetée vers l'arrière comme par un coup d'une massue invisible, l'homme s'effondra tel un sac derrière le rocher.

Clemencia ne bougea pas. La ferme était à quelques centaines de mètres de là, nichée entre des arbres et des buissons à feuilles persistantes à l'apparence irréelle. Elle semblait flotter sur une mince couche d'eau scintillante, comme une île errant sur un lac de légende, quelque part sur un plateau abandonné entre d'arides montagnes. Mais il n'y avait là ni lac ni mer, pas depuis plusieurs millions d'années, en tout cas. Tout ce qu'il y avait là, c'étaient le sable et les rochers que le gel de la nuit et la canicule du jour avaient fait éclater, et peut-être aussi ce que les hommes étaient parvenus à gagner sur cette terre de pierres, ce *Steinland*. Mais même cela n'était pas certain.

« C'est fini », dit Tjikundu à voix suffisamment haute pour que Clemencia puisse l'entendre.

Robinson était pétrifié. La tête penchée, il fixait des yeux le pied du rocher, là où gisaient sans doute les deux tueurs. Deux hommes dont les actes meurtriers avaient été rendus possibles, voire ordonnés, par Tjikundu. Et maintenant, il les avait abattus.

« Clemencia, vous pouvez sortir ! » cria Tjikundu.

Il ouvrit son holster, y rangea son arme et se pencha. Usage d'arme à feu en situation de danger de mort immédiat, expliquerait-il. Légitime défense. Il prétendrait que les tueurs allaient les abattre, Robinson et lui-même, puis se vanterait d'avoir attendu le tout dernier moment. Et si quelqu'un voulait savoir pourquoi il n'avait pas juste essayé de les neutraliser, il demanderait d'un ton méprisant s'il aurait mieux valu tirer une balle dans la jambe à deux tueurs armés placés à un mètre de lui.

Mais de toute façon, personne, au sein de la police, ne s'affligerait de l'issue de cette fusillade. Deux dangereux criminels étaient morts, et ils l'avaient amplement mérité. Pas besoin de les interroger, de les nourrir, de supporter au tribunal les tirades d'avocats arrogants, ni surtout d'avoir un jour la frustration d'apprendre qu'ils avaient fini par être libérés et relâchés au beau milieu de la société. Non, c'était bien mieux comme ça, fini, basta, et tout ça uniquement grâce à la détermination de Tjikundu. Cette histoire ferait de lui un héros.

« Clemencia ? » appela Tjikundu en sortant de derrière le rocher.

Elle aussi quitta sa cachette et se dirigea vers lui. Elle avait encore deux balles dans son chargeur et pourrait faire du héros un héros mort, mais cela n'ouvrirait les yeux à personne, ne ferait comprendre à personne qu'il n'était qu'un criminel retors ayant changé de camp au dernier moment. Le sable crissa sous les pas de la jeune femme.

« Et merde, Tjikundu, j'ai cru que... », bafouilla Robinson.

Il s'essuya le front, apparemment remis de sa paralysie passagère. Clemencia fit le tour du rocher et vit les deux tueurs effondrés l'un près de l'autre. Deux tirs en pleine tête. Un massacre, non, une double exécution soigneusement préparée et mise en place si habilement qu'elle vaudrait une médaille à son auteur.

« Je suis vraiment désolé, Tjikundu, mais pendant un moment j'ai bien cru que toi et ces deux-là, vous... »

Clemencia s'accroupit et palpa les poches de pantalon des tueurs.

« Qu'est-ce que tu fais ? demanda Tjikundu.

— Je te dois vraiment des excuses, Tjikundu, caquetait Robinson, et aussi des remerciements. Si tu n'avais pas été là... »

Clemencia trouva un téléphone portable et le mit dans sa poche.

« Bon sang, Tjikundu, tu m'as sauvé la vie ! » ajouta Robinson.

Elle découvrit un autre portable dans la poche de veste du second tueur. Les appels qui y figureraient étaient sa dernière chance d'établir un lien entre Tjikundu et les deux hommes. Ce serait une preuve concrète. Ça ne suffirait probablement pas à le confondre, mais Clemencia allait au moins essayer.

« Ce sont des pièces à conviction, dit Tjikundu, tu peux pas les emporter comme ça.

— Et si je le fais, tu vas me descendre aussi, c'est ça ? répliqua Clemencia, la voix tremblante de colère.

— Non, je t'arrête, c'est tout. Et lui aussi, là-bas », répondit Tjikundu.

Melvin avançait lentement vers eux, suivi de Mme Rodenstein. Lorsqu'elle arriva, elle annonça vouloir faire une déposition précisant que Melvin n'avait pas tué son mari. Tjikundu haussa les épaules, passa un coup de fil, et ils attendirent ensemble que l'équipe de relevé des empreintes accompagnée d'une meute de policiers arrive de Windhoek. Dans la cohue, Clemencia parvint à donner les portables des tueurs à un technicien qu'elle connaissait bien, en espérant ne pas avoir été remarquée. Elle lui fit jurer de ne les remettre à personne d'autre qu'elle. Puis la routine suivit son cours. La nuit tombait déjà lorsque, une fois tout relevé et saisi, ils purent enfin se mettre en route. Le convoi n'atteignit Windhoek que tard dans la nuit, par un froid glacial.

7

Une nuit en cellule, ça finit par passer. Même quand on est seule, à se demander si on est considérée comme trop dangereuse ou trop importante pour être enfermée avec dix autres. Même si on ne parvient pas à fermer l'œil un seul instant, l'esprit hanté par l'écho des coups de feu, incapable de s'arrêter de penser. Clemencia se demandait où on avait emmené Melvin, et si Tjikundu célébrait son succès ou se retournait dans son lit sans trouver le sommeil.

Une nuit en cellule passe relativement vite quand on est obligé de se faire à l'idée que rien n'arrivera avant le jour suivant. La matinée, en revanche, fut plus pénible. Clemencia s'était attendue à ce qu'Oshivelo la fasse amener dès que possible dans son bureau, mais rien ne se produisit. Elle était derrière les barreaux et personne ne venait. Elle se mit finalement à faire du raffut et exigea du gardien d'être enfin présentée à un juge d'instruction ; de plus, elle avait le droit de contacter un avocat.

« Personne est là, ni juge ni avocat », répondit le gardien.

Ils viendraient dès qu'elle pourrait téléphoner, répliqua Clemencia. L'homme commença par lui rire au nez, mais fut tout de même vaguement impressionné lorsqu'elle le menaça de mesures disciplinaires : il pourrait dire adieu à son boulot si on ne la laissait pas parler à un responsable d'ici trente minutes. Il accepta alors d'appeler le service des homicides pour demander quand elle devait être interrogée.

Deux heures passèrent, et Clemencia dut refaire du vacarme pendant une demi-heure avant qu'un autre policier ne se montre.

Il ignorait si son collègue avait passé le coup de fil promis et ne savait rien de l'affaire. Clemencia lui répéta sa requête, devinant déjà qu'un troisième homme apparaîtrait plusieurs heures après en prétendant n'être lui non plus au courant de rien. Restait à savoir s'ils agissaient ainsi parce qu'on leur en avait donné l'ordre ou parce que c'était une coutume de la maison de laisser mariner les détenus râleurs.

L'après-midi passa ; on lui servit en début de soirée une gamelle de bouillie couverte d'une sauce brunâtre indéfinissable, puis la nuit vint et traîna en longueur. L'obscurité chuchotait à Clemencia qu'elle devait absolument dormir, mais elle ne parvint pas plus à fermer l'œil que la nuit précédente. Dans sa tête, l'écho des coups de feu s'était estompé, mais elle avait bien trop froid pour rester étendue sur le sol de ciment. C'est une nuit d'hiver, longue et froide, c'est comme ça, se dit-elle en sautant sur place. Un saut, un saut, longue et froide, un saut, un saut, et à chaque saut, une nouvelle seconde passait, la chaleur du jour se rapprochait.

Au matin, Clemencia finit tout de même par s'endormir. Elle ne se réveilla que lorsque Robinson la secoua par le bras pour lui annoncer joyeusement qu'il avait une bonne et une mauvaise nouvelle. Laquelle voulait-elle entendre en premier ? La mauvaise, sans doute ? On ne pouvait malheureusement pas donner suite à sa demande de présentation à un juge d'instruction.

« Mais qu'est-ce que ça veut dire ? demanda-t-elle.

— La bonne nouvelle, c'est que tu es libre tout de suite. C'est logique, aussi. Je veux dire, après tout, tu n'as rien fait de plus que dissimuler des preuves, faire disparaître le dossier de ton frère, protéger des suspects et résister à ton arrestation. Quoi qu'il en soit, Oshivelo et le procureur et je ne sais qui d'autre encore sont d'avis que les accusations portées contre toi ne sont pas fondées. Et maintenant, on va aller prendre un café.

— Robinson, je veux aller au commissariat, tout de suite.

— C'est bon, c'est bon, on y va », répondit-il, levant les mains en signe d'apaisement.

Arrivée à la voiture, Clemencia changea d'avis. D'abord, elle devait passer au service technique judiciaire. En chemin, elle demanda à

Robinson de lui raconter les derniers développements de l'affaire. Il ne se fit pas prier.

« Il y avait une de ces effervescences, hier, tu peux pas t'imaginer ! L'inspecteur général de la police, le procureur général, le ministre et encore d'autres pontes de la SWAPO, un vrai défilé. Ils se sont enfermés pour tenir leurs conciliabules, tout le monde faisait des messes basses, Mme Rodenstein voulait absolument faire une déposition, ton journaliste allemand a débarqué avec un avocat et a fait un scandale, et les fermiers sont revenus chez Oshivelo. Et nous, pendant ce temps-là, on était censés travailler ! On a au moins réussi à identifier les deux morts, des agents de sécurité qui arrondissaient leurs fins de mois en jouant les truands. Ils connaissaient bien l'équipe de ton frère, mais ils ont fini par se disputer, et quand Melvin et les autres leur ont cassé la gueule, ils se sont apparemment juré de prendre une vengeance sanglante.

— Quoi ? s'exclama Clemencia, incrédule.

— On est encore en train de tirer toute l'histoire au clair. Quoi qu'il en soit, les meurtres de Kausiku et Zeraua n'ont rien de politique, c'est pratiquement sûr. »

Elle n'en croyait pas ses oreilles. Ils étaient en train de tout balayer sous le tapis ! Inutile de reprocher quoi que ce soit à Robinson ; il avait perdu le fil des événements depuis bien longtemps et se contentait de sagement répéter ce que quelqu'un voulait faire passer pour la vérité. Mais qui ? Elle demanda :

« Est-ce qu'il y avait aussi le ministre Shilongo parmi les politiciens qui ont défilé au commissariat ?

— L'ex-ministre Shilongo, corrigea Robinson. Non, il n'était pas là, et Tjikundu pense qu'il n'est de toute façon plus le bienvenu nulle part. Il paraît que ses camarades du parti en ont fait du petit bois. »

Clemencia parvint ensuite à tirer davantage de détails de Robinson : c'est à Steinland que Tjikundu et lui-même avaient entendu la nouvelle de la démission du ministre. À la radio, juste avant que la fusillade n'éclate. Voilà pourquoi Tjikundu avait changé son fusil d'épaule en pleine bataille ! Comprenant que le vent tournait, il avait quitté le navire pour sauver sa peau.

Tjikundu n'avait donc pas, au début, agi contre Shilongo, comme Clemencia l'avait d'abord supposé, au contraire. Après le fiasco de Steinland, Shilongo s'était retrouvé sous forte pression politique, bien qu'à l'époque on n'ait pas vraiment pu le relier aux attaques des fermes. Cependant, si Melvin, Kausiku ou Zeraua avaient fait une déposition et cité son nom, c'en aurait été fini de sa belle carrière, et d'une manière plus explosive encore que maintenant. Les trois hommes devaient donc être éliminés, mais comme la police les recherchait déjà et avait réussi à arrêter Kausiku, les tueurs de Shilongo avaient eu besoin d'aide. C'est certainement dans cette situation que le ministre avait embauché Tjikundu.

« Tu veux que je t'attende ? » demanda Robinson en se garant devant l'entrée du service technique judiciaire.

Clemencia secoua la tête. Les portables des tueurs étaient probablement protégés d'un code PIN, il leur faudrait un certain temps avant de pouvoir accéder aux données de leurs appels. Clemencia descendit et eut la chance de tomber tout de suite sur l'homme à qui elle avait confié les téléphones. Il lui assura que personne n'avait demandé à les voir, pas même Tjikundu. Bien. Clemencia alluma le premier portable – ou plutôt essaya de l'allumer.

En une minute, elle constata qu'on avait ôté les cartes SIM des deux appareils. Si seule la liste des appels avait été supprimée, on aurait pu reconstituer les connexions par l'intermédiaire de la compagnie téléphonique, mais maintenant, il n'était même pas possible de savoir chez quel opérateur chercher, sans même parler du numéro. Impossible aussi de faire la recherche dans l'autre sens, depuis l'appareil de Tjikundu. On y trouverait un ou deux numéros inconnus que personne ne serait capable d'attribuer aux tueurs.

Tjikundu avait fait le ménage avec soin, et ce, directement après les meurtres. Il avait abattu deux hommes, s'était penché sur leurs cadavres et avait tranquillement démonté leurs téléphones, glacial et implacable. Clemencia n'avait pas peur, mais craignait simplement de ne plus rien pouvoir faire. Elle planta là le technicien et ressortit. Sur le trottoir, les passants se déplaçaient comme s'ils avaient un but, comme par un matin d'hiver normal.

Clemencia s'assit sur une marche de l'escalier. Elle n'allait pas abandonner, pas maintenant qu'elle voyait avec clarté comment tout s'était déroulé. Enfin, presque tout. Quelques questions restaient encore sans réponse, par exemple celles touchant à l'appel anonyme que les Rodenstein avaient reçu. Mais cela ne changeait rien aux éléments fondamentaux de l'affaire. Clemencia savait quels forfaits Tjikundu et Shilongo avaient commis, elle savait ce que Melvin et ses amis avaient fait et pas fait, et elle connaissait les plans fomentés par les fermiers. Et elle n'était pas la seule personne au monde capable de réfléchir logiquement. Quiconque n'ayant aucun intérêt personnel à maquiller la vérité comprendrait forcément son argumentation, à condition de savoir lire. Et si dix mille personnes lisaient cela, alors ses convictions prendraient un poids qui écraserait facilement quelques criminels. Clemencia alluma son portable.

« Claus ? Il faut que je te voie. Tu es où ?

— À la maison.

— D'accord, je viens à Katutura.

— Non, je... Mon ancien appartement était encore libre. Je n'habite plus à Katutura.

— Bon, eh bien je viens...

— Quelqu'un est entré par effraction et a tout pris. Même les matelas.

— Je suis désolée, dit Clemencia, mais il faut qu'on...

— Je m'en fous, de ces affaires. Le truc, c'est que je ne pouvais plus dormir. À chaque bruit, je croyais que... (Claus s'interrompit, resta un instant silencieux puis reprit.) J'ai essayé de te joindre, mais tu n'as jamais répondu.

— Je viens juste de sortir de prison. On te prend ton téléphone à l'entrée, tu sais.

— Avant. C'est avant que je n'aie échoué à te joindre. Je sais que tu étais en taule. J'ai passé toute la journée d'hier à essayer de t'en faire sortir. »

Clemencia entendit un reproche dans sa voix. Elle ne pouvait rien changer au cambriolage, n'avait pas passé de son plein gré deux nuits en prison et n'avait jamais demandé à Claus de tenter de la faire sortir. Mais elle n'avait aucune envie de se disputer. Elle dit :

« Merci. Je suis sortie, maintenant. Et j'ai besoin de toi, de toute urgence. Il faut qu'un grand article paraisse demain en une de ton journal, et si possible aussi en une du *Republikein* et de…

— Tu as besoin de moi pour faire paraître un article ?

— Je sais exactement comment s'est déroulée toute cette histoire. Rodenstein s'est suicidé et les fermiers ont prétendu que c'était un meurtre uniquement pour discréditer la politique de Shilongo. Par le plus pur hasard, ils ont tapé en plein dans le mille : c'est réellement Shilongo qui avait commandité les attaques des fermes. Quand il a commencé à se sentir piégé, il a engagé Tjikundu pour s'occuper des témoins, et…

— Arrête, Clemencia ! Arrête de penser à tout ça et viens ici ! On va fermer les rideaux, se mettre au lit et…

— Claus, l'honorable ex-ministre Shilongo a deux meurtres sur la conscience, plus une tentative de meurtre sur mon frère, et mon loyal collègue Tjikundu a tué encore deux autres personnes !

— Je veux juste sentir ta peau contre la mienne », la coupa Claus.

Clemencia ferma les yeux un instant. Cela lui ferait sûrement du bien d'être allongée quelque part et de se laisser effleurer, de sentir la main qui la caressait se réchauffer doucement. Oui, ce serait agréable. Mais seulement si elle était capable de déconnecter son cerveau, d'arrêter de penser aux deux meurtriers qui se baladaient en liberté.

« On s'en fiche, de ce qui se passe dehors…, ajouta Claus doucement.

— Je ne peux pas, répondit-elle. Pas maintenant. »

Claus resta silencieux, Clemencia aussi, et soudain le silence se fit lourd et sombre, si opaque que n'importe quoi aurait pu s'y produire. Puis Claus demanda :

« Pourquoi crois-tu qu'ils t'ont laissée sortir ? Tu aurais à coup sûr écopé de quelques années de prison, après tout ce que tu as osé faire. Tu aurais préféré ça ?

— Quoi… ?

— Mon article est paru ce matin dans l'*Allgemeine Zeitung*. Avec un gros titre bien gras suivi de cinq colonnes dans lesquelles on lit exactement ce que les enquêtes de la police ont établi dans l'affaire

Steinland. Et si tu veux tout savoir : oui, j'ai promis qu'il n'y aurait aucun démenti et pas de nouvelles recherches. L'affaire est close.

— Tu as conclu un accord? demanda Clemencia, incrédule. Avec qui? Qui a participé?

— Je l'ai fait pour toi, Clemencia, tu comprends? »

Ils l'avaient embobiné. Les derniers fidèles de Shilongo, ou bien ses adversaires au sein de la direction de la SWAPO, fatigués de tout ce remue-ménage, avaient lancé quelques allusions; le juge et Oshivelo avaient ensuite bidouillé de leur plein gré une version des événements qui ne dérangeait personne. Et Claus imposait cette version au public! Pourtant, Clemencia aurait de toute façon été libérée quelques jours plus tard, en payant une caution, voilà tout. En cas d'inculpation, elle n'aurait pas risqué davantage qu'une peine avec sursis. Elle dit :

« Tu n'aurais jamais, jamais dû te laisser embarquer dans un truc pareil!

— Je n'ai pas bien entendu ton "merci", mais bon : de rien, avec plaisir! siffla Claus avant de lancer : Je crois que c'est mieux que tu ne viennes pas, après tout. Quelques semaines de recul devraient nous faire du bien. »

Clemencia raccrocha.

Comme il était déjà presque midi, elle dut aller jusqu'à l'entrée du Post Street Mall pour trouver un marchand de journaux encore ouvert. Elle ne parlait que quelques mots d'allemand, mais l'article de Claus était également paru dans le *Republikein*, un quotidien afrikaans. En page deux, toutefois. À la une, l'ancien ministre délégué Kawanyama souriait à Clemencia. Il avait été nommé la veille ministre des Affaires foncières et de la Relocalisation.

Le journal à la main, Clemencia traversa Independence Avenue, alla s'asseoir sur un banc dans le parc du zoo et survola les lignes mensongères rédigées par Claus sur l'affaire Steinland. L'article était titré « Beaucoup de bruit pour rien » et s'achevait par un avertissement du président adressé à tous ceux qui tentaient à coups de fausses déclarations de semer la zizanie entre Namibiens de différentes origines.

Ceux-là seraient bien mieux avisés de se consacrer au développement de la mère patrie en vue de l'objectif Vision 2030.

À la lecture du texte lui-même, on devinait que Claus n'avait pas été le seul à conclure un marché. Tout le monde s'était sagement laissé remettre à sa place, tout le monde avait sauvé sa peau en se débrouillant pour vivre avec cet arrangement. Seule la vérité avait été larguée en route. Gregor Rodenstein avait été victime d'un tragique accident en nettoyant son fusil. Il n'aurait eu aucune raison de se suicider, puisqu'on n'avait prétendument jamais décidé de nationaliser sa ferme. Le ministère ne s'intéressait pas non plus aux fermes voisines, ses réflexions stratégiques avaient pris une autre orientation. Voilà le cadeau accordé aux fermiers.

On leur épargnait également la mise en accusation pour simulation d'acte criminel, entrave au travail de la police et autres joyeusetés, car l'enlèvement s'était révélé être un malentendu. Thomas Rodenstein avait souhaité se retirer dans une cabane de montagne, sans en informer sa famille. Dans l'ambiance tendue qui régnait, compréhensible après la mort accidentelle de son père, son absence avait été mal interprétée. Quant aux exigences des kidnappeurs, ce n'était qu'une blague de mauvais goût perpétrée par de quelconques opportunistes, que l'on cherchait d'ailleurs toujours à identifier.

En échange, les fermiers regrettaient d'avoir tiré sur un des trois hommes venus à Steinland se recueillir sur la tombe de leurs ancêtres. Contrairement à ce qu'ils avaient supposé au début, il ne s'était pas le moins du monde agi d'une attaque. Il arrivait certes parfois qu'un braconnier affamé vienne tenter sa chance, mais on ne pouvait en aucun cas parler de criminalité organisée contre les fermiers blancs. Et s'il n'y avait pas eu d'attaque, il n'y avait pas de coupables, pas de commanditaires et encore moins de motifs politiques. Donc, impunité pour Shilongo ! On la lui avait accordée à condition qu'il quitte de son plein gré son poste de ministre et renonce à se servir de ses dossiers pour créer des difficultés à d'autres membres du parti.

Mais pour que Shilongo soit innocenté, il avait forcément fallu que Melvin participe aussi. On lui avait sans aucun doute clairement signifié qu'il serait dans son intérêt de passer sous silence les attaques des fermes, mais sans être sûr que cela suffirait. Après tout, Melvin devait renoncer à accuser l'homme qui avait fait abattre deux de ses amis et était presque parvenu à le faire tuer, lui. On avait donc complété l'offre, comme l'indiquait une petite phrase innocente de l'article : la communauté des fermiers prenait en charge les frais d'hôpital de l'homme sur lequel ils avaient malencontreusement tiré, et on s'était également mis d'accord sur un dédommagement adéquat. Melvin s'était lui aussi laissé acheter !

Quant à l'explication des quatre meurtres, on y avait consacré moins d'imagination : Kausiku et Zeraua avaient été victimes de la vengeance de criminels sans scrupule, comme Robinson l'avait déjà insinué. Ces tueurs avaient ensuite été abattus par la police en situation de légitime défense. Le nom de Tjikundu n'apparaissait pas, mais Clemencia aurait parié qu'il avait déjà récolté une récompense méritée pour son héroïque action.

Et voilà. C'était la version officielle, celle qui aurait force de loi. On avait ménagé les intérêts de tous, éludé les crimes et les intrigues, et déblayé les quelques cadavres semés en chemin. Il n'y avait jamais eu de conflit à propos de Steinland. Clemencia avait toujours cru que le pouvoir se trouvait entre les mains de ceux qui étaient en mesure de décider de l'avenir ; contre ça, avec un peu de courage, on pouvait encore se battre. Mais tout espoir disparaissait lorsque quelqu'un devenait capable de s'approprier le passé, de dire ce qui s'était produit ou pas – et de déterminer la signification d'une ferme comme Steinland. Apparemment, Steinland n'était pas un foyer transmis d'une génération à l'autre ni une relique du colonialisme, pas le butin mérité des plus forts ni l'identité d'une famille, pas l'espoir de nombreux démunis ni l'avenir de la nation, mais simplement un bout de terrain semi-désertique qui n'intéressait personne et ne méritait pas de provoquer une quelconque agitation.

Le grand art de la politique consistait à imposer sa propre interprétation des faits. Et n'était-ce pas ce que tous avaient essayé de faire, d'une façon ou d'une autre ? Shilongo et Tjikundu, Mme Rodenstein et les fermiers, Claus, et même, avec leurs modestes moyens, Melvin et ses amis ? Mais de ce point de vue, est-ce qu'un seul d'entre eux avait atteint son but ?

Clemencia se laissa aller en arrière. L'immense caoutchouc qui poussait devant le café du parc était couvert d'épaisses feuilles vert foncé. L'odeur d'humidité de l'arrosage du matin montait encore des pelouses, qui étaient traversées de sentiers soigneusement ratissés. Deux petites filles vêtues à l'identique faisaient flotter des bateaux en papier dans le bassin ; du banc d'en face, leur mère leur cria de ne pas se salir. Tout ici semblait aussi beau et artificiel.

Clemencia n'avait jamais vraiment compris le charme que certains trouvaient aux étendues désertiques qui entouraient la ville, mais à présent, leur honnêteté lui manquait presque, leur calme, leur monotonie et leur immensité. Elle pensa avec nostalgie à la dureté aride des pierres et des parois rocheuses, aux arbres rabougris et aux buissons constitués presque uniquement d'épines, à la poussière et au sable, à l'herbe desséchée qui indiquait la direction du vent.

Une brise qui venait de se lever fit bruire le journal de Clemencia et en tourna quelques pages. Elle le referma, le plia, et se retrouva face à la photo de Kawanyama, en première page. Le nouveau ministre souriait comme un véritable homme d'État. À côté, quelques lignes précisaient que lors de son discours d'intronisation, il avait annoncé une réorientation de la politique agraire.

Clemencia mit plusieurs minutes à trouver le numéro de téléphone du ministère puis à convaincre la centrale et le secrétariat de lui passer le ministre. Quand elle l'eut au bout du fil, elle dit :

« Je vous félicite pour vos nouvelles fonctions !

— Merci beaucoup ! Et à vous aussi, bravo, d'abord pour avoir éclairci toute cette pénible affaire ! Par ailleurs, je croise les doigts pour que vous soyez bientôt nommée commissaire divisionnaire.

— Pardon ? s'exclama Clemencia, pas du tout d'humeur à plaisanter.

— Ce n'est pas à moi de décider de ce genre de choses, mais qui d'autre correspondrait mieux que vous à ce poste ?

— Et Oshivelo, alors ?

— Ah ! vous n'êtes pas au courant ? Il démissionne, il veut quitter Windhoek pour aller s'installer là où il n'y a ni hiver ni froid. Il a dit qu'il irait jusqu'en enfer, s'il le fallait. Soit dit entre nous, je crois qu'il est très malade. »

C'est possible, se dit Clemencia. Mais peut-être aussi qu'Oshivelo ne supportait plus tous ces petits jeux répugnants. Ou alors il s'agissait vraiment de libérer une place pour elle, pour qu'elle fasse carrière. Si tout le monde se laissait acheter, pourquoi pas l'inspectrice principale Clemencia Garises ?

« Monsieur le ministre, il y a encore quelque chose dont j'aimerais parler avec vous seul à seule. »

Kawanyama n'hésita qu'un instant avant de répondre :

« Eh bien, passez donc me voir !

— Maintenant ?

— Maintenant. »

En arrivant devant le nouveau ministère, Clemencia vit une centaine de manifestants rassemblés devant la clôture, presque uniquement des hommes jeunes, qui se tenaient là en petits groupes. Silencieux, ils paraissaient attendre que quelqu'un leur dise quoi faire. Clemencia traversa la foule et reconnut le jeune homme qui avait brandi le panneau *« Kill all Whites ! »* lors de la manifestation précédente. Elle le dépassa sans le saluer et franchit le cordon policier qui protégeait l'entrée. Elle ne savait pas encore exactement ce qu'elle allait dire à Kawanyama, mais espérait trouver les mots justes une fois qu'elle lui ferait face.

« Il était une fois, dans un pays lointain, un ministre qui se prenait pour Dieu. Mais il n'était pas Dieu. Il était cupide, criminel, et tellement bête qu'il menait une politique complètement injuste. C'était plutôt son ministre délégué qui ressemblait à un dieu ; lui, en effet, savait presque tout. Il savait ce qui était le mieux pour son pays, il savait exactement ce que son ministre prévoyait et faisait, et il savait surtout qu'il ne voulait plus être obligé d'assister à tout ça. Lorsqu'un jour le ministre voulut envoyer des bandits attaquer une ferme qu'il aurait bien aimé avoir pour lui, le ministre délégué décida de téléphoner à la ferme et d'avertir les propriétaires. Il ne pouvait pas savoir si les trois bandits seraient abattus ou simplement arrêtés, parce qu'il savait seulement *presque* tout, mais au fond, cela n'avait pas d'importance. Dans les deux cas, la police ferait une enquête et, si elle faisait bien son travail, elle découvrirait que le ministre était le commanditaire de la bande. Alors le ministre devrait partir, et le ministre délégué, devenu ministre à son tour, pourrait mener une bien meilleure politique, et à la fin tout le monde serait heureux. »

Kawanyama s'enfonça dans son fauteuil et dit :

« Vous feriez mieux de vous en tenir à votre travail, madame Garises, au lieu de raconter des histoires. Vous ne savez même pas qu'à la fin il faut dire : et s'ils ne sont pas morts ils vivent encore aujourd'hui[1]. »

Voulait-il signifier à Clemencia qu'elle devrait s'estimer heureuse d'être encore en vie, était-ce une menace? Elle s'en fichait. Elle répondit :

« Mais je n'ai pas encore terminé. C'est qu'il y avait un petit problème. Le ministre délégué, qui savait presque tout, connaissait aussi très bien la police de son pays. Il craignit donc dès le début qu'elle ne fasse pas assez bien son travail, ou même qu'elle se laisse corrompre par le ministre. Comme il voulait éviter ça, il se renseigna. Il trouva une inspectrice du service des homicides qui lui paraissait correspondre à ce qu'il cherchait, bien que, ou peut-être justement parce qu'elle avait un frère qui avait déjà été impliqué dans des activités illégales. Et quand le ministre demanda à deux hommes de confiance d'engager quelques criminels de leur choix pour mener les attaques prévues, le ministre délégué s'arrangea pour que ces hommes tombent sur le casier judiciaire de ce fameux frère. Il leur parut être un candidat acceptable, et ils lui proposèrent de travailler pour eux. Désormais, le ministre délégué n'avait plus qu'à attendre le bon moment pour passer son coup de fil. Si son frère était arrêté ou tué, l'inspectrice n'aurait de cesse d'éclaircir toute l'affaire et de faire rendre des comptes au méchant ministre. Voilà l'idée que le ministre délégué s'était faite de cette inspectrice et, comme bien souvent, il avait eu raison.

1. Équivalent germanophone de notre « ils se marièrent et eurent beaucoup d'enfants ».

— Vous ne devriez pas vous prendre tant au sérieux, madame Garises », dit Kawanyama.

Il se leva, alla à la fenêtre et observa Robert Mugabe Avenue à travers la vitre. Clemencia le rejoignit. En bas, devant la clôture, les manifestants semblaient être devenus plus nombreux.

« Tout fonctionna comme sur des roulettes, reprit-elle. Tout le monde se comporta à peu près comme le ministre délégué l'avait prévu, et s'ils ne sont pas morts ils vivent encore aujourd'hui. »

Kawanyama se tourna vers elle.

« Ça, c'est votre conte de fées. La réalité du pays dont vous parlez est tout autre. On y voit des centaines de personnes fouiller la décharge de Kupferberg à la recherche d'aliments périmés, parce qu'ils ont faim. Dans le Nord-Est, là d'où je viens, soixante-dix-sept pour cent des enfants sont sous-alimentés, et dans tout le pays, cinquante et un pour cent des adultes sont au chômage. Et la liste ne s'arrête pas là. Un criminel, c'est quelqu'un qui, confronté à une telle situation, mène une politique purement symbolique. La répartition des terres ne résout aucun de nos problèmes, au contraire, elle engloutit une bonne partie du budget de l'État et fait diminuer notre productivité. Pourtant, nous devons absolument améliorer la productivité de notre pays, de toute urgence et par tous les moyens. Tout le monde doit participer, Noirs comme Blancs, et déployer d'immenses efforts pour…

— Un coup de fil et quatre morts, monsieur le ministre, c'est ça, votre bilan ! » s'écria Clemencia.

Melvin était passé à un cheveu d'être le cinquième. Et elle-même ? Elle s'était cassé la tête pour savoir jusqu'où elle pouvait se permettre d'aider son frère, puis avait décidé de faire éclater la vérité au grand jour. Elle avait tout essayé pour faire triompher la justice, risquant sa carrière, sa liberté et sa vie. Et maintenant, elle découvrait que depuis le début, elle n'avait été qu'une marionnette ? Un pion sur l'échiquier d'un politicien qui voulait prendre la place d'un autre ?

« L'affaire Steinland est close. Pour tout le reste, je vous propose mon soutien, madame Garises. Si vous trouvez par exemple insupportable de continuer à travailler avec votre collègue Tjikundu, je peux très bien…

— … le faire abattre pour moi ? »

Clemencia éclata de rire.

À travers la vitre, on entendit les manifestants commencer à siffler et à pousser des huées. Apparemment, ils avaient aperçu Kawanyama à la fenêtre. Des poings furent brandis, des banderoles levées. L'une d'elles proclamait : « Pas de terre, pas d'avenir ».

« Vous ne m'aimez pas, madame Garises, reprit Kawanyama, et ces gens, là en bas, ne m'aiment pas non plus, parce qu'ils ne comprennent pas ce que je fais. Mais je ne suis pas là pour être aimé, je suis là pour remplir une mission, et c'est exactement ce que je vais faire.

— Même si vous devez pour ça tuer père et mère », compléta Clemencia.

Kawanyama eut le même sourire que celui qu'il affichait en première page du journal. Et puis, comme si c'en était trop, un claquement sonore retentit soudain, surgi du néant ; la fenêtre vola en éclats et une pierre passa à un mètre de la tête de Kawanyama, rebondit contre son bureau et atterrit sur la moquette. Des morceaux de verre s'effritèrent, crissant sous les semelles de Clemencia lorsqu'elle alla se mettre en sûreté entre les deux fenêtres. À l'extérieur, la foule jubila.

Kawanyama n'avait même pas rentré la tête dans les épaules. Il resta debout là où il était, toujours souriant, et dit enfin :

« Vous ne m'empêcherez pas de servir mon pays, madame Garises ! »

Mais peut-être que quelqu'un d'autre le fera, se dit Clemencia, peut-être que la prochaine pierre te fera exploser le crâne. Elle alla ramasser le caillou. Il pesait environ une livre, avait des bords tranchants et un côté presque plat, rugueux, comme si on l'avait extrait de la roche. Il s'étrécissait à une extrémité, évoquant un biface préhistorique. Il tenait bien en main, mais ce n'était ni un outil taillé par l'homme ni une arme, c'était juste une pierre gris clair, avec un léger reflet rouge. Façonnée des millions d'années auparavant par les forces telluriques, elle s'était plissée au sein d'une montagne avant d'atteindre la surface puis d'être finalement libérée. Rien ne la distinguait des autres cailloux, on pouvait en trouver des dizaines de milliers identiques à travers tout le pays. Pourtant, Clemencia eut l'impression qu'elle venait de la ferme Steinland.

Glossaire

AFFIRMATIVE ACTION : politique fondée sur une loi de 1998 destinée à soutenir activement les perspectives professionnelles de la population anciennement défavorisée par le régime de l'apartheid.

AFRIKAANS : langue issue du néerlandais parlée par les Boers du sud de l'Afrique; de nos jours, langue familière de nombreuses parties de la Namibie.

BAKKIE (afrikaans) : véhicule tout-terrain à surface de chargement ouverte; pick-up.

BASTER : ce terme vient de *bastard* et désigne les descendants de femmes africaines et de colons néerlandais. Ce groupe ethnique installé dans la région anciennement autonome du Rehoboth revendique toujours son indépendance.

BLACK ECONOMIC EMPOWERMENT : politique économique menée en Namibie et en Afrique du Sud destinée à redresser les inégalités créées par l'apartheid en accordant aux Noirs des privilèges économiques.

BOKKIE (afrikaans) : littéralement « petite chèvre ». Terme employé en Namibie pour désigner moutons et chèvres mâles et femelles.

COMMISSION ODENDAAL : commission fondée en 1962 sous la supervision du politicien sud-africain Fox Odendaal. Dans la lignée de l'apartheid, cette commission définit un plan établissant des territoires séparés par ethnies dans le Sud-Ouest africain.

DAMARA : ethnie namibienne d'origine négroïde mais dont la langue et la culture la rattachent aux peuples khoïsan.

Fat Cats (anglais) : expression méprisante employée pour désigner des hommes riches et puissants qui ne mettent leurs moyens en œuvre que pour servir leurs propres intérêts.

Guerre du Bush : autre appellation de la guerre de libération namibienne, caractérisée par des actes de guérilla et la poursuite des guérilleros à travers le bush peu praticable.

Hakkie (afrikaans) : acacia à épines noires *(acacia mellifera)*. Buisson aux épines recourbées.

Hei-//om : ethnie des San (Bochimans) vivant à l'origine dans la région où se trouve de nos jours le parc national Etosha.

Herero : ethnie namibienne du groupe linguistique bantou.

Jerries (anglais) : terme datant de la Seconde Guerre mondiale et désignant les Allemands, probablement dérivé de *German*.

Kamp : partie clôturée d'une ferme.

Kapana : viande grasse de bœuf grillée et coupée en dés, vendue dans la rue et constituant un repas très apprécié dans les townships de Namibie.

Karakul : race de mouton élevée depuis 1907 en Namibie. La peau des agneaux nouveau-nés sert à fabriquer la fourrure d'astrakan.

Katutura : township fondé en 1959, à la suite de la séparation raciale, dans lequel la population noire de Windhoek fut installée de force.

Koevoet (afrikaans) : unité de police paramilitaire sud-africaine active de 1978 à 1989 qui combattit les rebelles de la SWAPO avec le soutien d'éclaireurs locaux.

Kwaito : style musical apparu dans le sud de l'Afrique dans les années 1990, similaire au hip-hop. Il tient probablement son nom des termes *kwaai* (« méchant » mais aussi « cool » en afrikaans) et *to* (de township).

Meme (oshivambo) : « mère » et plus généralement « chère madame ».

Meneer (afrikaans) : monsieur.

Mevrou (afrikaans) : madame.

Miki (damara-nama) : terme désignant la tante, quand il s'agit de la sœur du père ou de la femme du frère de la mère. Comme formule d'adresse directe, on emploie « *mikis* », sans nom propre.

Mshasho (oshivambo) : arme à feu portative; nom d'une célèbre maison de disques spécialisée dans la musique kwaito (cf. ci-dessus).

Nama : ethnie namibienne du groupe linguistique khoïsan.

Nampol : Namibian Police Force, police d'État.

Sam Nujoma : premier président de la République de Namibie indépendante, de 1990 à 2004.

Ovambo : ethnie la plus représentée en Namibie. Sa langue, l'oshivambo, appartient au groupe linguistique bantou.

PLAN : People's Liberation Army of Namibia, Armée namibienne de libération du peuple. Bras armé de la SWAPO pendant la guerre d'indépendance.

SADC : Southern African Development Community, la Communité de développement de l'Afrique australe.

San : Bochimans, habitants originels de la Namibie appartenant aux peuples khoïsan.

Shebeen (anglais) : bar illégal à l'aménagement rudimentaire.

Smeer ouma (afrikaans) : littéralement « mamie tartine ». Sorcière herboriste qui soigne à l'aide de pommades et d'alcoolature.

South West African Territorial Forces : forces territoriales du Sud-Ouest africain; unités mises en place à partir de 1980 pour combattre la SWAPO et le PLAN aux côtés de l'armée sud-africaine.

Stoep (afrikaans) : véranda.

SWAPO (South-West Africa People's Organisation) : organisation de libération fondée en 1960 par Sam Nujoma, entre autres, qui prit les armes contre l'occupant sud-africain dès 1966 et gouverne le pays depuis l'indépendance de 1990 avec une majorité absolue.

Tsotsi : désigne un gangster dans les townships du sud de l'Afrique. Vient probablement du mot sesotho *tsotsa*, « s'habiller de manière tape-à-l'œil ».

Vision 2030 : programme à long terme instauré par la SWAPO en juin 2004 destiné à faire atteindre au niveau de vie namibien les standards d'un pays industrialisé.

Wanaheda : township voisin de Katutura dont le nom est composé des premières lettres des quatre ethnies (O)Wambo, Nama, Herero et Damara.

Un immense merci pour tout à Barbara et, pour leur précieux soutien lors de mes recherches, à Uschi Dahlet, Vera et Volker Gretschel, Helgard Huber, Inki et Gero Kubisch de la ferme Okapaue, Monica Nambelela, Carola et Sven von Blottnitz, Sylvia Schlettwein, Ilme et Herbert Schneider de la ferme Habis, Helmut Sydow et, *in memoriam*, Selma van Wyk.

Références bibliographiques

Hans-Volker Gretschel, *Von Kampwitwen und -waisen. Berichte aus den Internierungslagern in Südwestafrika 1939-1946*, Windhoek-Göttingen, 2009.

Steven Otter, *Khayelitsha. uMlungu in a township*, Johannesburg, 2007.

Herbert Schneider, *100th Anniversary of the Karibib Farmer's Association and the History and Agricultural Development of the Karibib District*, Windhoek, 2007.

Erika von Wietersheim, *This Land Is My Land. Motions and Emotions around Land Reform in Namibia*, Windhoek, 2008.

CET OUVRAGE A ÉTÉ COMPOSÉ
PAR BELLE PAGE
ET ACHEVÉ D'IMPRIMER
PAR CAYFOSA (BARCELONE)
POUR LE COMPTE DES ÉDITONS J.-C. LATTÈS
17, RUE JACOB – 75006 PARIS
EN MARS 2015

JCLattès s'engage pour l'environnement en réduisant l'empreinte carbone de ses livres. Celle de cet exemplaire est de :
1kg 100 éq. CO_2
Rendez-vous sur
www.jclattes-durable.fr

PAPIER À BASE DE FIBRES CERTIFIÉES

Dépôt légal : avril 2015
N° d'édition : 01
Imprimé en Espagne